國朝畿輔詩傳

中

(清)陶　樑　輯
江合友　程宇静　點校

國家圖書館出版社

國朝畿輔詩傳卷二十一

龐塏

塏，字霽公，號雪崖，任丘人，克慎子。康熙十四年舉人。十八年召試博學鴻詞，授檢討。降内閣中書舍人，出爲福建建寧府知府。有《叢碧山房集》五十七卷。

《四庫全書提要》：《叢碧山房集》五十七卷，附《詩義固説》二卷，龐塏撰。是集凡八卷，《雜著》三卷，《翰苑稿》十四卷，《舍人稿》六卷，《工部稿》十一卷，《户部稿》十卷，《建州稿》五卷，皆其所手自編定也。塏爲詩主於平正，冲澹不求文飾。當王士禛名極盛時，能文之士，率奔走門牆，假借聲譽。塏獨落落，不相親附，故王士禛亦不甚稱之，惟記其病足詩『切防美人笑躄者，春來不過平原門』一絶而已。然塏早歲所作，頗得深婉清微之致。晚年菁華既竭，流於枯淡。其《舍人稿》不及《翰苑》，《工部稿》不及《舍人》，《户部稿》不及《工部》，至《建州稿》以後，頹唐益甚。田雯爲作《户部稿序》，以白居易、陸游比，塏意頗愠，然實箴規之言也。末附《詩義固説》二卷，論亦切實，惟推衍嚴羽之説，以禪談詩，轉至於支離曼衍，是其好高之過矣。

《任丘縣志》：塏幼有至性，以博學鴻儒召試，授檢討，纂修《明史》。有明都御史某裔，暮夜懷金，求勿入『魏黨傳』，力拒之。既而改補内閣中書舍人，升工部都水司主事。尋晉員外郎，升户部廣西司郎中。戊寅，出守建寧，浦令以嚴苛激變，邑人乘夜焚册局，殺册書，民罷市，令懼而逃。公聞之，兼程赴浦，召紳士集明倫堂，數浦令罪，諭士民，無生亂，查倉庫及册局，收未焚餘册，變遂定。時制府惡閩俗刁悍，欲借浦示威，而浦令與紳士爲仇，欲周内之。塏曰：『彼令實甚，吾肯殺人、媚人耶？』僅坐重罪一人，流二人。九仙山多盜，往往掠人索贖，名曰『餉户』。塏曰：『盜在山，必仰食於外，絶其竇引，乃可除。』遣捕役密蹟之，前後獲江洪皋、裴光明等數十人。賊窘，將移穴。又命捕役率鄉兵要於路，賊拒捕，乃發火鎗中賊首，羣賊奔逸，奪回餉户數人，境内帖然。聽訟簡明，遇骨肉搆訟，必發其天性，令自悟，諭而遣之。謝政歸里，卒年六十有九。

朱彝尊《序》：《叢碧山房詩》，雅而醇，奇而不肆，合乎開元、天寶之風格。

許汝霖《序》：先生癯容峻骨，冲夷自尚。出守建州，政尚清簡，不廢吟詠。歸後有《和陶詩》百餘首，天設地造，不假安排，較蘇文忠儋耳所和，更覺自然古雅。

毛奇齡《序》：雪崖詩，原本心志，故言多根柢。比之擢本之木，入地千尋，拔地亦千尋。今先出《家庭紀懷詩》問世，本在是，詩亦在是，而吾即推之爲人倫之書。前乎此者，則安仁敘家風，康樂述祖德，王融懷叔，陸景寄兄，秦嘉贈婦，左思、鮑照贈妹，王杲、柳玭、陶潛、杜甫、盧仝、韓愈或喻兒，或訓子，往往然也。吾得而並觀之矣。

《鶴徵録》：雪崖有詩名，頗通禪理，爲人恬澹，升沉隨時，不以經心。前人謂其所嗜專以篤，故所成精以深。詩也，進乎道矣。

荆軻山弔古

青山何盤盤，林樹亦扶疏。古之慷慨人，於此託室廬。感彼燕丹義，西行入秦都。左攜於期首，右持督亢圖。寒風吹易水，至今歌嗚嗚。

雜詩

其一

年來常苦饑，驅犢事躬耕。一朝感時雨，童苗雜草生。把鋤不及辨，往往去其秔。秋分萬物熟，吾亦幸收成。布種過五斗，收粒畝三升。得失不相償，徒爾費經營。家人共相誚，此事非所能。

其二

大山高百仞，小山高一尺。各自感生成，大小不相借。富貴忽中人，辛苦爲形役。小心奉顏色，行止何踧踖。我欲學所爲，未肖行復易。蔓草緣短牆，野性終不釋。滌蕩以自放，我心仍匪石。

其三

蟭卵育蚊眉，象骨出蛇口。乃知天地間，萬事靡不有。牀頭一卷書，牀下一瓶酒。讀書未兩行，飲酒過五斗。仰思嵇阮儔，縱飲如恐後。品題由他人，智愚兩不受。

嚴子陵

咄咄嚴子陵，長年守一灘。春釣灘水温，秋釣灘水寒。士生各有志，豈必在高官。故人雖天子，不能奪釣竿。

野鷄尖

太原西北山，所歷盡巉嶂。吁駭野鷄尖，其勢尤險絶。矗然塞天地，一氣無罅缺。元黄失正色，棘澀類蝕鐵。三步無正行，五步隨拗折。突兀聳怪石，形狀亦區别。或如餓豺蹲，或如怒猊抉。造化逞巧力，種種開獰劣。幽恐傷精魂，道復臨虎穴。縱横交殘骸，模糊灑殘血。兩僕夾我行，色失氣復結。跂緣不及息，雙足任蹩躠。凌晨發山麓，達頂景欲滅。四顧見諸山，瑣碎如蟻垤。脱險息山家，心神猶惙惙。回思登高訓，真有愧明哲。

石猴山

行行躡危盤，初日靄晴照。遂凌石猴巔，得名從所肖。宛如驅萬猿，散之滿山嶠。俯者如哀啼，仰者如長嘯。静者如倦蹲，跂者如引眺。危者如學挂，聳者如突跳。神工運鬼斧，刻削竟絶妙。傍見石嶁山，其峰亦奇峭。傲然雄對峙，倔强不受調。恍如黄池會，吴晉互相譙。争長兩不下，援桴欲擊摽。性癖好幽奇，危行探荒窔。日暮忘所歸，積望發一笑。

西寺

愛從西寺居，不厭西寺静。晚鐘一以發，羣籟寂靈境。湛湛户牖間，孤燈耿疏影。春寒火力微，枕席怯清冷。展轉不成眠，忘言酬夜永。側想條山内，萬里倒中嶺。衆鳥各已息，深林静無警。爲吾有吾心，千變起俄頃。遂令清净界，憂樂争馳騁。塵勞詎可窮，心息念自省。持此問世尊，默默即見領。

久客思家

條山朝如藍，條山暮如蒨。朝暮對條山，愁懷了不見。故人念遠客，握手殊眷眷。三日兩餽食，十日五高宴。口腹養有餘，客久合自賤。我家瀛海東，歷州復越縣。道路豈不長，客心日千轉。春風野草緑，晴林啼鳥變。藜藿應已肥，歸與復何羨。

贈别彭孝緒進士

問君欲何之，言尋宛與洛。鄴下古名都，濁漳帶長薄。公子在西園，文士争附託。佳人回雪舞，美酒黄金爵。詞若春華敷，氣與秋霜落。倡和引風騷，煌煌留制作。悠悠千餘年，流風未寂寞。君才過應徐，瀟灑存標格。諸侯愛敬客，前路誰爲薄。南向瞻嵩高，秋色滿寥廓。作詩贈古人，曠懷感今昨。

菊下獨酌

遠客行復歸，入門喜秋霽。寒蟲伏草根，落葉下庭砌。萬卉各已凋，黄菊時爲帝。老幹挺扶疏，花葉自相綴。經霜色逾妍，寒香襲衣袂。愉悦偃東籬，濁酒時自貰。誰能共歲寒，爲君結幽契。

送趙旦復游閩中

鴻鵠輕千里，男兒志四方。人生不得意，焉用守故鄉。慷慨呼僕夫，中夜促行裝。南行陟幔亭，高標插穹蒼。奇峰三十六，羅列争低昂。長揖武夷君，傾壺出瑶漿。半酣激長嘯，神氣何飛揚。濯足九曲流，晞髮陽阿傍。豈知同心人，相思懷永傷。

平泉墅

訪古問平泉，所見但荒草。愚哉贊皇公，承先事締造。花出日南嶺，鳥來隴西道。作書戒後人，木石以爲寶。豈知崖州行，厥躬不自保。我來當清秋，露白風浩浩。岸谷尚未移，故物蹟已掃。披荆爲殘基，漫滅誰能考。

清明陪渭清、東塘、杜少南廠即景

良游當及時，晨起命僮僕。同人夙有期，載酒試春服。南尋陶正坊，烟光媚草木。緬懷溯在昔，埏埴起平陸。時日延古今，高下變陵古。人生能幾何，風塵長局蹙。山水向夕佳，清暉蕩心目。杯行誰當遲，妙論迭往復。逍遥歸去來，長吟聲相逐。

題黄大癡雪溪圖

疊疊雪溪山，活活雪溪水。收之尺幅間，曲折皆相似。林樹颯欲動，烟嵐隱然起。茅屋無四鄰，遐想幽栖士。安排已入化，造物通原委。丘壑性所存，披對誰能已。

擬古贈渭清

其一

高門多車馬，日暮有經過。上客黄金爵，佳人白紵歌。此時楊子雲，把卷正吟哦。高言守寂寞，嘲誚常苦多。仕進由他途，誰爲陳四科。輕薄得先駕，儒服空蹉跎。歸與覓紫芝，窈窕依山阿。

其二

良會難再得，設席奏清琴。琴聲一何悲，聲悲感我心。無乃送遠曲，值此青春深。游魚喜共沼，鳴鳥戀同林。豈無尊中酒，日暮聊共斟。一曲未及已，涕泗横沾襟。不惜涕沾襟，非子誰知音。

其三

鳩鳴草不芳，鴟呼鳳無德。莠言喜出口，讒人心罔極。慈母猶投杼，大聖亦去國。千古同一時，智者自不惑。餘粱匪所希，冥鴻安可弋。回翔池上情，高舉雲中翼。

詠懷

其一

日月不暫停，今古迭成代。來日非今朝，往者焉能再。杯酒樂當前，勿用常慷慨。人生如不死，白日應無晦。長生求神仙，松喬今安在。安排由大化，去來兩無礙。此身猶委形，身外當何愛。

其二

飄風吹衣裳，浩乎吾將行。六合誠拘墟，願以窮不名。中途逢若士，一遇如平生。引手接我上，飆舉凌玉清。手弄若木枝，耳聽鶤鷄鳴。下視見人世，傾奪方縱横。吾今去爾遠，好惡莫相争。

送劉季木宰長沙

尊酒不可盡，白日忽西馳。與子非一身，焉能無分離。愛深情忽割，毅然與君辭。邑宰非高官，發軔良在兹。男兒建功勳，須及壯盛時。展子利濟才，長沙亦易治。我留長安道，君行湘水湄。職業君自勉，暇當還相思。

送葉存衷辭官歸里

余留非本心，君歸亦余志。胡爲感臨歧，悲來不自閟。滔滔眼前人，好惡與余異。蕭艾自言芳，美服增多忌。幸與子同心，相將勵行義。君去誰與鄰，况當老將至。有别即今朝，再晤擬何地。瞻望一茫茫，相思從此始。

朱竹垞將歸浙中，詩以送之

君如海上鴻，道遠猶可至。我如秋郊蓬，飄飄將安寄。徘徊歧路間，相連不得意。感君鑒微忱，相親如兄弟。靈修終易化，高名滋多忌。風波起無端，中道忽捐棄。竹垞有舊廬，千竿聳蒼翠。歸與覓紫芳，黃髮志已遂。應念同門友，京華獨顑頷。五年風雨心，分手如夢寐。

感懷以下和陶，次《詠貧士》韻

其一

游子戀庭闈，夢魂常依依。一身羈萬里，何由奉音徽。返景灼寒林，有鳥鳴且飛。鳥飛猶顧巢，久客安忘歸。匪朝直伊夕，悄悄如調饑。腹饑尚可療，誰療心中悲。

其二

有目聊足視，無爲須離婁。妍媸有定形，物至適相酬。至人不用目，所視靡不周。漢治近三古，漏網於吞舟。餓麟不解噬，何用深相求。

感興次《答郭主簿》韻

其一

桂生不作林，獨立揚清陰。清陰令人逸，坐倚開吾襟。或把一卷書，或彈一曲琴。俯仰宇宙間，何古復何今。今古時雖殊，道在始可欽。尊中有美酒，斜日聊自斟。飲亦不成醉，歌亦無知音。行年六十翁，短髮不勝簪。胡爲此栖栖，憂患徒自深。

其二

志士惜當年，賢人愛晚節。歲暮衣裳薄，涕下何清澈。傍見巖間松，青葱獨秀絶。霜雪豈偏貫，後凋於羣列。興起恒由我，有待非豪傑。欲惡去處間，以道爲真訣。前路已無多，淵冰答歲月。

人日贈準公次《癸卯歲始春，懷古田舍》韻

喜食香厨飯，不厭香厨貧。道人能好事，聊與盡殷勤。憶自前世來，吾宗多異人。遯世與出世，殊行後先新。余亦抱微尚，白法心所欣。何日辭軒冕，脱離要路津。君前見古德，不孤託有鄰。願言從居士，兼之謝山民。居士龐老子，山民德公。

將出境留别鶴山、柘浦兩院諸生次《於王撫軍座送客》韻

讀《易》心不快，觀《象》良共腓。於隨義未忍，卷懷逝將歸。歸哉實所安，臨歧重依依。依依此云何，良友有乖違。回首語諸子，毋爲無益悲。吾道苟不忘，萬里共容輝。吾廬當孔道，終老託栖遲。往來有驛使，存問毋相遺。任丘爲閩浙入京必由之路。

過杭州别王仲昭老友次《辛丑歲赴假還江陵夜行塗中作》韻

江雨亦有歇，白日出沉冥。停舟不忍發，念我故人情。别來非甚久，依依認柴荆。故人喜我至，

攜手笑顔生。三年不增衰，耳目益聰明。呼童出尊酒，斟酌話生平。生平話不盡，舟子促前程。願言從此歸，歸去事躬耕。二老各高年，心爲喜懼縈。吾自從吾好，誰争利與名。

途次嘉興訪徐勝力學士承展待感賦次《癸卯十二月中作與從弟敬遠》韻

徐公崇實學，大雅良卓絶。老罷猶著書，白日門常閉。博識窮古今，開心見冰雪。家食一淡泊，待客取豐潔。緊余匪他人，倉卒何盛設。形分有南北，心同一悲悦。酒後忽狂發，稱先述往烈。趙張不令終，廣受全晚節。禍福有根源，得失非巧拙。君其葆冲和，長行自兹别。

寄李黄門公凱次《形答影》韻

生世不諧世，余亦嫌余拙。相知得李君，心蹟不闊絶。暫違輒相思，相見即相悦。忽爲萬里行，驚心五載别。江湖足風波，榮華易消歇。投閒情所安，誰能常執熱。何當一握手，積愫爲君竭。面目强猶存，幸無棄薄劣。

歸舍後簡謝人事，定省餘暇，時翻故書有作次《庚子歲五月中從都還阻風於規林》韻

受性不適俗，夙昔好獨居。殘書猶滿架，目擊心相於。礧砢小紅欞，亦在東南隅。倦鳥喜舊林，疲馬畏前途。館宇足逍遥，何必江與湖。南風過短垣，松竹弄清疏。一編娱俯仰，何事不自如。

詠懷次《飲酒》韻

其一

夏木不嫌密，鳴蟬不厭喧。長日無所爲，高卧屋南偏。相得素心人，瀹茗説名山。有來亦不迎，既去任復還。老夫畏世故，外事那足言。

其二

樫樹經時雨，緑葉揚朱英。擁腫天所選，歷落别有情。用即無可用，傾亦弗自傾。夕陽好鳥來，交交相和鳴。婆娑處其下，因君得養生。

畫虎行

李克承新購畫虎一幅，神氣欲生，當出宋元代高手，惜款識漫滅，李自製長歌索和。

高軒不合有真虎，氣壯神雄含餘怒。李子好奇苦見求，黄金一擲輕於土。有客過訪初拾級，却望逡巡不敢入。徐聞人語始登堂，坐對仍覺毛髮立。自有此虎挂此堂，夜夜壁上生光芒。倀鬼暗伺空庭黑，白狐走泣黄狐僵。此物即今比比是，薦食貪饕如封豕。我本談虎色變人，不獨怯真兼怯似。徘徊再四增長歎，戴牛韓馬非奇觀。當年作此者誰氏，豈無騶虞與角端。

雷琴篇，爲張工部晴峰賦

冰絃條條裹錦綺，梧桐漆老三尺水。牛毛細縷斷成文，題識依稀辨雷氏。我聞蜀人有雷威，取材面勢窮精微。製成每爲知音賞，就中第一傳金徽。又聞桂府王推官，千金買付姜宣彈。今之此琴無乃是，明徽連絡晨星寒。王君好事姜生手，張侯兼之世未有。傾囊購取歸山房，焚香坐對如良友。余也嗜琴入骨髓，不達琴音達琴理。連朝病熱苦炎蒸，神氣昏昏半欲死。安得張侯攜琴來，萬壑松聲座中起。

渭清席上贈張杞園

瑯琊李子與余善，比鄰日日常相見。雄談滾滾座生風，細論人物誇鄉彦。十回九説杞園才，太山百丈争崔嵬。使我神往陽丘道，束裝不到黄金臺。十月渾河凍欲裂，訪戴忽踏燕山雪。趨陪不待書簡招，疾走寧防屐齒折。風流文雅何翩翩，博物驚逢張茂先。當今皇帝戊午歲，詔下徧採山林賢。維時杞園方讀《禮》，徵書十道來鄉里。麻衣不忍脱朝天，坐令珥筆失奇士。人生得失何重嗟，一尊幸共開天涯。丈夫意氣感知己，眼前況有寒菊花。老槐叫風烏啞啞，東方漸高明月下。餘興未盡且歸來，明日相邀過茅舍。

以詩代書寄楊宣樓明府

楚天歸後音問疏，干戈滿地傷離居。邇來太平開道路，一月兩接當陽書。書中苦道别來久，歷數姓氏問諸友。讀罷低回憶往年，日日東園共尊酒。深源興起捋長鬚，殷擴四。太白醉態真狂奴。李性符。孝先有腹不解飲，邊四重。時聞高唱聲嗚嗚。劉尹風流終自若，塏也蒼頭癖不惡。城闕不愁曉角催，高天遑問晨星落。此時意氣同歡娱，此時懷抱無嗟吁。蒓鱸一夕秋風起，山河頓隔黄公壚。李大頭白殷四死，門掩蓬蒿困邊子。眼底無復故時人，空對燕山怨楚水。燕山楚水何逶迤，强從薄宦淹京師。日食大官三升米，意興蕭索非昔時。我昔送君君髮白，别後十年增間隔。不知筋力近如何，老脚可能踏山屐。感君意，爲君吟，望而不見傷余心。何由一葉浮湘去，堆藍山好共登臨。

重陽後一日，渭清席上送陳子萬宰安平

李子設宴陳君來，北鄰龐子趨相陪。主人瀟灑多逸興，繞屋黄花相映開。可憐秋色盈户牖，尊中剩有重陽酒。老槐葉落秋月明，大杯小杯各在手。人生會合由來難，好景當前胡不歡。陳子風流新作宰，官書有限辭長安。博陵故地殊不惡，五里山城七里郭。元龍意氣自當年，太丘治譜傳家學。懷中長劍初發硎，萬仞欲截恒山青。官舍有時思故友，攜酒還登廣望亭。

秋日送陸次雲宰江陰

半落不落秋林清，欲斷不斷秋蟲鳴。久客驚秋不成寐，傷心况復聞君行。憶昔相識長安道，憐君意氣與君好。慈仁松下賦新詩，筆力直壓陰何倒。江陰縣古臨江皋，名區作宰憐風騷。秋月平鋪申浦白，秋雲不動君山高。彰義門前離别處，瘦馬常騎出官署。昨日方别故友歸，今朝又送良朋去。人生聚散何其多，河梁攜手同悲歌。督亢陂前野草緑，荆高市上浮雲過。楓葉離離照日暮，可憐分手即長路。欲問離情何處深，西風颯颯吹江樹。

雪塢上人出所藏錢選花鳥畫册索題，分得梅花，爲賦長句

花枝欲動鳥欲語，誰其作者錢舜舉。雪公愛比蘭亭真，七寶經函秘藏貯。朝來示我索題詩，五色照眼光離離。我披數幅驚歎絶，就中尤賞梅花奇。此花不與凡花伍，冰雪漫天飽辛苦。南枝幾朵報先春，等閒桃李色如土。去年買梅寺東厢，龍髯虬臂一尺强。骨格欲並章華古，幽韻不減羅浮香。今年十月已含萼，生意欣欣向山閣。形容宛與此畫同，衹有枝頭少山鵲。天寒地凍無風沙，杖藜好過龐公家。入門一見應大笑，窗前倒影看横斜。

暮春送沈方舟赴汴城

千林緑暗春將歸，野蠶作繭天絲飛。旗亭欲暮微風起，無數楊花撲客衣。沈郎行色何瀟灑，青絲鞢韐赭白馬。倚馬題詩别故人，翩然遠赴梁城下。梁城城北臨黄河，白浪倒捲雷霆過。宋宫花石那可見，日暮城頭烏尾訛。我昔曾爲大梁客，十日郵亭心不懌。陛戟未見有逢迎，鼎肉徒勞繼朝夕。信陵公子安在哉，沈郎無事當歸來。帝京四月芍藥開，千紅萬紫圍豐臺。待汝載酒城南路，暫時分手莫心哀。

送宋稚公下第歸養

西風颯颯高雲凉，千林葉落啼寒螿。秋風中人懷故鄉，我欲贈子無衣裳。平田禾熟烟漠漠，前飛鶬鴰後燕雀。布帆獨挂歸去來，白髮承歡依山閣。飯菽飲水胡不樂。

寶珠洞

其一

一塵飛不到，十載閉禪關。野樹隨高下，幽琴任往還。石堂開晚磬，鬼火度荒山。欲問藤蘿外，諸天杳靄間。

其二

古洞何年鑿，僧來試定心。佛幢燈影動，石榻坐痕深。徑澀人稀到，林幽日易沉。相傳十里外，遥聽木魚音。

其三

千山銜落日，一徑入雲斜。游客攀藤蔓，山僧飯樹花。怪松穿石壁，歸鳥過殘霞。正好修行地，誰能便舍家。

龍湫

碧甃依臺殿，波深極洞冥。鸛飛朝避客，龍出夜聽經。秋樹遥同響，山光欲並青。怪來雲氣繞，宸翰在高亭。

夏日書懷

其一

小院雜花滿，閒居事事幽。枯棋消永晝，濁酒散深愁。顔駟悲難遇，相如已倦游。逍遥遂疏懶，於我更何求。

其二

露坐憐疏豁，移牀就竹陰。山風吹散帙，暝色下栖禽。人世閒難得，年華老易侵。茗柯存至理，飲啜静相尋。

送劉長馭赴開州

又向澶淵去，同人自此疏。相看俱老大，屢别愧鄉閭。雲樹千山外，鶯花二月餘。到時逢北雁，須寄數行書。

二月二日

高林上初日，晴色劃然開。大澤蛟龍起，長空鴻雁來。春光先著柳，花信已驚梅。幽賞堪乘興，頻頻問撥醅。

送友人游湖南

行色鸞方遠，鶯花別恨牽。離歌燕市酒，獨客楚江船。洲暖生香草，村孤隱櫟烟。衡陽遇回雁，尺帛定須傳。

游寄園

已覽林泉勝，仍憐意氣真。地偏容大隱，天與作閒人。對酒歌兼嘯，吟詩冬復春。看君高卧好，回首愧風塵。

過白雲寺

不見潔公久，經過問鹿園。草深難辨路，客到始開門。雨色沉秋樹，蟲聲亂石根。此中隱禪意，莫共俗人論。

山寺

荒磴苔乾屐齒輕，寺門晴鎖午烟平。灘聲静抱巖頭轉，雲氣虚從殿角生。講院長留馴鹿蹟，題牆偶見故人名。老僧祇解蒲團坐，無數松杉一磬聲。

秋夕言懷，次耿又樸先生韻

雲樹蒼蒼向夕陰，高軒半掩見栖禽。庭花過雨稀疏放，孤客逢秋感慨深。城闕千家聞畫角，鄉心一夜怨瑶琴。西風回首蒹葭晚，咫尺空憐未拂襟。

過渭清寓，見絳桃將謝有感

客裏風光换袷衣，宫槐葉長緑初肥。禽來静院啼偏好，花到殘春看漸稀。白髮驚心人欲老，青山滿眼願空違。僑居不遠憐君在，步屧時時問竹扉。

喜顧景園過訪

北風吹雪小寒初，門外驚聞駐客車。一笑便呼傍舍酒，十年久絶渡江書。烟霜路遠情偏切，文字官閒興有餘。僑寓東西知不遠，時時相過慰蕭疏。

毅文歸再賦

微雲疏雨下河干，千里鶯花伴客還。别友聊斟燕市酒，結廬新買鬱洲山。折腰當路將何補，晞髮陽阿好是閒。明日便應辭帝里，石生無事馬蹄間。

送申敬敷宰宜陽

一曲驪歌咽不休，故人試宰向中州。魚龍氣静黄河夜，禾黍凉生少室秋。百戰烽烟連絶塞，十年風雨伴牢愁。酒闌日暮分攜處，厭聽驚鴻叫遠洲。

曉巖衆瞻過寓小飲

門庭静掩足清幽，豆蔓匏藤晚未收。南國人來成小集，東鄰酒熟喜新篘。偏嗔落葉喧寒雀，不分黄花對白頭。公暇相留賒一醉，狂歌颯颯動高秋。

弟壟入都探疾

重騎羸馬到金臺，二月東風寒轉催。踏雪未辭行道苦，關心直爲愛兄來。髮膚在我應知罪，步履因人亦可哀。賴説高堂各康健，燈前懷抱一時開。

同何公權過雪公丈室看梅

年光物候遞相催，臘近禪房見早梅。老至從教雙鬢改，尊前且對一花開。人依勝地懷先放，客喜深談晚不回。爲説新春消息動，寒林啼鳥莫須哀。

送少司空某公開府湖北四十韻

屏翰新開府，提封舊楚都。山川繞近蜀，舟楫半通吴。黄鶴傳今古，朝雲信有無。村村連橘柚，處處長菰蘆。水陸交雄鎮，要荒扼要衢。將求專閫寄，須具濟時謨。帝簡誰佽副，公才展合符。從龍起豐沛，繩武繼司徒。自率冬官屬，還欽底績殊。河流歸淪濬，經費謹錙銖。小吏除奸詭，羣工劾誦呼。淵懷涵水鏡，清節映冰壺。每遇軒前奏，遥聞帝曰俞。咸將稱一德，久矣結中孚。塏也生燕鄙，家聲愧魯儒。偶然貢京兆，亦未脱蓬樞。負耒尋難任，焚膏志敢渝。恒羞爲篆刻，或謬許書厨。徵召偏承薦，詞林竟濫竽。量移仍造次，置散且歡娱。遂補中垣列，旋隨水部趨。匪躬思蹇蹇，暇豫笑吾吾。考顧陽城下，名嫌吴祐污。有官陪畫省，無室混僧雛。舌在依前强，骸存自幼癯。中年先就老，再出本非夫。那足垂青顧，重蒙引手扶。吹嘘回羽翼，提拔免泥塗。直惜桐爲爨，方推屋及烏。知深一人在，感切寸心俱。下體纔堪託，行期又欲徂。霏霏看雨雪，悄悄悵分途。内殿頒盧矢，前驅執大殳。輕裘臨夏首，吹角動樊湖。此地經兵燹，斯民隱毒痡。移風回染俗，省斂裕徵輸。政教知同善，剛柔喜並敷。霜威消鉅猾，冬日照荒隅。物色欣將起，蒸黎慶再蘇。惟公崇令望，麟閣待新圖。

春日歸興

疏燈寂寂照單帷，冷雨瀟瀟寐轉遲。昨日窗中聞布穀，家山忽憶種田時。

米漢雯

漢雯，字紫來，號秀巖，宛平人，壽都子。順治十八年進士。以知縣行取主事，康熙十八年召試博學鴻詞，改翰林院編修，歷官試講。有《漫園詩集》《始存集》。

《香祖筆記》：漢雯，明太僕友石萬鐘孫，父壽都，字吉土，亦知名。紫來以順治辛丑登第。

多技藝，工書畫，書仿南宫，尤工金石篆刻。以長葛知縣行取，適有博學鴻祠之舉，改翰林院編修，以典試罣誤。久之，召入供奉内庭，遷侍講，賜宅西華門，尋病卒。紫來少喜交游，皆海内名士，與予最相善，頗有倡和。其詩惜爲書畫所掩，亦散佚無傳矣。

《説鈴》：漢雯詩畫皆工秀，書學米南宫，徑寸外者尤勁媚，或謂其天才造詣當在友石先生之上。

《鶴徵録》：先生爲王文貞崇簡之婿，能詩善畫，頗得家法，當時呼爲小米。性放浪不羈，入翰林，曾典雲南鄉試。故事，試差復命，不得過一年。先生六月朔赴雲南，事竣，浪蹟江楚。至十二月猶未還。婦兄王瞿庵遣人敦迫，乃就道。及至都，自言：『我爲相國押解來京。』衆咸笑之。

送徐次履還宣城

弱齡事章句，縞紵慕疇昔。思與賢豪人，盟心矢金石。江南今日有徐子，籍甚詩名推正始。到來爲結忘年交，魏都高宴差堪擬。每逢予唱必和歌，蕭寺空齋取次過。登高共草銀鏤管，遥夜同傾金鉅羅。三時去我如過翼，世事悠悠那終極。酒酣擊筑呼嗚嗚，搔首問天長太息。素心自問久爲羣，促膝披襟細論文。囊中瓊玖投將徧，君言歸卧姑山雲。崔嵬勢無敵，四時蒼翠常如滴。謝朓青山俯碧湍，謫仙樓閣臨丹壁。知君卜築枕通川，松竹盤紆薜荔連。長風密谷朝舒嘯，皎月清溪夜扣舷。自是此鄉饒足樂，留君不住懷殊惡。灞上長條慘客裝，草堂梁月愁羅幕。行程況復正當秋，雲白楓丹雁影稠。更持此日驚人句，爲寄長安諸舊游。

德安曉渡同錢目天

譙閣停宵柝，荒城啓曙關。雨收仍滴樹，霧重不分山。征馬嘶相答，眠鷗夢並閒。客愁同逝水，長日自潺湲。

伯璣新成小舫邀游東湖次韻

扁舟如小閣，列坐豁塵襟。待月移蘆港，追涼繫柳陰。客貽新製茗，鄰借舊藏琴。蘇圃遺蹤在，千秋共素心。

滏陽道中

遠近和鳴鷄，朝暉望欲迷。波環堤左右，地似瀼東西。柳影藏鳧隊，荷香送馬蹄。賞心隨命酌，村酒正堪攜。

題張子大樸園圖王石谷畫

其一

開卷輒神怡，高林俯碧池。人間傳妙畫，天外識幽姿。紅白花千點，蒼茫水一陂。無勞曳笻杖，訪勝入嵚崎。

其二

薙草疏前圃，開林闢舊阡。縱無丹雘飾，別有水雲鮮。堂構承先志，詩書啓後賢。澄懷時自得，未易向人傳。

其三

勝絶滏陽地，馳驅我再經。嫩荷排地馥，高柳插天青。曠覽登危閣，清吟步小亭。樵歌與漁唱，時入静中聽。

其四

滉漾陂塘接，青葱竹樹鄰。景妍蜂蝶戲，機息鷺鷗馴。烟靄紛千狀，軒窗無一塵。讀書兼載酒，勝賞逐時新。

送張松樵鍊師還廬山

竟謝浮榮覓紫芝，好山深處結茅茨。伯英家法原能草，栗里遺民更有詩。時踏青蒼舒朗嘯，未忘黑白一彈棋。匡廬到處懸飛瀑，可許支笻共問奇。

西山雜詠

拂面風吹山草香，石欄橋畔裊長楊。緩行更踏前峰去，日落陂塘正晚涼。

張烈

烈，字武承，號莊持，大興人。康熙九年進士，十八年，召試博學鴻詞，授内閣中書，歷官春坊贊善，祀鄉賢。

《四庫全書提要》：《孜堂文集》二卷，張烈撰。烈有《讀易日鈔》，已著録。烈篤守朱子之説，故集中多講學之文，然如朱陸異同論、王學質疑，皆未免有鍛鍊周内之意，不及其賈董同異論之持平。蓋漢學但有傳經之支派，各有師説而已。宋學既争門户，則不得不百計以求勝，亦勢之不得不然者歟？

《鶴徵録》：烈少聰穎，讀書數行俱下，長而潛心性命之學，毅然以閑邪衛道爲己任。性至孝，事繼母委曲承順，人無間言。生平著述，皆有關人心世道之文。

學詩

其一

洗心栖穆窈，淵淵天籟鳴。陶公何如人，章句乃能清。我今滯塵慮，安取風雅名。修名動相軋，竟忘怡我情。斂懷放百物，庶以幾和平。

其二

置身定何許，悲悟苦不早。年崇志每降，識深智彌槁。苟欲得微稱，至理務探討。我思古之人，所貴端懷抱。姬公作《雅》《頌》，吉甫歌肆好。未必愛雕蟲，立言爲世寶。

錢中諧

中諧，字宫聲，號庸亭，昌平人。順治十五年進士，康熙十八年，召試博學鴻詞，授翰林院編修。

《鶴徵録》：庸亭學問淹貫，詩文雄贍。爲諸生時，請滅蘇松浮賦，條議三吴水利，開濬劉河，皆切於國計民生，惜稿散失無存者。

少年

少年游俠五陵豪，意氣如雲照錦袍。寒鎖畫樓封荳蔻，春回別館醉葡萄。慣抛金彈飛黄捷，學舞龍泉太白高。行樂不須辭秉燭，朱門臺榭易蓬蒿。

勵杜訥

杜訥，字近公，號澹園，静海人。諸生，以工書供奉内廷，康熙十八年，試博學鴻詞，特旨授翰林院編修，歷官刑部右侍郎，贈禮部尚書，謚文恪，祀賢良。

《静海縣志》：杜訥學問淵通，工書，以繕寫《世祖實録》敘勞，除福寧州同知，未赴。賜食六品俸，入直内廷。尋舉博學鴻詞，授翰林院編修。纍遷刑部右侍郎，出入禁闥二十餘年。小心慎密，前後疏奏，多所建白。

全祖望《詞科摭言》：特賜同博學鴻詞科考試者二人填入榜内，則錢塘高士奇，静海勵杜訥。二臣以御試鍾王書法，皆久供奉南書房者，試之日亦賦《省耕詩》一首進呈，高授侍講，勵授編修，誠千載希遇也。

題張侍郎子大樸園圖圖爲王石谷畫

金谷已榛蕪，平泉誰繼作。繁華銷歇衹轉瞋，永世長存惟淡泊。司馬功成恣燕閒，胸中自有真丘壑。一區别業隔塵囂，縈帶河流負城郭。尋常花木綴清幽，幾楹軒檻辭丹雘。秔稻禾畦緑映牆，芙蕖十里香侵幕。無邊野趣供流連，偶爾壺觴留太樸。清白高風奕葉傳，太史聲華在木天。樸園先生繩祖武，蓬山虎觀資儀矩。言會昌時未易酬，故園久待烟霞主。松菊栽培插竹籬，掃除三徑開蔬圃。總是象賢師儉意，不增一椽與尺土。緬懷先澤夢游頻，却喜王蒙寫逼真。溎原風景元殊絶，襯貼林亭照耀人。展卷低回生遠思，何時卜宅結芳鄰。

國朝畿輔詩傳卷二十二

袁佑

佑，字杜少，號霽軒，東明人。康熙十一年拔貢生，十八年，由内閣中書召試博學鴻詞，改翰林院編修，官至春坊中允。有《雪軒集》二卷。

毛奇齡《序》：當在史館，與杜少分廳起草，每窗紙日落，必撤筆相對吟一詩，然後騎馬出東華門。丙子，杜少奉命主文吾浙，官亭把袂，其毛髮容齒大減於昔，然猶四顧轢落，意氣慷慨。《津亭紀程》詩若干首，其風骨峻上，與當日相對時不甚相遠。就其所經，無不以承詔品目偶佚繩檢爲兢兢也。

郜焕元《序》：杜少以清白吏子孫，蚤振文譽，左史百家之書，覃思精核，著述宏富。所爲詩率本至性，旨趨原於風雅。體凡數變，每變益工，錢劉李杜、漢魏騷賦，靡不具備，往往絲竹繁會中，授簡揮毫，灑灑數千言立就，而一唱三歎，歸於雋永。

《鶴徵録》：霽軒侍直南苑，著《紀事詩》六十首，才調華美，大類唐人絶句。

《紅豆樹館詩話》：已未鴻詞科，畿輔前輩以詩名者，首推龐公雪厓，杜少同時，顧不甚著。今觀《雪軒集》，雖不及《叢碧山房》之多，而材力可稱相埒。錢塘陸次雲評其古風『雍穆脩遠，觸境生情』，誠爲篤論。然集中五七言近體，皆有如耐辱居士所云『語之不難，俯拾即是之。致表而出之，庶使品味者辨乎淄澠，聆音者審其抗墜也』。

詠古

其一

鴻鵠巢高林，黿鼉穴深淵。所以龐德公，栖止適其天。諸侯來揖讓，妻子耘於前。怡然自耕壟，富貴等雲烟。猶恐復相迫，採藥竟不還。

其二

毛義竟何心，捧檄忽色動。彼豈志貪鄙，而儌升斗俸。吏禄不及釜，欣欣心所重。曾子匪疏欲，詎不聞歌鳳。時人皆笑之，將無天夢夢。

其三

雄文似相如，未必盡揚雄。待詔承明殿，勉强賦河東。爲郎久不遷，所遇亦已窮。與其美新莽，在漢已三公。法言明道德，半與聖賢同。謙恭因下士，遂爲鉅奸蒙。惜哉莽大夫，能豈在雕蟲。

其四

稷下談天口，一日絀千人。所談皆無益，嘵嘵良苦辛。何如苦縣老，騎牛西入秦。多言懼多敗，猶龍不可馴。

寄贈孫徵君

游魚有殊趣，鳴鳥有殊音。羣士紛逐名，先生獨見心。志匪慕巢由，而乃終山林。我欲往從之，山水何高深。

十月一日道中

官路草蒼黄，落日牛羊裏。野火燒荒原，突兀寒烟起。滴酒奠空墳，陳牲拜人子。我有先賢壠，乃在千餘里。望望嗟何從，樹葉連山紫。

遥題萬公阮仍園

東望楚丘城，下瞰黄河水。中有刺史廬，環堵春烟裏。過雨長竹孫，參天垂松子。五馬嘶高林，輝光常如此。繼之司寇君，辟疆植桃李。晨夕手遺書，蒼巖獨徙倚。至今餘乾螢，子夜光猶起。休沐移琴樽，賓客隨杖履。景山乘白雲，天狼射弧矢。草堂寇不焚，榛莽擁城市。公子翦蒿藜，樞牖得就理。鳴絃續世德，掃榻延知己。連屋貯高文，馳聲徹帝里。不羡春申君，居然鄒魯士。袖攜梁苑編，囊收鄧林美。揖我龍光山，朋尊序雁齒。醉舞索題詩，擊筑殊難已。翹首問名園，何日容脱屣。林花相映發，有酒多且旨。散髮歌滄浪，頹然吾與爾。

賞景康海水仙

嘉卉無俗姿，濯水挹其清。娟潔遺世立，遂邀羽化名。届彼嚴肅候，履霜知堅冰。方屯遽胎秀，根乃孕天貞。愛之種石盎，磊磊何縱横。挺幹出嶔崎，悠然綴芳英。黄爲在中質，白豈受塵攖，淑氣芬如蘭，逸態儼天成。咄彼洛陽花，濃艷空敷榮。

霜月歎，思常東園司李

亭裏月如霜，亭外霜如月。皎皎牀前，憂心不輟。我思東園，慷慨乘軒。馬鞍之路路七千，夷人椎髻炊蠻烟。蛇虎殺人，莽蒼無邊。昔云鬼國，不聞有貪泉。東園寢食，起居於此，兒啼婦病，寒暑五年。御井東邊餘一廛，旁風上雨，鳥鼠數椽。耕無牛，祭無田，事不可知心惻然。茫茫者路，蒼蒼者天。侯山處處有啼猿，我思東園不敢言。

天馬歌

天馬貴直千黄金，鳳頸龍文汗溝深。翦騣鞲出無人顧，垂首至膝塵埃侵。夕出咸陽門，夜涉太行坂。鹽車盤盤泥没輪，四蹄躑躅羊腸遠。嘶天風，振林木，電光霍霍閃魚目。飲流山下羨白犢，嚼勒齧凋草。沙寒草不肥，崑崙上有禾空長，五尋大五圍。望金臺，憶赤水，風霜漸恐加長齒。何時解衣遇孫陽，一夕爲君馳千里。

公無渡河

公無渡河，河深不可渡。白浪中開，天昏日暮。湍流激石喧霹靂，鉅魚出没噴烟霧，岸上留公公不住。攜壺問湘靈，雷公龍女不可訴。吁嗟乎！被髮亂流公何狂，河水淺處有舟梁。

長相思

長相思，路漫漫，濁漳急水瀉風湍。浮雲無定蔽層巒，我之所思青雲端。美人騎鳳啄瑯玕，褰衣欲從心悲酸。菉葹刺馬足，枳棘刺馬鞍。秋蘭萋萋天霜寒，焉能偶之乘飛鸞，羅帷舒卷空長歎。

鳴雁篇

鳴雁飛鳴何翩翩，縱横自矜毛體全。刷羽弄紫海，竦翮矗青天，嗺嗺和聲散雲烟。銀漢無津梁，目極千里空盤旋。銜蘆雁門往復歸，羞同啁啁相因依。炎洲施網羅翡翠，何如斂翅且卑飛，滄州之水可忘饑。

秦女卷衣

卷衣贈所歡，卷衣色比青琅玕。贈歡歡不顧，遺置金井闌。卷衣欲泣，泣下無聲，獨繭絲絲血織成。贈歡歡不顧，雲錦雖美，誰識予之多情。疇昔裁衣時，剪刀犀利不輕斷。增之一分則恐長，減之一分則恐短。餘荼如薺，甘苦寸心，豈敢言瘁，庶幾知音。心摇摇，情依依，美人徘徊空卷衣。贈歡歡不顧，遲暮將安歸。

于闐採花

採花棄路旁，花開斷人腸。蒺藜蟠根固，花開爲誰芳。于闐女兒坐歎息，朝朝採花復何益。盤髻壓鬟空新鮮，顧影徘徊無人惜。行行獨還家，休從明妃學琵琶。琵琶學得難回首，蕃歌蠻舞且飲酒。

君馬黄

君馬黄，臣馬青，駿足雙發如奔星。朝刷燕，夕秣越，奔逸絶塵霜蹄蹶。君當無疑，質之伯樂。兩馬同心，死生可託。

將進酒

將進酒，且高歌，公孫牧豕鬢髮皤。垂老還來干孝武，平津封拜竟若何。脱粟布被徒自苦，何如椎牛且伐鼓。人生當乘壯盛時，英風猛氣對酒卮。遺簪墮珥傾一石，酩然直與無始期。將進酒，君莫悲，三閭矜獨醒，鼓枻徒爲漁父嗤。

秋夜長

秋夜長，秋月輝。輝滿衣裳，徘徊不寐。户有啼螿，啼螿之聲聒人耳。我有所思隔千里，千里不爲遠，東海之濱，東門之坂。所思如可期，歲月須之未云晚。所思不可期，何爲鬱鬱空相思。

梁甫吟

抱膝獨樂山，狂歌梁甫吟。歌聲出金石，遺響越疏林。丈夫讀書觀大略，安能吹竽同巴音。君不見，射鈎夷吾衆所恥，鮑叔堂阜能知己。洗濯泥污飛青天，渭川漁獵差與比。又不見，望諸樂君起蒿萊，一朝意氣登金臺。千金駿骨無郭隗，鼓刀屠狗空塵埃。噫吁戲！草木榮落且待時，人生遭逢何須悲。北溟有魚化爲鵬，羊角扶摇徙天池。培風風不起，六翮俱下垂。榆枋小鳥見而哯，隆中魚水不相顧，梁甫之吟徒爾爲。

月下懷友

亭虚偏受月，來往獨思君。晚飯饑仍懶，秋砧遠更聞。寡營常採藥，多病久離羣。不有桓譚出，誰能識子雲。

病中與諸友

病至真無謂，憂來不可名。花飛春日色，雁帶故園聲。卜築同巢父，尋仙得廣成。何當驅二豎，好向泰山行。

晚宿長清

思歸頻遠眺，獨雁過高天。塔斷曾經火，城頽不記年。山深風未暖，海近月將圓。漂泊難成寐，挑燈手一編。

旅夜

旱久風難住，停尊且放歌。春從愁裏過，病向客中多。官柳葉初緑，山桃花欲酡。何時方息駕，煮酒對青蘿。

早發七里河

慈親望子至，行役敢蹉跎。曉色千家樹，秋聲七里河。亂螢隨月度，高雁傍星過。幾處丹山裏，如聞白石歌。

至郡飲張楓臣竹林分韻

關心愁不減，握手病初輕。藤露三更濕，桐陰八月清。乘槎凌博望，倚馬怯袁宏。歌罷添悲壯，笳吹大將營。

與汗朱言别

思鄉當十月，歸馬帶霜寒。野館同相憶，河流各自看。著書應閉户，閲世好加餐。暫坐休辭醉，離亭柿葉丹。

抵舍

摇落悲秋暮，空山又掩扉。虚名知己在，盛世壯心違。九月茱萸酒，十年蘿薜衣。愁顔難自解，不爲羨輕肥。

訪東園

樵牧生涯在，買山各一岑。聚螢詞客淚，歸雁逐臣心。勾漏餘丹藥，柴桑得素琴。野人無禮法，來往自招尋。

行城南魚窩道中

渡河村落少，南北訝晨星。鴿怖依禪樹，鷗閒宿野亭。寒梅深破臘，凍柳遠含青。浩蕩知春近，農歌漸可聽。

秋霽漫興

登樓開霽色，遠近一蟬鳴。濕竹含雲氣，晴梧作雨聲。詩從憂旱廢，病自入秋輕。閒讀巢由傳，斯人已市名。

行舊城道中

故人垂釣處，踏雨問前期。黃葉三秋路，蒼烟五禮碑。閒雲同客意，健鳥趁秋時。放眼滄波上，樓船唱竹枝。

凌玉又有遠行得書念之

我亦求田舍，君仍滯道塗。盛名多坎壈，野館半榛蕪。賦穩新詩句，愁深舊酒壚。一年纔一見，歲月望中徂。

秋霽和崔玉階太史韻

積雨今方歇，晴開九月秋。星光明水岸，樹影挂山樓。尚作他鄉客，依然昨夜愁。西南多戰伐，何處不關憂。

初春登北閣送張潛庵游臨潼

其一

暫對河橋酒，春城柳色新。蕭條廉吏後，飄泊遠游人。挂棹方辭越，驅車又向秦。故園同逆旅，回首欲沾巾。

其二

汝有探奇癖，西來興自賒。人情隨道路，春色著鶯花。韋曲多詩侶，新豐半酒家。朝朝逢折柳，忍住在天涯。

其三

歸程應不遠，想在麥花秋。客路枌榆社，家園杜若洲。曉風吹夢蝶，春樹聽鳴鳩。酒伴君能訪，終南有醉侯。

春日游水月庵

溪橋晴日好，渡水問珠林。曉樹浮烟出，春城帶雪陰。鷗鷺游子夢，花發定僧心。命僕攜農具，閒聽扣角吟。

長清道中

古路雙崖斷，垂鞭逐馬羣。啼鶯當日暮，歸雁過春分。麥望隴邊雨，人看山外雲。狂來真自放，咄咄説雄文。

送友人南旋

野棠初放緑，送子近河橋。此地輕離别，何年慰寂寥。岸雲迷曉樹，江雨入春潮。應有北來信，高天雁影遥。

棠棣坡

野樹無邊闊，蕭蕭一徑穿。石叢留虎蹟，沙外見人烟。魚販三家市，鴻飛八月天。老農閒剥棗，遲客汲山泉。

保定僧房

薄暮懸燈後，空牀衹此身。寒雲深帶雨，落葉静無塵。帝里愁中遠，鄉關夢裏頻。争如陶處士，老作葛天民。

別同學諸君

依依花下酒，忽復泣沾巾。久客懷鄉土，將歸戀故人。雪霜千里道，貧賤一生身。此去黄河岸，愁看舊釣綸。

送錢子璧還江南

別酒臨高館，歸人值暮秋。山川桃竹杖，雨雪木蘭舟。開閣懸青眼，還家戀白頭。吴梅花早發，遠折問離愁。

秋懷

其一

金堤八月黄河水，瀑雨奔雷勢欲狂。濤涌蘆花聲黯澹，浪摇瓠子氣蒼茫。九年城郭龍爲窟，千里郊原鹿作場。怕聽虚絃哀雁語，却愁無計奠金湯。

其二

石牀蝶夢自蘧蘧，門巷虚傳楊子居。稼穡三秋收稻黍，衣裳九月製芙蕖。經年病肺愁行役，多事傷心倦讀書。差喜東鄰朋舊在，隔窗聽雨摘園蔬。

濟南雜興

其一

春來日日旅愁生，愁向荒原陌上行。東海人傳天下士，南樓目縱古今情。山松當户月長照，水鸖穿林夜自鳴。遥望栖霞新罷戰，前年烽火正觀兵。

其二

山勢平臨近水亭，白鷗白鷺滿沙汀。柳條待雨仍含凍，麥意違春未放青。冀北九方能識馬，濟南一老自傳經。夜來風起連城響，伏枕關心不可聽。

月夜游秋水橋岸

藕花短短葦花齊，漁艇秋烟草閣西。出寺溪雲隨意遠，過橋山月趁人低。藏書對客常丸藥，載酒尋僧獨杖藜。砧杵不聞千户静，蕭蕭城闕夜烏啼。

北郊

白日霜郊開晚霽，出門取路問漁罾。城陰瘦馬嘶殘雪，岸口饑烏立斷冰。負水人家千隴麥，隔溪烟火一林僧。著書應怪經時廢，多病於今似茂陵。

雨餘得東園書

空谷猶嫌有姓名，十年慚愧負平生。虹飛翠壁垂龍影，雨洗蒼山落雁聲。鼓枻焉知漁父意，將書頗見故人情。無心杖屧西風裏，鋤盡蒿藜種杜蘅。

酬梁芝三吏部

角巾獨買碧山居，人羡山公啓事餘。詞賦近題梁苑雪，音書遠寄汴河魚。幾年帝里輕回馭，何日王門敢曳裾。見説鶯啼曾有約，片帆春雨到衡廬。

九日登舊城用曹秋岳侍郎韻

歸路鄉心折大刀，還從此地醉葡萄。雲深野壑魚龍寂，風急空林鸛鶴高。僧閣雙扉連土壘，人家十里餽山醪。紉蘭忽漫思公子，落帽溪前自讀騷。

飲幼輿齋中賦和

獨鶴盤雲下九皋，西風杖履肯辭勞。陶潛自種當門柳，仲蔚無妨滿徑蒿。日薄長林留晚照，夜深急雨落秋濤。相期共載伾山酒，笑指丹崖翠壁高。

凌玉去燕游晉歸以詩見贈，賦此奉酬

殘菊東陽一醉回，虞卿飄泊正堪哀。入春詩夢池中草，落日書傳隴上梅，緑野依然游子去，青山無恙故人來。五雲北望天高處，知是黄金郭隗臺。

婕妤怨

君恩不可冀，妾意豈徒傷。所願承恩者，鷄鳴早下牀。

玉階怨

玉階無人行，徘徊玉階側。皎皎明月輝，照見妾顔色。

秋日雜興

其一

棗邊柳邊木耳生，稻秔畦外小船行。暈晴野老方愁雨，多少荒陂不可耕。

其二

紅豆熱時蕎麥花，渡橋籬落野人家。前溪踏藕聞漁唱，風動殘荷竹笠斜。

長門怨

沉沉宮漏夜無聲，半捲珠簾見月明。譜出霓裳供奉曲，避人花下自吹笙。

崔如岳

如岳，字宗五，號雪峰，獲鹿人。康熙十四年舉人，十八年召試博學鴻詞，授翰林院檢討。

《獲鹿縣志》：如岳内聰慧，外厚重，下帷攻苦，髮眉盡落。康熙乙卯領鄉薦，文名大振。戊午，應博學鴻詞科，試《璿璣玉衡賦》，並排律二十韻進呈，上大悦，擢檢討，充纂修明史官。用筆謹嚴，尤工楷書，運筆如風，仍不失法度。

《鶴徵録》：雪峰著述罕行於世，吾鄉沈吏部叔埏前應禮部試，闈中遇雪峰後人，詢其遺著，云有詩文等稿，次日訪之，惜不復值。

省耕詩

聖主重民事，農官占歲祥。蒼龍舒異瑞，朱鳥焕春陽。南畝青旗燦，東方紫氣昌。民間舒疾苦，天上沛恩光。雨露沾人普，乾坤福物長。旋生歡忭色，頓覺耔耘忙。耕九無他慮，餘三有積倉。閭閻聞舞蹈，俯仰頌虞唐。百二邦畿重，十千編户强。紺轅輪玉粒，黛耜壯金湯。督稼資軍實，省耕籌歲荒。鳥含佳種至，雲拂野花香。秀草隨時發，嘉禾與日芳。四郊歌幹止，九土荷安康。草野勤劬篤，仁君愛育彰。蠲租欣曠典，履畝賦新章，慶集丹霞迴，風和玉輦翔。千官羅淑景，多士詠思皇。秉耒田家子，横經稽古郎。爲傳天子意，抒悃矢賡揚。

陳僖

僖，字藹公，清苑人。貢生，康熙十八年薦舉博學鴻詞。有《燕山草堂集》。

《居易録》：陳僖以古文名河北，來京師弔真定梁公，示余《上谷殉節紀事》，敘述甲申流賊之變邵同知宗元、張光禄羅彦、金御史毓峒諸公事蹟，甚得太史公筆。

方象瑛《松窗筆乘》：藹公豪邁不羣，自言生平不作無關繫文字。召試入都，貽余書，有云素不耳食，非目睹不敢信，獨於余歎相見之晚。余奉使過保定，擬造訪之，以王程敦迫，不果。

《鶴徵録》：藹公常受業於清苑高淵穎。《堯峰集》中有與《論文書》，謂劉公勇盛稱其文，以爲不減古人，計甫草亦稱其所爲《邊大綬傳》等作。

陶澂《贈陳藹公詩》：往者曾讀《邊令傳》，云是保定陳子作。才雄法贍有根柢，菁英滿前氣旁魄。我嘗仿佛思其人，千里停雲阻河朔。今年得遇恒山陽，斗酒論文慰蕭索。憶余爲客西復東，門前車轍無一同。高會規矩久蕪没，後人不識般倕工。君今著書已逾尺，況復身親見兵革。一噸一笑皆有由，豈是尋常老逢掖。莫言上策不見收，長安少年多徹侯。君才如此合貧賤，且醉醇酒吟清秋。君不見，江河之勢原東流。

决絶詞

我生胡不辰，遭亂爲婦女。出門路不識，見人羞不語。孤城遭寇侵，寇去來軍旅。玉石全未分，殺人血漂杵。夫死虜其妻，仳離失居處。被虜强從車，哀哀淚成渚。

大同懷古

其一

大同舊是雲中地，一帶雄邊設險重。北控黄沙臨曠野，東連紫塞接居庸。荒屯日落關山月，戰鼓聲沉遠戍烽。昔隸熊羆十一萬，於今卸甲盡歸農。

其二

一丸封不住幽燕，迢遞烽墩創九邊。將士貔貅雄甲仗，軍儲輪輓費金錢。悲聲遠播蘆笳曲，殺氣高蒸雉堞烟。傳説龍顔曾北狩，使臣血淚灑冰天。

其三

聞道將軍更築壇，塞門倚劍萬人看。戰場殘壘雲猶暗，燐火荒沙血未乾。舊院琵琶明月冷，新春花草皂雕寒。流風自是凋零盡，京觀樓臺瓦礫攢。

友人至自三韓感賦，時又有大梁之行

草堂寂寞奈春何，舊友惟餘燕子過。才盡半傾青玉案，客來新自白狼河。樽前鷄黍中原月，袖裏風光塞外歌。千載梁園今已矣，驅車且緩渡滹沱。

家居雜詩

半厦茅堂一畝田，恬然高卧便登仙。禪心坐我蒲團日，髀肉輸人壯盛年。疏懶不歌招隱賦，經營欲辨買山錢。長林未識何時遂，露濕新秋聽晚蟬。

戴王綸

王綸，字彣極，又字經碧，號一齋，滄州人，明説子。順治十二年一甲二名進士，歷官江西糧儲道，康熙十八年薦舉博學鴻詞。

《天津府志》：一齋工文善書，人争寶之。晚年詩益進，能畫蘭。

和彭禹峰見寄

其一

一別龍岡後，誰同倒鉅觴。軍書争赤白，我馬信元黄。懷土依茅舍，平蠻幾戰場。天南青瘴極，無夢到黔陽。

其二

同爲京雒客，永夜倒壺觴。蓬蹟終難定，河流依舊黄。酒徒空里社，策士有壇場。一望沅湘路，沉沉老夕陽。

章門新秋送客北上，因寄龔芝麓年伯

楚天秋色動徵橈，北望燕山道里遥。此去酒壚誰擊筑，一時江月正吹簫。雲生驛路銅龍曉，沙滿關城鐵騎驕。勞苦中丞高諫議，可無書訊下雲霄。

悼劉患骨

當時散髮醉黄壚，嵇阮風流尚有無。剩得遺文堪隕涕，夜臺何處酒重沽。

紀炅

炅，字朏庵，號仲霽，文安人。諸生，康熙十八年薦舉博學鴻詞。有《桂山堂集》八卷。

陳儀《傳》：徵君髫齡以穎慧著，湖廣督糧道少參北愚王公奇其才，以女妻之，茨庵先生妹也，與茨庵深相契合，旰衡史籍，互相切劘。宛平相國及高太史念侶，同時流寓，結社會文，聲名藉甚。既而少參殉節於楚，茨庵高尚不仕，卜築西圩。徵君九赴棘闈，數奇不售，召試博學鴻詞，亦報罷。其坎壈失職，輪囷鬱塞之氣，一發於詩，故其詩益進。戊子三月，卒。

王企靖《序》：徵君車轍馬蹟，幾徧天下，所至皆有題詠，故所傳爲最富。

紀昀《紀邁宜儉重堂詩序》：鞏昌太守子湘公及兄給諫孟起公，徵君仲霽公，皆以文藻鳴一時，徵君尤工於賦詠，與蘗子先生名相埒。

《鶴徵録》：文安紀炅舉鴻博，以天性疏放，恐妨游覽，稱疾不與試。

流雲訊春谷

流雲訊春谷，駛鳥懷靚林。所不起長思，有如江水深。洛城誇綺縠，曲調邁清音。璆琳耀名都，良會披胸襟。相貽以素愛，何用雙南金。及此花未落，爲憐寸草心。

秣陵秋日留别王茨庵

江南秋正好，江北人初别。蘆花滿面飛，孤棹波中咽。揾淚指歸雲，夕流帆影滅。魚鳥見留連，西風吹斷絶。蘇李當此時，那能心不結。

寒食郊行

郊行念流日，草色摇青春。寒食暮天遠，疾鳥薄城闉。艷花待山雨，一洗蹊間塵。縱目送歸雲，鷄犬不得嗔。裁衣作練披，慚愧林宗巾。諼諼松底風，爽然懷逸民。埋鏡於丘首，照見泉下人。

過沛縣有作

劉季歌大風，授權於巾幗。葅醢及韓彭，何事不輕易。階成産禄禍，其勢由漸積。可憐戚夫人，母子遭虺蜴。社稷方摇摇，兒女漫嘖嘖。壯哉朱虚侯，拔劍侍前席。將種誅一人，諸吕已奪魄。漢祚不可移，焉用右袒裼。紛紛南北軍，撫掌陳曲逆。

登華山未至沙蘿坪而返

雲氣遮山腰，半入仙人掌。縈懷數十年，兹晨慰景仰。石徑如箭筈，籃輿遽來往，身到眼界空，岧嶢無殊象。共指奇峭處，變幻絶頂上。帝座不可通，明星分霄壤。始知天下事，畢念在鶴氅。留著蓮花峰，尚作未來想。

白下喜晤程穆倩

君昔住廣陵，慷慨振風雅。客每至紅橋，論文倒杯斝。妙擅皇象書，摹印獨心寫。伊川道力深，門外多車馬。我昨過雷塘，蒲汀正初夏。泊舫近垂楊，士女紛游冶。修刺通故人，一一如鐘啞。歎彼挾貴資，幾日離草野。名地無談宗，唾棄同飄瓦。秋色渡江來，相逢石城下。龐眉粲然笑，牽衣袖仍把。檢歷八十餘，公實長年者。聚散老更稀，交情諗真假。

雜詠

其一

襆被已十稔，敗絮無奇温。覆衣加衾上，曉寒透中軒。聞鷄争起坐，冷然禪性存。世上貂襜褕，多應戀王孫。誰當裂百幅，煖睡老柴門。長笑平津侯，矯情何足論。

其二

富厨厭粱肉，貧釜珍藜藿。歎彼世上人，判然分齗齶。白首慕隱居，所戀在羹臛。祇緣年歲祲，反覺人情薄。枯魚欲長呼，屠門空大嚼。買絲繡平原，不如尋丹藥。

觀楚漢戰處

逐鹿中原郡樹兵，英雄並起立壇盟。王侯將相詎有種，壯士死則舉大名。公等皆去吾逝矣，安能鬱鬱久居此。山澤隨燕五色雲，東南王氣生天子。項羽横徵目欲瞋，喑啞叱咤廢千人。由來學成萬夫敵，將軍共誅無道秦。戰士呼聲動天地，破釜沉船乘鋭氣。諸侯皆從壁上觀，衆將膝行莫仰視。沛公先已入咸陽，漢運初興秦氏亡。豎子不足與謀事，富貴偏思歸故鄉。經營天下五年内，七十餘戰無不利。四面何爲皆楚聲，泣下數行雖不逝。身死獨憐不肯東，漢家乃得奏奇功。天心厭亂蓋已久，擊筑空勞歌大風。

秦箏曲仿沈隱侯體

合座酒酣愛繁聲，玳瑁移寒指痕輕。十三絃影囀春鶯。囀春鶯，鶯乍語。迴柱雲，列雁序。

中夜

老話侵中夜，微霜落半秋。黄花知月令，白髮戀人頭。丹粒應難熟，笙歌最易休。弦光渾未濕，桂影疊山樓。

秦州雜詠

玉門千萬里，飛鳥去仍回。山自昆丘矗，河從積石來。羌人咸内附，邊郡復新開。隨路郵亭少，徵鴻祇獨哀。

隴城雨中即事

山郡易爲雨，河湟便有秋。野人收燕麥，羌地出犏牛。紅鳥窺籠語，孤猿帶樹愁。五原聞暮吹，大半唱凉州。

雨中聞雁

宜向衡湘去，翻從汧隴飛。關雲聲斷續，山雨影依稀。似語三秋客，相迎八月歸。雁門知不遠，寄信報柴扉。

南發留別子湘季弟

行年將七十，客路更三千。白首留長鋏，青山問薄田。在家同逆旅，隨地可栖禪。避暑知何處，華陽洞口邊。

現在

現在貧居士，前生老比丘。那能追向詡，祇可似黔婁。白髪何時變，青山往日游。著書還未就，真乃負窮愁。

無題

夢不嫌吾老，蘧蘧悉故人。有因奚著想，無幻即爲真。襆被三更月，禪牀半夜塵。盧生誰喚醒，開眼悟迷津。

曉山上人

幢花迦葉再生天，净業沙門自妙年。智永書名皆是法，貫休詩格總歸禪。雲流梵閣翻公案，月照松關注内篇。不有阿難真定慧，孰從座上現青蓮。

東航九舅挽詩

九仙忽隕少微星，七十春光入杳冥。壯節談兵輕白袷，中年愛道注丹經。幽懷蘭雪琴生潤，逸勢鴻鸞字有靈。病似巢人同抱恨，誰能執筆誄山亭。

重陽後一日雨中感懷

把酒臨風進羽卮，雲棚蘿架半離披。雨多九月寒應早，花失重陽開已遲。一自累旬尋藥裹，更從何地問禪期。晚年欲受菩提戒，綺語猶慚江總持。

茶烟

碾就龍團穀雨前，乳香雲脚逗輕烟。煎茶原有真三昧，品水常思第一泉。祇可焚香供客坐，不妨對酒向琴邊。倘逢陽羨人争問，茗具新窑略已全。

九日

黄花白酒住柴桑，冷雁凄雲九月霜。祇有義熙陶靖節，年年甲子記重陽。

横汾别

歸程心折雁門秋，紫霧黄塵澗水流。滿地蛩音愁客聽，迴腸端不借箜篌。

李瑞徵

瑞徵，字中峰，容城人。康熙十五年進士，十八年薦舉博學鴻詞，官廣西荔浦縣知縣。有《籠餘草》一卷。

徐元正《序》：中峰負光明俊偉之氣，嘗學於孫徵君，受知於熊次侯、蔣虎臣兩先生。己未詔舉博學鴻詞，臺中以中峰名列薦剡，乃復詘於數奇。今沉鬱下僚，復以宕昌調補荔邑，歷險涉灘，烟嵐雨瘴，向之窮愁憤發、捉鼻微吟者愈不覺。燕雲慷慨，泄露筆端。

《鶴徵録》：先生學問該博，嘗與修《畿輔通志》，惜未見其遺著。

秋夜讀書

古人竟何之，見此秦時月。落照青簡端，冠履若飄忽。澹對不相聞，秋風天籟發。攲枕研至精，凛冽砭吾骨。鬼神能害名，漏泄受天伐。蒲柳畏先零，燕石守金闕。何用此營營，華簪寵短髮。

辛酉冬澤州署中柬王仲昭

伊昔家大阮，買楫浙江潮。南中多偉人，齒馨惟仲昭。曾探帳中祕，開卷走風濤。緬懷二十載，車弓同見招。而我拙巷遇，一笑各分鑣。衹今向潞澤，行槖挂酒瓢。聞君蓮花幕，抗情在雲霄。投刺而按劍，寒燈坐寂寥。慷慨賦歸與，馬鳴風蕭蕭。

古意

桃李好顔色，不如松柏心。况結平生歡，譜之蘭與金。棄絶果何意，含情自沉吟。願借明月光，展君綠綺琴。抱月彈流水，哀怨激商音。焉得秦樓鏡，涣然開素襟。

和崔文宿中翰

百慮紛於市，誰能似太虛。閒心常寄酒，得意不關書。池養青青竹，盆容小小魚。恐蕪方寸地，階草定須除。

袁杜少中翰秋試

獨步紫微署，名傳五字高。冰銜官近冷，筆甦氣猶豪。捫腹餘三篋，投綸戲六鰲。峰青江上句，不是鬱輪袍。

憶夢哭崔宮詹先生

聞騎箕尾去，萬里若爲親。談麈無知己，囊琴欲贈人。夢使者攜琴至。傍勞工部夢，敢認鉅卿真。尚有高堂在，還憐撤瑟晨。

闈中有感

金臺市駿已成塵，滿眼驪黃認未真。争羡迴甘同啖欖，獨憐作爨似勞薪。捫胸文石仍無恙，照夜珠光自有神。借問峰青江上句，當年物色是何人。

讀王陽明先生《游瑞華》詩，愴然有感

高詠陽明賦瑞華，投荒生死實堪嗟。萬山風雨迷歸鶴，六峝苗狼笑種花。身不益民空蠖屈，志存經國尚匏瓜。挂冠欲去頻搔首，又恐逋官累室家。

王方穀

方穀，字金粟，新城人。貢生，康熙十八年薦舉博學鴻詞。

春陰

漠漠天氣陰，摇摇樹光緑。顧此索居人，微吟愜幽獨。早聞春水生，風動澄潭曲。何處曉鶯啼，踟蹰望林谷。

國朝畿輔詩傳卷二十三

魏荔彤

荔彤，字賡虞，號念庭，一字淡庵，柏鄉人，裔介子。官江蘇常鎮道。有《懷舫集》三十六卷。

《四庫全書提要》：《懷舫集》三十六卷，魏荔彤撰。荔彤有《大易通解》，已著録。是集凡詩十二卷，又《續集詩》九卷，《別集詩》六卷，《偶遂草》兩卷，《紀恩詩》一卷，《外雜著》三卷，《雜曲》一卷，《彈詞》一卷，末附自述一篇，蓋仿揚雄之作，然所云『手注九古經，望道窺一貫。發微言，明大義，不落前儒窠臼』云云，自負亦不淺矣。

《柏鄉縣志》：荔彤，十二歲補弟子員，十三歲入貲爲中書舍人，選任鳳陽郡丞，奉命自備資糧賑饑山左，活民數萬口。以優敘，授漳州守，採米穀以裕民食，建書院以振士風，修官署，輯郡志。膺卓薦分守江常鎮崇道，署臬篆半載，所在有聲。彤力學不倦，自經傳及諸子百家皆有心得，注解甚多。詩詞三十卷。

《別裁集》：觀察爲文毅公子，嗜古學，勤著述，詩歌雜文不下數千章。今鐫板俱散軼矣，祇存平時記憶二章，見鱗爪，可想像雲中龍也。

《紅豆樹館詩話》：淡庵以貴介居膴仕，而詩筆淡遠，無腸肥腦滿語，蓋得力於陶韋者。所著《大易通解》十五卷，深闢堂奥，不墨寫舊説，尤説經家之圭臬也。

述懷

白月挂屋角，霜風落晚圃。索居愧無營，行吟玩歲暮。哀笛發清商，空堂寒欲雨。蕭蕭四壁來，秋聲在檐樹。彭殤理齊觀，百年總朝露。行樂及芳時，丹砂古貽誤。

感時

太平五十載，羣情尚通融。相期渾圭角，遂爾成世風。堂廉重咨儆，浮沉將安窮。屠釣多高隱，曠野集哀鴻。悵望君門遥，誰爲誦二東。

擬古

其一

微風起樹末，深堂自仰偃。開書見古人，我情忽已遠。黄農没既久，頹瀾何代返。世味幾曾嘗，行傷歲月晚。按劍始片語，獲報在一飯。胡爲百年間，恩怨日往返。

其二

地以美難處，名因盛可諱。今人棄淡泊，所志在富貴。蔚然天外雲，灼彼林間卉。誠堪邀世羨，風霜亦足畏。

其三

映門樹高柳，半畝閒緑雲。雨餘風月凉，蟬聲入晚聞。十年故交少，垂羽感離羣。往事一回首，空嗟世變紛。行行蓬蓽中，身隱焉需文。

其四

曝書晴檐下，鋤藥雨畦中。吟哦抒夙抱，非言詞賦工。草堂敞虚牖，長夏多好風。伏枕唱新詩，取笑同舍翁。曹劉不復作，此道久蒿蓬。

中山途次

黄沙十里緩歸鞭，水匝孤城草接天。覓句全憑驢背力，看山不費杖頭錢。雲攜疏雨徵衫濕，柳黯春原落照縣。絶少玉呵鳴紫陌，豪華慚愧五陵賢。

夏日田家

榆柳濃陰築麥場，溪邊花發野芹香。柔桑葉老蠶將繭，幕井泉深稼欲荒。農飯平阡山日午，牛眠新樹晚風凉。田家終歲勤耕織，作苦何人繫念長。

早發任縣陰雨

疏林一抹淡烟平，童僕淩晨戒曉行。雲渡海天含雨氣，鵲巢喬木識風聲。野人早散山村市，澤草春生水畔城。欲息勞肩住西嶺，山光泉韻謝浮名。

題沈歸愚萬峰獨立圖

峰峰卓立斷躋攀，笻屐逍遥鳥道間。試問此翁登眺後，何人更上萬重山。

馬陵道

戰壘千秋沙草平，更無殘戟礙春耕。荒城夜半喧雷雨，遠似當年萬弩聲。

張霖

霖，字汝作，號魯庵，撫寧人，歷官福建布政使。有《遂閒堂稿》。

《天津府志》：霖幼歧嶷，讀書十行俱下，爲詩古文詞，卓然成家。由歲貢生歷官福建布政使，家饒於貲，推解不倦。中緣事落職，遂構問津園爲偃息地，招大江南北名流，觴詠其中，如梅定九、朱竹垞、姜西溟、查夏重、趙秋谷諸前輩，咸主其家，時人擬之月泉吟社、玉山草堂，差不愧云。

寄懷念藝弟時在皖江

江上不宜秋，秋容動深省。南岸楓葉丹，北岸荻花冷。天空無碧雲，雁字排高影。舉頭送鴻雁，目斷關山迥。豈不羨奮飛，同羣苦未整。吴江接楚江，愁思徒耿耿。

何林

林，字雲壑，宛平人，歷官揚州鹽運使。有《彌年集》。

感舊

襄陽大隄水，出自漢中來。上經麇子國，下達沔陽隈。合流爲江漢，晴川在其埃。大隄女兒全勝花，中間合沓萬人家。我年少壯曾來此，喪亂經過空歎嗟。復聞江漢紀南荒，昭丘弓劍徒埋藏。楚王宫内纖腰女，景屈公家多國良。祇今彌望東流水，莫爲江魚厭武昌。

永豐舟中

容與扁舟發，愁中烟草多。十年驅瘴癘，此日對江波。鵬翼難同擊，鷗羣莫厭過。頻看章貢水，日日動盤渦。

歲晚漫作

索居五度雪來時，一片羈愁祇獨知。歲暮却同人易老，花飛常與客俱遲。長安曙景疑先到，十載風光悔欲追。零落栖遲空被酒，緩歌長短不勝悲。

漫詠柬張瑶倉

騷人不棹五湖舟，試眺曾無王粲樓。九問天高多莫應，七哀人遠少真憂。越吟莊舄元因病，蠻語參軍不自由。楚舵吴檣知見否，山陰亭畔幾清秋。

梁允植

允植，字承篤，號治湄，正定人。貢生，官福建延平府知府。

《畿輔通志》：允植知錢塘縣，性明敏，有幹濟。甲辰閩變，總督李之芳移鎮三衢，巡撫田逢吉督兵城守，咸以允植爲才，命佐軍興，調兵食，支應滿漢大兵，解餉，解火炮、鉛彈、軍器，前後運用船隻計萬有八千餘號，夫役不計其數，俱出召僱，民無怨咨。遷袁州府同知，題留，以同知攝縣事。事平，擢延平府知府。

鳳凰山懷古

鳳凰山下草莽莽，危巖石激溪流響。宋家宫殿此山隈，薄暮秋風曾俯仰。當日中原尚可圖，何事偏安傍海隅，李綱建策終遷謫，宗澤渡河徒大呼，朱仙橋頭曾轉戰，風波亭前燐火現。矯詔班師白日昏，誰遣金牌十二面。區區江漢僅圖存，鳳凰山下敞金門。北闕樓臺開紫極，西湖歌吹起黄昏。屢見潛龍飛朱邸，國是紛紛難僂指。禁錮豈爲真小人，秉鈞誰作僞君子。小康百有四十年，王侯春晝散輕烟。一夕江濤北風起，又見滄海變桑田。海上樓船憐世傑，矗矗孤忠縣日月。正氣猶傳丞相歌，秀夫空自揮丹血。山頭麋鹿走宫牆，苑柳鴉啼臺草荒。我來披棘尋遺址，一片寒煙下夕陽。

新晴對月同王青城、魏漢章、家雲麓兄

新晴風乍暖，明月澹幽衿。入座浮梅影，依垣落竹陰。三春良夜話，萬里故鄉心。談劇衣裳濕，渾忘露氣侵。

桐廬道中泊舟候張東太不至

維舟芳草岸，帆影亂澄江。山市斜通渡，巖花艷到窗。狎人鷗泛泛，掠水燕雙雙。信宿期良友，孤懷對酒缸。

蒲坂早發

鴉飛城闕静，霜色曉凄其。野闊烟浮遠，山高日出遲。依雲看古寺，覓徑繞村籬。東下黄河險，湯湯無盡時。

贈房興公進士

弱冠才名大，山居奉老親。憐君真孝子，成父作忠臣。紙貴東都日，花看上苑春。梁公元舊業，切莫悵清貧。

秋懷

搖落吾徒道日非，疏情應與世相違。喜看俠客芙蓉劍，學製騷人薜荔衣，已分青氈甘懶慢，何妨白眼看輕肥。樓遲燕市悲今昔，易水蕭蕭木葉飛。

崔岱齊

岱齊，字青峙，平山人。貢生，官湖南長沙府知府。有《坐嘯軒瑣言》。

乳燕

尚憶燕初歸，桃杏花滿目。薰風自南來，吹我槐柳緑。巢乾燕雛成，嗷嗷聲在屋。覓食何殷勤，更番去來速。分詞秉至公，循序各意足。風雨不辭瘁，曉暮期衛宿。羽成教之飛，相將往而復。含靈愛其子，意乃厚且篤。因之感慈烏，反哺酬鞠育。觀此燕引雛，《蓼莪》宜細讀。

除草

新草尚媚春，滋蔓增夏熱。葉長色蓊鬱，根深體盤結。嬉游徑俱荒，沿階石半没。荆棘鉤衣袂，雨露霑履襪。蚊虻生聚蓄，毒蟲據爲穴。遂使君子心，及此思翦伐。鳩工三令申，奮勇羣力竭。約以兵家律，齊以步伍列。淺薙猶任指，旁搜佐之鐵。闢地奏成功，坐見汙萊絶。爽豁眼界清，暢遂心怡悦。閒行步無礙，白石光復潔。始知勤集事，矢念貴果決。去惡須務盡，勿使潛萌櫱。古來鋤奸人，剛斷稱明哲。除草雖細微，可以施銜紲。

揚子江觀濤

天下奇觀海門潮，疊如山聚疾如飈。黄山亦有雲凝海，灝氣茫茫迷真宰。二者人争羨未若，揚子江濤險且幻。源遠流長勢自雄，倏忽之間千萬變。目摇心悸難名狀，北固金焦屹相向。石激水怒濤漸起，渦旋下接黄天蕩。威雄詎借石尤風，力猛自挾千尋嶂。雪峰鱗砌矗晴空，天馬攢奔踏雪浪。後先争逐積逾高，鉅細分呼吼益壯。閶闔震撼疑動摇，地軸輪轉成簸蕩。吞鯨鬣怒觸櫓檣，噴沫遠濺沾衣裄。長年色變祝鬼神，一葉輕舟隨下上。幾使人生七尺軀，無端輕許江魚葬。拘儒乍睹心胸開，仁人惻隱轉生哀。擾擾天涯名利輩，行路之難如此哉。漫向人誇湖海客，風波陸地人難測。小溪垂釣何安然，結茅深山老亦得。

春燕

就壘歸南國，相期二月天。拂塵沾柳露，戢影入花烟。雨細疏雲外，風輕野水前。頻頻窺繡幙，遥語代傳箋。

金山寺

山寺江心立，孤危不可升。樹摇波底月，雲護定中僧。塔影連帆影，漁燈繞佛燈。醉游奚慮險，新設石欄層。

送黄介伯歸遂安

山城烽警憶追游，將伯曾煩借箸籌。客裏看雲懷故國，風前折柳送歸舟。十年交誼心能吐，一帶江峰篋可收，賴有雙魚春易泛，好銜尺素過揚州。

送侯屏山懷山歸閩

木蘭坡上草離離，秀影依稀映墨池。顧愷山川宜寫照，王維兄弟盡能詩。客中歸思同雲遠，江畔孤帆帶月移。一片隋堤楊柳色，那堪又折向南枝。

隋堤步月

隋苑繁華半已非，隋堤烟月自清暉。紫簫團扇曾同照，錦纜牙檣何處歸。水浸一天星影動，風搖兩岸荻花肥。堪憐廿四橋邊柳，惟有鷩烏向夜飛。

移榻

移榻中庭趁晚凉，微風輕送野花香。蕭然高卧渾忘暑，多少流螢繞畫廊。

題畫

雲鴻數點過汀州，滿目蘆花烟水浮，柳外忽聞漁唱起，扁舟獨釣一江秋。

客館見燕

墻外桃花開未開，繞廊行處獨徘徊。惱人春色偏無賴，又送雙雙燕子來。

李文秀

文秀，字奎瞻，易州人。貢生，官江蘇如皋縣知縣。有《楚吴偶吟》。

《詩觀》：使君宰雉皋，廉慎自矢，神氣怡然，形於歌詠，知爲温恭君子。

除夕雉皋署齋對酒作

青陽布惠澤，萬物咸昭蘇。足信天地心，未定榮與枯。嗟予宰劇邑，三歲頗勤劬。戴星急公程，飲水志不渝。雖無赫赫功，父老則已孚。燕薊北鄙人，賦性原拙愚。幸得逭罪戾，寒梅照冰壺。冉冉星紀流，兹歲又告除。逋債苦煎迫，家人相嗟吁。解顔慰童孺，何用此區區。枉道不可爲，前賢有令模。不見沍寒盡，春風吹衣裾。

送項嵋雪同年歸嘉禾，兼呈曹秋岳夫子

幾日郵亭把濁醪，嚴風急雪打綈袍。興來忽憶鴛湖社，寒劇偏乘揚子舠。歲暮燈深江閣掩，春花人擁越山高。知從倦圃時游讌，爲説微官久二毛。

張柚雲

柚雲，字子錫，磁州人。康熙間貢生，官廣東始興縣知縣。

《磁人詩》：明府性至孝，在通許時，迎其母至學署，朝夕視膳。比遷始興，母年齒已暮，距家六千餘里，不能迎養，而孺慕不衰。不一載，鬱鬱以没，聞者傷之。

江干野望

磯頭閒注目，秋水碧盈盈。龍卧寒潭寂，虹飛斷岸明。菱歌鶩鷺起，塔影印波清。何處芙蓉發，幽香撲袖生。

孫芝蔚

芝蔚，字豹文，號淡廬，磁州人。官雲南姚安府通判。

《磁人詩》：公，修髯如戟，目光似電，音如洪鐘，深得少陵詩法，惜不多作。

散步

著屐攜筇踏淺沙，西峰遥望鎖殘霞。春傷舊日頻游地，酒問前宵半醉家。溪上長吟悲往事，林間無語妬歸鴉。年來衣逐緇塵化，欲結方袍禮釋迦。

陳寅

寅，字靖共，大興人。官知縣。有《主一堂集》。

《詩觀》：使君慷慨英犖，詩高逸不羣。

聽友人彈琴

長日幽齋静，薰風簾外來。調高林樹響，聲徹石泉開。指上飛濤瀉，雲間獨鶴回。曲終人未散，落照滿蒼苔。

午日次白溝

野館逢佳節，開樽倍苦辛。獨來龍戰處，試看馬蹄塵。薄醉過沙雨，孤吟老客身。秦淮燈舫月，偏不照離人。

金陵懷古

虎踞龍蟠古帝州，長江依舊向東流。六朝歌舞秦淮月，百戰興亡燕子秋。宫闕齊梁迷故土，亭臺王謝總荒丘。年年畫舫游人醉，誰聽中宵杜宇愁。

過勞勞亭

一望斜陽起暮烟，荒亭餘址草連天。驪歌久已消官道，斷碣空存紀晉年。入眼江花傷過客，懷人春酒滿離筵。依依尚有長堤柳，幾處臨風倍黯然。

曹釗

釗，字靖遠，豐潤人，鼎望子。貢生。有《鶴龕集》。

《豐潤縣志》：釗性恬静，詩酒自娱，有《鶴龕集》《翦波詞》行世。

《詩觀》：都下人士一時競稱三曹。三曹者，冠五太史及長公靖遠、次公賓及也。太史高雅，靖遠英犖，賓及秀冲，皆擅詩家之勝。

雜詩

少歲矜意氣，肝膽向人豪。豈知杯酒間，談笑生波濤。譬彼蠅蚋蟲，所在集腥臊。一朝黄金失，棄之等秋豪。古來管鮑儔，貧富如一操。丈夫重知己，豈爲生死撓。壯哉挂劍客，千載渺風高。

文殊院看鋪海

冒雨宿高巔，雨歇天風吼。夜半落松聲，崖谷虛能受。問潧鋪海奇，僧云初霽後。曉起披衣看，濃霧堆窗口。須臾海勢成，一望烟雲藪。旭日動微光，晶熒天欲剖。蕩蕩波濤翻，隱隱帆檣走。天都與蓮花，對峙如培塿。其餘盡渺茫，滄桑信非偶。回首問同人，變化真奇否。

雪中吟

孤坐寒氣森，擁爐把書讀。瞑色暗檐楹，凉風動茅屋。入暮冷逾加，蕭騷戛庭竹。吟就轉凄然，推窗望林麓。不知起何時，紛紛舞滕六。碎玉碾長空，冰花綴頹木。隔溪三兩人，蓑衣雪中牧。村橋迷酒帘，炊烟罥遥谷。饑鳥喧鄰園，啞啞還逐逐。萬樹齊作梅，千山渾似秃。傾樽呼濁醪，聊以慰幽獨。

紫翠樓春堂

斷岸縣千尺，人家帶夕陽。野煙低覆水，春草細生香。對酒情偏劇，題詩興轉狂。息機看燕子，來往爲誰忙。

翻書

閉户却塵慮，翻書覓韻題。晚雲斜挂樹，秋雨亂鳴溪。得失應無礙，窮通未可齊。竹雞何所慕，恰恰向人啼。

紫竹林晚步

别有幽栖境，禪房竹徑饒。樹交晴作雨，溪漲晚添潮。就月移山榻，逢僧坐石橋。静聞仙樂發，天路豈迢迢。

茌平道中

山左愁無雨，畿東又苦蝗。客心常耿耿，天意祇茫茫。汗滴徵衣濕，塵飛大麥黄。故園應有夢，昨夜到漁陽。

保定道中

絡繹畿南郡，徵塵接塞長。人家依稷黍，風俗想陶唐。草暖分波緑，沙頽壓水黄。年年種楊柳，不見夾官牆。

鍊丹臺

振袂凌雲表，登高望海門。松曾經太古，石尚記軒轅。勝蹟傳丹竈，空山老白猿。乘風還一至，疑此是崑崙。

指月庵

地偏人蹟少，屋對亂峰開。月放千巖雪，松喧萬壑雷。誦經馴虎至，洗鉢豢龍來。引興隨高衲，長歌日幾回。

薊門

燕山五月麥田秋，黄雀翩翩緑樹稠。遠塞關河雲外轉，諸陵風雨望中收。時無敝賦閒雞犬，路少烽烟散馬牛。獨有薊門橋下水，年年無語自東流。

豐臺看花自柳村歸飲祖將軍支芳亭

四月温風緑正齊，柳村村外遠招攜。流鶯聲老仍啼樹，野菜花香不辨畦。園叟逢人勞指點，樓臺到處有攀躋。歸雲一片拖殘雨，回首西山望欲迷。

霜華

霜華歷歷下庭柯，坐久幽窗暗薜蘿。風雨慣能欺客枕，烟霞端不負漁蓑。閒情賦罷人思酒，短札裁成雁渡河，滿目徵塵何日息，邯鄲道上塞雲多。

秋夜感事

蕭瑟唯秋夜，何堪雁又鳴。邊亭吹草白，落日壓山晴。孤枕來寒杵，深宵託短檠。寥寥鄉信隔，的的月華明。葉下梧桐影，城高觱篥聲。茱萸期九日，蟋蟀恰三更。短鬢消閒帙，長懷憶友生。無錢驕杜甫，有志切匡衡。霜拂吴鉤冷，風嘶代馬横。蝸名生計拙，雞肋壯心輕。壘塊看孤劍，昂藏付酒鎗。流連太傅詠，直欲起袁宏。

覽鏡

尺蠖不成龍，尺水不成浪。覽鏡莫沉吟，本乏封侯相。

春游

春雲薄似羅，春色濃於酒。落日衆山低，牛羊滿谷口。

獨立

獨立秋江寒，波光倏明滅。鷺鷥抱何愁，頭白亦如雪。

卧雲庵

山雲不用招，日供老僧卧。有客入扶筇，撥雲僧夢破。

曹鈖

鈖，字賓及，號瘦庵，豐潤人，釗弟。貢生，官内閣中書。有《瘦庵集》。

《豐潤縣志》：鈖，鼎望仲子，美丰儀，善屬文，尤精繪事。隨父守新安，讀書黄山之桃花源，以明經仕内閣中書舍人。壬戌，隨駕奉天府。明年，扈從南巡。有《瘦庵集》《黄山紀游》《扈從東巡紀略》《筆濤養正圖》等書。

《圖繪寶鑒續纂》：賓及諸生，時好書畫，興到寫梅花道人，頗得淋漓淡宕之趣。

舟中

晴日動林皋，漁人蕩輕舸。扁舟隨意放，巖花齊欲吐。村疏烟火稀，山深樹石古。遠望列羣峰，一一青可數。

漁陽道中

平原空悵望，故國已荒丘。獵犬穿林出，灘聲抱石流。月明燕嶺暮，霜結薊門秋。尚欲停車問，悲笳動戍樓。

歸懷

指顧平原憶舊游，偶然乘興一登樓。蕭疏短鬢三年夢，寂寞長江萬古愁。看世擬逢青眼客，移封願得醉鄉侯。西風蕭颯吹黄葉，摇落寒林樹樹秋。

再游黄山

其一

三入黄山今又來，諸峰偏向故人開。林深夏帶深秋氣，瀑瀉晴喧鉅壑雷。烟雨半沉春藥井，雲霞全護鍊丹臺。莫言竟日無多路，選步應知爲惜苔。

其二

水自回環徑自分，看山豈惜往來勤。烟鬟黯淡將梳雨，石齒峻嶒欲齧雲。曲邃若非親閱歷，幽奇端不付傳聞。峰峰千仞堆寒玉，初闢何人運斧斤。

老女怨

白髮鏡中生，紅顔不再好。未作並頭花，翻成寄生草。

曹鋡

鋡，字沖谷，豐潤人，鈖弟。官理藩院知事。有《雪窗詩集》。

雨中對瀑，復觀龍潭水漲

驟雨劃然至，烟霧失長空。千峰蕩微影，飛瀑垂玲瓏。深潭忽怒沸，疑是蛟龍宫。響聲振林樾，雪浪生寒風。躡足心欲動，舉首摇雙瞳。下觸石骨碎，上與銀河通。誰爲開鑿力，吾將問洪濛。

伏日同伯兄眉庵松茨消暑

何處攜尊酒，東皋舊草堂。雨殘沙路細，風軟藥苗香。巢燕非時出，山蜂底事忙。老親憐弱稚，歡喜故相將。

入山曉行

竹輿隨徑轉，蘿薜挂烟霄。石險偏横樹，溪回屢渡橋。霧收方見日，雲聚即成潮。瀟灑紅塵外，青山認寂寞。

入紫翠林

人多穿洞出，路狹礙枯藤。怪石如迎客，山猿不避僧。疏林飛瀑落，絶壑亂雲蒸。素有登臨興，梯霞上百層。

坐響雪亭

山湧濤千尺，晴堆雪一溪。雨隨雲去住，烟接樹高低。路盡疑天逼，峰尊與日齊。掃苔聊獨憩，摩壁好留題。

登文殊院

嵯岈開綫路，杖履莫辭難。嵐氣千岩雨，山風六月寒。石欹防客過，松古學龍蟠。縱目遐荒外，方知天地寬。

黄山

古木枯藤路不分，徜徉麋鹿自爲羣。山僧煮茗松間話，仙侶吹簫月下聞。嵐氣滿衣渾似雨，水流觸石自成紋。欲知軒帝歸何處，須問孤峰頂上雲。

曹鈐

鈐，字孝符，號嗇庵，豐潤人。貢生，候選訓導。

唐壽鵬《傳》：嗇庵幼隨父首望任姑蘇，讀書之外，惟耽默坐，間出其撰述，宿儒皆歎不及。父卒，歸里，屏棄語言文字，冥心四子書，思路斷絶，則取先儒語録證之，其治經參用漢書，每多心得。

游披霞山

落日紅雲帶鳥飛，重來登眺坐松扉。秋林寒渚千村晚，山寺無人月送歸。

賈穆

穆，字藴冲，南宫人。官房山縣訓導，祀鄉賢。有《瘦仙裔人詩稿》。《畿輔通志》：穆性至孝，事繼母，能得其歡。聰穎好學，凡經史子集莫不編摩成帙。行文規仿歐曾，詩歌兼擅唐宋。以歲貢司訓房山，甫至即製詩祭賈島墓。著有《樊桐山樵文稿》《瘦仙裔人詩稿》。

奉和鄭韋庵

分野知何許，福星來使君。上都縣節鉞，下土望霓雲。願聽尚書履，來看仙尉墳。一樽房邑酒，乘暇且論文。

楊自牧

自牧，字謙六，號預齋，昌平人。官江蘇華亭縣縣丞。有《潛籟軒稿》。《詩觀》：謙六沉酣風雅，詩英剴無凡近氣。又謙六詩英悍，得邊塞之氣居多，今且往雲間，事哦松矣。此地多名彦，起而唱和於棲山泖水間，知不孤也。

流沙寺

迤邐白浮堰，舍利塔相并。其寺曰流沙，建置自皇慶。邈矣四百年，不見金象盛。荒園野色人，破壁夕陽映。碑文半在土，毀蝕亦難認。相傳有積金，祇園或可證。盛衰亦人爲，空王祇静聽。因之念浩劫，但禮山僧磬。

暮秋游峋峋厓

其一

萬壑隱孤秀，峰頭羽士家。縣流疑剩雨，落葉亂殘霞。閣峻秋陰伏，山空暮景斜。何人自西岳，移種石蓮花。

其二

晚坐空山寂，樓危怯獨依。青林寒佛火，白月净巖扉。細把藤花酒，重添薜荔衣。三更扶杖去，高詠謝元暉。

涿鹿懷古

涿鹿連沙漠，長歌憶古人。樓桑曾起蜀，督亢未歸秦。天地多秋色，山川幾戰塵。往來南北路，側望一傷神。

滹沱河

抱地連恒嶽，排天下雁門。板橋危動影，沙岸迴縣痕。北望雄流駛，東歸鉅浸翻。祇疑風雨至，佇聽肅心魂。

途中重九

馬上過重陽，征途景易傷。野雲千里白，秋草一川黄。作賦悲游子，登高望故鄉。遥知三徑菊，空自抱幽芳。

劉諫議祠

諫議祠堂入草萊，獨傷往事思難裁。裴韋是否求賢相，李鄭如何謀國才。雲暗曲江千古淚，風流象郡兩鄉哀。他人制策成灰燼，曾喫紅綾餅餤來。

秋夜思家

故園歸計惜蹉跎，殘暑初消白露過。清角孤城知夜寂，寒蛩四壁覺秋多。愁中短夢悲難就，客裏流光奈促何。卧起張燈還獨坐，空將九辨數吟哦。

王建衡

建衡，字起莘，威縣人。貢生，官昌黎縣教諭。有《任庵詩集》九卷。《四庫全書提要》：《讀史辨惑》，王建衡撰。是書成於康熙四十一年，雖以讀史爲名，而考其所引，實坊刻《鳳洲綱鑑》也。

赴汭不果時大歉

捆載詩書上小舟，今春準擬作東游。帆開汶水移花岸，路入梁山問酒樓。到日定知幽興滿，新篇還與故人酬，無端荒歉因循甚，潦倒行裝又過秋。

寄宋柱石

三年汭上悲秋客，别後詩情近若何。花岸不辭行處遠，柳風偏愛醉來多。也應高唱隨鴛鷺，未許長吟到薜蘿。聖代即今需獻納，好將詞賦奏鸞坡。

劉獻

獻，字子賢，號八夫，磁州人。康熙初貢生，官沁陽縣訓導。

文殊臺觀瀑布

五老峰巔匹練裁，飛騰百丈自天來。波翻潭底千岩動，影落松頭萬仞開。異彩挾風同掣電，潮音噴雪似轟雷。歸時欲倣大癡筆，圖向蕭齋作溯洄。

孫芝蒨

芝蒨，字文徵，號蝶僊，磁州人。候選訓導。有《腴古齋集》一卷。《磁人詩》：公賦性瀟灑，常焚香静坐，筆牀茶竈、詩囊酒瓢備具一室，畫花、竹、草、蟲，俱稱絶品。

牛山遠眺

天爲人間作畫圖，南巢争説小姑蘇。登高四望真奇絶，三面青山一面湖。

張楠蘧

楠蘧，字子遜，號訥庵，磁州人。候選訓導。

方苞《張母李孺人壽序》：子遜先生，經明行修，以廩生讀書成均，需次銓曹，不樂仕進。

中秋對月感懷

人生能得幾春秋，花甲而今已一周。不斷凄音蟲聒耳，似憐孤影月當頭。中年頻灑西河淚，末路誰分伯道憂。願借白鸞傳此恨，綵鈴飛遣下瓊樓。

張橋恒

橋恒，字子久，磁州人，榕端弟。康熙間貢生，官延津縣教諭。有《積力齋百詠》。

和檀度寺僧元韻

臨淮名勝地，偶此駐行驂。帆影沿江市，鐘聲近水庵。紅塵銷短鬢，白業浄秋潭。喧寂雖殊況，清言許共探。

國朝畿輔詩傳卷二十四

張霔

霔，字念藝，號笨山，撫寧人，霖弟。官内閣中書。有《帆齋逸稿》《晉史集》《欸乃書屋集》《緑艷亭集》。

陳儀《龍東溟傳》：笨山兄爲方伯，門第甲三津，而笨山蕭然無與，嘗科頭趿履行市中，居如村舍，題曰帆齋。又嘗别室於帆齋之右，亦曰帆齋，客徵其故，笨山曰：『吾所居則帆齋也，既爲帆齋，容有常處乎。』人皆怪之，獨東溟心知其意。笨山蕭然恬泊如山林間人，草書全得張顛神骨，詩似青蓮，天馬行空，不可羈靮。

朱彝尊《得張舍人霔皖口書却寄詩》：六年不見張右史，忽誦秦游一卷詩。韓孟元劉無定格，尤蕭范陸有餘師。歸逢灤鲫堆盤日，到及江花夾岸時。試計合并何地好，須憑來雁慰相思。

古相思辭

郎是天上雲，隨風東西南北游。妾是杯中水，瀉地東西南北流。雲游去作何方雨，水流但濕庭下土。土生相思草，恨郎歸不早。雨濕合歡花，忘妾獨在家。

東來軒分韻得坐字

感士不遇日，大道多轗軻。閒居求苟安，遂已成驕惰。搔首柴門前，深柳一鶯坐。春風愛好音，吹向誰家墮。虛名竟何用，生計常相左。時還弄毫素，心隨書畫舸。海上足烟波，一竿無不可。豈爲武昌魚，乃鼓瀟湘柁。

幽思

促促復促促，日月雙轉轂。百年遂安栖，幾間白板屋。人生慕榮利，我心同草木。搔首獨踟躕，顧瞻徑之曲。左藝孤生蘭，右藝孤生竹。佳人渺天末，閉門如空谷。

擬陶飲酒

出門寡所營，信步行畎畝。未緑陌上桑，已黄河畔柳。有客良可招，茅廬近渡口。疇意正病起，抱膝坐晴牖。見我愜素懷，暢敘爲之久。野月上孤桐，春風閒藥臼。何以遣斯時，曰不如飲酒。

蒼龍嶺

朝發青柯坪，暮過蒼龍嶺。仙人杖早投，謝公屐空整。三峰不可登，半天松雪冷。

少年行

五花驄上騎少年，春風吹處美且鬈。往來香陌如飛烟，照耀桃李生芳妍。紫游韁繩軟玉鞭，青絲絡頭寶花韉。華衣艷服不自鮮，平時與馬常周旋。有時挾弓馳郊田，黃金彈子珍珠圓。側身欲落雲中鳶，不聞射虎南山前。不聞一擲百萬錢，但見呼酒杏花邊。紅樓影下看鞦韆，十五吳姬坐並肩。狂歌縱飲無拘攣，硯底空壓鴛鴦箋。懷中偶撥鵾雞弦，鸚䳇螺輕終日傳。芙蓉帳暖通宵眠。馬瘏明月嘶纏綿，少年少年胡不憐。

巫蛾

燰翠小屏深疊疊，巫娥斜倚雲花裂。青絲亂雨飛欲光，七十二峰羅空牀。魚冠仙佩丹霞裳，鸞旌倒曳靈風香。天潢老女隔水泣，冷綃霧薄湘烟濕。

青城引

翠尾鳳子飛無聲，半天紫雲垂青城。玉樓小立衣烟輕，撲來短袖團花明。香泉不斷下冷峽，跳珠走雪鳴琮琤。濕霞欲醉春螺紅，騎羊小兒吹鵝笙。

石槽

石槽投宿早，崖畔駐鳴騶。亂樹開平野，圓沙送細流。松寒不近蝶，山淺忽聞鳩。一徑蘼蕪緑，攜筇思獨游。

晤朱贊皇

一代集唐手，才力吾所欽。讀盡古名句，乃成良匠心。色比七襄錦，聲同百衲琴。大雅寓大巧，痕蹟誰能尋。

春日雜詩，同龍東溟、王野鶴、宋又京、汪槎客、孫君選、查漢客分韻

歲歲東海上，殘春始見春。閒吟夢草句，老作看花人。風雨三沽水，輪蹄十丈塵。槎飛仙島近，不問武陵津。

秋夜水亭

燈殘月復落，歷歷閃秋星。高枕新涼夜，三更舊水亭。露深初警鶴，風定乍流螢。幾訝虚牎外，梧桐破曉青。

由新安至靈寶，連日行土山中，有作

風景連朝改，間關欲奈何。民居茅屋少，官道土山多。遼闊登樓賦，荒凉出塞歌。壯游方努力，慎莫歎蹉跎。

寄懷蘇州宋采城山人

洞庭春酒酌來酣，忽憶吴城隱士庵。千里鶯花羞杜牧，十年湖海老何戡。家風雖素還須守，世事多違枉自諳。可記倦游津水日，時時欲唱望江南。

送慧林上人南還，兼寄石濤輪广

霜冷蕭蕭黄葦枝，不堪手折送尊師。心空海月悟何早，頭白江天歸已遲。萬恨人間輕惜别，半生世外重心知。情湘客子寒谿老，相見憑君寄遠思。

偶成

其一

當年曾伴白雲夫，游屐吟鞭興不孤。春澗鳴禽閒共聽，秋山歸路醉相扶。風塵老大功名薄，田圃荒凉心計粗。漫向長安搔首望，青雲一箇舊交無。

其二

西風七月欲飛霜，千里懷人雁一行。寧可聞笳當塞上，莫教吹笛過山陽。餓來方朔還成笑，老去馮唐祇自傷。手把素書秋竹下，不知辟穀更何方。

青雨山房詩

三年知欲不窺園，小築新成學閉門。懸榻早如陳仲舉，藏書多似李長源。春雲入座江峰立，秋水當簾海月翻。念我疏狂全未改，竹林難忘舊琴樽。

獨飲黃鶴樓

暮雲江上釣漁船，湖水將平八月天。頻倒金樽看日落，欲吹鐵笛起龍眠。十年烽火留遺淚，兩度登臨歎壯年。不是華洲狂道士，畫工莫漫繪圖傳。

楊村道中

又向楊村道上行，問關能不動幽情。野花一路開無主，水國千帆列作城。雙燕偶然同客語，數蟬隨處作秋聲。漫云馬上渾無事，敲徧西風句未成。

讀史

其一

澹澹三徑菊，依依五株柳。高風緬可懷，不在詩與酒。陶潛。

其二

胸中有父書，豈但十八拍。不料一曹瞞，憐才到巾幗。文姬。

其三

氣飛易水虹，血灑秦庭雨。一死報燕丹，成敗復何語。荆軻。

其四

絶色竟沙塵，琵琶怨殺人。安知青冢色，不是漢宫春。王嫱。

絶句

踏踏隨香緑，飛飛避軟紅。雙鳩林外雨，一蝶水邊風。

上元道院看月作

十二瓊樓不挂燈，一壺明月冷於冰。阿誰能擲仙人杖，化作虹橋到廣陵。

夾馬營

其一

異香此地生雄主，千載風雲古殿空。莫歎重重龍幔黑，傷心猶怕燭摇紅。

其二

兩京宫闕已成塵，夾馬營中廟尚新。太祖騎龍何處去，華山應訪墮驢人。

清明

折柳人歸帶曉烟，高歌不負鬬雞天。杏花村裏桃花酒，費盡今朝白打錢。

伏枕

連朝歸雁急相呼，伏枕懷人信有無。記得梅花江上客，雪牕同看輞川圖。

仙院

十二樓邊九子鈴，垂簾人誦蘂珠經。白鸞紫凰無消息，鳥啄松釵滿地青。

懷揚州苦瓜上人

遥傳好事清湘老，大滌堂中隱作家。風雨淮南秋色冷，閉門衹是寫黄花。

長江舟中

緑楊小艇曬魚罾，大李將軍繪未能。明月不來人欲醉，一江斜日照巴陵。

聽夜泉

松館燈寒夜睡遲，流泉聲裏獨支頤。令人忽憶秋江上，明月湘靈鼓瑟時。

築欄

方塘引水接長竿，藕種新泥四月寒。未識今年花盛否，周圍先築柳闌干。

林徵韓

徵韓，字退思，昌黎人。有《忘餘草》一卷。

《永平府志》：徵韓，其先閩人，舊家海濱，國初避海寇之亂，薄游章水。會逆藩不靖，國家有事東南，乃梯黔航楚，浮家郢下。寓京師，愛畿東山水，卜居昌黎禪伏山，謀終老焉。性灑落，少負不羈，生平足蹟幾徧天下。年過半百，息影蕭齋，徜徉自適，喜吟詩，著《忘餘録》以紀其游。尤侗《序》：子美之沉雄，退之之博奥，往往於斯見之，勿謂吾道之不北也。

丙穴魚

丙穴有嘉魚，爲狀異他族。鱗差同鱸細，項不似鯿縮。暖戲暮春天，羣喁溪陰緑。隨流無遠近，出山水不復。垂手下急湍，舉網動盈簏。寧供上客餐，徒厭野人腹。誠哉風味佳，無以名自鬻。

山齋落成

劚石斷雲根，誅茅髠山麓。行復操斧斤，直斬陰崖木。乘時集衆材，立地成小築。壁但塗黄泥，窗不施綺穀。卑陋良有然，安居抵華屋。即此課兒孫，殘編會且讀。鄰里慶新成，相過半樵牧。留坐話桑麻，趁吾春酒熟。

扁道

百尺清溪上，陰崖曲磴縣。水聲人語亂，山骨馬蹄穿。世路偏多險，風塵亦有年。那能無間阻，書劍自飄然。

樵舍阻風登岸閒步

徙倚湖山外，空濛立晚晴。鳥銜江霧濕，雲拭岸花明。水長春三月，舟行日數程。不因風雨阻，應早過吴城。

黔西道中

暗雨黔西路，凌晨結伴行。馬蹄循虎蹟，人語雜猿聲。舊里餘荒井，空山冷廢城。不毛嗟此地，禁得幾鏖兵。

己巳秋仲山妻信至卻寄

一身輕萬里，偕隱志多違。八口饑無告，三年客未歸。野厨鳴落葉，荆户掩斜暉。想見秋風裏，山妻正采薇。

新硎硤

策馬投深峽，紆徐路轉長。石開天一綫，雲鎖木千章。壁陡山疑合，橋頽水欲荒。不知經過者，猿斷幾人腸。

山居

少有人知處，空山獨我家。嶺欺茅屋矮，門對夕陽斜。曲徑迴芳草，疏籬散落花。就中多畫意，難繪是烟霞。

元日

日月相催苦太頻，寸陰空度去年人。還家昨夜三更夢，失意他鄉萬里身。白髮難饒纔覺老，黄金易散不辭貧。天涯莫歎謀生拙，破硯殘書尚可親。

輓孫豹人先生

已視榮名作等閒，辟書何事下松關。葛巾野服朝天去，明月清風引杖還。冠蓋豈能羈白髮，墓門猶喜對青山。憑誰題碣留私謚，好置先生夷惠間。

雜詠

不用尋詩過嶺西，日來幽事頗堪題。松間拾菌雲遮路，雨後罾魚水滿溪。偶乞瓶花從野衲，時需斗酒問山妻。行將策杖看禾去，祇恐磽田緑未齊。

邊汝元

汝元，字善長，號漁山，任丘人。康熙間諸生。有《漁山詩草》二卷。

《任丘縣志》：漁山和易端凝，性好積書，日飲酒賦詩，不與外事，與龐雪厓相切磋，交分在師友間，而其詩清蒼雄健，實與之埒。

馬之驦《序》：善長詩寄託遥深，追蹤陶柳。近因家業中落，窮愁著書，益肆力爲之。雄渾悲壯，幾幾乎問津浣花，排闥直入矣。

《紅豆樹館詩話》：善長爲馬口徠之驦宅相，與龐雪厓爲姻婭，詩有淵源。句如《促織》云『貧家無懶婦，旅館有愁人』；《春日雜詠》云『琴罷浮心釋，詩成穩字難』；《水漲》云『西風禾黍鼃鼉窟，落日村墟雁鶩場』；《偶成》云『八口曾無三日米，百年剩有一牀書』，皆朴摯可誦。

張司空華離情

秋夜簾櫳肅，月影壓重陰。燈殘萬籟寂，起坐彈鳴琴。一彈發商聲，再彈秋氣深。佳人隔天末，雁鯉阻飛沉。代馬嘶朔風，晨風戀舊林。君恩亮未歇，敢賦白頭吟。

陶徵君潛田居

東風扇微和，四序已及春。衣食關造化，疇能坐自臻。黽勉力耕作，未敢後四鄰。日暮荷鋤歸，犬吠隔荒榛。稚子解侯門，招呼然柴薪。入室相慰勞，斗酒雜烹蓴。寡欲願易足，樂此百年身。

古意

其一

盛事不復再，落落黄金臺。昭王逝不返，郭隗安在哉。駿骨猶堪市，所棄惟駑駘。世無九方皋，豈曰無龍媒。

其二

淮陰未遇時，惡少輕相侮。瑣尾一王孫，枵腹而襤褸。泥伏鰍爲徒，雲騰龍爲伍。異哉胯下夫，目中無項羽。

其三

淵明高尚士，薄視五斗米。彭澤豈不榮，棄之如脱屣。品以真而高，詩以澹而旨。千載和陶篇，優孟徒爾爾。

其四

天書誕而妄，於事屬烏有。嗟哉王子明，美珠鉗其口。相業冠古今，撫衷不無忸。君子凜大防，冥冥不敢苟。

客懷

帝里風光三月暮，蕭蕭客舍草芊芊。愁多心怯歸鄉夢，立久神傷望遠天。落瓣何曾留曉樹，流鶯猶自喚晴烟。故人寂寞京華路，乘興空懷訪戴船。

古別離

妾持玻璃杯，淚滴杯中醁。賤妾一片心，吸入君懷腹。君持素羅巾，拭妾淚痕斑。賤妾一片心，藏君衣帶間。君騎青驄馬，妾心錦韉下。願將頭上絲，係君四馬蹄。君乘木蘭舟，妾心錦帆頭，願將賤妾身，化作石尤風。

許惟祚

惟祚，字石園，順天人。有《六雪齋詩草》。

香山寺

錯認東林路，幽深曲徑連。懶雲低講席，怪石咽流泉。日落烟光集，山空雨勢縣。何當結茅宇，重證妙香緣。

懷妙山

君客長安久，攜琴暫一歸。雪霜孤騎去，鴻雁尺書稀。野草連幽徑，閒門挂落暉。東南時極目，遠夢逐雲飛。

文成内兄書至，賦寄

憶別長安市，依依判袂難。歲華驚柳色，苜蓿老儒冠。山繞孤城僻，書來一座歡。此時懷叔度，咫尺路漫漫。

送友韓還維揚

烟皋孤艇動離憂，帝里何年可再游。爲客已憐芳草黯，送君相對夕陽愁。華燈錦瑟揚州夢，白雁丹楓薊嶺秋。河水應知人惜別，濤聲日夜也東流。

早春飲集蓮峰署齋，得初字

署齋三載曳長裾，翻惜韶華幾度虚。客到喜謀良夜飲，愁多自覺世情疏。歡同此夕親朋話，望斷經年兄弟書。相對芳尊須盡醉，一簾寒月雪消初。

送翼飛

官署三年作客身，君來又遇柳條新。愁中對酒傷春暮，醉裏吟詩送故人。登眺幾回陪孺子，盤桓兩月見陳遵。離懷此日猶難別，芳樹鶯啼倍損神。

送李倩雲還廣陵

山城雨歇子規聲，柳暗衙齋送客行。濡水飛花隨馬去，邗溝好月待人明。尊前笑話驚離緒，別後吟詩憶友生。碌碌風塵知己少，天涯漫道有逢迎。

曹廣端

廣端，字子正，號玉淵，大興人。有《初暘集》。

題無悶道人山水圖

蒼翠滴朝嵐，松聲澗中起。浮屠隱山椒，歲月寧復紀。扁舟載鶴游，高情發秋水。世網不能羈，賞心良足喜。婦子相嬉逐，疑入柴桑里。筆墨見性情，因之懷彼美。每覽欲忘饑，烟雲恒滿紙。

感懷

野宿聞樵唱，窮居讀楚辭。違時悲賈傳，樂道羡原思。痛極翻無淚，愁多恨有知。含情欲何語，明月自西垂。

張螺浮給諫、家石閭行人約予同游西山，卧病未往

幽禽鳴格磔，流水去潺湲。人度高峰小，雲埋古樹閒。愁中驚白露，夢裏見青山。待到歸來日，新詩定解顔。

月夜尋趙生

清夜須尋方外友，長歌對酒氣蕭騷。稀星數點孤雲静，横笛一聲明月高。

曹廣憲

廣憲，字思原，號梅峰，大興人。有《石倉集》。

柳堤梵月庵即事

極目寒山静，凉秋九月風。松煙埋古寺，橋影卧長虹。幽徑尋初地，閒情學釣翁。禪宗堪説偈，潦倒愧詩筒。

送吴卧山太史南旋

唤徹東風上苑鶯，一鞭遥指五茸城。鯉庭初展承歡志，虎觀曾高著作名。隔院琴樽思舊詠，長天雲樹認歸程。松陵燕市應相望，頻寄詩筒慰遠情。

劉驊良

驊良，字支莊，號六蝶，滄州人。諸生。有《支莊詩集》一卷。

王士禛《序》：劉子詩，空谷之蘭，静潭之月，庶幾近之。

薄有德《序》：清夷淡宕似梅聖俞，進而刻厲峭拔則孟矣。

修琴

山水愛清音，寸心靡所施。秋初萬籟輕，澹懷多捐棄。壁懸一素琴，塵網空齋閟。拂拭叵可測，太始存元粹。玉節注德徽，膠血固貞志。無庸指上彈，肅雍屏魑魅。

鬱金酒

鬱金酒，艾納香，我持玉斝君瑶觴。藍姑紫菀花芬芳，範芸蓀菂及都梁。不知何日别靚妝，至今反側結中腸。漾漾緑水雙鴛鴦，秦箏趙瑟朱絲揚。髮束玉璫步金璫，雲緋霧縠錦段章。枸櫞團欒列檀牀。

獨坐

落葉滿空山，垂簾竟日閒。書籤編次第，硯石滌斕斑。四十年知老，三餘興已删。新遺羅酒好，淺酌駐衰顔。

金憲孫

憲孫，字邵度，清苑人。諸生。有《塒園稿》。

會亭曉發

樹裏子規啼，殘星送馬蹄。雲穿官柳路，霧繞野棠溪。梁苑空辭賦，芒山斷鼓鼙。故園千里外，背指數峰西。

儀真舟中

西去真州路，中分揚子橋。亂雲生遠岫，密雨打迴潮。烽火傳千里，烟花變六朝。多方聲勢接，懷古意蕭蕭。

獨樹

白晝掩荆扉，蕭條生事微。狂知把酒是，病悔著書非。獨樹花空發，高巢鳥自飛。杜鵑枝上血，强半惜春歸。

春夜飲程穆倩齋中即别

客路逢知己，江城燒燭紅。蟄龍驚宿雨，歸燕覺春風。多難才逾壯，孤懷興不窮。心期相見晚，忽漫促徵篷。

丙午榜後寄復陽兄塞上

抱影穹廬手一編，塞鴻音渺動經年。望雲强忍思親淚，齧雪猶傳教子篇。月壓龍荒頻勸酒，霜侵沙磧重裝棉。敢言薄劣慚知己，乞米空回更力田。

秋吟

空亭餘怪樹，日暮野雲屯。時有同心友，騎驢直到門。

李經垓

經垓，字性孚，任丘人。有《東園集》七卷。

《任丘縣志》：性孚，學問博洽，十五補諸生，龔少司空士煜薩，以母疾絶意仕進，邑人高之。

龐塏《序》：先生才氣奔放，一往莫御，少加錘煉，當與何李並行。

夜泊百花洲

依舊雲山色，洲前不見花。吴王空自霸，西子别爲家。浴盡香溪水，堆殘帆逕沙。小舟良夜永，漁火隔蒹葭。

玉鉤斜

其一

當年上苑盡風流，絶代香魂聚一丘。螢火亂飛天似漆，諵諵猶聽話迷樓。

其二

自從紅淚濕欄杆，誰料鸞釵出土殘。記得夜游扶上馬，錦袍御腕護春寒。

劉芳洪

芳洪，字虎臣，號鍾洛，宛平人。

文殊院

策杖尋幽處，沿迴松徑開。秋深千樹醉，雲破一峰來。白日行深院，青蓮護講臺。悠然何所得，身世委浮埃。

冷村早行

露光湛湛散晴谿，一帶沙痕印馬蹄。何處疏林鳥飛早，遠烟殘月隔村西。

村行雜詠

風行水面錦成紋，野闊天低草色分。仿佛前林人語出，棹行猶隔一重雲。

李曉

曉，字寅清，宛平人。有《梧臺集》。

秋思

白露凋南國，長天望每賒。雲低鴻影亂，風急鳥聲譁。巫峽迷殘夢，吴宫積落花。暮砧時斷續，秋思入誰家。

廣陵寒食郊游，期王仔園不至

東風吹絮下邗溝，又值清明感薄游。啼鴂幾聲山徑冷，落梅一笛夕陽愁。佳人顧曲來歌院，駿馬長嘶過酒樓，何事仲宣忘作賦，笙簫空自泛中流。

自東都泛舟到真州

夾岸夭桃萬樹紅，渡頭楊柳不禁風。可憐汴水新翻曲，唱入殘陽晚棹中。

鄧林尹

林尹，字虞山，宛平人。有《雪江草》。

春日感懷

又見飛花繞暮天，客懷岑寂少人憐。文章多忌悲鸚鵡，世事傷心付杜鵑。幾樹桃花三月雨，一堤楊柳萬條烟。日長無計堪消遣，遮莫春城思黯然。

田庶

庶，字牧園，大興人。

皖江四宜亭

薄宦趨江滸，臨流上古亭。三吴一水白，六月九華青。舟楫因風便，黿鼉負浪靈。高天清暑夜，落落見羣星。

高必達

必達，字上公，大興人。

燕子磯

酧酒臨天塹，齊梁尚有情。亭收千里勢，雲擁六朝城。絶壁巉如故，新洲浪漸平。磯前漁子在，日夜聽鼉鳴。

懷山東宗叔

十年疏傳隱東陵，下澤柴車正好乘。近作倘翻新子夜，里人不識舊中丞。花深野寺騎驢過，屐響名山載酒登。翦燭未能魚雁少，春來腸斷剡溪籐。

客丹徒贈李書城大令

望中樓櫓一江分，檻外潮聲日夜聞。庾信有哀曾作賦，鮑郎無主但留墳。乘槎誰犯黿鼉窟，横海新傳組練軍。漫把閒情贈公子，南朝烟雨太紛紛。

寄懷王弁伊

白髮梁園苦著書，近來詩酒興何如。那能便訪侯嬴去，落日浮雲滿孟諸。

黄之琮

之琮，字堃瑞，元城人。有《自娱草》。

雜詩

其一

暉暉野日明，颸颸春風柔。車馬相追隨，佳地擇所投。高閣面鍾阜，俯視江水流。攀援古樹枝，連蜷勢相繚。娟娟發春華，馨香爲淹留。

其二

蕭蕭丹楓樹，湛湛長江水。千里遠行役，家在沙麓趾。游子念高堂，膝下别離幾。行行歸里閭，夜起視參觜。

淹留

淹留已竟日，杯酒戀燈光。細雨秋雲薄，疏簾夜氣凉。功名無狗監，詞賦有奚囊。牆角萋萋草，秋聲絡緯長。

李燮元

燮元，字公梅，號慕庵，南宫人，起龍子。貢生。有《慕庵詩集》。

《南宫縣志》：燮元，詩宗工部，凡有詠歌，詞旨温厚，得大雅之遺。

送鄭韋庵謁選

憶昔青蒲策治安，幾年長嘯卧林巒。即今慷慨爲時起，佇見威稜到處寒。政肅百城酬聖主，風清一路盡廉官。功成後樂歸來日，野老還應扶杖看。

王潔

潔，字汲公，大興人。有《幽居山房稿》。

金山

其一

七級凌峰頂，虚牕總不扃。層嵐開紫翠，急浪走雷霆。斯世方多故，高天果獨醒。茫茫看尺五，敢欲問青冥。

其二

明月生東嶺，波光一鑑開。欲尋甘露寺，更上妙高臺。黄鶴千峰去，蒼云萬里來。無端吹簫築，唤起洞龍哀。

張鴻漸

鴻漸，字九逵，元城人。康熙間貢生。

送馭四姪游太原

錦鞍雪濺馬蹄霜，廣武風高落日黄。畫角寒飇疑虎嘯，麓臺疊磵詫羊腸。水來象谷通雷澤，山鑿龍門過呂梁。試向籌邊樓上眺，東南雲樹莽蒼蒼。

唐居仁

居仁，豐潤人。康熙間貢生。

燕山

萬里龍沙路，逶迤此地過。陣雲東去盡，烟雨北來多。掌上山城月，襟前瀚海波。昇平何所事，扶醉望青螺。

米漢倬

漢倬，字星岸，宛平人。

題畫贈李箕山

憶昔連牀已十年，醒同風雨醉同眠。高才自是誇無敵，傲骨而今豈受憐。別後烟雲雄筆陣，重來燕市續詩緣。時人那識青山趣，不畫胭脂不得錢。

陳聯

聯，字捷三，寅子，大興人。

登清凉臺

晴色招提好，同登掃葉樓。開牕來竹翠，倚樹見江流。斜日千林亂，深烟萬井浮。莫辭歸路晚，新月正當頭。

霍映秀

映秀，字耳公，曲周人。康熙間貢生。

《曲周縣志》：映秀爲文，揮灑立就，年七十餘，猶拈詩自課，兼工詞曲。

即事

宦遠行還止，囊空去復停。苦無杯底物，不是愛常醒。

許世昌

世昌，字乾若，曲陽人。

游香巖閣

近識前山路，欣從蠟屐游。泉聲分細響，山籟發清謳。香梵傳巖閣，慈津駕石舟。不嫌雞黍薄，暫爲白雲留。

劉鼎

鼎，字羹庵，大興人。

感懷

緩步江干是舊游，荻花如雪正深秋。迎人鷗鷺還相識，倚枕雲山可自由。潮打空城驚宿鳥，風吹落葉送歸舟。年來爲報兵氛惡，日督戈船過石頭。

曹天賜

天賜，字心簡，昌平人。

登鳳凰山

路迴復崚嶒，春風醉裏登。塵沙分北薊，烟雨暗西陵。坐覺諸天近，呼當衆壑膺。勝游殊未厭，徙倚看雲升。

晚留白浮山莊

貧家偏好客，移席就山莊。棗栗供新摘，壺觴出舊藏。微風殘葉墜，夕景急砧凉。望望龍泉寺，龕燈水一方。

殷四端

四端，字擴四，任丘人。有《静遠居稿》。

重陽前一日懷家紹震兄

明日是重陽，不覺長太息。吾兄適異鄉，歸期約此日。

陳良弼

良弼，字夢築，號嵩叟，慶雲人。貢生。官内丘縣訓導。

蠟梅

越羅衫子鬱金裳，傲雪凌霜宮樣妝。怪得來從真蠟國，芳名合號小黄香。

蘇峒

峒，字瞻極，大興人。

六王川懷古

楚已無三户，川猶號六王。四圍丹嶂合，一塢白雲藏。壟樹澄秋色，人家静夕陽。詎知行路者，懷古淚沾裳。

老人

青藜老人年八十，顔如渥丹髮如漆。方竹拄杖紫棕鞋，荷葉衣裳箬皮笠。八月芙蓉白露秋，南湖秋水淡悠悠。老人石上持竿坐，終日思魚不下鉤。

蘇溥

溥，字龍如，大興人。

秋夜集送王鶴年之睢寧

最是經秋月肯明，乍涼天氣暑全清。久拼痛飲逢河朔，又聽離筵唱渭城。人影一庭扶竹影，更聲幾處雜歌聲。他鄉對酒休辭醉，身世浮名似葉輕。

馮亭楷

亭楷，字端士，涿州人。

送沈又樹歸洪昌

休文才大卷秋濤，萬卷奇書一緼袍。興劇吟詩千古上，狂來呼酒五陵豪。西風落葉江州滿，新月歸帆雲際高。未奏驪歌心已醉，孤亭送爾獨勞勞。

金平

平，字子昇，天津人。有《致遠堂詩集》。

梅成棟《津門詩鈔》：子昇先生起家鹽筴，禮賢右士，與張魯庵方伯、查天行封君同時，以風雅相高，起嶺南軒拓園亭，以館南北之彦。

次葛沽

十年懷此地，百里未能游。一夕隨潮至，千門向水流。橋横村樹静，蟬響稻秔秋。何日期沮溺，耕烟卧壟頭。

張楨

楨，字延蝦，蠡縣人。有《焚餘草》。

古廟

古廟遺墟在，凄然帶落暉。檐虚沾絮蝶，瓦影蔭苔衣。日暖羝羊卧，風和社燕歸。昔年祈鼓地，伏臘歲時稀。

汪黄贊

黄贊，字搢斯，易州人。有《目耕堂集》。

慶都曉發

路滑嘶征馬，林寒散曉鴉。鐘鳴非一寺，村小聚三家。積雪冰成石，朝曦霜落花。行行茅店近，幾縷早烟斜。

金大中

大中，字馭東，號名山，天津人，平子。諸生。有《可亭集》。

《天津縣志》：大中數奇不遇，性豪邁忼爽，能急人難，遠近稱之，尤工詩古文。

直沽罛師歌

丁字沽邊春水生，桃花渡口暮烟平。年年嫁娶漁船裏，不用前溪打槳迎。

陳良翰

良翰，字季宣，慶雲人，良弼弟。康熙間拔貢生。

《津門詩鈔》：季宣，善書工詩文，學政熊公伯龍亟賞之。

送王方鄴歸里

燕市相逢玉露寒，梁園千里共征鞍。六朝門第推江左，七子才名盛建安。霜雪關河經歲暮，鶯花風雨又春殘。登樓賦就先歸去，樽酒離亭欲別難。

國朝畿輔詩傳卷二十五

孫洤

洤，字静紫，號擔峰，容城人，奇逢孫。康熙二十一年進士，官内閣中書。有《擔峰詩四卷》。

湯斌《序》：氣格高超，不作開元、大曆以後影響語。

錢秉鐙《序》：静紫諸作，探奇抉幽，既已漸近自然，由其讀書窮理，得於家學者素也。

方亨咸《序》：多見道語，亦多情至語。

《紅豆樹館詩話》：擔峰，爲容城徵君孫，以名進士官中翰，旋請假歸。性好游覽，周歷大江南北佳山水，所至有詩，藏篋中者千餘首，今所刻《擔峰集》才十之三四耳。詩筆縋幽鑿險，而情至語尤能沁人心脾，五言如『朽甎凋漢塔，古蘚剥元碑』『雁睡驚漁火，蘆乾響岸霜』『遠山先見日，獨樹不藏鶯』『雲影一臺月，蟲聲滿澗秋』『團松孤衲座，懸窟老猿家』『汲泉尋虎蹟，倚杖問山名』『鉢龍馴夜梵，檐鳥散晨鐘』『雲移山勢瘦，風轉鳥聲幽』。七言如『風摇檐鐸聲穿樹，雨爛牆詩墨長苔』『僮聞客到烹陳雪，鴉愛松孤占夕陽』『蔬摘茅厨烹楝蘖，茶斟瓦鉢點槐膏』『病裏轉欣敲句穩，老來彌覺著書難』『隔城木落看山遠，夾檻烟流補屋平』『破寺瞿曇圍草薦，荒墳翁仲著苔衣』『静中學道途防誤，老去安貧志始堅』『往事重提成昨夢，故交久别似新知』『名心不斷難甘老，泠職雖供半是閒』，視世之優孟何李、雕繪鍾譚者，殊有上下牀之别也。案：擔峰寄籍河南輝縣，《畿輔通志·選舉表》作容城人，據此登入。

烏剌紀游

壬戌春仲，崔宫詹定齊有奉祀長白醫巫閭之行，約余偕往，比歸，戚友争來問狀，因作此篇，聊當小紀。

皇帝御極壬戌歲，萬方蕩滌稱平世。塵消瘴路虔陀誅，雨洗蠻烟夜郎繫。櫜弓卧鼓静堯封，咸秩無文始地宗。北控巫閭瞻岧鳳，東連長白仰興龍。名鎮告虔誰可寄，從臣首選崔詹事。城邊玉仗耀螭鱗，雲外金函齎鳳字。詹事欣然理去裝，集來親串送河梁。勸杯争羨車塵壯，挽轡還愁塞路長。孫子方戰棘闈裏，一聞遠游鬚眉喜。文成不計選錢青，囊攜但解看山紫。朝陽門外雨初晴，塵斂橋通萬里程。紆旆半遮宫柳密，馳輪横載野烟平。斜陽停轡潞河岸，連艘鱗集帆影亂。驛荒草長馬嘶階，窗破夜凉風卷幔。沙走平原夜色鋪，書籤百折到臨榆。背城牆斷憑山補，倚户藤欹倩柳扶。鐸振魚陽風自古，生徒講席還擊鼓。竇莊何處塾藏書，李廣當年石没羽。家郵何事夜來傳，蕊榜書名事偶然。壯志看花須絶塞，草臣射策合窮邊。是日聞捷。旭升早覓無終路，情深往蹟生回顧。種玉難尋雍伯田，埋麟但指昭王墓。金城紆岸度轜車，四面山青柳欲舒。烟雲繚繞陳宫岫，蝌蚪凋殘商鼎書。蕭條驛館都山下，荆代榱椽石作瓦。窺林殘月擁眠牀，隔籠荒雞催去馬。卑耳溪頭雨氣開，搴裳人背夕陽來。廢城碣字鐫黄洛，倦客溪蘋薦墨胎。挽輪欲下石門阜，遥見驪城大如斗。案燭催吟馬上詩，砌花勸酌尊中酒。臨榆關外路巑岏，屐齒渾忘道路難。雲鴻隔嶺聲先到，海鶴凌空羽正摶。雄關扼險巋然峙，對岸人烟依戰壘。邊城萬轉跨山斜，海氣千尋扶日起。憑欄一望盡空濛，浪蹴危樓起颶風。姜女祠殘雜蚌窟，仙人石倒撼蛟宫。凉水河邊鶩日暮，板橋新補人争渡。晚餐牆上挂蒼鷹，半夜牀前跳毚兔。荆榛叢裏剩城闉，道左碑傳舊海濱。東觀驛即舊海濱縣。鐘簴尚敲天順字，石欄不辨慶元人。濤聲稷謖起松柏，寧遠蒼茫覓陳蹟。夾路甍飛世胄坊，摩雲鴟瞰勳臣宅。蕭疏老屋不成村，松杏何年長石根。頹岸雨衝殘壘蹟，欹垣苔蝕舊湖痕。十三山狀互偃仰，馬到峰邊呼石丈。海田幾見世升沉，輪蹄閲盡人來往。廣寧風澤不曾遠，夜露苔生贔屭斑。北寺鐘聲雙塔迥，西郊雲影萬峰閒。路近辰韓停晚棹，風沙日夜皴人貌。鄉書珍重託雲鴻，旅店從容調水豹。虎頭、魚尾、黄斑、善食魚。東峰一轉盡平蕪，千古雄才毓此區。抱膝晉卿通籍否，乘牛元邃在田無。遼河横挽舟如葉，沙磧鶩鴻争利涉。春凍懸鋤隴未耕，天昏帶犬人猶獵。老邊矗起似山横，平野逶迤擁盛京。鶴歸華表吟丁令，帽破林間識管生。巍峨知是興王地，林樹蘢葱聚佳氣。萬户烟隨殿影高，二陵雲繞山容翠。瀋陽東北萬山稠，晝囊飄摇夜雨收。當路翻漿驚没馬，春日地氣濡軟易陷，俗謂之翻漿地。穫田躍踵不鞭牛。極者先扶杖躍，踵蹈隴上，後持長柄葫蘆播種竅内，隨以足覆之。范河三面山呈秀，郵舍平岡成小構。到枕溪聲渡遠橋，當窗塔影移東岫。鐵嶺城隅對老松，沙留山虎夜來蹤。酒帘近郭因成市，寺衲依田半似農。開元野站方新築，路人昏天行色速。馬臨紆澗水聲驕，人過荒林榆葉禿。重關鎖鑰依岧嶢，地界要荒插柳條。僕驚絶域頻停馬，朋慰長途屢射雕。千山萬山礙人目，足音終日絶空谷。黄昏破屋少烟生，白日空城疑虎伏。滾河石岸景氤氳，幾處灘聲隔樹聞。穴裏窺人貂一箇，巖邊趁草鹿千羣。倦來高卧韝鷹側，戟聲半夜無休息。偶因笳吹惜文姬，何處鴻飜訪屬國。小孤一撮與雲齊，奮臂高呼驚野麞。石牀遥揖諸天近，風磴回看萬樹低。橋通大孤欹路細，幾家井竈因山勢。日升石竇引蒼蛇，橡落空林肥野彘。細雨連宵去未能，記程不寐照穅燈。粘熟穅於條，然以代燈。天邊檢槖隨圖史，馬上敲詩仗友朋。上鏗一灣圍滿屋，拂塵夜枕張螂宿。張螂，蟲名。身爲長途學佩刀，髀因久客偏宜肉。干渠積雨盡成流，羸馬盤旋苦未休。衣沉草裏濡紅鏽，水色殷赤，土人呼謂紅鏽水。橋斷林邊踐獺頭。草擁土叢生者，曰獺子頭。新開鳥道纔通步，紆回穿徧千山樹。裝含宿雨壓明駝，蒲動迴風驚白鷺。翠華隱映碧峰間，馬駐斜暉識聖顔。書槖不妨隨虎隊，荷裳未敢溷鵷班。地近烏龍增式廓，石阡幾處安耕鑿。傍檐刳木聳炊烟，倚樹誅茅成疃落。平郊熙穰自名邦，肅慎雄風枕大江。栅列嚴城森雉堞，門臨高岸動龍幢。江抱村烟成樂土，家家門户臨江浦。雨添新漲失鰗鰉，風起清波縱韋虎。舟名，刳松爲之，闊尺餘，長二三丈。塵沙一望絶塵囂，縱目江頭慰寂寥。偶遇溪童學土語，閒招野叟認蕿苗。鄰巷人聞征轡歇，齊來坐話衷情竭。作書反覆屬雙魚，貰酒慇懃佐深月。遥看長白勢巃嵸，盛世明禮烟靄中。天上詞臣勢獻帛，雲邊仙侶聽呼嵩。歸裝又值江雲野變，滿空隱躍魚龍見。渡溪常覺浪沾衣，落馬齊驚泥在面。山堂猶未覆茅茨，雨裏擁衾情自怡。食脱驂先易米，旅懷藉草且彈棋。一通河因山雨漲，行人立馬情惆悵。幸濟狂瀾駝代舟，怕沉深淖童爲杖。重裘兀自覺衣單，信是邊庭海氣寒。槲葉三春還未發，杏花四月是初看。巫閭環翠如屏倚，雄鎮并營何代始。古洞千年背岫開，飛泉萬丈從天墜。廟貌崇嶐俯萬川，松龕僧老憶當年。亭栖鼯鼠仙蹤渺，石卧荆榛墨蹟縣。温泉遥結烟雲狀，沸涌年年盛石盎。掬手先淘烏稽塵，解襟爲浣松花浪。西指關山轉自疑，玉門驚喜是歸期。艱危歷過方愁險，鞭轡將停反恨遲。清風臺上恣高眺，大壑空明黏夕照。風振陽山憶采薇，月籠漆水堪垂釣。午日還京正及時，荷風榴雨帝城宜。未從鴨緑攜龍鏡，擬向披香獻綵絲。四十成名人未老，况復聯鑣多舊好。韔回紫塞解裝遲，書上青楓聽漏早。

椒林僧舍

來往椒林寺，樵僧祇閉關。樹深烟影暗，村静鳥聲閒。佛號傳朝磬，禪牀對晚山。輪蹄門外織，咫尺隔秋灣。

懿路

西南山已盡，别自起崇岡。地氣連長白，松雲護瀋陽。輕裝銜宿雨，疲馬没翻漿。土堞蓬蒿裏，沉埋半段槍。

過天乙兄

怪爾胸中丘壑存，人烟喧處闢林園。分花好趁籬間雨，移石斜穿竹裏門。臺不須高常載月，客雖斷飲亦開尊。行窩新與吾宗近，莫厭頻來倒瓦盆。

訪謝千里

家世飄零老白茅，自辭燕市等浮泡。思鐫古篆尋文石，爲挂名琴藉鶴巢。闔室饑催償字畫，雛孫慧解學推敲。眼昏客語聽疑似，錯認新知是舊交。

西緒

靈鷲牆陰踏古苔，柴扉背向萬山開。巖雲乘隙出林去，筧水憑空過澗來。寺僻當門還種竹，院高倚檻更增臺。午餐西緒僧留坐，指點江帆蹴浪回。

御題寺夜成

梵宮偶僦兩三間，萬縷塵緣且暫刪。半夜河聲驚過枕，千尋閣勢盡銜山。斷碑摇落傳唐字，斜月遲回傍漢關。暮鼓晨鐘常演法，老僧今遜野人閒。

雲山圖

甘載編茅倚碧岑，閒閒雞犬卧花陰。焚香細看雲生處，始悔從前隱未深。

江夜

黄昏水漲暗相驚，漸覺船高與岸平。山客初來江上宿，不知今夜是潮生。

黄儀

儀，字吉羽，元城人。康熙二十一年進士，官湖南安化縣知縣。有《灌園處近草》。

張榕端《序》：三十年來，河朔談風雅者，必屬天雄黄子吉羽昆玉執牛耳，主盟其間。吉羽爲相國孫，余每歲過少傅公家，一日招游少傅別墅，刻燭賦詩，吉羽振筆疾書，得句驚一座，余心折其文章聲氣之厚，爲近今所罕覯。

刈麥行

刈麥復刈麥，野風吹炎暑。腰鐮事朝夕，捆載登場圃。沙沉顆粒匀，掌上粲可數。含笑謂農人，我腹庶可鼓。忽逢催租吏，顏色一何怒。坐門不復去，火急供軍旅。新麥尚未食，聊以付諸賈。那知廛市間，此物賤如土。

慈仁寺松歌

延壽殿前有兩松，蒼茫歲月鳴天風。一樹盤拏最奇古，夭矯屈曲翔虬龍。孤根欲穿太行右，怒柯迴掃碣石東。雷雨低垂白日匿，晝屯雲氣常濛濛。濤聲奔落鱗甲動，蜿蜒恍忽飛晴空。昔我游徧長安陌，擔簦每向松間歇。荏苒年來樹已孤，蕭蕭疏翠霜皮拆。鶴巢不來行蟻上，偃蹇猶存舊骨格。我聞此物宜幽賞，移栽丘壑纔森爽。誰遣風塵溷市中，憔悴烟霞空骯髒。可憐老却後凋枝，不及盈盈桃李姿。芳菲咫尺上林苑，正是青春雨露時。

冠氏道中送美中兄南游

柴門閉燈火，小憩拂徵塵。野宿時防盜，秋成夜賽神。山川連里閈，雞黍對情親。已覺驅馳倦，因思長路人。

張子大同年至集郊園，分韻得三字

何處堪留客，幽園好共探。溪橋知第五，竹徑憶開三。爲惜經年别，因成竟日譚。濁醪村市近，呼取佐清酣。

九日曹顧庵先生至，即步其重陽登高韻

父執逢迎舊，朋儕邂逅重。風霜催短鬢，天地倚孤笻。落日高城澹，浮烟小市濃。授衣當客邸，誰爲緝芙蓉。

沈子遷園亭

其一

宅邃幽園闢，廊迴小院分。疏泉深鑿影，疊石峭生雲。夜色燈初引，秋聲雨乍聞。悠然看竹意，況主沈休文。

其二

覆簣爲山巧，居然洞壑幽。峰迴依畫檻，磴轉接丹樓。帶雨蒼苔古，含風碧樹秋。何年餘斧鑿，疑是五丁留。

成心水招飲書屋

一室真容膝，層城壓短扉。袖攜殘石瘦，盆養早花肥。夜柝臨風近，春星隔樹微。酒狂吾故態，不醉肯言歸。

張頤石郊園地名銅臺，楊師厚駐兵銅臺驛，當即此地

結茅爲宇賀初成，麥秀連村四野平。沙麓山殘新郡郭，銅臺驛改舊軍營。栽花此日仍飛蝶，種柳何年已買鶯。更有井闌圍菜圃，客來每聽桔槔聲。

秋興

徙倚亭皋落日荒，秋生城郭擣衣裳。將軍未罷滇中戍，戰馬仍驅海上疆。雲氣飄殘金甲雨，夕風吹入寶刀霜。遥連畫角聲高處，白骨青燐野月凉。

魏學誠

學誠，字一齊，一字無僞，蔚州人，象樞子。康熙二十一年進士，歷官春坊諭德。

《香祖筆記》：特諭：『蔚州壬戌進士魏學誠，改官翰林，故刑部尚書象樞子也。以其父居官清正，故有是命。』

聞家大人請歸未允感賦

疏乞歸田志未酬，復傳温語下龍樓。積勞恐薄參苓效，多病難堪兒女愁。已見四方登衽席，不妨一老卧林丘。漢家廣受高風在，何日承恩出帝州。

李旭升

旭升，字晴崖，蔚州人。康熙二十一年進士，官吏部侍郎。有《游南草》。

《畿輔通志》：福建、厦門等處荒歉，聖祖仁皇帝命發江浙漕米三十萬石，海運賑濟。旭升奉命督運，三旬而至，履畝踏勘，計口授食，均沾實惠，轉刑部侍郎及吏部左右侍郎。苞苴不行，十二年如一日。乞休，御賜『衡平耆碩』匾額，晉職尚書。卒於家。

望泰山闕里

嗚騶朝暮踏烟霞，賜履雄封道路賒。萬代嵯峨青帝宅，千秋禮器素王家。天門挾日風雲上，老檜蟠根歲月遐。山海高深探未得，此行倘許遡津涯。

王源

源，字崑繩，號或庵，大興人，潔弟。康熙二十三年舉人。

《四庫全書提要》：《或庵評春秋三傳》，王源撰。是書本名《文章練要》，分六宗、百家。六宗以《左傳》爲首，百家以《公羊傳》《穀梁傳》爲首。然六宗僅《左傳》有評本，百家亦惟評《公羊》《穀梁》二傳而已。經義、文章雖非兩事，三傳要以經義傳，不僅以文章傳也。置經義而論文章，末矣。以文章之法點論而去取之，抑又末矣。真德秀《文章正宗》始録《左傳》，古無是例，源乃復沿其波乎？據其全書之例，當歸總集。以其僅成三傳，難以集名，姑仍附之春秋類焉。

《畿輔通志》：源流寓江淮，從魏叔子治古文。游京師，公卿皆降爵齒與之交，與四明萬斯同訂《明史稿》。《兵志》，源所作也。年四十後，或勸應試，舉康熙癸酉孝廉第四人，所評《文章六宗》

行於世。

方苞《傳》：崑繩父某，明錦衣衞指揮。明亡，流轉江淮，寓高郵。源少從其父，喜任俠言兵。性豪邁，不可羈束，於並世人視之蔑如也，雖古人亦然。所心慕獨漢諸葛武侯、明王文成。於文章，自謂左丘明、太史公、韓退之外，無肯北面者。年四十餘，以家貧父老，始游京師。傭筆墨貴人富家，多病其不習時文。笑曰：『是尚需學而能乎？』因就有司求試，舉京兆第四人。曰：『吾寄焉，以爲不知己者詬厲也。』源以貧無資，不能不託蹟諸公間，而常以自鄙，未肯降辭色。或極飲大醉，嘲詼罵譏，中其所忌諱。諸公用此陽禮貌之而陰擯焉。源雖好氣，與世參商，然內行篤修。其兄死，旬歲中貌若非人。其於人果有善，未嘗不降心。晚年與蠡縣李恭游，大悅之，遂與師事博野顔習齋學《禮》。終日正衣冠，對僕隸，必肅恭。然自負經世之略益堅，每曰：『吾所學，乃今始可見之行事，非虛言也。』始源慨不快意，五十後葬其親，遂棄妻子，爲汗漫之游。至名山廣壑，輒淹留踰時。忽復他往，見人不自道姓名。逾六十，復歸。往來金陵、淮陽間，客死山陽。著《易傳》十卷，《平書》二卷，《兵論》二卷。

留別黄弼臣

憂向中來豈易寬，與君對酌且爲歡。憐才自古英雄少，得意當前我輩難。消遣壯懷憑寶劍，蹉跎春夢付征鞍。還期共醉金臺下，四野蕭蕭放眼看。

段大任

大任，字繼衡，南樂人。康熙二十三年舉人，官任丘縣教諭。有《莘野詩草》。

《南樂縣志》：大任，性醇樸好學，在官課士，有法式。

步魏大司寇《過孤竹謁夷齊廟》韻

盛代遺名臣，採風期三古。宣德兼達情，剛柔不茹吐。孤竹弔遺蹤，瞻拜頭一俯。仰追前賢風，下軫蒼黎苦。剔弊復除奸，沛澤若時雨。尚懷靡及心，咨謀思欲補。八郡樹風聲，萬里清豺虎。召伯再巡行，卓哉真良輔。

萬兆文至自晉陽雅集漫賦

客路經三晉，還家歲暮天。風塵千里外，肝膽一尊前。白雪聯同調，青雲憶昔賢。竚看新製錦，先著祖生鞭。

懷友

故人幾度隔烟蘿，似水年光轉眼過。二月鶯花良晤少，三秋風雨别情多。頻將濁酒酬詩癖，屢覓仙方掃病魔。望望好音憑寄我，近來佳况復如何。

張潡

潡，字介文，景州人。康熙二十三年舉人，官河南羅山縣知縣。有《䅣田集》五卷。

《景州志》：潡由内閣中書改羅山令，充甲午同考，稱得士。戊戌，檄運卜延免軍前，往返二萬三千餘里，勤慎無懈。母早殁，事父至孝。著有《䅣田詩詞稿》，詩清勁，得晴峰、柳亭家學。

徐熊飛《序》：介文，五律開爽沉鬱，在太白、少陵、襄陽間。七律宕逸温秀，如右丞、嘉州，洵不愧風雅中人。

過桃花洞問劉阮故蹟

仙人採藥時，遽失春山路。一夕飯胡麻，飄然欣所遇。歸來世代非，千載同一寤。異蹟没羣峰，遺墟惟古樹。聲聲響杜鵑，風雨他人墓。

留别同里高虞卿

其一

送我春山曉，籃輿石磴長。歸心同故里，别路轉他鄉。鳥急風前語，花殘雨後香。平安聊寄信，客淚莫沾裳。

其二

勝境留君住，芳菲引屐前。風多山欲雨，日上海如天。古木穿松鼠，春花亂杜鵑。他時歸故里，爲我贈瑶篇。

隔院聞教歌感賦

彩袖時時换，羅紋價十千。寒窗機上女，珍重買春縣。

王企埥

企埥，字苾遠，雄縣人，炘子。康熙二十四年進士，歷官江西巡撫。

《四庫全書提要》：《四家詩鈔》二十八卷，王企埥編。四家者，清苑郭棻、鉅鹿楊思聖、任丘龐塏，文安紀炅也。所録《棻學源堂集》凡六卷，《思聖且亭集》凡八卷，《塏叢碧山房集》凡六卷，《炅桂山堂集》凡八卷，每集各爲之序。棻及塏、炅皆有集，已著於録，惟《思聖集》今未見，獨見於此編耳。

寄懷李西居

家近毛公里，人推太白才。鳳毛騰相府，駿價重燕臺。逸致書連架，閒情酒滿杯。天涯雲樹隔，兩地共徘徊。

多時珍

時珍，號玉巖，阜城人。康熙二十六年舉人，官内閣中書。

曹貞吉《序》：玉巖詩，上下錢劉，包括蘇陸。《江行》數作，豹之一斑，龍之片甲也。

江行

水净沙明落照前，餘霞收盡晚江妍。山無浮靄堆成碧，月太空明化作烟。胸次已忘塵土夢，詩情真逼泬寥天。何人高詠堪同賞，唤起江頭李謫仙。

李塨

塨，字剛主，號恕谷，蠡縣人。康熙二十九年舉人，官通州學正。

《四庫全書提要》：《恕谷後集》十卷，《續刻》三卷，李塨撰。塨有《周易傳注》，已著録。是集所作古文也，前有其門人閻鎬序。稱『恕谷』者，自名其里也。『後集』者，自康熙癸未以前，俱置之，而惟存其後焉者也。集首第一篇爲《送黄宗夏序》，後有題曰『此王崑繩改本也。恕谷初學八大家，崑繩言當宗秦漢章法訂此。恕谷後謂唐宋不如秦漢，秦漢不如六經，於文法一宗聖經，題曰《後集》』云云。崑繩者，大興王源字也，嘗撰《文章練要》，分六宗百家，談古文之法。後與塨同師顔元，塨遂從學古文，盡棄其少作。《後集》之名，蓋别其前之所棄也。今觀其文，根抵仍出八家。但開合斷續，不主故常，異乎明以來學歐、曾者惟以紆餘曼衍爲長耳。遽曰秦漢，曰六經，溢其量矣。塨天分本高，其學自成一家，以經世致用爲主，亦具有根抵。然負氣求勝，其文或失之粗豪，少古人淳穆之氣。其持論又自命太高，自信太果，幾於唐宋元明諸儒，無一人能當其意，亦未免傷於褊激。蓋前明自萬曆以後，心學盛行，儒禪淆雜，其曲謹者又闊於事情。沿及國初，猶存商俗，故顔元及塨獨力以務實相争，存其説以補諸儒之枵腹高談。未爲無益，然不可獨以立訓，盡廢諸家。譬諸礞石、大黄，當其對證，實有解結滌滯之功，若專服久服，則又生他疾耳。

方苞《李剛主墓志》：塨父孝慤先生，與博野顔習齋爲執友，剛主自束髮即從之游，嘗爲其友治劇邑。期年，政教大行，用是，名動公卿間，諸王延經師主闈外者，争欲致之，堅不就。康熙庚午，嘗舉乙科，晚授通州學正。浹月，以母老告歸，長官不能奪也。習齋無子，剛主中歲還博野，爲葺祠堂，收召學者。剛主言語温然，終日危坐，肅敬而安和，近之者不覺自歛抑。

《紅豆樹館詩話》：先生父孝慤先生，名性，字洞初。明諸生，鼎革後不與試，與同邑王法乾訂心身之學，又感五公山人王餘祐大節，與之論有用之學。先生秉家訓，刻苦自勵。顔習齋者，本博陵人，僦居於蠡，先生亦學其所學，固守師説，恥爲苟同。又慨古樂并亡，束裝走越中三千里，就毛西河太史而講求之，盡得舊所傳五聲、二變、四清、七始、九歌、十二律諸遺法。撰《李氏學樂録》，述毛氏之説，斟酌今古，多所發明。惟其學出於顔氏，主於厲實行，濟實用，其矯枉過正則在攻駁先儒不遺餘力，而於宋儒尤甚。方望溪侍郎嘗移書規諷，先生雖引以自責，要亦未能盡革也。國初北方多儒者，容城徵君而外必推先生云。習齋名元，一字渾然。明末，其父戍遼東，歿於關外。元百計拮据，覓其骨歸葬，世以孝子稱之。所撰《四存編》，已録入《四庫》子部儒家類，因未見其詩，故附載於此。

玉峰先生挽辭

莪山兄篤孝，今歲癸未秋杪，堘如京，適值其迎玉峰先生養於邸。菫榆滫瀡，婉笑將之，屬屬如也。乃無何，而玉峰先生以老疾捐館舍。莪山兄坦直無留餘，一諾千金，素好慷慨悲歌。矧際大變，懼其過毁也，乃作輓詞，一以妥幽，一以寫孝子之哀而節之。詞曰：

黍谷憭慄兮朔風虓，巫陽難問兮天自高，鬼伯紛拏兮餤其曹。魂揭來兮突夏，羅餦餭兮人駕馬。都門以糖作人馬致祭。東國烏面醢骨兮不可以姿游，匹練吴門兮遠何求。靈無逐魄兮山阿，梅馥堂下兮紛純緑波。式覶苫凷兮孺慕在兹，明德尚馨兮終古永之。

崔緝麟

緝麟，字振侯，號段垣，大名人。康熙二十九年舉人，官大城縣教諭。有《段垣詩訂》二卷。《大名縣志》：李安溪相國撫畿内時，漳水泛溢，以緝麟諳河渠，訪之。緝麟言宜開渠疏水，以洩其勢，且藉以興水利，不得專恃堤防。光地韙之，以羣議不同而止。

秋懷

節序暗推移，景物不停逝。有家恒蓬飄，無官亦匏繫。秋山黄葉深，孤懷誰與契。獨有月上時，清風吹短袂。

黄叔琳

叔琳，字宏獻，號崑圃，宛平人。康熙三十年一甲三名進士，歷官吏部侍郎。

《四庫全書提要》：《硯北易鈔》十二卷，黄叔琳撰。是編用注疏本，以程傳本義爲主，雜採諸説，附益之中多朱墨校正，商榷之處，蓋猶未定之稿也。

《紅豆樹館詩話》：先生督學山東時，以興賢育才爲己任，倡修三賢祠於泰山之麓，奉祀宋胡安定、孫明復、石徂徠，俾學者知所景從。又興復白雪、松林兩書院，延師儒，選才儁。其巡撫浙江也，翦除鉅惡，辯釋冤獄，恤災傷，黜貪墨，尤以薦賢爲重，所汲引者，如萊州守嚴有禧、長清令劉輝祖，皆以循良遷秩。而分校禮闈，主試江南，所拔取者，理學如任宗丞起運，經學如陳司業祖范，文學如徐孝廉文靖，入祀賢良者，則徐撫軍士林、潘敏惠思榘也，其餘名士宿儒，建樹接踵，未可悉數。先生善識天下才俊，方望溪爲諸生，時來謁，一見稱莫逆交，凡望溪所著《周禮》《春秋》之學，皆與先生往復指畫。他如周大璋、顧進又數十人，千里就正，則其學之及人遠矣。生平著述有《硯北易鈔》《詩經統説》《夏小正傳注》《史通訓故補注》《文心雕龍輯注》《顔氏家訓節鈔》《硯北雜録》諸書。乾隆庚午，重赴鹿鳴宴，新同年蔣茗生士銓贈詩云：『斜街秋老又張筵，緑鬢宫花憶往年。祇有銀蟾能記取，畫檐重照舊時仙。題名昔上五雲邊，歸杖平泉又十年。試問朱衣點頭日，耆番兄弟甚因緣。鸞掖文章老斲輪，舊聞日下又增新。三朝掌故分明記，説與當筵問禮人。』又云：『早陪宣室侍螭頭，前席恩叨顧問優。入捧黄麻知制誥，出銜天語領諸侯。封疆前後三持節，修養東南數借籌。記得昇平艱報答，蒼生惟恐至尊憂。玉筍争傳少日身，新城門下獨嶙峋。舊家標格真龍鳳，弱冠文章老斲輪。極美科名周甲子，斯文壽考應星辰。漁洋弟子今存幾，霜雪垂肩第一人。名宦功成鬢已班，大夫致政許歸閒。高馮寶鏡藏金背，裴楷天官説玉山。學士半生春夢過，尚書七十白衣還。年來吉月趨朝便，履道原居輦轂間。』次年，又重宴瓊林，卒年八十有五，洵理學名臣，熙朝人瑞也。

柏林寺觀李晉王畫像歌

沙陀懷古趨僧舍，駐馬柏林還看畫。素絹拂拭生輝光，神威凜凜鬚眉張。紅袍玉帶結束好，唐季英雄一目眇。當時角立有朱三，百戰干戈人易老。國讐未復留遺恨，破碎山河安足問。莊明帶劍左右立，錦囊盛矢受遺訓。誰與寫照妙入神，李家父子俱天人。鷹揚虎視空一世，經營慘淡傳其真。千載留遺歸净域，世無别本須珍惜。捲圖四壁起英風，想象沙場萬人敵。

送孫文博之雲南省覲

此去行歌陟岵詩，短長亭外柳如絲。雨過山驛雞啼竹，風送江程狖挂枝。花下迎親依曉署，尊前憶弟夢春池。可能裁得相思錦，六六紅鱗寄莫遲。

乾隆辛未重宴瓊林詩

其一

天鼓聲喧曉漏餘，春風吹雨灑庭除。婆娑老眼看新榜，仿佛青雲接敝廬。

其二

鶴返故巢無宿侶，花開仙洞見新枝。輶軒南國追疇昔，風雨橋山愴夢思。

趙烱

烱，字子藏，號鶴齋，鹽山人。康熙三十年進士，官廣西來賓縣知縣。有《香魚山房詩草》。

春耕

好春當二月，膏雨潤新阡。花放疏林外，人耕落照前。野雲常到地，遠水欲成烟。多少梁園客，栖栖覺汝賢。

鄭預

預，字希武，號立庵，南宮人，維孜子。康熙三十二年舉人，官貴州餘慶縣知縣。

《南宫縣志》：預，康熙癸酉舉於鄉，雍正初謁選，除黔之餘慶。南荒僻壤，川販所經，其徒自川由黔達粤西，興販生苗男女，或百十，或數十，繩連索貫，各持兇器驅之而行，遇人烟稀少之區，横肆劫掠。預患之，躬親踏堪，繪圖詳報，請過渡要阨，撥添汛兵，稽察協擒。陳善後四事，一形勢必能控制，一兵民貴於和衷，一絶嚮道，一阻鄰路。悉如所請，凶販屏蹟。又條議治黔二事，一儆雕勦以治苗，一通錢法以便民，因地制宜，民懷其惠。任四年，告歸，黔人有去思焉。

乙巳元旦，連朝雨雪，偶吟韋蘇州『邑有流亡愧俸錢』之句感而賦此

待罪餘陽兩拜春，殘山剩水與年新。茅檐且喜能成聚，官舍誰嫌僅庇身。積雪盈窗筠作帚，迴風入座石爲鄰。菜根皺定還須檢，恐有流亡愧俸人。

張坦

坦，字逸峰，號青雨，撫寧人，霖子。康熙三十二年舉人，官内閣中書。有《唤魚亭詩稿》。《天津縣志》：坦原籍撫寧，祖明宇賈天津，遂家焉。性嗜學，於書無所不讀，博覽窮搜，叩之立應。中康熙癸酉舉人，考授中書舍人。著有《履閣詩集》《唤魚亭詩文集》若干卷。幼學詩於王司寇阮亭，學書於趙宫贊執信，其淵源有自云。

《紅豆樹館詩話》：逸峰昆季，承其父魯庵、叔笨山之學問，與同時諸名士游，故所作詩皆清逸帖妥，彬彬乎質有其文。

遂閒堂詩

其一

鑿池不在廣，但容勺水清。悠然臨石鏡，大海明月生。緑漪漾文鱗，喜無綸餌驚。坐客可五六，流觴相與傾。談諧盡幽事，吟詠無俗情。晨昏用以永，酒罷一濯纓。

其二

水石縈洄中，隨池構小亭。清風四面來，嘐嘐動疏櫺。遠浪渾一碧，衆木攢高青。雖然臨廛市，不異栖崖扃。耳目一以曠，身心一以寧。此外何所求，丹藥延遐齡。

其三

古人種樹法，推之可樹人。嘉木良足惜，不辭斬荆榛。長養應有候，疏密亦有因。繁香透衣袂，滿目皆陽春。曲榭環縈屋，不與輪奂倫。萬彙各懷私，吾自全吾真。

程高士穆倩見過寺寓

翛翛杖履往來輕，載酒看花逐隊行。門掩舊京千里客，交論古寺百年情。世傳駿骨多歌泣，君借蟲書識姓名。歎息信陵人散後，興亡猶得問侯生。

邗上遲費燕峰先生不至

遥想城南水竹居，滄桑歷徧近何如。興酣載酒難留客，貧到關門祇著書。芳岸飛花閒畫舸，朔風吹雪阻柴車。相逢共躡金山頂，萬里江天落照餘。

訪鄭汝器簠隱居

久從谷口想風期，果得登堂慰所思。書法八分追漢魏，人高六代見鬚眉。名花別院逢春早，芳草他鄉去夢遲。欲訪當年歌舞地，石頭城下雨如絲。

秋夜寓齋偶招抱雪、叔才、省雲、赤抒，書宣、穎儒小酌，時叔才南旋賦別，分得年字

小酌秋燈亦偶然，送行詩就當離筵。名傾京國才如海，酒載維揚月滿船。通籍亦知非得意，論交深喜得忘年。津門煙柳春風暖，遥望徵帆北雁還。

張壎

壎，字聲百，撫寧人，霖子。康熙三十二年舉人，官内閣中書。有《秦游詩》一卷。

姜宸英《序》：張聲百同年寄余《秦游詩》，秦游者，張子覲其尊甫觀察公於西安使署之作。辭義飄渺，恍惚若不可測，寄興所在，求之嗣宗以下，射洪曲江以上，要各有磊磊不可磨滅者。

秦中詠古

其一

輞水何淪漣，王山頗清峭。中有幽人居，齋心契樞要。或爲北垞行，不作欹湖釣。春澗一鳥鳴，夏圃百花笑。飯僧得浄侶，燒藥依閒竈。我聞此巖巒，考功託清嘯。幾時輒易主，維摩闢堂奥。無知謂我宅，豈識如風蘀。布金作衹園，鹿苑永丹嶠。始信千載後，藏丹此爲妙。得失究誰是，去住從所召。遥遥華子岡，犬吠尚如豹。

其二

驅車樂游原，東下鴻門阪。草木半黄落，凄其歲云晚。當年宴會處，衰柳拂行幰。古人竭智勇，機事如環轉。南鄭幸西歸，彭城竟東返。歧路在須臾，得失迥懸遠。歎息俱陳蹟，徒旅去偃蹇。且就夕陽中，野人原上飯。

懷王崑繩

文章得失係千古，作者寥寥無幾人。有明一代稱絶盛，巋然熙甫聞江濱。吾子夙昔抱鴻志，遠紹如火傳諸薪。搜奇獵異姿所獲，不肯妄庸空效顰。自出海涵地負手，上軼兩漢追先秦。賤子志古亦有素，每逢好友傾心神。幸獲同譜時晤語，脱略行蹟呈天真。如探懸圃采瑶實，不須遠覓桃源津。别來觸物每相憶，知子讀禮方酸辛。大孝事在垂不朽，名山便足揚吾親。况復暇時蓄益厚，行當弁冕觀光賓。東望浩歌寫煩鬱，不見叔度胸生塵。

江南曲

別君復幾日，葵穭當門多。刀錢重腰帶，秋風動綺羅。七綵芙蓉帳，紅衾疊寒波。秋夜長如此，寂寞金閨裏。梁上難同紫燕飛，鏡前擬作青鸞死。思君憶君不見君，江南夢化隴西雲。前日緘書渾是淚，不須更驗石榴裙。

春宮詞

宮井新梧緑，雲樓起睡鴉。幾番添鳳髻，曾不見羊車。恨瀉芙蓉粉，愁深蜥蜴砂。昭陽春早入，定有合歡花。

曲徑和字緑

碧篁遮曲徑，習隱可年年。適意即爲道，齊心亦類禪。蘆深人語寂，花密磬聲傳。渺渺山禽下，飛來破暝烟。

游沈氏舊園姬人墓在焉

蘇石盤坳細路分，高松葱藹帶晴雲。到來蒼鼠幾回出，坐久竹雞時一聞。鈿柱拋殘思錦瑟，繁花開處想羅裙。亭西仿佛題名在，尚有風流記此君。

深秋偶成

攤書淡無營，朝光上花嶼。秋風何處來，吹落山禽語。舊里烟波遠，鄉心日夜生。衹愁蘆荻岸，漸次作秋聲。

灞橋

水碧沙明没斷橋，霜前葭菼亦蕭蕭。當年贈别人何處，依舊東風上柳條。

李暄亨

暄亨，字麗生，蔚州人。康熙三十三年進士，官内閣中書，祀鄉賢。有《澄園集》。

《畿輔通志》：暄亨性至孝，父殁，哀毁骨立。既葬，廬於墓側祥禫，後作《九問詩》以寫悲慕，覽者皆爲流涕。登康熙甲戌進士，官庶吉士，終内閣中書。學術醇正，根柢先儒，發爲詩文，力追正始。魏敏果象樞見其文，歎曰：『此一代之雋也。』著有《趨庭日記》《澄園詩》《槐省雜記》若干卷。

《香祖筆記》：李庶常麗生暄亨，示予《雲中節義録》。所録闖寇之難，大同殉節者五人，宗室二人。永慶郡王某。管理襄垣王府事鎮國中尉俊𥨪。巡撫衛景瑗，韓城人。監司朱家仕，河州人。其一則諸生李若葵也。

秋日村居雜興

學稼餘清暇，閒凭百尺樓。霧迷前嶺暗，霜醉一林秋。事業看先輩，經營仗祖謀。逌然發長嘯，知足尚何求。

張丙厚

丙厚，字爾載，號腹庵，磁州人，榕端子。康熙三十三年進士，歷官刑部郎中。

《磁人詩》：壬午，公令交城。汾水齧東南，陽渠等村皆成鉅浸，民多就食他境。公招徠流移，使復其業。西北山鄉盗藪，公廉，得河北郡有惠重生，强幹有力，爲羣盗所服，以計致之。重生願盡死力，遂假以都總練之職，禮而遣之，盗賊由是屏息。

邯鄲老人行，贈嘉會宗叔

邯鄲老翁六十一，眼光如炬鬚如戟。自言少小棄書卷，紅樓歌館無朝夕。呼盧浮白號當行，臂鷹走馬稱豪客。里中游俠任指揮，走馬章臺狎裙屐。朝弄樗蒲暮鵾絃，萬八千日等閒擲。於今頭白心仍壯，時擁如花把醇醳。捉筆新能吟五字，挽强尚可開兩石。不羈略似韋蘇州，晚歲學詩類高適。人生行樂須及時，冉冉光陰駒過隙。拘牽繩墨胡爲乎，願與老翁同此癖。

紀遴宜

遴宜，字毅亭，文安人。康熙三十三年進士，歷官吏科給事中。有《式綸堂集》。

讀韓爾霑新詩有作

之子經時別，新詩日益工。高文曾共賞，佳句許誰同。生計狂歌裏，恒流醉眼中。會須乘興去，雅志馭長風。

喜得天下静以兄書却寄

三秦天府版圖雄，百二山河指數中。祖德昔曾垂惠澤，孫謀今復嗣家風。予家方伯公曾秉節隴西，今叔父又守天水。巴江鼙鼓休傳箭，滇海波濤早挂弓。我欲探奇登華岳，一編道籙訪崆峒。

謝廷瑶

廷瑶，字鼎卿，號玉溪，磁州人。康熙三十五年舉人，官浙江富陽縣知縣。

贈同門張新安佺枝

纍葉紅綾桂有根，慚余蘭譜殿同門。幾年雪苑頻傾蓋，一夕金臺偶憩轅。萬石功高風未艾，二銘學在道逾尊。容城樽酒非閒對，碩畫資君與細綸。

李周望

周望，字南屏，蔚州人，旭升子。康熙三十六年進士，歷官禮部尚書。有《論心堂詩》。

《畿輔通志》：周望，康熙丁丑進士，選翰林院庶吉士，升侍講。督學湖廣，以端士習、正文體、維風化爲己任。聖祖仁皇帝命甄別各省學臣，爲天下第一。擢國子監祭酒，仿古太學三德六行教士之法，嚴考課，勤講貫，捐修學舍，俾士子鼓篋横經，免奔走之苦。兩次奉命督運糧餉察汗滖兒，渡黑河，涉瀚海，周迴萬餘里，飛輓軍儲，庚癸不呼。遷户部侍郎，奉命清查兩淮鹽務，審理案件，益矢精白。復命，備蒙嘉獎，晋禮部尚書。前後條奏多見施行，繕摺後，即焚其草，所保舉雖已擢用，其人不知也。位列上卿，而自奉淡薄，無殊儒素，清畏人知，奉以終身焉。

起居注館頒賜清書

聖代鴻文注起居，微臣新受五雲書。由來蝌蚪藏金匱，忽睹龍蛇出石渠。簪紱忝稱稽古後，絲綸加勵服官初。殊恩仰報惟勤業，窗草依然緑未除。

樂玉聲

玉聲，字振之，磁州人。康熙三十六年進士，官廣東瓊山知縣。有《退閒堂稿》。

《磁人詩》：公與兄有聲、宏聲、金聲俱有文名，州人稱兄弟之盛者，推樂氏爲最。

秋日偶成

白露驚秋半，光陰似水流。浮生一夜夢，孤枕五更愁。階静青苔滿，窗閒老樹幽。故人今漸少，誰與共遨游。

王盤

盤，字孟固，號溟月，别號小漁，長垣人。康熙三十八年舉人，官延慶州學正。有《培風堂詩集》。

懷程石門廷佐，江夏人

其一

滇池楚客悵何依，别後兵戈事更非。夏汭君從昆海望，夜郎人自洞庭歸。鯨鯢浪蹙春還鬬，瘴癘天遥雁不飛。歷盡艱虞詩更老，可能談笑出重圍。

其二

二十三年昆海傍，家山有路阻滄桑。百蠻老去一官誤，八口愁多雙淚長。同有騷情耽薜荔，獨嫌苗俗嚼檳榔。錦囊黄絹歸錢起，爲報名山深處藏。

暮秋讀大人宋州九日詩，仍用杜韻

其一

愁較他鄉已自寬，家貧那復問交歡。人情處處嫌龍性，生計蕭蕭付鶡冠。白雁秋深霜郭冷，黄花酒盡暮庭寒。驚人節序愁如舊，明月西樓不忍看。

其二

不盡砧聲動客哀，生涯如夢漫遲迴。篋藏白雪黄金少，巷冷烏衣燕子來。半月愁看隋苑柳，十年别憶望鄉臺。歸家共對黄花晚，牢落長吟問酒杯。

桐木洞

桐木洞前江流長，桐木洞口烟荒荒。岸迴石角横如齒，風引濤聲冷似霜。酒盞經春傾瀇瀁，旌竿隔樹出微茫。船窗寒雨人眠早，夢過沅陵第幾塘。

朱同邑

同邑，字潔臣，號晴崖，天津人。康熙三十八年舉人。

《天津縣志》：同邑父承命，立志嗜學，同邑克嗣其業，安溪相國視學畿輔，拔同邑爲八郡冠。己卯舉於鄉，會有詔覆試，通榜舉人皆股栗，同邑獨橐筆就乾清門，試得上等。八上公車，不第，齎志以歿。爲詩雅嗜王孟。

初夏

紅藥花無信，清寒四月天。麥蘇三寸雨，衣減一層綿。長日詩重録，晴窗石自鐫。故人前有約，同買看蓮船。

思隱

何時結屋小滄浪，數畝山田足稻粱。春夜雨聲秋夜月，一生清味在藤牀。

趙董

董，字醇庵，號桂巖，鹽山人。康熙三十八年舉人。有《修書樓詩草》。

水李鋪曉發

四野雞聲發，驛亭人度關。輕鞭摇落月，疲馬踏荒山。情寄遥天外，詩成亂石閒。可憐霜後樹，映得鬢毛斑。

國朝畿輔詩傳二十六

王煐

煐，字子千，一字南區，號盤麓，又號紫詮，寶坻人。康熙間貢生，歷官浙江温處道。有《憶雪樓詩》二卷。

《寶坻縣志》：子千喜博綜，負意氣，以貢授光禄丞，晉刑部郎。每退食，與朱竹垞、姜西溟、趙秋谷諸公樽酒流連，揚扢風雅，一時有華省仙郎之目。及出守惠州，政簡刑清，攬風問俗，又與其鄉名宿梁藥亭、陳元孝游，詩境益進。觀察永寧，以憂歸。久之，再補温處副使，潔清自矢，一如守惠時。顧性耽吟癖，曰：『吾將恣遠游以自快，禹穴、蘇臺、淮陰、陽羨，屐齒無弗歷焉。所至輒交其地之賢豪，花晨月夕，載酒揚帆，時令雙鬟按拍唱所製新樂府，望者疑爲神仙中人也。』

毛際可《序》：南區詩原本性情，胞與民物，萃數十年之精力，出入於漢魏六朝、唐宋元明間，而語必己出，求其一字之摹仿不可得。

朱彝尊《序》：《憶雪樓詩》，自漢魏六朝、唐之初盛中晚，下及宋元明人，體製靡所不合。

其用情也摯，斯温柔敦厚之教生焉。

又《曝書亭集》：《〈焦山剔銘圖〉爲王副使煐作》：『華陽真逸昔瘞鶴，井穴乃在焦山根。銘文不省誰氏作，紀年第有干支存。審視要非唐後勒，昔年曾與張弨論。玆山不與浮玉伍，其地僻左稀攀援。旋渦轉湍奔溜急，沐日浴月驚濤翻。峰坳集海舶浪齧，藏江豚銘辭汩没。露日少誰抉，地户開天門。丈人守靈威，真官降趙尊。若非神人護，遺蹟安可捫。蘆臺王君信好事，躬自荷鍤操犢褌。剜苔剔蘚竟深入，先以前趾次尻臀。手摸其文無闕失，一紙價已當瑤琨。西江道士爲傳寫，衣袂尚帶寒潮痕。惜哉轅馬且北去，山游未遂括與温。何年金石共搜討，疑義相析窮其源。』

《紅豆樹館詩話》：子千吟嘯林麓，放情山水，家近田盤，而羅浮、豐湖又在其所治郊坰之内。其登二山也，皆搜奇剔險，窮極幽杳，故其《田盤羅浮紀游》二卷，酷似酈道元《水經注》。而《荔支詞七絶》一卷，尤爲膾炙人口。其他佳句如：『朝游五岳雲生屐，夜度三江月入瓢』『人歸市冷愁藏虎，晝静簾開好放蠅』『能詩易白愁中髮，無酒難朱鏡裏顔』『苦茗力能消夢境，濁醪理可化愁城』『急補殘書如療疾，細嘗家釀當還鄉』『曲中易顧周公瑾，琴外難逢鍾子期』『憤深精衛思填海，遇蹇牽牛恨隔河』『胯下猶羞與噲伍，褌中豈屑共伶居』。昔人所謂筆有餘力，詞無竭源，子千有焉。

季南屏索和蘇詩，用東坡《遷居》韻

坡老擅文章，千古讓雄麗。氣若鐵騎馳，理如繭絲細。弱齡倦不釋，四十嗟虛逝。薄宦走風塵，勞勞鮮寧憩。忙裏賦閒居，聊爲消遣計。憶雪築小樓，就樹補荒砌。羅浮在望中，嵯峨挽雙髻。時然眄庭柯，物理感蟬蜕。冬筍剖黄琮，春盤貯丹荔。静觀恒自得，俯仰空斯世。素友共清言，真人擬天際。苦我和蘇詩，自慚等蚊蚋。

寄生

南海有蟹屬，負螺殼行泥塗中，飲食動息，不須臾離。間遇他殼，或遷入而棄其故。好事者以金銀作螺殼誘入養之，可二三年不死，土人呼爲寄生。噫！物性不齊，理莫能測，大率如世人之多累，而不善遣其累也。

造物亦何心，賦形靡不有。齊諧非怪奇，禹鼎遺鐫鏤。山海産異類，至人莫能考叶。胎卵濕化生，率各從妬偶。鼠穴迓鳥居，鵲巢爲鳩受。蚓蛉及椒圖，非龍狀蚴蟉。嶺表多所見，一一費參剖。有物類蟛蜞，恒載螺殼走。人呼爲寄生，因其等賃僦。彳亍曳泥塗，僕僕覓糧糗。有睹輒斂縮，似欲掩其醜。豈曰避風雨，此身本無垢。或欲貽子孫，族類詎能守。胡爲軀殼外，復令有重負。丈夫貴出世，豈堪老户牖。嗟彼世間人，苦爲俗所狃。碌碌求田舍，勞勞徒白首。富比石與何，金玉爲枷杻。壯士執戈矛，終朝環甲胄。形未圖麒麟，骨已同枯朽。求名蝸角虚，計利蠅頭厚。何似烟波中，麋鹿魚蝦友。身世兩相忘，憂樂不挂口。閒吟風月詩，但醉尊罍酒。更尋武夷曲，吸露餐霞叟。遺蜕還太虚，此理君知否。

魚缸歌

魚缸，前代御府酒器也，與雞缸並稱。然雞缸繪於外，雖極精工未能免俗。魚缸繪於内，酒光蕩漾，魚影浮沉，殊有活趣。辛酉歲，家學録近天以十二缸見貽，云渠祖中翰公得自中貴，旋爲知者索去其十，僅留二，以志贈者之愛。前春，過豫章，見市中所售，頗彷佛，但火氣尚在，不及舊甆温潤耳，因盡收之。仲秋，寓羊城同人過訪，出此勸飲，咸作詩歌賞之，余亦率成一篇述其所自。

吾宗舍人最博古，搜討平生徧環宇。傾家不惜購珍奇，千金揮擲同毛羽。夏鼎商彝滿几筵，翡翠硃砂出土鮮。秦漢玉精留血沁，晉唐墨妙展雲烟。更因愛飲情瀟灑，尊罍杯斝都精雅。交錯成宣哥定窑，非復尋常饒郡瓦。余丞光禄官最閒，邸舍咫尺時追歡。貽我小甆缸十二，道是先朝御府頒。潔如白雪輕於紙，朱魚四尾浮游起。鼓鬣旋鱗儼若生，淺斟滿酌漣漪比。重簽封題近十年，今朝賞識出君前。古來尤物亦難遘，盡醉寧愁竭酒泉。

題李夫人小照

夫人姓姚名淑，字仲淑，别號鍾山秀才

漢書八表著未齊，誰能續之曹氏妻。周官之學絶已久，誰能通之韋氏母。閨閣文章古所難，况當兵燹流離間。父書能讀孤有立，嬰杵之義堪同觀。研齋太史負奇氣，放浪天涯若萍寄。獨有鍾山姚秀才，嶺海江湘隨所至。蓋棺事定殯未歸，三尺之孤孱且饑。題書染翰易薪米，千株萬葉烟雲霏。手寫遺文二十卷，名山可藏傳定遠。麥舟相助豈無人，返葬西川未云晚。我於圖畫見其真，一嫗研墨何辛勤。握筆凝神詠匪石，桃花柳絮非其倫。吁嗟太史當未運，受知一日能致身。之死靡他亦其類，食報乃在閨中人，我爲題之期不泯。

再上飛雲頂，用東坡韻

久識吾生亦有涯，武夷九曲多仙家。恨不早從海瓊子，凌虛並駕青螭車。昨日峰頭振衣袂，雲中紫景穿林斜。同來老僧妙禪理，南屏季子亦復佳。紀游詩和大蘇韻，奡兀排宕争光華。怪余生平紬文采，入山筆亦能生花。高寒向暮尚留逗，衲衣鶴氅人争加。俯看四百三十二，峰峰變態俱堪誇。雲竇靈虬不知歲，珊瑚珠結高叉椏。琪花瑶草粲青紫，金砂玉屑飛晴霞。繽紛雨花散天籟，鼓吹聾耳憎池蛙。曾聞洞蝶大於鳳，白雲如絮迷山窪。徘徊顧戀復誰問，翻疑來路今番差。回首京華十年事，猶憐面目餘塵沙。掃苔磨壁留長句，烟蘿掩映如籠紗。放歌聊自寫胸臆，字句那得無疵瑕。勝游自古信不易，蘭亭今昔興咨嗟。更向峰頭建飛閣，後此風雨聊爲遮。世人盡恨仙源隔，崑崙自近心偏遐。歸來華首樓頭坐，松梢陣陣飛神鴉。

贈别陳處士處士名恭尹，字元孝，别號獨漉子，順德人

憶自已巳登君堂，驚看七尺形昂藏。雙眸爛爛若巖電，朱顔緑發鬢微蒼。手揮玉麈論娓娓，令我心折神飛揚。從此訂交日無間，芝蘭臭味同芳香。郡齋枉駕倒筐庋，珠江乘興移沙棠。羅浮絶頂看海日，豐鯝幽處攜壺觴。石橋藤簟月清皎，江樓茗碗風蒼涼。有時深談燈屢炧，曈曨户牖

升晨光。吾宗仲宣爲至友，相依没齒忘還鄉。季子苦吟年最少，通眉長爪尤清狂。謂礎塵兄季偉功也。桑梓二三老名士，才華齒德無低昂。謂藥亭山帶諸君也。因君獲交並知契，晦明風雨時相將。登臨勝賞極奇險，詩歌贈答諧宮商。積久不覺遂成帙，簸揚寧復羞粃糠。諸兒材質愧頑劣，頻年奔走成膏粱。賴君通家敦世好，善教咸許歸門牆。達才答問勝私淑，誘掖獎勸誠無方。比來風波起意外，青蠅貝錦紛乘張。量移一載尚留滯，進退踽踏同羝羊。我思古人心有獲，椒辛膽苦俱親嘗。惟君古情頻慰藉，往還豈避人猜防。要言不煩比金石，欲我柔克毋從剛。病中伏枕首再拜，書紳恐失銘肝腸。古人締交貴終始，世俗情態良堪傷。翻雲覆雨等閒事，當前推許旋雌黄。素心直道笑迂腐，輕儇佻達誇當行。先生一切付渾默，萬斛容載須汪洋。往余少時最豪誕，燕趙餘習多鋒鋩。父師明訓自鍼砭，矢當弦上猶難降。自奉教言近七載，苦口之藥功誠良。縱然倔强未繞指，漸能百鍊鎔其鋼。茲當西行入巴蜀，襆被幾日催行裝。既嗟豚犬失師範，身違良友尤徬徨。寓齋咫尺日相過，寧論寒暑身閒忙。微言片語奉珙璧，宏篇傑構羅珪璋。秦章漢隸逼李蔡，草書行楷追鍾王。瑣屑索書曾未厭，笥篋璀璨盈琳瑯。客途有此壯行色，誰云薄宦無私囊。吁嗟人生多聚散，晨星萍水洵難量。平居舊雨半凋落，哀笛近復聞山陽。季唯功、陳元敷數月之内，相繼淹逝。驢鳴弔客共相效，碎琴聊復同登牀。如君心知更無幾，相看髭鬢添冰霜。後此晤期邈難定，臨岐握手情茫茫。那堪風帆催遠別，九疑蒼翠紆衡湘。瞿塘灧澦雪濤壯，巴陵三峽猿聲長。殊方風土飽游歷，夜郎境遠趨踉蹌。讀君詩歌對圖畫，瀟瀟風雨生篷窗。吴孝廉山帶作瀟湘三峽圖，諸同人各題長歌贈行。知君此時亦相憶，兩地月照空齋梁。懷人好句各留草，春鴻秋雁能高翔。錦江雙魚非鐵鑄，定教鼓鬣穿濤瀧。

【校】

案珙璧，璧，原作壁，據清康熙三十五年王氏貞久堂刻本王煐《憶雪樓詩集》改。

霪雨連月，座客戲吟『天醉吐淋漓』句，因續成之

一雨六十日，杞人憂不支。日羞逃混沌，天醉吐淋漓。銜火燭龍睡，然犀水怪窺。叫閽徒有意，誰爲戮雲師。

送朱竹垞編修還秀水

其一

四載青門別，南來慰夢思。如何相見日，即是送行時。春樹詩重詠，旗亭酒莫持。五湖烟月好，終擬其心期。

其二

一代才難並，千秋事可知。望猶南斗重，志豈北山移。自著潛夫論，人傳幼婦詞。私心欣有託，傾倒及佳兒。時初晤長君文盎。

題李生寒林釀雪圖

曉霧濃於潑，寒林瘦欲枯。人家在何處，山徑轉模餬。雪意望中作，風聲聽去無。匠心窺造化，呵凍寫斯圖。

歲除雜感

其一

嶺海春三見，匆匆又一年。朱顏隨鏡改，青眼共山憐。瘴癘寒差減，風濤久漸便。登臨感時序，直似挂帆船。

其二

京國八千里，鄉書三兩封。老親能善飯，更道懶扶笻。夏麥收嫌薄，秋蝗災苦重。今冬勝昨歲，但喜息邊烽。

其三

弟妹三春隔，兒孫兩地留。遥聞解人事，近覺慰吾憂。耆舊傷凋謝，長安憶昔游。年年當此日，的的畏登樓。

其四

去歲羅浮路，梅花雪裏看。共言南越暖，翻似朔方寒。濡筆呵朝凍，傾樽醉夜闌。同游念存歿，觸景恨漫漫。

其五

世事浮雲過，何曾累太空。肯因隍失鹿，更惑壁懸弓。愛飲原非達，能詩信待窮。明年明日事，總已付天公。

夜登東江亭次張超然壁間韻

夜叩雲間寺，深扃月下門。亭空生静籟，泉響落真源。蒼狗來天末，烏龍卧石根。此心無動定，安用辨風旛。

三水舟次喜晤鄧澹園

其一

有客經年別，茅堂近硯溪。擬乘漁艇去，直訪鹿門西。茂草應迷徑，幽花定滿堤。衹愁人到晚，雞犬夜驚啼。

其二

出峽分三水，乘風到一帆。故人垂白髮，偃蹇著青衫。書卷兒能讀，蒿萊手自芟。久占肥遯義，何事出巉巖。

偶成

知己從來世所難，閒評往事發長歎。老成盡瘁圖全勝，年少空勞策治安。潁士有奴甘撲詈，買臣無婦共饑寒。鍾俞董蔡應消歇，獨惜琴亡漢史殘。

寄懷趙中允秋谷

其一

異地相思萬里長，感時幾見嶺梅香。醉中惜别情如渴，夢裏曾逢喜欲狂。音問舊歡常寂寂，頭顱新恨變蒼蒼。憶君讀我盤山記，許贈長歌尚未償。

其二

非意知君自不驚，屈伸天意互虧盈。龍門腐後史方著，新建謫前功已成。舉世最難容傲骨，半生未易謝狂名。青州從事真良友，百歲惟應共此盟。

其三

瘴癘相親久漸宜，荔支日啖亦忘饑。嵋山已隔朝雲夢，巫峽空留暮雨期。漫笑登徒非好色，須知居易愛談詩。天涯聊自謀消遣，豈更因人畏謗譏。

其四

平生屈指誰知己，死别生離倍惘然。子建洛神徒有賦，青蓮鵬鳥失遺篇。友人曹賓及李木初俱有學，行而早逝。如君羣望應名世，顧我私心願執鞭。不惜崎嶇遄命駕，還應到及荔支前。

送徐孝廉仲宣還毗陵

黄金臺畔初相識，器宇驚看各不羣。雨寺買花春正暖，風簾刻燭夜常分。八年一别思千縷，萬里重逢酒半醺。屈指到家過九日，霜楓歸路落紛紛。

留别同官陳元敷

七載流光轉瞬過，誰能文誼重山河。醇醪易醉惟公瑾，苦藥難忘是華佗。道直自嫌爲計拙，時艱深愧受知多。但留一劍隨身在，繞指雖柔鋭不磨。

上巳後三日作

十日春陰一日晴，更無深巷賣花聲。半醒宿酒臨風坐，獨把殘書背日行。忽報親朋攜卧具，旋呼僮僕洗茶鐺。珠江燈火波濤路，爛漫隨人作送迎。

送徐竹田歸平湖

晚近論交誰復真，二年意氣獨相親。宦情我類羈籠鶴，野性君同縱壑鱗。瘴癘久經難更駐，風波初定敢重陳。平湖烟水蒼茫處，他日扁舟擬卜鄰。

自端州返棹珠江，喜遇周東來

一棹衝波日往還，故人忽到破愁顔。相看各訝髭鬚改，話久因嗟世路艱。撲面風腥知近海，漫天嵐起欲埋山。無饑切莫加餐飯，瘴癘從來重百蠻。

挽陶處士處士，名璜，字苦子，番禺人

古人生恨不同時，何意同時却路歧。扇上有詩傳姓字，燈前無夢接光儀。瑤琴欲碎維舟石，寶劍誰懸傍墓枝。我自知君無復憾，君寧知我不勝悲。

杜其旋

其旋，字考之，號雪牕，静海人。諸生。有《詠雪齋詩集》。

朱崙《傳》：雪牕守致虛公家學，善屬文，爲同里高岱輿先生所稱。浮沉諸生間，意不自得，築小屋三楹，雜植花竹、槐棗數株，一琴一簫，酒卮茶籠，閉户哦詩。臨終語諸子曰：殯我中庭花竹間，每夕以薄酒奠我，古琴一、古陶壺一，葬以爲殉，引鏡自照而殁。

韓菼《序》：公優於德行，不爲世用，退而肆意於鶯花棋酒間。故其爲詩也，和平澹遠之中寄託感慨，雖未能嗣音開寶，而格律神髓擬諸李從一儔，差相彷彿。公中子蔚游吾門，因得晤公於家，具大儒氣象。

夏日詠懷

野草緑萋萋，閒中一杖藜。泉飛疑海近，雲擁覺天低。此日傷饑饉，何年罷鼓鼙。桃源無覓處，夢入武陵溪。

閒居

閒居宜嘯卧，何日不三餘。竹雨滴心碎，松風入夢疏。愁思元亮酒，病廢鄴侯書。晚眺平沙外，閒雲覆草廬。

早起

鶴唳空庭自覺清，依稀遠寺遞鐘聲。看來世態金能語，説到人情劍欲鳴。徧地風烟吹鬢濕，一天霜雪上衣輕。此時别有關心事，惆悵中原未罷兵。

張鎮嶽

鎮嶽，字松高，邯鄲人。諸生。

《邯鄲縣志》：松高弱歲能文，下筆如兔起鶻落，奇氣勃勃從十指間出。爲諸生，試必奪前茅，鍾陵太史熊伯龍督學畿南，最所咨賞，然縱酒不羈，自是不就試。著作甚多，存者什一二耳。

郭冷友旭庵落成

四壁環蒼岫，孤庵擁白雲。窗蕉籠甕影，徑石砌冰紋。茶煮松頭雪，香燒架上芸。日高仙夢足，拂案理南薰。

黄謙

謙，字六吉，號麓磧，別號抑庵，天津人。諸生。有《歷下吟太行行草》。

《天津府志》：六吉性曠達，嗜詩，居恒以《少陵集》自隨，游篋所至輒滿，與張念藝霔、梁崇此洪、僧世高，結草堂社，咸推主盟。平生篤於友誼，廣文張爾燕之四川名山縣任，送之滄州不忍別，竟偕往蜀，家人不知也。張石松晢父某罹事於晉，不得歸，數千里往脫之。著有《桃源日記》數卷，詩若干卷。

雨宿平原

風雨平原道，泥深没馬蹄。層雲迷泰岱，新潦漲前溪。望樹人投宿，謀飱主割雞。旗亭雙妙妓，一唱白銅鞮。

趵突泉

名泉傳歷下，王屋發源來。迂極濤翻怒，渟深浪突開。逆飛天上雨，横卷地中雷。何日滌塵慮，簞瓢坐碧苔。

過王秋史七十二泉草堂

七十二泉上，王郎結草堂。開窗空翠濕，到枕芰荷香。山水容秋史，文章老異鄉。西湖元舊宅，風雨可相忘。

秋日游大明湖

歷城十日住，今始到荷鄉。小棹分萍浪，高臺俯柳塘。南山丹嶂合，北渚緑雲凉。卜日還重過，開樽醉夕陽。

定州

曉角吹天白，中山古戰場。將臺空燕壘，滱水落魚梁。官道寒催柳，嚴城曉閉霜。逢人無限意，不敢問行藏。

入山

不厭西行路，嶙嶙疊疊來。山嵐朝作雨，石骨泠生苔。驢背披裘客，登高作賦才。遥聞香雪發，何處老梅開。

阮疇生先生祝髮歷下，秋來遇於小庵，話舊談詩，娓娓不倦，和韻志感

其一

相逢君已入空門，猶把殘詩細細論。七子才名今莫續，三唐風雅久無存。濯纓湖上秋千頃，趵突泉邊雨一村。偶借楞嚴臨月讀，炎方恐有未招魂。

其二

深巖老鶴上方幽，何日誅茅共素修。少室寒螿依古佛，空山落木響高秋。新詩好勒三生石，往事期歸大願舟。去國離家天莫問，等閒撒手信浮漚。

曲里店和建昌女郎題壁韻者頗多，成子采鴻寓意甚正，因次韻

其一

故鄉萬里夢難還，姓氏潛從店壁傳。馬上殘詩吟不得，年年風雨怨啼鵑。

其二

離亂何須問阿嬌，紅顏既賦福難消。憐才誰贖文姬去，起把曹瞞墓土澆。

王師旦

師旦，字淑莘，寶坻人。康熙間貢生，官容城縣訓導。有《淑莘詩集》。

《寶坻縣志》：師旦父國賓，字元洲，會稽人，爲寶坻教諭。師旦幼隨任，遂家焉。五歲通《孝經》。既而學文，受詩於諸名宿，證性理於李光四先生，業日益進，學使熊鍾陵先生有國士之目。官容城時，葺學宫，備祭器，爲先儒静修劉氏立後，輯《文廟備考》一書。在任十六年，士多化之，學者稱曰盤峰先生。盤峰爲李光四先生栖隱處，高山仰止，可以知其所得力矣。著斯文，纂《南華注》，凡數十卷。

古中盤次黄中父先生韻

嵯峨疊嶂幾千重，緩步逍遥細路通。石傍梵宫蹲虎豹，泉飛仙掌溉芙蓉。深秋覽勝宜樽酒，古洞搜奇仗竹筇。日暮且投蘭若宿，詰朝同上自然峰。

易水弔荆卿

壯士明知不復還，何勞相送白衣冠。椎先博浪秦皇懾，歌振酸風易水寒。漫笑無謀同聶政，終持烈志報燕丹。高吟思和漸離筑，落葉蕭蕭路渺漫。

龍震

震，字文雷，號東溟，天津人。有《玉紅草堂集》十六卷。

陳儀《傳》：東溟至性過人，而窮於所遇，發而爲詩，音悲詞婉，刺冷指微，温柔而敦厚，纏綿而悱惻，庶幾乎屈子之遺。

《紅豆樹館詩話》：《玉紅草堂集》詩多至數千首，中五平五仄體一篇，蓋仿何大復『寒風吹空林，落日照古冢』之作也。

長歎

烈火燒頑石，可碎不可爛。利刃斫流泉，可激不可斷。先王立禮法，勉强防人亂。人性本不同，善惡日相判。刀鋸猶不畏，史册何足憚。歷代生聖賢，艱難一長歎。

王野鶴道士新闢小園

閒閒十畝間，道士有所慕。盡除芳草根，獨留蒼松樹。開畦引流泉，往來親指顧。欲種東陵瓜，不栖南山霧。野老荷鍤至，相逢道平素。身貧當任勞，非爲圖生聚。行且移琴書，誅茅此中住。小結黄蝶庵，曲通白鶴路。茫茫滄海波，相去祇數步。豈怕春雨稀，但恐秋濤怒。語罷夕陽下，風鷗亂古渡。隔岸桃李園，紅燈樓上露。

春日山行

山山改寒色，遠近緑雲長。去年深雪中，曾爲梅花往。梅花落已盡，春光媚林莽。不倦看花情，千崖攀躋上。香風帶雨來，鳥聲亂泉響。心悦耳目勞，一步一俯仰。人間芳草路，車馬日擾攘。王孫惜春光，可作山中想。

五平五仄體

深深荒山中，小小草閣裏。幽人何貪眠，見客不肯起。猿啼孤峰雲，鹿飲古澗水。踟躕秋風寒，滿地落柏子。

荒山道中

亂石疊危路，層嵐列翠屏。雲林照水白，麥壠夾山青。雞犬無聲息，人烟在杳冥。溪花好顏色，隨處自飄零。

游盤山

鬼斧神工妙翦裁，盤盤有路是誰開。空傳漢室田疇宅，但見唐家李靖臺。龍蟄五盆溝浪黑，猿亡雙洞樹聲哀。漸教塵影消靈氣，後世應無隱者來。

和留臺尖壁上韻

欲向留臺結草堂，偷閒高望水雲鄉。讀書敢讓劉文靖，辟穀猶慚張子房。松菊有心存晚節，山河無計補洪荒。蒼茫落日悲風動，更比朝來爽氣凉。

讀漢書作

踞牀祇解駡儒生，逃出鴻門事竟成。吕后幾移劉氏祚，太公拚作楚人羹。斬蛇天子傳奇蹟，屠狗將軍擅大名。四百餘年觀治亂，老瞞新莽最分明。

飲酒

有酒何愁夜寂寥，春燈影裏聽吹簫。任他樓外梨花月，去照揚州廿四橋。

故園

故園常整舊茅檐，三徑全荒我不嫌。自種葡萄供釀酒，看花重捲水晶簾。

過黄龍庵訪天目和尚，因和朱竹垞前游韻贈之

其一

愛爾才如謝惠連，相思常在夢中縣。十年住破西山寺，吸盡西山幾處泉。

其二

晴露分香濕曉霞，翠雲深處鬭繁華。誰知世上清貧客，也愛山中富貴花。

其三

佛庵七十二燈花，遠近鐘魚聲不同。聽到無聲山月出，凄凉暗照古王宫。

其四

少文畫壁成何用，我到山中纔卧游。萬壑松風吹静夜，吟聲飛出遠公樓。

胡惟一

惟一，字貞生，慶雲人。貢生。有《藥餘草》。

石佛寺

百寶光明照水濱，法輪東轉説前因。曹溪自有諸天路，塵劫仍逢不壞身。精聚龍華荒歲月，錫飛鶴麓喜嶙峋。而今可有王居士，我欲蒲團一問津。

李鋥

鋥，字天民，任丘人，經垓子。貢生，官正定府訓導。有《重積堂集合》。《任丘縣志》：先生分訓正定學，諸生常怒，太守欲笞之公庭。先生詗知，走救固争，以爲生誠有罪，宜發明倫堂。否則，一紙申詳，聽公所爲。不然，並某褫去，固所願也。太守意奪，因改容謝，時稱交得焉。後以憂去官，不復出。

茌平早發

孤城新霽後，殘月蘸危樓。曉露侵衣濕，山泉帶雨流。人家燈鬬曙，村舍酒宜秋。何事騎驢客，棲棲去未休。

寄懷龐雪崖

吾愛龐工部，官閒一樂真。廉錢常寄弟，俸米足供親。守拙甘時論，輸情照古人。斯須門外立，良會每重申。

和高邑宰瞿令玉寺中度歲

欲答涓埃竟未能，也知得熱不於冰。怪來詩思清於水，風裏同官雪裏僧。

東園雜感

其一

東園一半盡蒿萊，文杏夭桃尚自開。剩得白頭兄弟在，愛閒鎮日去還來。

其二

二百年來舊海棠，孤根鐵幹未成妝。春來幾朵微含笑，頗似徐妃半面妝。

其三

記得髫年上學時，林檎初發最繁枝。文官果後蕭蕭竹，榮露齋中侍謝師。號兑生。

其四

五世遺栖此尚存，畿南文獻舊清門。千秋王謝烏衣巷，今日何人是子孫。

梁洪

洪，字崇此，號芟梁，天津人。諸生。

春日送胡致中游盤山，兼寄青溝和尚

天津華屋櫰楝連，走馬鬬雞多少年。紛紛顔色争相向，中有一士性獨偏。春來忽發游山想，買車折簡招吾黨。昨日出門别所知，箰皮笠子青藜杖。驅車春田戴勝鳴，再三問我山中程。君去看花花正明，烟濕芳草輪無聲。山中有僧眉覆面，亂峰深處應相見。此僧若問滄浪人，海上春寒尚飛霰。

帆齋與笨山夜坐

海天一片月，此夕得相親。石影瘦於我，竹梢高過人。世情雲去住，道意水漣淪。清賞各無語，蕭然花外身。

天成寺

環寺山如笏，參天塔似峰。上盤從此入，高衲未曾逢。積翠烟中薄，空香雨後濃。還期登絶頂，努力一支筇。

楊大年

大年，名允長，以字行，薊州人。布衣。有《蘅香草》。

《寶坻縣志》：大年，漁陽詩人，遨游山水間，情往興來，蒼茫欲絶，爲一時名流所咨賞。朱秀水《日下舊聞》、王新城《古歡録》往往採之。

謝王子題蘅香草

雁影參差書遠空，關情身世逐飛蓬。送春月路逢知己，憶夢泉臺泣曉風。贈我青箱虚有待，感君白雪和皆窮。相思縹渺情何極，萬壘烟霞薊水東。

褚爽

爽，字西山，號澄嵐，鹽山人。諸生。有《南村草》。

南村雜詩

其一

薄田百餘畝，茅屋三四椽。去去不復顧，游屐從所遷。屢上賈生策，帝閽遠若天。荏苒五十載，霜雪盈我顛。太息返故廬，衡宇已非前。族黨喜相過，大半皆少年。相對不相識，話舊各茫然。人生重經濟，豈遂耽高眠。奈此駑駘質，進退總迍邅。悔不早秉耒，力耕原上田。

其二

東風吹未已，青青柳向榮。時攜雙黄柑，聽此林間鶯。村酒雖淡薄，多飲醉亦成。偃卧恣所觀，海雲時縱横。僕僕風塵士，薄暮尚遄徵。

其三

淩晨驅牸牛，就食向南谷。牛飽我已饑，還歸啜糜粥。粥罷就枕眠，心閒睡亦熟。覺來茗一杯，重取《離騷》讀。

秋杪寄及門趙鶴齋炯

一自居南村，遂與故人别。每因念舊游，使我心如結。遥遥候雁飛，唧唧寒蛩咽。秋懷益悽惻，况過菊花節。葭水隔伊人，清吟霏白雪。褰裳欲從之，病久足已蹩。落葉滿柴門，窮巷無車轍。草草百年身，咄咄三寸舌。盱目望停雲，幽情不可説。

答張笨山

平生詩酒興，入眼幾能兼。對影杯邀月，裁歌響振檐。古人思太白，今日見文潛。酬唱無塵躓，粗疏我自嫌。

夜

寂寥坐聽短長更，肝膽從前悔浪傾。露下草香蛩共語，牀頭金盡劍空横。歲華自逐流雲度，皓月猶隨老眼明。裳製芰荷遲未就，隔鄰已送搗衣聲。

沈起麟

起麟，號苑游，天津人。有《誦芬堂詩》。

《津門詩鈔》：苑游詩恬退和平，有靖節風。

康園水亭即事

此中饒鼓吹，耳畔雜鳴蛙。闢徑通流水，編籬護野花。嫩荷經雨漲，疏柳趁風斜。倘遂栖遲志，衡門自可家。

夏日張藝史招集荷亭話舊

雨窗知與一編俱，晴日移樽到水隅。翦燭吟成新句否，聯牀話及舊交無。藕花溪畔舟輕渡，豆葉村邊酒任呼。何日得歸江口望，風前攜客醉錢湖。

送馬伯槐歸越

頻年寄蹟在津涯，每值秋風便憶家。酒熟相關蒓可摘，詩吟客舍月初斜。篷窗夜聽錢江雨，山徑行看禹穴花。此去恰當籬菊綻，相邀村老話桑麻。

詠盤山蒲團石

此石名蒲團，時有老僧過。閱歷幾滄桑，阿誰能坐破。

李覲曾

覲曾，字泰巖，號竹逸，景州人。候選中書。

馮金伯《國朝畫識》：竹逸老人赴選，北上抵任丘，心動返，則王太恭人疾方作，自是無四方志。工翰墨，書畫皆宗米氏，晚年構一堂，顔曰『墨霞』，自記以詩，和者甚衆。

題墨霞堂

老來潑墨氣淋漓，爲愛南宫七字詩。一抹斜陽孤鶩裏，草堂初署墨霞時。

童葵園

葵園，號蘭風，天津人。有《閒閒齋集》。

《津門詩鈔》：蘭風居直沽南，以閒閒署其齋，日事吟詠，句如『竹窗聽雨留僧話，荷院敲棋看鶴行』『菊荒雨院蒼苔老，松冷雲門白石空』『石徑花深藏白鶴，柳塘烟暖織黄鸝』『雲從山暗疑無路，溪繞花明别有村』『竹侵名酒杯浮緑，花妬酡顔面映紅』『風霜道路一千里，烟雨樓臺十二層』，皆有風致。

舟次漢口

漢水孤舟萬里徵，一江風月不勝情。詩吟鄉國腸應斷，身在波濤夢亦驚。蠻語喧闐驚夕市，笛聲凄寂度山城。獨憐汀畔閒鷗鷺，來往忘機泛泛輕。

國朝畿輔詩傳卷二十七

成文昭

文昭，字周卜，號過邨，又號鈍農，大名人，克鞏曾孫。候補主事。有《暮觴詩集》五卷，《二集》三卷。

《大名縣志》：周卜生長貴盛，纖瘦類山澤癯，嗜好殊俗，偶攜所著詩走京師，一時東南譽髦，咸納交恐後。以主事注籍銓曹，未及官而卒，年三十七。

朱書《序》：邇來數十年詩，新城王尚書稱首，德州田侍郎抗行其間。二家之論不同，田主才識，王主氣韻。海内學爲詩者，出二公之門爲多。周卜秉河北沉雄之氣，又嘗與田公游，故其詩不屑爲咿嚘柔媚、學兒女子態以娱悦當世之耳目而音諧節協。固其性有之，非强而然也。

吴寶崖《序》：吾友成子過村，自少攻苦力學，無纖毫紈綺習氣。其賦質文弱，既不類北人，而發爲聲詩，復盡屏燕趙之粗豪，一歸和平雅雋。余嘗聞畿輔詩學，有明已來，如濬縣王世昌、藁城石季方及廣平申鳧盟諸家，皆詩人之表表者。要其元元本本，有典有則，未有或先我過村者也。

《紅豆樹館詩話》：周卜系出相門，世其家學。嘗問詩法於德州田山薑侍郎，又與顧俠君、繆湘芷諸公往來酬唱。所作古體勝於近體，大致以韓蘇爲宗，開闔變化，自成一家。案《古夫子亭雜録》載，門人大名成文昭以宋槧本《南唐書》見寄，則周卜亦嘗受業新城。然其詩清刻巉瘦，絶無儀形飾貌、依傍門户之習，亦未始非豪傑之士也。

晏起

雨後天氣佳，夢迴失春曉。起起復欹枕，静意人幽眑。晞髮忘巾櫛，修廊百迴繞。婉孌城西山，弄晴呈窈窕。隔江送青來，一變一態好。偃仰與孤往，游泳愜懷抱。有時命琴樽，軒楹净灑掃。以此悦性靈，永言謝煩慅。

同友人過泐潭寺遇雨

委巷穿曲塘，里許入平衍。烟中粥鼓動，殷殷趣塵倦。撰杖一游目，殊異在城縣。寧知屐齒勞，取次扣禪院。幽梵空界深，古燈青紺殿。雨意四天低，暝色一時亂。迸階土氣凉，花香逗一綫。駘蕩風態饒，格磔鳥舌變。已足愜孤賞，况復從羣彦。生衣濺春泥，歸路有餘戀。

賈太傅故宅

瓦屋抱土垣，門響白楊樹。眢井没蒿萊，殘碑欹石路。落徧野棠花，子規啼不住。

晚春侍家大人，招同黄小重、過鶴言、劉書根游嶽麓，和鶴言韻

入望麓翠濃，江烟一綫隔。雨槳破春波，挈伴曳游舄。白雲烏桕深，叩關訪名釋。杖履自蕭閒，龕爐絶華飾。經幢静鳥音，齋鉢矖香積。斜陽沉疏鐘，投憩遠公宅。松濤上襟流，嵐氣入軒碧。峭巖新月升，雨洗晚春夕。惠休雅能詩，况不避酒客。茶烟媚禪心，竹影繪空壁。泠然業薄閒，一道泉聲白。撩衣坐莓苔，飛觴罄酒炙。四座寂無言，松鼠上茵席。磵風過耳根，夜迥逼境僻。捫磴一迴首，兹游已成昔。千古此冰輪，常照岣嶁石。

述懷四十韻贈陳東村

瑟瑟秋氣振，幽幽客懷怛。盆菊蘂尚苞，檐溜滴乍歇。枕書頭卸巾，踏被脚辭韈。寒雀啅蓬門，佳客到陋室。排登百尺樓，直闖三層闥。知名豈今兹，快晤話疇昔。耕硯蹈丘園，漁書卧林樾。肝膽許屠沽，膏肓乃泉石。醉未脱醉鄉，狂已出狂國。四顧但庸庸，一編自矻矻。大言天下要，小補宇宙闕。俗累鎮縈牽，生計多隕越。妻憂厨不爨，僕訴馬斷齕。梟聲互噂沓，鬼伎逼突兀。學忙踏槐花，放閒逐楓葉。濩落亦其宜，毷氉何足咄。涼雨阻長安，金風人短髮。親故各酸辛，輿隸爲羞澀。逝言避囂雜，於役歎傴仄。雪壓白門船，雁唳洞庭月。鏖糟冰雪腸，支離倔强骨。三吴蹇淹留，重湖過超忽。牢騷阮籍窮，凄切相如渴。燈耿壁蟲幽，風激窗紙裂。五更屋角雞，三尺牀頭鐵。十年皆鑄錯，一旦空更瑟。赧瘦羞鏡明，忍寒看筆秃。徘徊沅湘旁，躑躅蘭茝側。弔古事裴懷，澆塊

憒填臆。傷心楚澤吟，痛哭漢庭策。地以怨臣傳，天爲愁人設。感君氣倍真，信君腸倍熱。君能鑒我愚，君當恕我率。我於君首低，君竟我心折。相憐骯髒人，同是落魄客。不聞説項斯，競欲殺李白。何當大笑謔，底用長太息。身且遭世束，氣豈因俗讐。堆胸五岳起，吐口層冰釋。濁醪傾瓦盆，淋漓酒腸濕。

寄子白百韻倣香山體

涔涔秋日雨，泥滑街不乾。嗒焉扃户坐，出門一步難。老屋裹江風，敗籜吹成團。四壁起繁砧，一庭瘖暮蟬。天末懷伊人，作歌聊破眠。予生駑鈍資，環堵常蕭然。緬昔乙亥冬，病痼難釁湔。屏跡來山居，畏人逃俗緣。黎陽古名邑，山水秀且妍。大伾矾左峙，衛水瀠右環。更有一峰好，嬌嫮而蜿蜒。像形日浮丘，城郭俯其巔。雄拔王威寧，秀挺廬次楩。爲文章事業，播在天壤間。高人去千載，山靈含辛酸。荒蕪絶人跡，感舊涕泗潸。屋瓦壓墮樵，櫚楹風雨穿。頽壁挂蛛絲，犖确雜枯菅。聵聵一畦丁，痰喘腰跼踡。指説當聽槐，相公手植焉。景仰先德存，低徊發長歎。盛衰溯今昔，浮雲隨變遷。頗聞張平子，投閒適歸田。倒屣接故人，握手而言歡。言念及門户，咨嗟語纏綿。記始構此居，癸卯歲秋寒。少傅曾大父，予告投簪還。頤養賦遂初，恩賜買山錢。眷戀此山麓，於焉樂静便。亂石疊墻低，枳棘編籬蟠。百株皴裂柏，千箇青琅玕。歸雲閣東畔，玉照亭南偏。偃仰二老杏，澄泓一水灣。桐陰壓簾静，草色上砌繁。窗牖極開拓，廊複相鉤連。措置皆古朴，絶不事雘丹。拾級漸西北，周匝護以欄。匯屬得一堂，疏豁天何寬。朝挹嵐氣爽，暮對翠屏閒。部曲領烟霞，風月歸平泉。杜門絶塵囂，著書年復年。北地米太史，紫來。繪作圖畫傳。一時名公輩，題詠幾百篇。於時予未生，睹記或未全。臘風雪如掌，圍爐話惓惓。酒盡叫童沽，燭盡呼再然。有時君過我，探幽劇盤桓。瓦鉢松塵尾，竹杖鹿皮冠。一觴復一詠，芒屩代輿篼。有時我過君，敲門夜半天。呼君起夢中，各笑穤不褰。與人作話柄，張癡與成頑。君夙嗜吟詠，爲句皆雅嫺。得意在古調，漢魏相提攀。又夙善書法，精理特入□。楷法鄙歐虞，行草嗤蘇顔。不屑到米狂，常諱稱張顛。但爲知音者，一日書盈千。貴耀以勢臨，一畫興已竣。排當二髫童，尺幅撐以搴。淋漓驚四座，磅礴生雲烟。迅掃紙百捆，亟磨墨百丸。君於古篆法，精緊深究研。闡微出傑論，辯駁非一端。斯邕死千載，蜾扁訛相沿。不知重遒勁，但知取纖嬛。譬如美婦人，美豈在釵鈿。親君見妙技，寓内大奇觀。刀落儼槊舞，撇捩比鷹鸇。常驅馳途路，仰卧車中鐫。文彭何雪漁，齟齬難比肩。君夙擅岐黄，妙悟得真詮。尪羸垂斃人，立活如奔獾。薪傳傳青主，心血苦盡殫。君才故磊落，君意亦騰騫。酒酣耳熱時，脱帽舞當筵。慷慨輒語我，葛城作冷官。鉛槧那束縛，占畢不拘牽。大開矍相圃，奢侈苜蓿盤。有時飲生徒，豪唱羣嘲讙。一醉常纍日，酒逋徧市廛。縣官不解事，致辭頻來前。撼呼半晌醒，踉蹌睁目瞠。奮臂一咤叱，撲跌口流涎。俗物亟走避，無取汙老拳。睥睨一世人，十載雄寒氈。詫我膏粱子，裘馬恥翩翩。行身慣作達，騰踔紈綺班。款洽兩月留，殷勤精粥饘。忽忽歲聿暮，踟躕整歸鞭。馬首一再迴，悵怏後會慳。瞬霎裘葛易，魚雁迴漫漫。我方去吴楚，聞君入幽燕。江南媿依劉，花縣竚迎潘。天涯淪落人，形衰病淹煎。秋夜爲此歌，付之西巖看。但知歌有情，遑恤辭多瘢。歌長辭已窮，辭窮意未闌。敝廬幸無恙，買棹明春旋。長鑱披短褐，躬耕浮丘山。

信陽州以下七首皆用杜韻

嘹嘹鴻聲南，相偕如我謀。來兹楚豫交，千山懷一州。蒼烟漲天盡，山瘦如悲秋。日光凄以薄，耿若初月幽。牛羊點遠野，何處爲田疇？亂水漾寒澌，難可以名求。蹋冬忍揭厲，徒侣思方舟。惴惴各慰藉，艱哉歲窮游。沙飛蔽目暗，風悲落木稠。自非老行邁，置此將生憂。暮色争寸晷，西輪慘欲收。冷店晚炊熟，識我款我留。戍角入雲散，哀鳥叫城頭。孤檠照雙鬢，顧影有輩流。孰家又孰客，終也此生浮。投牀得大鼾，勞魂信悠悠。

李家寨

眼從看山明，登頓得忘苦。幽村出山腹，耕畬俗近古。樵徑引市通，楚楚茅檐聚。楂枒樹隱門，藤蘿挂風雨。山尖四顧合，寒月破窗吐。淺深青幾疊，可以支枕數。天空霜正繁，白雁過夜午。村醪不貸愁，黑甜難徑取。

會水嶺

高鳥奮疾下，峭嶺摩雲端。我行嶺西足，東日高障寒。哀蛩傳迅風，徹裘凄以單。嶺前衆水匯，浩浩怒生瀾。遠游令人瘦，自勸勤加餐。嶺背有樵唱，如歌行路難。

廣水鎮

山市得净好，打圍嵐氣濕。略彴架溪危，酒帘招客急。清瑶逶長渠，漁渡此小集。烏糯飲膠牙，白醡著灰澀。倦甦山家柝，宵坐興猶及。撥火熨凍顔，哀吟續猿泣。

金口驛

習習江風平，温日滿帆席。一葉泝寒潮，孤興劇泛宅。烟中暝城郭，即目已郊僻。偃卧書初開，幸息久於役。櫓聲近耳静，鷺行過灘適。峨峨大軍山，長林布奇石。松濤匝岸清，崖翠濃欲滴。迎舟苦乞錢，居僧老窮慼。古寺始何代，門鎖麋鹿跡。渺渺翦江帆，疾於鶻翻翮。

羅山

聯綿赤土岡，探江情有餘。霜柳未飛葉，寒媚態扶疏。古廟傳鐘磬，早市争鹽魚。苫茆屋架竹，齒齒高下居。樵唱意自得，雞犬多閒舒。今冬水落晚，沙平濕未除。湘頭接漢尾，豈少佳村墟。奈何蠻獠俗，不解精林廬。

蘆林潭

纖鈎墮寒潭，澄波瀲金赤。傍楫靡靡風，出灘礧礧石。一鏡碧千頃，清暉帶絶壁。綱罟聚千家，醉歌誰主客。從不識城闉，緑波問蹤蹟。生事一艓了，悠悠謝驅迫。曾見獨醒子，憔悴吟楚澤。哺糟且啜醨，我自適我適。

雷岸謁麴令祠紀事

朝驀小孤山，暮檥大雷岸。舟輕等一匏，風峭欹帆半。轉側晷刻間，左右遞褰幔。趺斜苦欠伸，局縮廢櫛盥。瞠眸盼港汊，暫繫速午爨。揮箸得一飽，復覬腰脚散。踏岸面飈飈，意行殊衍曼。背村路犖确，穿林木皆灌。荒涼古祠存，門掩溪光亂。墮檐積燕泥，蒼鼠拱几案。土封三尺碣，文字亦漫漶。掃壁尋游題，詩歌悉里諺。競謂屈大夫，曾於此擯竄。史册浩無垠，地志良汗漫。一捲秦中吟，與人充近玩。老媪尚解讀，過目則何憚。屈麴既以淆，古近遂莫判。無忌號信陵，胡不并置讚。一笑巾欲欹，衣垢背貼汗。野店沽燒春，掩篷撥爐炭。

阻風用山薑集中湯惠聯句韻

人憊困如瘧，天慘晝疑夜。靈鰲撼地軸，陽侯命遠駕。隔岸盼烟火，依蘆作鄰舍。倒掣百丈勞，斜停十幅卸。波作雷霆喧，人語蠅蚋唶。呼曹强嘲諧，答歌足悲詫。祈仙壺可縮，尚力鼻難借。守株拙有見，倖進媚無罅。久甘汝南癡，詎赧淮陰胯。怒恐爲我施，禍竟將誰嫁。咄哉書之空，嗥而嗌不嗄。瀏盡思橄欖，甘迴喻藷蔗。占靡恃杯珓，悶仍藉尊斝。魄暗銀未磨，宵良金不價。明日上元節。千計枉晝脂，一笑巧注瓦。白雪融矮罏，紅淚滴高樺。鼎欲顛倒扛，弓争左右射。當哦初忘饑，藉糟逞計嚇。觴政酷以理，騷壇嚴無赦。騈案餓蠶閧，倒缾長河瀉。風已三更綿，興方午漏乍。偏師偶率出，險陣豈遽罷。未能勾踐忍，終傚宋襄霸。規橅湯惠詞，荒陋固莫化。

冒雪訪靈皋留飲話舊

其一

過江訪名流，長衢磑春雪。犖確雙屐鳴，灑裘見飄撇。蕪城記識君，懷抱爲君竭。淮陰復判袂，離懷劇紛折。日月忽不居，三年憂惙惙。魚素一再通，慰寄亦更迭。歲寒一寸心，相期無作輟。我汎楚江來，相思腸百結。今日叩君門，拜君謝久別。隔牖竹風驚，排檐冰溜咽。圍爐話一燈，佳吐霏如屑。

其二

桐城戴褐夫，筆如劍砥鍔。灑灑千萬言，才大罔羈縛。懷寧劉古塘，五字妙綽約。陶鎔漢魏間，峻潔不藕弱。君嘗評兩君，愛其態磅礴。無意附時賢，有眼到古作。充其筆所至，直欲無空闊。鯫生抱痂癖，枯吟窮塹鑿。摘辭乏精英，冥搜滯糟粕。自顧意不强，足供人嗢噱。君獨謂不然，試學二子學。胡不讀離騷，三百再咀嚼。排奡入妥帖，纖艷歸淡泊。我初不子欺，子無宿我諾。

其三

人生幾合并，難可預期擬。龔君主我久，懷友念鄉里。花晨及月夕，有歎不容已。予時勉慰之，君歸日可俟。君歸定念我，與今念友似。我安得好懷，二友夢寐裏。言之大笑樂，星霜速以駛。我忽來江南，對君念龔子。龔君念二友，此日增愁壘。我將歸對龔，語此還思爾。君寧置二友，相思復謀始。山水自高長，夢魂還尺咫。人生幾合并，天風蓬蓬耳。

去秋，徐行甫以夕字七疊韻詩見示，愛其古潔幽雋，欲屬和而未暇。今丙戌元日，獨坐寡歡，偶次韻寫懷，不必示徐也

晨光改歲朝，爐火燼除夕。忽忽老頭顱，雙丸跳何劇。家居厭俗囂，兒女喧嘖嘖。十年八在外，茲晨最爽適。古寺對寒烟，閒門斷轍跡。軒楹潔掃除，書帙有倫脊。滔滔人海中，幸此一弓僻。梵放到耳頰，斜風仍間隔。枯吟偶會心，理從化人索。蕭寂得盛情，周旋謝殘客。玉蛆儲甕久，臘味香乍坼。

人日再次韻柬行甫

居果大不易，促刺謀朝夕。賣賦不值錢，窮極仍倦劇。蒼頭對爐兒，隔面語嘖嘖。一笑姑置之，懷人心有適。盈盈一水間，迢迢阻蹤跡。晚風捲頑陰，西山寒聳脊。新月鑒髮冷，萬象皆荒僻。徘徊抱孤影，能不悵乖隔？把杯孰與酬，吟思枉孤索。首春日已人，春光淡如客。詰朝期訪君，雪泥凍初坼。

與仝車同

四海競聲詩，誰爲蓋代豪？詰聱炫甫愈，空疏矜韋陶。時或尚纖麗，哀淫竊猿猱。欲假温李面，無鹽强施膏。攘臂争壇坫，牛耳代遞操。低顔貴人門，殘肴恣老饕。去年來長安，失意心忉忉。漁洋去神武，厥次墓木高。目中無老成，不笑空號咷。所幸識劉君，高文難輩曹。較量眼前人，惟君主風騷。天授雄鷙材，洪波釣連鰲。一燈窮古今，萬類罔逋逃。著述欲等身，對人恒自韜。天欲窮斯人，白首猶青袍。計偕上帝里，古寺昏燈挑。丙夜手一卷，吟答風颾颾。冰澌結髭鬚，塵榻埋脽尻。訇然一語發，壯如鳴蒲牢。我生幼放曠，二十形鏖糟。譬田瘠不肥，繁氣分蓬蒿。翦除借利器，根蔓庶盡薅。奈何鈍斧斤，有力將空勞。望古無薪傳，心肝日煎熬。攢眉時苦吟，纔比寒蟲號。再嚼味何有？一笑還空螯。劉君獨見嗜，君亦枉口褒。僉曰寧寒瘦，肥膩憎時髦。生能遘知己，死不恨所遭。市酤聊可醉，寒雨零山桃。

暮春吴寶崖邀同人集章氏園限日字

旅食賤韶華，困眠撥書帙。誰解匡鼎頤，自鄙方干膝。不知蒿没階，常疑窗就日。初聞友唤游，豁如鼓愈疾。騎馬長衢來，衝塵清境出。丘壑自窈窕，水木相明瑟。掃開羊求徑，引入芸蘭室。拂榻柳陰涼，篩簾楝香密。萍梗暢平生，騏驥競超軼。高懷同瀇瀁，豪情並崒嵂。盛駕竹林雙，能媲建安七。次公亦醒狂，謂坐中不飲諸公。懷祖但真率。子自謂。黑甚半蝎蠶，紅藥破繭栗。滑走櫻桃圓，脆翦蒲芽茁。政行曲流觴，墨飛爭泚筆。跛足空望塵，粗才難縛律。鈍甚服箱牛，匿深處褌蝨。楊説項多情，元儕白增怵。坐已玉山頹，歸怕金吾叱。聊盡一日歡，長同魚鳥逸。

題顧俠君秀埜草堂圖

前歲客吴閶，清駛風舶趠。望中逋翁家，興闌吾未到。今年住燕市，磊落得同調。示我行看子，林泉精寫照。溪路轉幽闃，烟蘿入窅窱。鳥啼若迎人，花艷皆含笑。柳下凴藤輪，竹邊沸石銚。茅堂在佳處，鈎簾展清眺。好景會萬端，一一領其要。觀圓得長嘯，佳景恨欲剽。更聞主人翁，才名自年少。哦詩饑不知，好客癖難療。如雲集冠蓋，傾心有屠釣。自從開此堂，盛事東南饒。如今暫抛擲，金門來待詔。職掌是詩篇，明堂與清廟。此圖且藏弆，等閒莫首掉。長讓山野人，閒雲宿荒嶠。

長句送舍弟歸里

枳籬瓦屋一圍水，蜿蜒略彴城西隅。老柳百株紛偃仰，繁菊爛熳敷氍毹。瓜畦枕井豆壓架，棗枝當户紅扶疏。蟹螯初肥菘韭碧，十分秋色盈吾廬。命不如人常坎壈，揶揄路鬼欺狂迂。弟兄落拓走江外，吴關楚塞長馳驅。吾家世德素温飽，耕讀豈復諳世途。即今人事屢遷變，放眼躡足皆榛蕪。江頭送子乘秋去，握手灑淚還踟躕。秃樹昏鴉號落日，寒原敗葉吹酒壚。負載書卷一羸㹀，搰搰行李兩獠奴。疲驢板橋踏霜月，油燈山店啼夜狙。爾方歸娶成人列，讀書力穡爲良圖。安貧屏蹟守環堵，莫以困頓增欷歔。我昔裘馬快馳逐，味比嚼蠟兼茹荼。病態鏖糟滯天末，風雨憔悴悲三閭。魂夢故園草堂側，朋儕圍坐傾醍醐。酒酣耳熱儻相憶，三歎鈍農盍歸乎？

送過鶴言歸當湖

當湖逸客過鶴言，人淡如菊才飛騫。骨瘦崚嶒健黄鵠，雅重之中風流存。力扛龍文百斛鼎，勢倒三峽傾詞源。前年把臂在燕市，秋風共棹來湘沅。僦屋相依又一載，酸齏冷粥足饔飧。吾輩但爲文字飲，陶陶永夕陪春温。昨朝别我束書卷，忽忽行色還故園。我病浹旬扶不起，連宵風雨江聲昏。望鄉亭子野烟裏，絲絲柳色浮青尊。洞庭水打天破碎，漂没一點君山痕。放眼揭袂一長嘯，雲擘絮從衣帶翻。我夢此夜逐君去，荻烟葭月招吟魂。

倉頡廟

欲顯欲晦西日黄，乍凸乍凹路羊腸。鬖髿幾樹立傴僂，彳亍一衞行蹌踉。突兀不知何王殿，蒼蘚一寸合古牆。牓題剥蝕昏莫辨，碑石崩壞欹兩廂。白晝陰森絶可畏，狐狸魑魅應潛藏。堂上一人形貌異，偉丈夫容王者裳。九尺之軀美鬚鬢，睒睒四目含精光。嶷如斷山凝不動，芒耀四射不可當。何年曾作皇帝史，雨粟泣鬼開天荒。結繩以前太朴略，史籀而後偏精詳。爰歷博學未失古，陳倉石鼓空紛張。落翮大鳥創一格，能事已極蔡中郎。魏晉以還楷法出，姿媚趁入時世妝。何如省事仍舊貫？是道其或足以臧。汝州石刻卷第一，二十八字何軒昂。真耶贋耶杳難溯，但覺元氣塞混茫。人生識字憂患始，余也於此多荒唐。空階積土餘鳥蹟，縱横絡繹分款行。得毋示我六義義，衹徊再拜心彷徨。驚風忽起廟門閉，餓鴟飛下黄茅岡。

武昌吴故都

炎靈四百劍壐遺，鹿犄龍戰分彊陲。四世五公尸餘氣，名高俊及豚犬嗤。治則能臣亂奸宄，沛國孝廉才果奇。早識樓桑織屨客，英雄捨君與操誰？南陽躬耕人忽起，涸魚值水風雲隨。隆中一語自絶識，江東有人何易窺。獅見騰地氣蓋世，睥睨叱吒非常姿。霸功垂成付阿仲，任賢使能儂讓伊。父兄事業新料理，紫髯碧眼麾熊羆。一火赤鼻曹膽破，回烽白帝劉家危。襟吴帶楚幾千里，遥遥天塹險所基。乘時秉圭僭衮冕，飛樓崇堞開岩碕。賢豪濟濟侍帷帟，士馬驍驍張鼓旗。文章怕令子布見，曲詞誤有周郎知。風流一時照江表，六朝佳麗實創兹。再徙建業廢成蹟，降幡一片波鳴悲。未須却正更詞費，底用徐盛空漣洏。臣亦設座待陛下，爾汝之歌差解頤。荒墟蔓草雄圖了，天淡雲閒又一時。

石鐘山

石鐘之山天骨異，皺瘦透露凌崆峣。上下屹立距百武，爭雄長如齊楚邦。嵌竇俯疑探蛟窟，嶄巖仰訝垂星杠。摶人陰森萬奇鬼，撩衣銛利千鋒鏦。眩神已入諸葛壘，緣身若舞都盧橦。邃窒有風撼地軸，遥空一綫開天窗。我來見形神欲王，聆其聲也心應降。函胡清越桃花汛，噌吰鞺鞳秋風摐。沙肥石涸不掩趾，微餘細鏬流淙淙。韓公南岳蘇海市，將循例請真愚惷。萬石蒲牢於兹大，奈何將以寸莛撞。去路不能無餘戀，小舠危纜牽橫矼。千帆片片滿落照，一盞焰焰燒明釭。笥書快翻徧百卷，儲酒急倒盡半缸。酈元注古筆稱雋，眉山記好文無雙。拏舟絶壁興可遡，一梳殘月流空江。

拜左忠義公墓道

有明二百八十載，神熹之際難具論。泰運中否遘陽九，乾綱陵替風塵昏。南牙政柄歸北寺，師保不恥甘兒孫。桓桓高顧葉李繆，兩周黄魏文萬袁。東林君子自不少，其如天聲閉九閽。刑餘羅織無遺策，當陽鳴鳳絶攀援。犴狴一時修陰火，囊頭三木哀血痕。其間領袖推楊左，上追黨錮繼武蕃。范滂有母見子死，李固無女藏孤存。若垂星日照天地，氣作河岳彌乾坤。大名定興與高邑，碱砆堆裹分璵璠。畿内三忠犄角立，狂瀾一葦堤奔渾。小子忝爲文穆後，仰志先德帝弗諼。兩過應山弔忠烈，龍眠今得窺墻垣。山高水清西日瘦，長松亂棘蒼雲屯。閩海偉人譜公節，神道碑爲黄石齋先生作。殘碑三尺纏藤根。維先少保辱公友，洎先少傅出公門。至今尺牘牢藏弆，綢繆廊廟千萬言。景行仰止如神在，小言詹詹愧莫捫。烏尾畢逋冷荒隧，青林白月來忠魂。

次韻贈劉太乙

春鳩穀穀啼隔巷，槐陰濃過鄰牆蕩。把書旋怪睡生魔，得友還欣謦有相。日長茗淡許過從，月静花晴遞酬唱。男兒何莫事疏脱，客子尤宜省惆悵。未云栖託得好佳，亦衹清修足爲暢。委懷要是絶塵埃，置身自可謝依傍。陋學空攀君子交，才名久讓丈人行。踢翻老鐵跨茶陵，弔古從頭淒以愴。

我得公榦白首吟，何殊敬叔千斛餉。載筆方將值玉堂，鼓枻祇堪牽白舫。閒身欲侶李長源，謂牟山。散人名愛陸魯望。怡樂空輸山水間，勞苦差便廟廊上。此生定分付支離，此語何曾屬譃浪。若向江湖索報書，煙波大地鷗無恙。

疊前韻贈日容

賣花聲偶到窮巷，吟情欲逐蝶蜂蕩。不是言愁即憶家，開口翻嫌乞兒相。劉乂示我匠門詩，塵土中聞小海唱。忘餐不厭讀百回，潤沃枯腸破惆悵。輩下論交什百輩，座上無君情不暢。何遜久爲沈范傾，新城商丘。十五子外許誰傍。胡爲於我潤妍媸，識顏早締陳雷行。不嫌僑野氣不除，卻憐鹵莽詞悲愴，相期相聚省折簡，一壺一簋便村餉，街塵那惜覓驢錢，醉顛忽似乘吳舫，五瓶芍藥香正狂，佛場境寂月初望。談旨恰當支許間，詩態突出元白上。交通才盡筆無花，牙後腳根憑孟浪。不眠一夜旋枯螺，知更煩君問無恙。

疊前韻贈李牟山

卜鄰與君不隔巷，一閣風鈴兩院蕩。入門惟怕楫俗僧，過殿何曾瞻色相。簾垂清晝静宜人，睡起不聞午雞唱。騰踔豪情鬱怒才，詎關兒女子惆悵。對君直若飲醇醪，融入四肢得酣暢。知我能勝我自知，齊魯肯容邾莒傍。相憐且莫擬夔蚿，終慚踽踽儕行行。將軍污足乃敢嗔，醉尉罵人空悲愴。殘杯冷炙謝侯門，胡荽澤蒜甘野餉。板壁疏櫺老衲居，疑是牽來岸上舫。卧將白眼看時流，未必成仙皆脉望。無可奈何夷惠間，儘有襟情懷葛上。與天執拗費商量，一葦洪濤衝鉅浪。匡山頭白好歸來，短衣匹馬應無恙。

疊前韻贈顧俠君

門才藉甚烏衣巷，九霄健翮扶摇蕩。荆璞難教時匠知，渥駒枉就圉官相。千秋業早著名山，不隨浮世淫哇唱。高山石鼓陣堂堂，作鄭無人苦惆悵。拚將歲月付雕鎪，釐正分拏得清暢。郊島藉湜李習之，如與周旋日相傍。功臣寧獨讓蘇門，矯矯武子同輩行。我生識字愛硬語，飛霞誰乞空悲愴。得佳槧本勝指南，刮眸去翳謝奇餉。暮觴老屋插架書，曾自江南載連舫。何當歸去屏塵氛，蠡測管窺差可望。經年衹似賈胡身，鴻爪深留雪泥上。節迎重午杏垂金，夢到鄉園麥吹浪。虎頭曾否我同心，厨畫餬題可無恙。

疊前韻贈龔孝水

記否偕栖鐵獅巷，清波十畮烟光蕩。榆柳荒廬即野人，兒僮里諺傳丞相。古屋三間西牖明，秋花一院寒蛩唱。澆書酒緑快淋漓，聽雨燈青坐惆悵。睡來毀茗致復佳，畫裏論詩理能暢。布韈青鞵興欲闌，隱囊麈尾閒須傍。狂嫌阮籍涉支離，懶笑嵇康有輩行。棋争一劫亦足欣，史閲千秋半多愴。畦蔬旋翦晨露香，塘魚出網晚盤餉。夕陽留客倚孤亭，夜色催人上輕舫。横笛短蕭恰解隨，小月高山如在望。好景潛消醉醒間，塵勞忽夢蓬瀛上。也知帝里居大難，何事天涯跡同浪。眼前游玩别升沉，況論草木能無恙。

疊前韻送王秋史歸濟南

流泉鋪地柳成巷，水光倒浸山光蕩。百年遞授到詩人，一亭舊屬棠川相。清泉白石都抛置，來啖紅綾聽臚唱。莫矜小鳳好頭銜，猿鶴相識夢惆悵。朝來鄉思見新文，舉舉歸學達夫暢。眼中之人少似君，逸態真堪魚鳥傍。數篇吟老不知貧。男兒行處是行行，心持一瓣南豐香。淚含幾度西周創，謂德州公。城南蘭若棗花殘。枕簟茶瓜留客餉，話到故園墨露香。開尊正駕叉鯉舫。《秋史》云：濟南夏酒名「墨露」，德水鯉如玉，亦夏出。我聞歸人述歸樂，饑食肉糜何敢望。旅魂直欲逐君飛，廿四泉邊佛巖上。風籜吹牀林弄簧，石雨濺窗硯鳴浪。屋埋黃葉一燈青，看君細詠泉無恙。

疊前韻寄柯南陔

學士湖波接竹巷，張朴園學士客楚州，之湖上，閻百詩徵君有學士湖之目。闌門一檣清光蕩。烟霞結習好樓居，何人識得神仙相。溷塵時復出新吟，流入采蓮兒女唱。天公怪汝鉤物情，罰住名場暫惆悵。紛華城裏有丹丘，敝帚千金聊寄暢。南陔集，名丹丘敝帚。怡情寫作鍊藥圃，與我周旋衹我傍。今年隨衆走長安，聞踏踏歌尋輩行。我生常骨排頑軀，形槁心灰步含愴。熊經鳥伸肯未諳，欲就君分麻姑餉。執鞭賤役定不辭，亟須攜上竹葉舫。胡爲掉頭不肯住，烟霧東溟空所望。安得解脱御烈風，霎眼追君滄海上。虛無有路迴雲車，龍鬬長空狎高浪。釣竿寸寸碎珊瑚，詩捲人間永無恙。

疊前韻憶舍弟爾長鄉居

碌碡春闌桑柘巷，捫腹披襟日嬉蕩。舊畜黄犬識客馴，新買烏犍就醫相。南天雷動聒農歌，西疇日落聞樵唱。耕烟耨月費斟酌，量雨占晴亦惆悵。一年之計一身勞，十斛纔收十口暢。睨他兒女索果隨，約得村翁結鄰傍。甕泥旋坼雜清濁，少長開顔略輩行。新聞縣令斷如神，故典中郎孝堪愴。黄瓜留伴黍稷筵，紫椹檢附硃符餉。安步能勝款段馬，駕險正怕鴟夷舫。渭川千户願何奢，鄉里善人名過望。夏糧秋税吏不來，飽飯酣眠策最上。粗知律己免郎當，不敢勸人從漫浪。棄家行脚噉名人，十丈塵中可無恙。

虞道園硯歌爲李俊圃作

人生隨地擇術先，第一計左耕石田。迂疏可笑蔡洪語，欲將元默祈豐年。淬妃有靈呼不應，豈關人事未盡虔。棗心蘭蘂作供養，二螺丸子供周旋。區區瘦瘠衹一畝，窮人不怕愛逾専。佳話自古可勝計，贈貽攘奪紛駢闐。庾翼捧來螓矜好，陶穀碎後魚堪憐。書生癖不異今昔，千年遞授誇流涎。篔齋吟幾一古物，綺文縠理温而堅。金星眉子不敢侣，水舷角浪難比肩。攜久磨多未暫捨，鋒稜雖缺形猶全。背銘舊主人姓氏，記曾相識湘江邊。下雋城中客春客，乾明破寺參枯禪。豐碑偉立半剥蝕，伯生老手揮如椽。想見當時君被寵，學古録助成千篇。問君今日又何幸，流落得主寧非天。道園後圃名輝映，老吏何敢攀謫仙。我病牢愁棄泓穎，墨藩乾漬支頭甎。置爾閒處爾厚福，玉堂新樣看先穿。窗明几净日卓午，飽聽鼻息如雷眠。

題宋姜銘郡丞鷗邊洗盞圖

人生至樂惟田廬，宦成栽種計已迂。倉皇百金買不得，坡公詩語良非誣。商丘公子太瀟灑，鷗邊舊業傳新圖。古梅百本窓窈窕，蒼筤萬个吹笙竽。層軒四面竹聲裏，老屋一片花光扶。書籤畫本裝潢好，湘牀棐幾纖埃無。透迤引人最佳處，古藤纏絡柏不枯。臨淵據石趺坐者，胸有遐寄美丈夫。目逐輕鷗泛容與，神怡流水情閒愉。髫童黠慧解人意，要是阿段青猿徒。大小盞得十餘器，柴汝官哥定名殊。沿流净洗洗更再，主人未始煩指呼。千堆遥翠白鳥破，一灘細縠斜陽鋪。如花好景那易見，展卷使我空踟躕。三椽舊曾傍水結，今年想象應荒蕪。君方佐郡遠鄉國，我亦索米羈通都。何堪泉石擾夢寐，畫中聊復爲懽娱。

和杜甫杜位宅守歲

寂寂老僧家，寒燈慳作花。年光磨鬭蟻，生事笑塗鴉。街鼓初聲急，檐風一縷斜。朝來有鄉訊，怪我戀天涯。

和羅隱除夜

客餽房山酒，相依小弟傾。爇將新歲火，坐徹去年更。春好歸應遂，歌狂憤漸平。傲他騎馬客，列炬入承明。

懷李東皋

燕市銜泥別，青楓白雁天。西風梁苑騎，涼雨秣陵船。時東皋之中州，予之白下。江月悲湘瑟，春山老杜鵑。懷人如有意，一棹洞庭烟。

送陳秋田之官荔浦

其一

斜日寒山路，行軒起細塵。情攀薊門柳，目送荔江春。墨綬迎仙令，金臺失酒人。玉溝頻悵望，六六寄書鱗。

其二

送客春明外，離情日向西。冬迎桂嶺盡，月到楚江低。荔子千頭熟，蕉花十丈齊。黄紬散衙鼓，先試選郎嗁。

出都

又整還鄉旆，依然十月中。寒雲膠復動，野水凍旋融。瘦馬穿黄葉，高鴻怨朔風。春明重迴首，牢落意無窮。

上巳日家叔舍弟小園讌集言别

其一

平池高柳晚栖鴉，白羨勞筋暫息家。草草杯盤過上巳，忽忽行李又天涯。半生慣著他鄉句，兩載空辜故國花。骨月開顔莫容易，村伶舞徹鼓三撾。

其二

枌榆風物足安恬，來去誰教突不黔。人自耽愁同衛玠，僕何多恨似江淹。文迂乍可書驢券，馬鈍猶知駐酒帘。藥裹縱横伴泓穎，奚囊一字未曾添。

憶湘南舊事，再寄元叔

已公屋下禮慈雲，幽唄時從竹裏聞。牆外山光晴疊髻，檻前湘色淡拖裙。栗留静似伽陵囀，檐蔔香疑優鉢熏。共笑清齋連水厄，幾多佳話袂輕分。

北行辦裝

忽忽去意不容遮，又束牛腰書滿車。春色闌過穀雨節，小園放到鼠姑花。十千慣買他鄉醉，一種難拋此日家。蕭寂空齋成久坐，竹風敲户月初斜。

夜坐

風雨江城老客思，雁聲誰遣到書帷。半生腹笥容澆酒，一寸眉峰正鬭詩。螢亂疏簾窺瘦影，月低秋水照吟髭。槐花吹落知多少，打向空階不住時。

九日

孤城砧杵亂寒蛩，獨倚西風數雁行。九月江濤催客鬢，兩年藥裹伴重陽。傾瓶桑落三升碧，鋪徑槐花一寸黃。不用登高舒倦眼，感時王粲久懷鄉。

病起雜詩，示遺安公錫雲生諸子

其一

當筵鮑老笑郎當，阮籍雖貧未減狂。身世塞翁悲失馬，文章列子説亡羊。楸枰且作觀時局，紙帳翻傳獨醒方。栩栩讀殘齊物論，漆園久已混彭殤。

其二

慷慨悲歌酒一尊，消磨壯志幾分存。赤苓白术新朋輩，紅袖烏絲舊夢魂。厭與惡賓摹漢隸，喜聽弱弟背齊論。日晴即算揚眉日，絮被高攤曬竹軒。

百泉坐月懷友

新雨蘇門展翠屏，閒雲淡盡露泠泠。月沉波去千丸白，樹到樓中一幢青。風外孤飛螢寂寞，尊前瘦影蝶伶俜。故人今夜清光共，定倚萍灣柳下亭。

潭勝渡漳河

春寒料峭到鞭絲，人耐風威馬耐饑。聒耳河聲潭勝口，夕陽喚渡記年時。

邢州懷張九丰秦中

其一

裾聯野寺杯無算，別話秋齋燭再燒。張緒風流今不見，一株楊柳弄春條。

其二

風聲淅瀝雨聲柔，客裏風光淡似秋。誰道相思難寄與，邢州有夢接涼州。

淇門

柳絲瑟瑟水粼粼，亭短亭長烟外村。馬上泠吟如中酒，黃梅細雨過淇門。

合肥

港上寒禽比翼行，港頭拱樹接柯生。迢迢淝水東流去，不及廬江小吏情。

國朝畿輔詩傳卷二十八

勵廷儀

廷儀，號南湖，静海人，杜訥子。康熙三十九年進士，歷官刑部尚書，謚文恭。有《雙清閣詩稿》八卷。

《畿輔通志》：南湖由進士入翰林，父子相繼直内廷二十餘年。誠敬慎密，纍遷内閣學士兼禮部侍郎。世宗憲皇帝御極，授翰林院掌院學士，大功大典，多所贊襄。纍遷刑部尚書，十年咸推明允。御書『矜慎平恕』額，賜褒之，加太子太傅，晉吏部尚書，仍掌司寇。前後陳奏，悉關大體。遇事無鉅細，一本小心，而廷議侃侃，不避怨，不辭勞，公直自矢。與人交，胸無城府，每薦士類，惟賢與能。年六十四卒。

張廷玉《序》：公詩喜自道其性情，不事雕琢，辭約而旨遠。其於風騷之原，漢晉唐宋以來名家之芳潤，無不挹也。傳之後世，當與謀猷政績并垂不朽。

張鵬翀《序》：公詩才情粲發，格律渾成而性情温厚。措詞和雅，讀之使人油然生忠孝之心。

尤長於樂府歌辭，激昂磊落，自寫胸臆。

善哉行

陟彼高山，虎豹當關。涉彼大澤，舟航莫攀。迴車返轍，栖真自悦。形隨世偶，心與境絶。拂我瑶琴，寫我素心。鴻雁蜚鳴，哀不成音。白露晨流，紅日西投。顧瞻桑榆，實啓繁憂。鬱鬱林樹，青黄載路。榮落無時，推新代故。百年如昨，云胡不樂。神仙欺人，不死無藥。

白馬篇

白馬黄金勒，四足隨風起。千金買寶刀，六郡良家子。朝齧陰山雪，暮飲長城水。横行薄瀚海，一日能千里。雪仇不顧身，報主寧恤死。壯士悲暮年，良馬惜暮齒。坐老風塵中，窮年胡爲爾？月出沙磧黄，日落塞雲紫。獨立横秋風，長嘶謝知己。

升天行

浮丘跨白鳳，招邀玉女扉。海山復何有，仙閣高巍巍。飲我以流霞，衣我以羽衣。王喬顧之笑，此樂世所稀。朝騎黄麟游，暮倚青鸞飛。千載但瞬息，令威姑一歸。城郭雖如舊，人間常苦饑。

秋懷

風凄梧自脱，露滴鶴知警。長空滿秋思，高雲寄孤永。飛鳥倦斯還，退猶不失猛。循塗乏善步，利用愧短綆。置身材不材，焉知非天幸？逍遥撰兹辰，煩囂得暫屏。

中秋

凄凄涼露下，獵獵晚風吹。芳花凝不開，飛蟲潛抱枝。撫節仲秋月，已作授衣時。久雨堤防失，禾黍存孑遺。四野停潢潦，斥鹵侵階墀。積陰氣早寒，露坐非所宜。既絶豐年想，况徂清秋期。褰帷對孤影，蒼涼來何遲。情親向燈火，羌笛生清悲。且盡暖寒酒，誰復憂朝饑。

次答瞿雲墀留别韻

淹留擬判年，言别各悽然。苦雨黄花後，悲風落葉前。蕭齋懸客榻，匹馬度寒烟。屬和知音少，相思欲輟絃。

秋吟

山淺浮雲盡，沙寬野水歸。涼宵稽客枕，秋氣薄生衣。辭社燕將去，依花蝶暫飛。便愁霜霰至，摇落送清暉。

除夕

十載長安逼歲除，於今情味較迂疏。童心衹喜年光换，壯志偏驚歲月虚。淅瀝聲催殘臘雪，氤氲香繞紫宸居。趨庭叨得天厨味，又拜新恩出直廬。

宿興集題壁，是日立春

小市雞豚歲事新，十年重度故園春。暖生茆屋韶光別，醉覺村醪野味真。已泮河流迴淺岸，欲舒堤柳拂輕塵。衹今風景渾如昔，衹少椒花作頌人。

重陽

白雲紅葉動關愁，聊把清尊當卧游。爛醉莫題明日事，黄花雖好是窮秋。

題杜紫綸小照

其一

樊川詩價比璠瑜，索米金門貎轉臞。閒對落花思往事，十年情緒似今無。

其二

譜出新聲楊柳枝，才名争羨九重知。長安花好連鑣看，莫憶江南夢雨時。

戴寬

寬，字敷在，號裕庵，滄州人。康熙三十九年進士，官翰林院庶吉士。有《裕庵遺稿》。

《滄州志》：寬，大司農明説族孫。幼穎悟，嗜學，游天津，學於劉公旭。年甫冠，成進士。詩文新穎秀發，有《登吴山第一峰》，句云：『振策上吴峰，人在飛鳥背。吴越兩陲亭，滄州一襟帶。

何處辨齊州？蒼蒼但烟靄。』一時傳頌。以病乞假歸，年三十二卒。

鹽池

築地作鹽池，池光朝灧灧。不聞烟火聲，天地自烹鍊。微風從南來，雪花積璀璨。上以充君庖，下以供徵繕。歲有白鹽進貢。餘波及閭閻，古制良甚善。不知自何年，招集來商販。驕奢擬王侯，奴隸視州縣。計口派食鹽，錙銖入奇算。百錢不盈盎，况乃泥居半。哀哀墟里人，味不充藜莧。荷鍤者誰子，謂竈户也。搰搰泥没骭。鹽成不敢收，指揮聽壟斷。兩間有美利，本爲生民便。安知兼并徒，奇貨思獨擅。造物忌滿盈，朝廷樹綱憲。不見囹圄中，囚首髮覆面。君子貴知足，小人戒無厭。寄語謝持籌，前車勿再踐。

□□方虎舍人射獵小照

北平十月風沙黄，涷雲壓地天蒼茫。雪花如掌鋪琳琅，千山萬山森劍鋩。誰其獵者紫薇郎，當先一騎神飛揚。七寶之鞭珊瑚光，千金之裘孤腋良。并州健兒身手强，飛鷹走狗羣相將。風毛雨血南山陽，百里禽獸皆深藏。歸途絡繹懸黄羊，據鞍餘勇猶激昂。笑余見獵心倀倀，故態復起狂奴狂。何時得挽青絲韁，短衣射虎南山岡。男兒志期掃天狼，草間孤兔不足戕。

楓嶺道中

過嶺人家近，村村繞石田。截流通野曲，架竹引山泉。鳥下銜寒靄，僧歸破夕烟。梅花應似我，零亂灞橋邊。

雨後東海道中

潑墨雲深雨脚斜，又添生意到桑麻。撲衣新緑低槐乳，夾道清香散棗花。古壁丹青尋野寺，疏籬烟火見人家。兒童指點東瀛路，碧落晴消萬縷霞。

高光宗

光宗，字晉一，元城人。康熙三十九年進士，官吏部郎中。

秋思

無邊風雨入重陽，雁到江南處處涼。衰葉驚殘鄉國夢，寒砧敲破故園霜。風連竹響從秋落，雨帶潮聲徹夜長。一片閒愁無語處，楚山烟樹盡蒼蒼。

胡琇

琇，字文玉，號兼山，南樂人。康熙四十一年舉人。

魏𡼖《傳》：兼山素行端方，守正不阿，著有《韞山堂四書講義》《易經析疑》。詩宗少陵，間取李於鱗、閻古古。

過倉帝廟

策馬繁泉路，蒼松野廟清。結繩尊古制，造字啓文明。傑閣寒雲冪，荒墳夕照横。千秋懷雨粟，瞻拜若爲情。

王居建

居建，字霞起，號述園，開州人。康熙四十二年進士，官翰林院庶吉士。有《述園集》。

馬允剛《序》：述園詩筆峭拔，句有鋒棱，無平熟之病。五律元本盛唐，七律學大歷十才子，不雜宋元卑調。

雪中蘇珽六表弟招飲

瑶花歷亂墜長空，折柬招邀興不窮。乳脚試茶烹洞岕，墟頭煮酒酌郫筒。叫雲笛弄桓伊月，跨鶴笙吹子晉風。愧我撒鹽無好句，一腔豪興醉吟中。

薄有德

有德，字曰修，大興人。康熙四十二年進士。

送别成周卜

如君那似相門胄，肯約吾曹作雅游。脱口清談落玉屑，快讀妙句嗟風流。疥牆匝月閒題徧，羸馬三秋歸去休。一杯前路好吟眺，野籬細菊行將抽。

牛天宿

天宿，字戴薇，號青延，静海人。康熙四十二年進士，官河南同知。有《謙受堂詩草》。

雪夜遣懷

善世奇方衹閉門，無窮心事向誰論。逢人競厭鬚眉古，到處虚推行輩尊。送獵可無瓶内酒，迎年自有柵中豚。老夫卒歲惟需此，此外經營任子孫。

王企堂

企堂，字紀遠，號雪坡，雄縣人。康熙四十四年舉人，官江蘇荆溪縣知縣。有《雪坡詩稿》四卷。

史孫逑《序》：邑侯王公莅荆一載，以太翁年近期頤，請改教歸養。出詩稿相示，意則温厚和平，格則謹嚴雄渾，一切風雲月露之態，不足當其一吷。

水淀荷花

水淀浩無涯，東西連滉瀁。平時水不風，波面平於掌。夏日菡萏開，尤令煩襟爽。吾生惜景光，行樂及時往。載酒挈良朋，中流蕩輕槳。翠蓋與紅衣，一望渺且廣。人在鏡中游，花從塵外賞。水清見游魚，叢密難下綱。一曲采蓮歌，臨風散清響。玩久不知疲，坐看纖月上。

紀遲宜

遲宜，字廷亮，號鈍翁，文安人，炅子。康熙四十四年舉人，官景州學正。有《五芝樓集》。

立秋夕過怡亭懷静以大兄

秋信憑誰報，炎凉一葉分。晚烟迷竹影，新月襯苔紋。漫引青藜杖，輕拖白練裙。有懷常索寞，况復是離羣。

魏嵲

嵲，字雲岑，號念泉，南樂人。康熙四十五年進士，官浙江錢塘縣知縣。有《鋤經山房稿》一卷、

《且齋草》四卷。

盧文弨《魏公墓志》：公禀至性。三歲，祖母谷淑人病，公侍側，不少離。常持已箸勸食飲，必待嘗，然後退。康熙壬午，舉於鄉。丙戌，成進士。先以家貧，常客外謀養，凡十餘年。及登第歸，二親皆年高，遂不出。食上，必在左右。偶近行，值風雪，家人意未即歸，將進饌，公已趨而至矣。連丁内外艱，服除謁選。乙未，授錢塘縣知縣。縣附藩，劇稱最，吏易爲奸。公下車，首先潔己，罷民間一切供應。晨夜治簿書，斷理獄訟，無留牘，無遁情，減正賦耗羨，諭：『輸租者以時輸予，終不銀鐺汝，桁楊汝，汝第勿使予不中程。』於是當輸者咸相勸，勿纍公。課吏最，故時徵漕米入倉，主倉吏饋官千金，公笑曰：『彼無故而坐捐多金，非人情，其奸不待問也。』自止於倉，親評米高下，令納者自操量，畢徵，吏無私焉。杭駐防旗丁，多不戢，市物，薄予之直，伺婦人出，道上恣笑謔，民病之。公至，輒移所司論罪，遂相戒勿犯魏錢塘。瀕海塘歲修費不貲，時議有欲令民出家財佐公者，謂紳士宜爲倡。公與海寧陳太史同年，上官令往諭意，公察不可，即往謁陳母，不數語馳還。白曰：『豈惟陳氏，浙士皆無貲。且此例一開，貽患無窮。』事遂寢。《縣志》自明聶令後，閲八十年不修。公開館延儒士搜輯，成書三十六卷。所識拔於童子中者，如孫灝、任應烈、汪振甲，後皆有盛名。分校丁酉鄉試。戊戌冬，自劾去官。時勢豪與民争塋田，公直民，上官有右豪者，公不自得，力丐去，無以爲辭，則以庫貯前令所補金微惡，及民輸錢之當易銀者未盡内二事，坐虧空免，百姓籲留者數千人。家居十二年卒，年六十有八。

答吉敬先

尺素勞相問，悠悠感别離。關河爲客日，風雨落花時。儒術謀生拙，禪機與性宜。買山常有志，誰寄草堂貲。

同郝元鶴信江二丈訪孫山人

愧此塵中人，來訪山中客。相見了無言，笑指春山色。

宫鴻歷

鴻歷，字友鹿，静海人。康熙四十五年進士，官翰林院庶吉士。有《恕堂甲乙游草》《淮壖集》。

煖炕

朔野號天風，射我玉肌粟。朝出狐謀裘，夜卧鷺拳足。脛縮被生稜，半牀未嫌促。譬以地賂秦，尺寸不可復。圬者一何巧，執槷定方幅。東西依兩垣，寬平半横屋。北户瑾嚴威，南榮就朝旭。最宜列高窗，取便寫文牘。朝治夕以成，稱名混土俗。繚之青蘆灰，緣以白文木。施簟有餘地，兩端置箱簏。不因徐孺懸，難客孟叟跼。朝客躡履升，文茵疊方褥。蓐食憐淮陰，長跽笑籍福。挾纊難比温，吹葭未云速。壁燈滴香穗，承塵燥葦束。借煖活花卉，收烟種萊菔。凍蠍跂欲行，寒蠅癡不伏。誰嘲竈下養，此非厝薪宿。惡卧見不啼，吉夢婦頻卜。紙窗捲風簾，非烟散遥矚。市聲穿枕來，鬧坊賣槳粥。爬羅出餘燼，透露發新煥。棄灰當塗高，秦法不可督。福過易生灾，寵多乃延辱。炙手詎足誇，熱中亦宜沃。坂或名頭痛，國如號身毒。飲冰消煩心，噀水豁眵目。抽薪冷翠釜，炎涼一反覆。我作煖炕詩，主文寄忠告。

枯木蘭竹圖

雷公追青蛇，破空走枉矢。墮此石罅中，尾角半枯死。劫火燒千年，倔强具生理。夫豈不材木，偷生待呰窳。叢蘭亦幽人，細篠比君子。結交來空谷，衆芳望披靡。嘉植雖異抱，菀枯自齊軌。譬之標季運，卷舒各有以。滄海方横流，端居思彼美。

萬壽寺大鐘歌

鐘高三丈餘，大稱之，表裏鑄全部《華嚴經》，明成祖時造，今廟已荒圮，鐘覆草棘中，不懸久矣。

燕邸老蛟角觺觺，彎弓仰射天庭欹。龍孫瑟縮如蛇醫，忍軀長轂蹂江湄。自矜勳伐媲軒羲，審音按律咨后夔。惟夔一足走且疲，謂帝涼薄神所訾。何用篆刻龍文爲，欲紀功德臣請辭。帝亦忸怩心不怡，聊探珠藏興淫祠。九牧貢金方軌馳，鑄鐘直遺銅山移。陽鑪陰炭周四圍，千鈞萬石勞鉗錘。蕤賓無射輕毫釐，鼓鞴或有神扶持。華嚴象教殊恢奇，三周四會張曼詞。表裏刻畫同沙錐，蒲牢一吼鯨魚隨。即今蹲覆悲塗泥，遥望猶似京與坻。簨簴不設誰懸之，噌吰發響知何時。噫嘻英主多癡疵，昭氏琴果無成虧。金山疑冢猶纍纍，京師有金山大師冢，相傳葬建文處。天壽寂寞陰風吹。成祖以下，諸帝陵俱在天壽山。翁仲仆地石馬嘶，誰提麥飯澆茅茨。十龍九乳鑄者誰，大鐘常有人摩撝。

木庵先生壁上觀李松嵐畫松歌

松嵐畫松誰與匹，畢宏以來推勁敵。數尺根株一百盤，慣將拗筆摹尤物。學士壁間畫五松，株株岳立爭豪雄。瘦蛟蟠紙多稜節，虎脊熊腰姿態絶。老幹常捎三峽雲，新枝已屈千鈞鐵。風條露葉故依然，化工入手天無權。水墨經營極意匠，晴烟不斷青連蜷。噫嘻乎！艷蘂穠花世所尚，吾徒冷落知誰向。無用霜皮四十圍，有時白髮三千丈。願君寶此後雕心，桃李春風莫惆悵。

倪雲林畫有董思白題句

清閟閣中塵涴壁，雲林宿草深一尺。衹今翰墨在人間，一紙豈止千金直。晴嵐齋中洗眼看，韻高氣澹如幽蘭。快劍無痕劃絶壁，木葉半脱波聲寒。華亭宗伯老好事，卷額橫題數行字。手追心摹入微茫，謂是荆關落今世。雲林蕭散誰與儔，兵戈遁蹟歸山丘。須知人潔畫亦潔，下視濁世同蚍蜉。

沈石田畫廬山高有石田自題《廬山高》古風一首

石田老人筆有神，匡廬面目爲寫真。犖確高峰駝駝卧，蜿蜒懸瀑蛟龍蹲。更叱鉅靈運神斧，削出坡陀似懸乳。哀猿下飲難攀條，寒鳥歸飛愁墮羽。萬古盤渦轉輪轂，三疊水簾珠萬斛。游人總向畫圖看，依稀認得康王谷。何年來游枝短筇，筍輿芒屩相過從。會當洗耳萬山頂，高揖五老看爐峰。

牧牛詞

林豐草肥山復沓，牛背卧兒如卧榻。三三五五渡前溪，麥短不妨牛踐踏。羣兒牧牛上南原，山花壓帽語笑喧。探雛纔上籬邊樹，吹笛還過花外村。去年雨少收不足，八口一家惟啜粥。阿翁輸租莫賣牛，轉眼明春生小犢。長安馬上多公卿，白髮仍愁世綱嬰。如雲車騎那長在，安穩何如牛背行。

楚巫詞

紙錢挂樹酒盈斝，旋風陰森神下馬。一村父老趨如狂，鬼燐神燈照平野。楚巫跳踉舞且歌，楚嫗擊鼓兒鳴鑼。脯脩驫蕘自狼藉，烏鵶銜得升高柯。楚俗從來畏淫鬼，綷縩神衣盡紈綺。一朝堂宇野火焚，四壁猶存庭樹死。香案周遭長榛棘，杯珓筳篿一時失。天陰日暮雨淋頭，偶人猶作狰獰色。

江州大雪寄懷韓慕廬先生

潯陽仲冬客舟過，風捲雪花席片大。清冷不敢開篷窗，布被蒙頭著船卧。黄頭踏市買烏薪，稿束筠籠冰雪涴。煎茶不成且爇炭，緑烟滿船起危坐。須臾膈膊飛繁星，猝欲遮防更無奈。過時吟膝高並肩，始聽銅鉼蚯蚓和。茗碗爐香何所營，聊用清詩洗寒餓。鹽絮吟成不直錢，略似南冠歌楚些。却憶前年京洛游，副將府中忝賓佐。荷公忘年亦忘分，赤幰招邀刷塵堁。永光寺西南市頭，霰雪封鬅泥没踝。我亦素解濁醪理，百呼不一辭勞瘴。有時漉巾盡一石，有時岸幘喧四座。壚頭曉日扶桑烘，缸面青篛竹葉掩。白雪當筵不敢豪，朱顔得酒春先播。風情跌宕氣如雲，縱有寒威先禁呵。僕來廡下沾殘膏，馬放棧前飽新莝。歸鞭不怕催更籌，醉眼祇愁逢夜邏。比時滕六故依然，逡巡不向尊邊墮。我公文筆今昌黎，萬象直欲毫端挫。爬羅剔抉啓來哲，八代同時振衰愞。殘剩一任學子乞，襟度從今朝野播。不因冲謙遠聲譽，便恐高名塞天破。鯫生此腹何所有，敢以頑礦求劘磋。立雪縱愧游楊徒，側席頻承珠玉唾。自知才命俱人後，廿載名場遭跌蹉。飯顆吟成不自聊，長門賦就憑誰貨。青衫席帽出都門，掉首三年悲轗軻。柳車送窮本非策，閩越荆吴一旋磨。手版足韡宰下邑，基薄墉高愁負荷。縱有微禄供酒資，未抵薄田收秫稬。倦鳥無因息羽翮，疲驢豈得辭鞍馱。匆匆復作榕城游，蕊亂花飛没坎坷。今日琵琶江上舟，坳堂一芥愁掀簸。荒村寂寞無酒壚，敗簏哆張理詩課。迴望金臺紫翠間，懷人感事真無那。賣文餬口東南州，零落酒人還幾個。别來江闊鯉魚沉，世路艱難非懶惰。明年又擬踏槐花，樂事歡場猶可作。待公浣沐得餘閒，醉白堂中一相賀。

水車

阿香推車轉山麓，馮夷春雲響空谷。蜕骨瘦蛟盤古槎，翻尾鸕鷀整復斜。咿咿啞啞終日鳴，不聞人語聞水聲。造物自忙人自逸，似役鬼伯驅神兵。水車水車爾何利，勺水寸波俱有税。君不見，榷關直到閩海頭，那得不算車與舟。

新茶行仿樂天

六安山中種茶客，來宿平塘主人宅。我亦肩輿憩此間，土牀相近蓬窗隔。客子喃喃語僕夫，今年寒土春不蘇。六安山中雪一尺，黄金如土茶如珠。進茶例限四月一，三月寒猶刺人骨。旗槍未向雪中生，檄符已自州城出。何處南枝長粟芽，持金轉買向鄰家。往年一樹一金直，今年三倍輸官茶。儂家有茶十六樹，里正來科種茶户。慳囊撲滿三百文，沽酒殺雞寬旦暮。明朝賣女與商人，七尺鋃鐺始脱身。官火乾焙局秤大，折耗錢增二十緡。幕司齎送到銀臺，蠟裹筠籠當面開。通進堂官凡幾輩，樣茶一一封呈來。可憐進茶未十日，春雷一聲萌葉茁。换鹽换米不直錢，衹今販向全椒驛。我聞此語重悽然，靈荈如今合棄捐。但知桐乳和酥煮，誰解分泉沃雪煎。中朝又説武夷好，陽羨棊盤賤如草。頭綱入庫飽蟫蟲，枉用僉名書進表。

徐侶蒼摹古印譜歌

古時作書無墨楮，以刀代筆殊覼縷。標枝結繩非所安，要以文明振聾瞽。庖羲龜龍象既陳，頡皇魚鳥篆可數。蝌章初傳宣聖經，穗文亦辨神農譜。周官六書保氏職，太史變文今共睹。上蔡丞相作小篆，千禩師承如物祖。秦火以來文字厄，往往帝魯呼魚虎。繹山豐碑歷劫盡，之罘舊搨六丁取。銷鑠不存三分鼎，破碎誰收五熟釜。荆山玉璽走沙漠，成皋印文埋厚土。後來祭酒公説文，陽冰披搜非小補。不虞鉉鍇兄弟間，祛妄書成讖莽鹵。徐楚金著《祛妄》，正李陽冰之誤。今人縱復有微尚，但可百千存十五。齊昌徐髯癖書畫，洒闌逸興軒眉宇。蓽門蓬户一何有，惟有湯盤與周鼓。 撫榻登封詛楚文，跨斯拉籀追皇古。餘事刻成一方石，三寸精剛鉅靈斧。格磔聲同錐劃沙，滴瀝形如屋漏雨。巧來心手自相應，鐵書金戈出靈府。蝨殘蠶齧須臾間，輕比飄蓬重飲羽。案上縱横玉筋紋，尊前拗折金釵股。彙成方册燦星漢，甲乙丹黄分兩部。品題却笑楚才嗇，夭閼竹藤良獨苦。識奇無復有楊雄，詠古誰堪追杜甫？我來開卷一研玩，目瞪心怦手畫肚。惟喜雲開星日懸，不虞鬼泣禽魚舞。嗟嗟徐君磊落人，生兹僻陋宜孤窶。楚山岌嶪楚水清，風雅千年得誰主？衹須斂手待獨鑒，無用低眉求衆煦。凡物固以罕爲貴，末流蕩軼先民矩。世上豐碑多若林，金字刻成名已腐。何如延陵墓碣十字强，照耀千秋日亭午。

玉帶生歌

楊鐵崖有七客者之寮，以貯所藏笛、琴、管、胡琴、古甕與硯，並已爲七。硯紫質玉紋，所謂玉帶生也。舊寶於文丞相以贈謝皋羽，後歸鐵崖。鐵崖作志，命門生張憲作《玉帶生歌》。商丘公購得之，亦贈以歌，諸同人和之。

胥江潮落白燕飛，誰散鰲足支坤維。文山獨抱硯田出，奮筆屑涕揮雄詞。蛟龍不合挂網罟，虎口自脱非人爲。三宫銜璧水怒立，正氣衹欠天扶持。皋父得硯何所施，用代鉛筑沙中椎。魯連蹈海慶卿死，女貞花葉空萎蕤。汐社痛哭客纔散，起輦谷暗陰風吹。此硯閲人傳舍耳，鐵篴老仙欣得之。

紫袍玉帶稱上客，玉笥長句尤恢奇。赤城霞起瀑水隔，白虹影貫彤雲垂。至寶縱復有晦顯，神物要自無成虧。漫堂夫子方晏坐，一方輭玉磨隃糜。時平幕府罷草檄，不須更替盧陵悲。蟲魚草木待箋注，門生問字來褰帷。相與聯韻效鐵體，踏歌更和嬉春詩。

亥秋八月送石庵先生扈從之作

其一

七萃輪班大合圍，侵陵雪色冷征衣。罕車絡繹馱熊至，緹騎參差射虎歸。木葉山高人去少，松花江遠雁來稀。聖朝候尉無中外，幾處離宮帶翠微。

其二

上卿秋獮從和鸞，玉帳宵聽畫角寒。磴道揚旌龍馭過，軍門疊鼓獵場寬。磧沙照水痕全白，邊樹愁霜葉早丹。問道西番猶按甲，假君尺組繫樓蘭。牙槃賜與割熊肪，珠勒銀鞍照地光。箭饗黑猿牽葉避，弓開青雁趁人忙。屢看鶏塞天邊月，又俶龍堆磧外裝。我亦久思投筆去，幾時陪獵到長楊。

送王文在尹酆都

地絕中原俗自醇，平都春望草如茵。揚帆初上瞿塘馬，斫鱠先烹丙穴鱗。兵甲銷時征戰少，雁鴻歸後版圖新。時流人入蜀，占籍者以數萬計。還朝應上賢臣頌，宣室無勞對鬼神。落日春山叫子規，排船琴鶴遠相隨。江分巴字劉焉國，錦疊蠻箋杜甫詩。木佛那堪燒舍利，叢神應怕毀淫祠。邑有王方平廟，俗云與冥司相通。君名舊在靈仙籙，且與方平話見期。

閩中紀事四十韻，寄姜西溟、楊耑木、查荆州聲山、嚴寶成、吴元朗、王赤抒、宋堅齋、團雲蔚、湯西崖、史蕉飲、汪文升安公

百越雄南服，三山近海陲。不知天隔閡，坐覺地支離。石氣千秋黝，波聲萬馬嘶。迢遥過嶺日，仙霞嶺，閩之北門。杉關，閩之西門。黯淡下灘時。北自浙入閩，西自豫章入閩，灘石險惡，各以百數，而黯淡灘特著名。蠻俗聊供笑，方言可拾遺。地曾無朔雪，人不解流澌。草木誰編譜，禽蟲任缺疑。聊因耳目暇，一廣見聞資。艷目堆園果，垂涎首荔枝。麝臍香易落，荔實時遇麝則落。石背溺先萎。荔樹生蟲如荔核，一生十二粒，遇閏又多一粒，名石背，荔香時即溺，溺而全枝脱蒂矣。絳葉盈筐瀉，晶丸帶葉垂。水晶丸，荔之美種。還愁樸孕早，或售互人欺。荔園受賈人直，謂之樸荔。有樸花、樸青、樸孕之别，大抵以樸之遲早，分價之高下，樸時倩鄉老估直，名曰：互人。樹主、樸主争賂之。亦可封泥活，無勞置驛馳。荔枝小幹，泥封一二年，生根，花時截取，陲致京師，結實無異。緗枝防護密，夜燕所過，則荔子一空，害又甚於石背，故防之甚勤苦。龍眼唱歌遲。倩人採龍眼，恐其恣啖，故采者相約歌勿輟，謂之唱龍眼。佛手寧非柿，會城外齊坑道者，巖有柿一株，結實如佛指，柑長六七寸，皮穰色味皆柿也。鰕頭儼似螭。漳州龍蝦儼然龍頭，大可三四觔，味美如蟹螯。品茶知太姥，太姥峰茶，品極貴。咋舌羨西施。西施舌，會城亦不常有。柱剖江珧美，春隨海扇移。海中甲物，於春三月出，名海扇。珠蚶佐羹臛，小蛤名。石蛙長萎蕤。一名龜脚，春而發花。蠢動憐沙噀，無首無目，僅能蠢動，觸之則縮小，徐復膨脹，味極美，四明亦有之，閩人呼爲土筍。蹣跚笑海鱟。海中大龜。飛翔龍蝨出，八月十三至十五，海濱龍蝨飛集，取之，餘月絶無。束縛虎蟳岐。蟹之大者名虎蟳。鬻醬空盈甕，土人重之，味極不堪。蘭湯亦滿匙。閩人以珍珠蘭點茶，不聞有毒人之説。珠娘擔石過，閩中呼婦人爲珠娘，言其貴重也，然地狹民貧，凡負薪駕舟皆役婦人爲之。颶母踏波嬉。象譯唐朝壤，日本人呼中國人爲唐人。錢刀宋代貲。延建以上，多用宋錢。雕鐫疑鬼物，刻畫見鬚眉。雕漆器及自鳴鐘皆有專家，絶技如鬼工然。抹厲千章樹，有高二三丈者，花亦絶不同。猗蘭九畹姿。龍頭爇燈火，龍鰕空其中作燈，觀者駭目。魚魷絡藤絲。魚魷蘭，吴越亦間有之，莖白葉劍立者是也，魚魷嬌則莖細如藤，絲力不勝，花開時横陳密葉中。蜒户泅波出，磳田帶火治。閩地多山，山麓盡治爲田曰磳田。搏沙珠纖孕，汀西邱坑口撥土一寸許，有珠大如粟，光稍晦，相傳汪革據歙巡行至此，有珠纖風掣落，至今生珠。告廟土牛爲。取土於閩，忠懿王之廟牛始可成。魚訝連山大，鰭堪一木支。魚骨可作樓觀。竹森如擲火，曩見畫家寫竹用硃，不意延建間實有之。榕蔭似披帷。俗習干戈便，兵後尚武，人多趫捷，恥一夫之敵。人操硯席隨。又以文事相尚，至於臧獲，賤隸多能文者。蟶苗代錢鎛，壅水爲田，種蟶其中，苗初出，蠢蠢如螘子。螺甲透纖纚。螺甲作香，即古之甲煎香。卷舌侏離語，文身漫浪兒。閩俗多雕青者。稗官留小説，淫鬼踞高祠。所祀鬼神都不可解，最可怪者，洛陽橋祀夏得海，會城祀齊天大聖。述異資談藪，催詩倩酒卮。荒唐來絶域，懷抱向京師。鐘鼎諸公業，山林我輩期。雖憐趨舍異，未覺性情歧。大海難蠡測，奇聞祇管窺。采風誰氏職，聊用播聲詩。

玉清仙子，亦號珠湖居士，秦陲陳氏女也。精三式之學，壬遁兵占，尤得樞要。便弓馬，習騎射，信異人也。近居廣陵，僧行西與陳中表，余因行公往，垂簾問答者竟日。數學該博，詞鋒銛利，三式疑義，莫不迎刃而解。繼又自言得長生之術，雅慕冲舉，因索余贈詩，得絶句八首

其一

足躡雄雷御迅風，手摩丁女配壬公。晉陽娘子軍行處，鼓角聲聲出地中。

其二

一丸飛劍一編書，理髮薰衣畫不如。寄語香衾夫壻道，不妨金奏養鵁鶄。

其三

桃花叱撥不留行，錦韉輕妝夜斫營。莫訝小弰弓力輭，射生飛箭似飛䖟。

其四

煬帝堤邊斗草歸，謝公渚畔踏青迴。春風十里珠簾捲，何處空空妙手來。

其五

名爲俠客猶敷粉，唤作仙兄未離家。學道從今三洗髓，御風騎氣到天涯。

其六

一斗紅珠綴繡旗，孫家小妹比雄姿。劉郎不免風情在，書到休輕帳下兒。

其七

短劍鏗然玉有痕，中宵出入五侯門。西園無忌千金約，賴有如姬解報恩。

其八

掌上孤虚日昃輪，笥中簍藪自通神。瞢騰小立真如夢，恐是留侯似婦人。

戴寅

寅，字統人，又字東溟，滄州人，寬弟。康熙四十七年舉人，官江西定南縣知縣。有《小戴詩草》。

《滄州志》：寅弱冠舉賢書，隨兄官京師。與吴荆山、汪武曹、何屺瞻諸先生游，學益進。爲文詞千言立就，詩宗晚唐，畫仿宋元，尤攻填詞。著有《黑貂裘傳奇》。令定南，以事罷歸。素行曠放，不事家人生産，貧甚。年五十五終。

背風灘

小洋視大洋，二灘名。高下差一度。漸積至背風，所差已無數。其狀如垂簾，其聲如瀑布。盤渦偪處生，怪石中流據。小舟不自量，揚頰激其怒。前進纔二分，後退已十步。苟非邀天靈，咫尺安得渡。船頭蹭蹬人，即境傷所遇。舉手拈微髭，注目看江樹。

登崑崙山遇雨

阿母東來時，造化亦遷就。青鳥銜片石，墮地結神秀。雙江擬弱流，左旋接懸溜。雲氣時往還，毫釐界昏晝。况當連月雨，空翠滴岩岫。滑使樵徑失，陣與八門湊。鬼石起怒攫，虬枝蟄暗透。壓卵愁目前，崩土懼尾後。所喜兩平頭，矯捷類猿狖。時引手中藤，兼掖腰間綏。百計造厥巔，一望失其舊。滂派混洪荒，浩氣連宇宙。戲捉電尾行，勢與霹靂鬭。叱使亂雲開，看徧青山瘦。公程赴何迫，片帆挂已驟。迴首望烟嵐，欲往不可又。

八斗嶺

齊魯未了青，蓮峰勢南走。一折薄彭城，北門失鎖紐。浩氣貫鳳廬，彌天起重阜。初似擊長蛇，踏尾已見首。又如泛怪洋，驚濤跳颶母。前人已躡雲，後人方攀柳。忽復望前人，魚貫落谷口。始知身世艱，遭遇無非偶。升沉不自由，上下那闗手。棄置勿復除，緩步古所取。

龍眠山

過峽出重闗，轉與羣山會。鳥道引藍輿，蜿蜒附精怪。不知身近天，已據蒼龍背。吹雲下重巖，揮雨灑塵界。生怕霹靂驚，一舉天無外。迴頭看鳳嶺，靈秀互鈎帶。千里一畫圖，粉本真可愛。莫漫贈公麟，乾坤有小戴。

自常山肩輿至玉山書所見

纔穿一山腹，又轉一山背。一山樹槎枒，一山雲靉靆。忙殺米襄陽，四顧將誰拜。數里辭平川，懸輿渡高嶺。後人戴我尻，前人壓我頂。一掉勢前空，寒潭落孤影。

古柏

造物竭全力，孤撐鑄此形。如松添藥氣，似石盜山青。雨露今長潤，冰霜已慣經。良材兼大壽，萬古傲元冥。

九陽港泛舟，晚宿河口鎮

九獅奔大壑，一棹過林坰。日夕龍門黑，陰厓鬼面青。橘州初罷市，佛閣尚聞經。記取南來路，維舟上短亭。九獅山名。

鷹潭道中

荒雞催客夢，侵曉踏徵塵。嶺路餘千折，山車衹一輪。帽檐低礙樹，潭影倒勾人。莫向東山去，山靈笑此身。

旅夜

孤館殘燈盡，矬窗落日斜。河聲猶在枕，客夢已還家。身世悲蓬轉，風霜感鬢華。六千歸路遠，强半尚天涯。

多景樓感懷

無端風雨滿山樓，樓外長江忽倒流。海氣乍沉瓜步樹，潮聲暗送秣陵秋。六朝割據傖粗記，一髮中原我欲愁。往事傷心還極目，側身天地歎浮漚。

春日病中作

料峭春寒上敝裘，沈郎腰瘦未關愁。中年性與時情拗，小病清教妄念收。僕馬十年憑聚散，文章千古聽沉浮。便當叱犢田間去，種豆鋤瓜稱黑頭。

答内

知遇恩深不可違，還將輭語慰秋閨。官如嚼蠟卿言是，勢到騎牆我意非。甑裏齏鹽皆帶淚，天涯兒女半懷歸。年年辛苦真堪泣，悔脱牛衣换錦衣。

舟中睡起望小孤山

刮枕涼颸趁緑蒲，黑甜未穩榜人呼。夢中鸞馭迴天姥，窗外螺鬟看小姑。一綫裙腰雲外斷，千枝翹翠望中無。晉卿當日如游此，不畫烟江疊嶂圖。

賈似道別業故址

一曲樓台畫不成，當年秋壑有題名。笙歌久廢平章事，月夜還聞蟋蟀聲。三窟計多春夢短，半閒人散碧湖清。漁燈蟹火休相送，丞相餘嗔恐未平。

雨陌

山雨亂秋聲，散入寒江去。寒江不見人，彷彿聞人渡。

國朝畿輔詩傳卷二十九

芮復傳

復傳，字宗一，號衣亭，寶坻人。康熙四十八年進士，歷官浙江温處道。有《衣亭詩草》一卷。

《寶坻縣志》：衣亭由中書改錢塘縣知縣，政聲翕然。召見，授温州府知府。過杭上，民歡呼。守温五年，督臣以治有成效入奏，擢温處道。

《紅豆樹館詩話》：衣亭天才儁朗，學有本原。官錢塘時，屢司分校，所得皆知名士。嚴海珊，遂成其一也。畫仿南宗，骨格蒼秀。句如《游法螺寺》云：『松老身生甲，風多響似潮。』《登江樓懷王仲宣》云：『擇木有心纔去魏，委身何事更依劉。』《感懷》云：『癡能玩世元非傲，清可傳家豈患貧。』《岳陽樓》云：『朱絃夜鼓湘靈瑟，錦纜晴看楚客舟。』皆有逸氣。

江上訪丁敬身幽居，觀富鄭公、辛稼軒墨磧

宋代多名臣，炳若日星列。卓哉富鄭公，報聘樹忠節。勇退如稼軒，氣誼何超越。遥遥千百年，太息遺文没。博雅愛丁君，幽居事搜括。出示篋中藏，得見二公札。大小各數行，殘頁無蝕缺。妙墨欲生香，鈎銀畫比鐵。匪徒供欣賞，高風溯先哲。世俗驚奇玩，於兹棄且褻。推君遠紹心，微言永弗絶。啜茗重低迴，不禁狂歌發。曠懷寄青雲，渺渺江天闊。

感懷

迴翔浙水徧西東，三十年來夢覺中。拄笏看山真落落，抽帆到岸太匆匆。靈龜以甲難辭灼，慧鳥能言枉入籠。縱有才華宜自惜，當春試看擘花風。

下灘

勢急奔騰馬注坡，小船一丈快如梭。順流莫道真堪樂，樂事還從險處過。

朱陵洞

朱陵洞口下飛流，百尺珠簾挂未收。仙女宴歸深夜捲，碧蘿爲帶月爲鈎。

聞雁

平沙淺渚耐寒霜，叫破燕雲憶斷行。莫怪蘆汀眠不穩，衡湘雖好是他鄉。

周人龍

人龍，字雲上，號躍滄，天津人。康熙四十八年進士，官江西督糧道。有《居易堂詩稿》。

周人麒《躍滄兄傳》：兄選授山西屯留知縣，調知沁源，歷牧忻州，守蒲郡。丁艱，服闋，補授湖北安陸府知府，推升江西督糧道。享年六十有四。兄初就外傅，聰穎絶倫。其莅官也，治績冠一時。康熙辛丑，抵屯留，不雨。有三峻山，去城百里，相傳其神司雷雨。徒步往禱。或勸乘騎行，兄曰：『吾爲民不言苦也。』晉省耗羨重於他省，捉短封一事，尤爲閭里害。兄憫然曰：『分釐之短，非缺正供，短封豈可捉乎？其勿行。』邑人弁鄙無文，兄告以讀書立品之道，由是士知向學。壬寅秋，邑東鄙十三村被雹，捐賑千金，民無流亡。明年調知沁源。沁邑水患最鉅，一爲汾河，又洞渦河在汾河東，嵰峪河在汾河西南，白石溝經縣城西北，又轉而東，與汾河合，爲民害者數百年。兄悉心籌畫，挑渠築堰，邑人賴之。牧忻時，會西鄙未靖，軍需旁午，承辦騾隻駝屜，養軍需馬千匹，皆報最。蒲郡瀕河，河水遷徙無常。山陝民隔河争地，互控不休。公請於上憲曰：『臨河灘地，莫若以河爲界。黄河東遷，山西地少，即將山西無地之糧，歸於陝西。黄河西遷，陝西地少，即將陝西無地之糧，歸於山西。如此則糧隨地起，既無缺於正賦，因地納糧，又無累於民生。現在山陝沿河兩千餘里，兩省各有淹没之地，飭令沿河州縣，照糧查地，按地過糧，除鹵減之地，照例題請免糧外，其餘退水之地，招令沿河居民認糧承種。黄河之消長以漸，十年一次稽查，庶偏枯去而争訟可息。』

至今便之。時又有丁糧歸地之舉，山右已試行三十餘處，民大稱便，而紳矜富民多不悦，因有奏言『便於無力之丁，不便於有田之家，便於田土肥沃之家，不便於田土瘠薄之户。山右丁糧多於他省，攤於田畝，未免有輸納艱難者』。世宗下其議於晉撫，撫檄查，兄抗言曰：『無力之丁，家無寸土，終歲勤苦，餬口維艱。輸納丁糧，實同剜肉補瘡。補之不能，必至拖欠，欠之愈多，必至流亡。而丁倒累户，户倒累甲。是逋欠者在一人，而受累者在衆姓，不特下累民生，久且上虧國帑。有田之民，雖肥瘠不同，然地肥然後糧多，糧多然後丁銀之歸入者多。地瘠則糧少，糧少則丁銀之歸入者亦少。是不便於有田之民者甚微，而便於無力之丁者甚大。若以爲不便於有田之民而不可行，豈不便於無力之丁而反可行乎？不便於田土瘠薄之家而不可行，彼瘠土亦無知之赤子將何以堪乎？若云山西丁糧過多，攤於地畝，輸納艱難。夫以有力之家，輸納尚且艱難，彼無力之窮黎，輸納豈不艱難乎？今爲有地之家計萬全，而不爲無力之丁求生路，殊非周急之道，亦失調劑之宜。』議出，事遂定。督糧江右，創立規條，夙弊一清。南撫建三府，爲糧道兼巡地，按巡各屬，歲一周。囹圄冤抑，多所平反。褰帷行部，守令憚丰采焉。乙丑病作，告歸而終。

舟中寄衣亭五弟

宦海分飛各一方，西江離緒更茫茫。南看桂嶺雲千疊，北望燕臺樹幾行。獨雁天涯春信杳，孤舟江上晚風凉。年來漂泊同鷗鷺，翹首鵾鵬萬里翔。

蔣仁錫

仁錫，字静山，號青棠，大興人。康熙四十八年進士。

唐諫議劉蕡

雙手思扶皇運傾，春秋三傳輪縱横。生前不售鋤奸志，地下何慚諫議名？惡稔北司威正熾，冤銜南國恨難平。玉溪爲寫招魂句，溢浦書來愴客情。

張坦

坦，字安士，榕端孫，磁州人。康熙四十八年進士，官雲南普洱府知府。

《磁人詩》：安士，壬辰殿試，補内閣中書，充武英殿纂修。謁選，授雲南浪穹令，遷大關司馬，升普洱府太守。

燕臺雨霽，憶滏陽神麕諸山

返照在高樓，寥寥遠天碧。殘雨化長虹，斜光射疏隙。積水漾中衢，儼如兩岸圻。人影向夕稠，攘攘去不歇。嗟我獨何爲，而亦苦勞役。緬想神麕麓，石罅飛泉脉。當此六月天，泠然空翠積。華屋非可欣，臨流數畝宅。不必絶人羣，已與塵世隔。敲棊石當枰，飛觴花作席。蕭散却簪裾，開襟御絺綌。夕陽千萬峰，亂雲没鳥跡。薇蕨有餘甘，身心多異適。富貴豈能期，素襟不可易。古人秉燭游，良爲寸陰惜。

滴翠崖

陰崖闢奇竅，若有鬼物據。兩壁斗犖確，擬將決勝負。岸垂勢若崩，岩出形欲怒。藤蘿蔽日深，森然殊可怖。上有百尺泉，隨風挂高樹。激石儼清商，璆然戛韶頀。雜以萬松濤，遂使五音具。滴翠安足擬，稍洗從前誤。詩成贈山靈，疏狂或余恕。

雨花庵

雨花庵後緑天勻，樓館池臺尚有春。瘦筍分根穿殿壁，凌霄借勢上松身。繞欄蛛網全欺蝶，翻砌花枝欲礙人。聞説園林曾貴主，繁華銷歇總傷神。

歸山城感賦

繞郭青山十里斜，避人野鳥起湖沙。洱源出峽平開鏡，黎葉含霜欲妒花。每到歸來勞父老，却從秋後問桑麻。荒城斗大無留訟，琴鶴蕭然許放衙。

古渡

白日明漳河，停車問古渡。蘭若寂無人，秋風下高樹。

新柳詞

陌頭摇曳楚宫腰，一種東風萬萬條。占斷春前無限恨，夕陽影裏赤闌橋。

村行

雨過無塵懶上車，孤村幾簇野人家。行行不斷香風送，十裏輕陰放棗花。

王僧慧

僧慧，字晉卿，開州人。康熙四十八年進士，官山東蒲臺縣知縣。有《槐園集》。

杏花

深院春輝麗，杏花開幾叢。艷分仙掌露，香惹玉堂風。似綺當窗亂，如霞覆砌紅。託根方得所，不肯逐飛蓬。

查爲仁

爲仁，字心穀，號蓮坡，宛平人。康熙五十年舉人。有《蔗塘未定稿》六卷《外集》八卷。

鄭方坤《名家詩鈔小傳》：爲仁十九舉鄉試第一，是爲康熙之辛卯科主試者，武進司農趙恭毅公也。公故以革銅商事與執金吾陶和氣相水火，欲甘心焉。謂榜首固富人子，且少年名不出里閈，是奇貨可居，遂鈎致以興大獄。鍛煉既成，而心穀當死罪，長繫請室。越八年，始邀矜釋。心穀固才士，既顛蹶無生理，乃就白雲司葺板屋數間，日讀書其中。榜曰『花影庵』。張得天尚書至，稱爲唐子畏後身，而歎其有才無命。既出獄，結園沽水之西。津門爲水陸交衝，去京師十舍而近，冠蓋相錯，賓至如歸，投轄贈鞭，徵詩對酒。高宗山孝廉有『東山麗句諧絲竹，北海名賢共酒樽』及『甲部攤經丁部史，紅兒記拍雪兒歌』之贈。三復微哦，猶令人想見名士風流，太平盛事。

查慎行《序》：猶子心穀，從患難中發憤讀書。所爲詩多與古人相頡頏，而出之宛轉，藴之遥深，庶幾香草美人，共成千古。

陳鵬年《序》：蓮坡承其家學，當險阻萬難時，輒以詩寫其鬱勃，見之者咸以爲戇。蓮坡獨能處窗而平之，含毫渺慮，雖凜凜懷霜，神明自勝。其詩藹然廓然，非涵養至深，曷克致此？

符會《序》：查君心穀，奉白華之養，結園沽水之西。臨流植楥，閉門疊石。賦夕烟與琴幌，吟曉日於書牀。氣和而色淡，志逸而神恬。得意魚鳥之間，忘情塵壒之外。要其澄懷專注，雅思獨存，良足自見其胸臆也。

萬光泰《序》：蓮坡少具不羈才，掉鞅省門，一蹶不振，遂絶意華膴，頫首書窟，作爲詩歌以自娱。其發爲言也和，愉而不流，疏亮而不迫，俯仰自適，而無牢愁沉抑之思。所謂窮達一致，而深與道者，非耶？

袁枚《隨園詩話》：昇平日久，海内殷富，士大夫慕古人顧阿瑛、徐良夫之風，蓄積書史，廣開壇坫。揚州有馬氏秋玉之玲瓏山館，天津有查氏心穀之水西莊，杭州有趙氏功千之小山堂，吴氏尺鳧之瓶花齋。名流宴詠，殆無虚日。許珮璜刺史贈查云『庇人孫北海，置驛鄭南陽』，其豪可想。

王昶《蒲褐山房詩話》：蓮坡先生早賦《鹿鳴》被訐，得罪數年而後得釋，因發奮讀書，博通典故。所居天津水西莊，貯書萬卷。南北往來名士，如萬柘坡、厲樊謝、趙飲谷等，無不攬環結佩，延主其家，相與覃研詩詞書畫。其所娶金夫人含英，亦耽風雅，人望如仙。其集中句如『地偏人蹟斷，潮定水痕深』『落花寒食節，飛絮午晴天』『晚徑黄花開有色，曉程殘月落無聲』『一榻茶烟留客話，半簾花影枕書眠』，皆中晚唐妙句也。今下世四十餘年，而莊亦改爲公廨矣。先生弟儉堂與予交善，而子篴槎給事爲予同年，故得其風流好事如此。

《紅豆樹館詩話》：海寧查氏代以詩名，後占籍宛平，宗風猶能不墜。蓮坡居士，其尤著也。《隨園詩話》載其句云『風愁撼樹響，鼠厭簸錢聲爲間』『亭邊三五樹，春來花發幾多枝』。然佳句尚不止此，五言如『坐深涼意滿，吟苦樹蔭移』『夢迴春樹外，花落午晴初』『斷崖松影合，僻巷犬聲隨』。七言如『客子吟鞭隨雁後，故人歸信在梅先』『青鸞已杳難傳信，芳草多情易惹愁』『功名可笑同槐國，日月唯應入醉鄉』『晚飯香芹烹鴨脚，小池新水長魚苗』『客來共試中山酒，秋到曾無一日晴』『曲水橋通芳草外，夕陽樓倚老松顛』『小拓茶寮斜倚石，别開棋閣略栽花』『時序驚心寒食近，風光轉眼少年非』『春淺蘆芽方坼蘿，日晴水髮自拖藍』『鶯老花殘春寂寂，酒消香冷夜厭厭』『小艇孤燈人獨卧，秋風黄葉雁初來』『開尊北海猶初志，射虎南山感昔年』『此心住世仍忘世，過眼新人非舊人』『春色淺深簾幙外，梅花消息酒杯間』，皆清新微婉，耐人尋繹。蓋蓮坡嘗學詩於初白庵主，又與厲太鴻、杭堇蒲、萬柘坡、汪西灝諸君子游，故一洗粗獷膚廓之習，歸諸雅正，讀者可識其得力之所在矣。

寄懷

憶與君別離，乃在河之湄。東風吹弱柳，飄揚不自持。香車屢迴顧，春帆任所之。信宿到揚州，家家烟火樓。平康善歌舞，公子多淹留。我感夙昔恩，苦吟達天曙。不作隨流花，但學沾泥絮。采苓首陽顛，人言苟無然。至今猶抱柱，辛苦悲流年。願君光明心，鑒取金石堅。

東甘澗

澗水搜石根，土盡石傾倒。積久成懸厓，凌空勢夭矯。雲凝洞口寒，日射行人小。推門不見僧，石共松俱老。沙彌知客來，相餉粟與棗。深山無俗機，淳樸古風好。静極理自通，會心殊不少。笑語同游人，此間堪結草。

上方寺觀蕉嶤峰

招提千山中，流泉對門瀉。傍立蕉嶤峰，卓立四無藉。未許土花斑，渾如洗濯罷。何年劈鬼斧，寒雲出其罅。澗痕萬古留，松形老將化。傳聞虎夜來，躑躅此峰下。禪師能伏之，時以飯相迓。聽罷駭常聞，塵囂灑然卸。

訪昭然和尚草庵不得

人事有代謝，彈指成古今。去者日以遠，來者苦相親。緬彼草庵叟，鑿翠居高岑。喚景憩嘉樹，朝暉晃鳴禽。語默皆入妙，山水曠其心。今來三十載，斷絶瑶華音。徘徊巖壑裏，仙源不可尋。落日隔暝水，負此春晝深。孤雲飛曠野，雙鶴唳岩陰。相思空延佇，何以豁幽襟？仰天成一嘯，流水鳴前林。

賞雨茆屋圖爲吴驥調題

朱樓翠箔春夢破，雨聲到枕憂無那。亦有清歌水閣頭，蕭蕭入夜迴含愁。何如達士十椽屋，不種繁花種梧竹。就中喧寂兩俱忘，爽氣盈襟抱卷讀。

重來

衡門兩板先生住，重來不得重歡聚。沿階春草太無情，夕陽滿地青如故。記得年時同覓句，樹頭催送瀟瀟雨。淒絶黄公舊酒壚，招魂難問青楓路。

西灝以新輯《西湖志》見貽，述懷奉答

西湖周遭三十里，瀲灧波光清見底。三面山環東倚城，就中佳處難爲指。昔年曾上總宜船，選勝尋幽事事便。寒香破萼探孤嶼，素魄澄輝憩冷泉。流光過眼如炊黍，卅載清游一仰俯。時時飛夢

繞孱顔，月計依稀十有五。前年有客湖上來，告我風光口爲哈。葑雲盡卷茭田拓，倒浸羣峰冰鏡開。去年又得錢塘信，傳説六橋花作陣。弱柳縈烟翠帶長，夭桃漬雨脂匳潤。弱柳夭桃無處無，蘇公堤畔錦模餬。樓臺小李丹青筆，花鳥徐熙落墨圖。我時聞之陡神王，便擬乘流到江漲。塵網千絲吹不開，坐愁行憶空惆悵。故人特爲起膏肓，什襲圖經達遺將。解縚急展麝㳖足，細讀頻消蠟炬光。饞似分嘗玉文棗，癢如倩得麻姑爪。巾子峰頭挈榼登，客兒亭下支笻眺。卧游三日又長歎，畫餅何曾得佐餐？終須卜築西湖去，暮暮朝朝把釣竿。

春夜曲

當階羯鼓催春風，珮環迴轉聲丁東。龍脂焰熱吐十丈，高臺照耀胭脂紅。芙蓉肌弱霓裳薄，衣怯春寒護羅幕。一串珠喉宛轉歌，地衣蹴縐梁塵落。整鬟收裙作態遲，迴身旋舞小腰肢。滿堂絲竹人聲寂，十二闌干月墮時。生年滿百何曾有，昨日少年今老醜。勸君莫惜秉燭游，更進葡萄一杯酒。

和方屏坧水部秋日雜詠韻

髮已隨時短，愁應共夜長。酒無千日醉，事有百年忙。未了償詩債，無端負劍光。草廬猶夙昔，人自别南陽。

送履方之太平别駕任

憐予成瓠落，喜爾獨峥嶸。勿謂閒曹冷，須酬一命榮。當官勤撫字，爲政重廉平。好慰高堂望，因風數寄聲。

過村舍從野人飯

望裏秋原爽，門臨碌碡場。深林殘照入，曲徑晚花香。村酒沽清醥，園蔬摘矮黄。留連如意舞，歸路月迷茫。

青溝懷拙庵和尚

聞説青溝好，相將渡碧溪。到門山色净，繞屋水聲齊。巖隙穿松鼠，林端叫石雞。老僧何處去？祇有白雲栖。

同友人集空谷園

郊居塵埃少，幽訪共沿迴。柳下孤篷泊，花間白板開。高人還醉卧，稚子識曾來。小立窺鷗鷺，忘機客不猜。

上元前三日次離相主人韻

空庭小立聽春禽，觸忤閒情憶舊林。竹奮絲豪前度事，香殘酒冷此宵心。愁看盈闕難邀月，怕説虧成不鼓琴。孤負傳柑好時節，青門花雨夜來深。

水西閒居

積潤苔痕緑滿庭，此間又度一清明。擬將舊詠閒中改，無那新愁望裏生。楊柳著烟眠未起，海棠怯雨夢初驚。扁舟若許歸湖海，欲問沙鷗共結盟。

入山

行來石路漸高低，馬避危橋渡淺溪。樹裏人家時隱見，洲邊芳草半萋迷。身因出世方知散，詩爲尋山著意題。從此不須愁道阻，穿雲入樹好攀躋。

秋夜病中述懷

巷尾迢迢報柝聲，虚堂如水斷人行。雲移一朵月吞吐，竹嘯幾枝風送迎。不向枚生求七發，試從麴壘覓三清。調糜煮藥經旬卧，白髮蕭疏又幾莖。

漫興

惻惻餘寒漠漠烟，日長風細自年年。人來上國看花地，雨近清明潑火天。一握柳絲縈黯淡，數聲燕語劇纏綿。邇來旅恨無些子，參得如來歡喜禪。

送調元由中州至江南

西風捲樹葉颸颸，送爾登程事遠游。客裏爲家還作客，秋來覓句恐驚秋。行看驛路黄花綻，好訪淇園緑竹修。若過樊樓燈火夜，莫因歌舞久淹留。

答王雨楓見懷原韻

記送驪駒花滿津，柳橋歸去又經春。離情每逐隨陽雁，芳訊俄傳上水鱗。廿載冰霜偕計吏，幾時丘壑結比鄰。尋思花影庵中事，燈火蒲團一愴神。

懷榆垡

大好家居榆垡莊，年來生計託農桑。一池屋後藕花白，幾稜門前菰米香。斜日提壺評酒價，秋風戴笠上漁航。如何百里成修阻，也似蓴鱸歸夢長。

李仁山將之汴城，率寄一絶

聞道仁山賦遠行，秋河望斷水盈盈。此身安得如明月，一夜隨君到汴城。

東竺庵枕上聞雪

花影頭陀帶髮僧，連朝杖履爲山停。偶來東竺庵中宿，雪打寒窗一夜聽。

重過上谷感舊

天邊歲月留難住，人世滄桑感更多。幾度沉吟思往事，風華情思總消磨。

丁家窪

青青不斷柳遮門，門外流泉百道奔。行過石橋疑路盡，酒帘斜出又逢村。

春雨

風風雨雨到黄昏，檻外丁香合斷魂。遥憶西園橋下水，夜來應更長新痕。

雨後藕香榭看荷

半晌輕雷過野塘，依然樹杪染斜陽。粉紅半褪當風立，似試華清第一湯。

冬盡日

人人競説春光好，我戀嚴冬日日晴。怕到東風二三月，落花飛絮愴人情。

小園道中

村園門巷半沾泥，蠟屐來游日未低。一陣棗花香裂鼻，和風吹過板橋西。

張塏

塏，字朗士，號霽巖，磁州人，榕端孫。康熙五十年舉人，官刑部員外。有《求我堂詩》一卷。

萬經《張君墓志》：君性篤孝，母劉太宜人病，君視湯藥不交睫者累月。居喪，毁瘠。侍閣學公，校士江左，與東南勝流往復辯證，上下其議論，學益日進。中鄉試，以恩例授刑部陝西司員外。君天性豈弟，至是益以矜恤爲己任，遇命盜重案，覆閱再三。大司寇廉君仁恕，屬以青海獻俘諸大獄，獄上，稱平。往重囚爲隸卒所虐，多瘦死。君稔知其弊，日必詣獄省視。終君任，囚無失所者。

周師德《序》：霽巖先生覃研經史，其詩冲夷恬淡，神似香山，時復兼歸田、劍南諸集勝處。

徐佩蘭《序》：先生學問，高出世俗。詩發於性情，閒静蒼秀，神與古合。

攜兒輩西園看芍藥

園林花盡歇，芍藥殿春紅。不厭晴霞襯，寧憂晚日烘。開樽無客賞，繞徑有兒同。盡醉方歸去，徐行趁柳風。

東園即事

春事將殘蝶亂飛，東園閒步踏芳菲。藥欄含艷香徐吐，梅子垂青顆漸肥。隔院聽鶯林氣静，支窗看水市塵稀。一年好景春居半，恨我蹉跎百事違。

程可式

可式，字松村，香河人。康熙五十年舉人，官河南河内縣知縣。有《來山堂詩鈔》八卷。

沈青崖《序》：松村先生蚤入藝林，甫冠，登賢書，連不得志於有司。與余同纂《古今圖書集成》，十年散館後，余改官西清。越二年，先生亦特擢舍人，奉使西蜀。事竣，授河南縣令。所莅有聲，未幾，歸田。丁卯冬，晤於梁園，乃增《嵩雲》《涉江》《東野》三集。其志趣所尚，情隨境遷，性與理洽，施之於館閣，政教間，適覽靡所不宜。

龍泉山曉行

天半聳奇峰，攀援入窅眇。行行破層雲，霽色欲開曉。夜露滑苔蘚，徑危人蹟少。俯覽一憑高，始覺衆山小。竹木競紛披，雜花亦繚繞。絶頂有靈泉，涓流聲滆滆。愈下愈奔騰，萬壑勢傾倒。巖幽聞龍吟，澄碧秋潭老。盤陀自崔嵬，劍閣何天矯。千里亘連綿，此中資探討。

自瀘發江安途次口占

瀘水分行日，江安入路時。獼猴春聚嶺，杜宇夜啼枝。到處山爲徑，終朝雨作絲。天南萬里外，縹緲白雲思。

秋日宿沙門

驅車向古道，落葉滿橫塘。爲念風塵吏，潛增鬢鬢霜。我心原澹泊，人意覺炎涼。茅屋挑燈處，深秋夜更長。

瀘州開福寺樓

全瀘勝槩借憑欄，一榻高橋萬象寬。山勢盡從雲外出，江流祇向座中看。塔鈴摇蕩風嵐暗，叢竹蕭條夜雨寒。西眺武侯祠儼在，至今生氣有龍蟠。城西寶山上有武侯祠。

蘭陽懷古

蘭陽自是古東昏，萬壑奔騰赴海門。漢相已無留舄在，秦皇空有舊臺存。荒烟野樹迷韓冢，零雨凄風暗馬村。爲憶興衰千載事，白雲山下一銷魂。

放衙後寄興

覃懷官署倚城東，屏列青山四面同。小院春融鳴翡翠，層樓晝静隱簾櫳。幾行修竹蕭蕭雨，數點寒梅習習風。放罷衙參無一事，敲詩時向月明中。

沈殿輝還陳州

纔唱驪歌意已馳，桐山如黛柳如絲。安排後夜高人榻，好誦蓮艭聽雨詩。

王履吉

履吉，字慶旋，吴橋人，作肅子。康熙五十年舉人，官内閣中書。有《修修齋詩草》。

旅中九日

長途逢九日，車馬滯天涯。人寂孤燈小，秋空片月斜。殘尊茅店酒，叢菊故園花。漫道風霜苦，高吟興自賒。

憶滑臺復初齋梅花

東郡梅花早，檐前計已開。不知疏影畔，杖屨有誰來。

申程章

程章，字實夫，號西村，磁州人。康熙五十年舉人，官江蘇淮安府知府。

《磁人詩》：公十九入州庠，康熙辛卯舉人，考授内閣中書，改光州學正。雍正丁未，河南學正王公薦於朝，召對養心殿，稱旨，加知州銜，授海寧縣。未半載，特擢淮安太守，宰寧邑。時王大成爲安化王裔，徐雲卿爲邑鉅室僕，大成訴雲卿晵室掘發王墓，後察墓非雲卿晵室所爲，直其事。及守淮安，清河李某田中麥爲生員張亢馬踐食，鄉里令張出麥償，張不與。李誣張朴死其女，邑令繫張於獄，公爲平反而出之。其虛懷詳訊類此。

奉和友人九日登高原韻

荒巒秋老暮雲平，與客來游倒玉觥。霜葉有聲人上下，寒沙無際水分明。纔憐蔓草遮殘碣，又見昏鴉散古城。最是千秋留賞地，得拋愁處却愁生。

鄭灝

灝，字希惇，南宫人，維孜子。康熙五十年舉人。

《南宫縣志》：灝十六入庠，康熙壬午中副車，辛卯領鄉薦，嘉獎後進，從游者踵相接焉。

即事呈家大人

厚禄非吾事，天倫樂自真。同堂圍四世，繞膝各三人。拄杖看嬉戲，拈鬚釋怒嗔。隨時調藥餌，珍重百年身。

鄭宏慶

宏慶，號裕庵，南宫人，預子。康熙五十年舉人，官河間縣教諭。

《南宫縣志》：宏慶少隨其祖惟孜於京邸，爲孫子未先生所器重。子未，山左鉅公，於人不輕許可，獨與宏慶爲忘年交。弱冠領鄉薦，三任教諭。嚴考課，敦士習，所至有聲，年六十九致仕。好讀書，暮年猶手不釋卷，興至輒託諸詩以見志。注少陵詩，凡三易稿。采輯本邑事蹟，分類編集，續前明邢子愿邑志，簡嚴有法。

司鐸宣化寄居僧舍作

千里爲儒道亦尊，打頭學舍盡頹垣。偏開方丈容函丈，半借山門作聖門。縱有文情分幻境，奈無講榻辯真源。終朝宦况同僧味，戒受宣尼共討論。

高澤泓

澤泓，字静涵，静海人。康熙五十一年進士，官主事。

立秋

年華驚過半，碌碌復空忙。野菊臨窗緑，殘荷墜露香。無才甘守拙，學忍是微長。且盡今宵酒，羅衣透體涼。

舒大成

大成，字子展，宛平人。康熙五十一年進士，官翰林院檢討。有《試墨齋詩集》。

《藤陰雜記》：舒太史子展《摩訶庵看杏花》詩，一時傳誦。程魚門晉芳壬申到庵，惟見棗樹，已無杏花，作詩云：『玉堂舊客題詩處，野刹離離放小紅。三十年來人事改，棗花香細月朦朧。』

《别裁集》：作者五言應得力於唐賢三昧，風味近劉昚虚，不能用多，能用少也。

自城子山還宿白家灘贈主人

到山日亭午，雞鳴桃花村。昀昀原隰廣，藹藹桑麻繁。展眺興方永，即事情彌敦。盤餐古時俗，作息平生言。際夜轉清閴，明月來南軒。撫時寧不惜，勞生焉可論。當須遂夙願，與君采芳蓀。

山行

杳杳雲外鐘，原陸颯已晦。寧知沙際月，復與前峰對。墟落有歸人，烟蘿聞犬吠。

東靈皋先生

伐木廢千載，勞者方感歌。邛須良有繫，觀善匪在他。大道無隱晦，斯文流江河。先民重邁徵，所戒惟蹉跎。春風迴歲律，芳色滋庭柯。喟然慚所欽，去日何其多。

當時

玉筯嚴催金叵羅，當時歡會總如何。燕辭華館無迴信，葉落横塘有去波。曉日軒窗閒夢少，晚涼庭院别懷多。露桃花下三年客，腸斷秋來一曲歌。

重過摩訶庵看杏花

花發誰能認舊枝，曲欄深處獨凝思。二年蹤蹤同游少，三月風花再到遲。莫遣壺觴虛後會，已輸蜂蝶識前期。嫣然一樹留人久，又是黄昏欲去時。

王鈞

鈞，字爾陶，高陽人。康熙五十一年進士，官浙江青田縣知縣。有《松露堂稿》四卷。

王頊齡《序》：爾陶以壬辰進士，奉命協纂《月令輯要》有年。令安福三載，簿書鞅掌，不廢嘯歌，誠仕學兼優者。雖茲所寄，皆其未膺民社時言志之作，而寒素家風，儒林雅望，固已鼎嘗一臠，豹窺一斑矣。

《紅豆樹館詩話》：《松露堂詩》近體勝於古體，五言如：『魚罾懸野岸，春艇繫孤村』『入夜衆禽静，先秋一葉知』『車輪和鳥渡，馬首破雲來』；七言如『風信過林攜暮雨，濤聲浸枕入孤舟』『世味過濃難奈久，交情能淡始成真』『酒醒子夜人千里，秋入蟲聲雨一簾』。又《哭艾兒》云『眼枯易竭分離淚，緣盡難滅父母心』，《罷官北上》云『得比陽城書下考，幸容彭澤作歸人』，置之晚唐人中，當與黄滔、杜荀鶴相伯仲。

別内子

相看明日別，兩地總傷神。辛苦貧家婦，艱難容裹身。懷中三歲子，堂上五旬親。調護全憑汝，無勞念遠人。

蛩聲

秋涼蟲語亂，唧唧出墻陰。明月啼何急，寒霜怨自深。離人千里夢，織婦五更心。獨坐空堂夜，愁聞繞砌吟。

砧聲

何事驚殘夢，寒砧處處悲。孤村霜落後，深院明月時。響細疑無力，聲停若有思。可憐凄楚調，不遣玉關知。

哭桂霜二子

其一

策馬風塵路，歸來客思牽。衣裳餘故物，啼笑憶當年。泉下悲長夜，人生歎逝川。舉家燈影裏，相對各凄然。

其二

繞膝萱闈下，含飴樂未央。鍾情惟二子，灑淚近千行。寂寞秋燈暗，淒清夜雨長，五旬堂上母，爲汝髮蒼蒼。

其三

幻景因思到，朦朧聚首時。願將今世夢，即作再生期。離恨三更滿，啼痕一枕知。斷腸言不盡，聊續杏殤詩。

古北口早發

北口重門啓，征人路正長。亂山當馬首，一徑入羊腸。曉月臨關迥，秋風出塞涼。停車尋酒舍，穿樹有燈光。

都門夜雨感賦

金盡誰相問，飄零笑此身。何堪秋夜雨，仍是異鄉人。謝客休文病，謀生仲子貧。白雲親舍遠，遥望一沾巾。

三間房

萬仞纔過嶺，三間又見村。林巒藏板屋，雞犬散柴門。山勢迎人立，溪聲戰石喧。僕夫嗟況瘁，日暮且停轅。

冬夜與李繼可言懷

鐘沉風静月光微，翦燭臨窗夜掩扉。十載藏錐餘穎在，中宵看劍壯心違。逢場莫問浮生幻，閱世方知吾道非。燕趙悲歌饒氣概，平居豈肯志輕肥。

宣平道中口占

其一

曳嶺峰高到十分，枯藤礙足亂紛紛。翠微折取笻枝杖，劃破林梢一路雲。

其二

勞筋暫息坐岩旁，小試吟哦興正長。何處寒梅開不盡，東風吹出隔溪香。

春柳

含煙摇曳水西頭，青眼纔開慣惹愁。别恨絲絲消不得，斷腸人倚夕陽樓。

國朝畿輔詩傳卷三十

陳德榮

德榮，字廷彦，號密山，安州人。康熙五十一年進士，官安徽布政使。有《葵園詩集》四卷。

《測海集》：廷彦爲諸生，與博野尹元孚切劘正學，有經世之志。既成進士，授湖北枝江縣。修百里洲隄，除解餉入川雜派。遷黔西州，以憂去。服除，引見，命赴貴陽，權威寧知府。逾年，威寧改州，升大定爲府，以廷彦補之。會烏蒙土司叛，東川、鎮雄附之，威寧當其衝。上官檄廷彦往督有司完守備。城西陴頹，聚民間米桶實土石纍丈餘，加雉堞焉，不日而功成。賊去城三十里，縱火牛，光燭天。廷彦督士卒晝夜臨城，賊不敢逼。會哈元生兵至，賊敗遁。以江西巡撫薦，攝饒九道，督潯陽、大孤兩關，宿弊盡革。復以經略張公薦，授貴州按察使。乾隆初，苗疆新定，方駐師興屯，將吏多鋒鋭，言兵者未已。二年正月，貴陽大火，廷彦入見經略曰：『天意如此，當設誠修省。苗亦人耳，可盡殺乎？』經略大感動，申戒諸將吏，如廷彦言。攝布政使，以黔地瘠薄，築壩堰引山泉溉田，導以含泄之法。不數年，貴筑、貴陽、開州、威寧、餘慶、施秉，間報墾田三萬六千畝。督民種桑，募蠶師教之蠶，開野蠶山場百餘所，比户機杼聲相聞。修學舍，繕城垣，恤流民，給孤老，益囚食，進諸生，開以爲己之學，自立志始。尋改安徽布政使，建陽明書院以造士，卒於官。

周長發《序》：密山方伯言論醇謹。詩雄深雅健，胚胎少陵。歷官楚、黔，猶以字民未登衽席，用爲殷憂，形諸歌詠。他如懷人、弔古、賦物、攄情，皆得風人比興之義。

《隨園詩話》：密山先生人淳朴而詩極風趣。每瞻園花開，必招余游賞，不以屬吏待。適階下蟻斗，公用扇拂之，作詩云：『退食展良覿，逍遥步深院。樹根見羣蟻，紛紛方交戰。呼僮前布席，拂以蒲葵扇。頃刻緣草根，求穴各奔竄。伊有紀事臣，載筆應上殿。大書某日月，兩軍正相見。忽然風揚沙，師潰互踏踐。收隊各依壘，蓄鋭更伺便。人生亦倮蟲，擾擾盈赤縣。嗜欲各有求，情僞遞相煽。吞噬蠢然動，吉凶見常變。豈無飛仙人乘鸞注遐盼。』

《紅豆樹館詩話》：密山留意經濟，自令守歷升方伯，所至問民疾苦，平反鈎稽，有廉明聲，不止爲文章以自見。詩集身後刊行，五言勝於七言。山川險塞之作，鑱削雄奇，與杜陵入蜀諸詩爲近。而《清明郊行》一絶，又秀色可餐，有悠然絃外之音。蓋其才能斂能縱，故不假繩削，胥合矩矱，洵無愧作手也。

分水嶺

蓐食起行役，逶迤上層岡。層岡何崔巍，上有官兵塘。時清罷險阻，壯士勞分防。直下十里溝，靡靡陂草黄。枯蘆挺寒英，卓立如旗槍。懸枝亞紅豆，凍雀孤栖僵。天風吹雪來，淅淅沾衣裳。羣鴉忽驚飛，雙松蔭石梁。天寒澗流涸，蘚壁留青蒼。泥深石路滑，從者無餱糧。相顧有寒色，枵腹行踉蹌。余力亦困憊，回首心彷徨。胡爲五斗米，隆冬歷巖疆。王事不辭難，臣職何敢忘？

紅花埠宿羅野人家

荒山無旅店，日暮空躊躇。皤然一老翁，長揖當肩輿。牛羊散不收，田塍路縈紆。柴門向水掩，一榻松間廬。延余至其家，山肴薦園蔬。苦言今歲旱，塘乾堰無魚。大兒朝入城，歲晚輸官租。小兒喜客至，牙牙牽爺裾。即此羨閒逸，勞役愧不如。樹静風息後，鴉鳴月生初。獨寐槃澗中，曉夢猶蘧蘧。

清江

清江天上來，縹緲歷雲漢。雲根養深淵，毛髮明可鑒。發源施州衛，千里横匹練。或爲石所激，吼雷勢奔電。澗底纖鱗游，表裏皆洞見。當其清淺時，手掬足可踐。匯作無底潭，空明光一片。方春雷雨動，夭矯蛟龍現。宜都入川江，無復此顔面。渾灝成其大，豈云不善變。願助東海深，舊山何必戀。

卸甲溝

山形如醉翁，佝僂欲顛仆。雲林意蒙密，水石氣局蹙。巖霜飛不到，青翠豁人目。碩果綴餘甘，小紅亞天竹。澗底數枝梅，横斜過石屋。凍蘂參差開，含春媚幽獨。到此坐忘疲，欲往意還復。乃知草木心，舒榮在巖谷。我欲結茅庵，餐霞友麋鹿。

飛魚灘

山靈厭寂寞，推石堆山坳。河伯怒驅之，奮作風雷號。水頭落雲中，勢與帆檣高。舵工挾長技，一葉隨驚濤。撇捩轉石罅，生死争秋毫。瞬息數百里，東逝不可招。我舟逆流上，飛泉灑林梢。僕夫引竹纜，舟子刺松篙。進尺還退寸，目瞪心摇摇。勢平流忽散，鉅艦輕如毛。暝色赴林壑，停泊傍漁舠。吹火煮夜粥，共慰推挽勞。重脣白甲魚，出綱鮮可庖。掩篷讀我書，斟酌樽中醪。前灘名虎嘯，西上更岧嶢。且復永今夕，何暇問明朝。

巴山峽

雨山誰劈開，夾立成隘巷。斜紋畫頹城，相雄不相讓。潭水似井泉，淵深静無浪。倒垂松杉影，澒洞黑光漾。我舟鼓枻來，容與中流放。哀猿駭人聲，飛逐烟蘿上。雲裏一聲啼，愁人悄相向。仰睇一綫天，重重壘高嶂。日月缺照臨，山川氣悽愴。遥想温太真，然犀氣何壯。隱隱見水怪，波底暗鼓蕩。相送一帆風，默受神龍貺。

天門巖

峭壁如掌立，細露掌上紋。魚貫行其中，惻惻驚我魂。足怯清蘚皮，手拊枯藤根。人前不見路，一綫走循循。巖轉天門開，青空氣氤氳。雙石兀硉起，勢如虎豹蹲。奇樹同奇鬼，森立欲搏人。填然叩石鼓，直恐驚帝閽。樹梢挂寒日，伸臂似可捫。俯視見萬壑，遥天多白雲。登高臨深戒，念我父母身。委質膺一命，此義難并陳。叱馭九折阪，勞人蓋有因。

鎮遠橋北諸洞

布金無尺地，飛閣嵌石竇。島外緣秋毫，憑雲費結構。危磴一綫垂，丹青翥龍鷲。梵放落閭閻，僧歸似猿狖。堆砌錦屏山，蠻夷洗荒陋。中元小洞天，三門何劚透。碑書紫陽院，斑剥被古繡。摳衣登山腰，藤蘿翳懷袖。中有兩書生，高文課清晝。自抛詩書緣，蹭蹬駑馬後。開緘展夙晤，絶境此邂逅。梟梟青龍庵，金碧俯高岫。獨樹傴僂垂，團如華蓋覆。憑欄豁遐睇，山水縈左右。滇黔扼門户，商旅紛輻輳。嘔啞響中流，漁歌舷自扣。春風到天涯，桃李花開又。棘人感蓼莪，沉憂肌骨瘦。蹉跎歲月遒，罪戾彌宇宙。信宿買孤舟，好趁前溪溜。

飛雲洞

古巖如雲覆，山根敞幽邃。石形各異狀，一一煩仰睇。玲瓏冰筋滴，比櫛蜂房次。滑突人乳垂，拳曲佛手繫。大者疑雲龍，頭爪露靈異。又如洪濤翻，盤渦互騰沸。沉沉太古色，青蒼鬱虧蔽。遥想融結初，真宰勞位置。中間供維摩，十笏香花地。下有不測洞，蒙幕鬼窟閟。蘊蓄雲水根，吐納山川氣。倉皇昔經過，鞅掌役王事。今兹撫石闌，揮灑勞人淚。亭午天微晴，杏花辭故蒂。方池一泓水，清澈識我意。老柏勢更奇，撑拄青霄際。千年霜雪皮，秀翠含古媚。日月促勞筋，倦足此暫憩。意與雲俱遲，蠻荒展佳麗。摩挲亭上碑，游人富清製。愧無曹劉才，難勒石上字。好帶片雲歸，閒擬柳州記。

讀張山人詩卷

熱客競朱門，哲人獨埋照。寂寞少微星，江天耿孤耀。先生任天真，坎壈窮登眺。披豁山水情，採擷烟霞料。縱横萬捲書，寓目領其要。澹然聲色外，丰骨見逋峭。潑墨圖輞川，一一歸神妙。我本鷗鷺羣，微名走荒徼。野性倦簪紱，束縛終難肖。展君冰雪文，拈花見微笑。大雅久寂寥，誰續千古調？噭然鸞鳳音，愧此蛙蚓竅。何當詣高齋，更聽蘇門嘯。

棄婦行爲友人作

桃花何灼灼，爛漫迎風開。春歸紅已歇，鶗鴂莫相催。憶昔蓬門同食力，蕭蕭絡緯霜中織。佐君夜讀買蘭膏，典盡釵鈿無怨色。君今已貴妾已老，紅顔哪比新人好。避賢不敢妬娥眉，何須定刈當門草。野徑雲低樹色微，樹頭鳩婦已分飛。也知性拙應遭逐，風雨飄摇何處歸。

辛烈婦歌

生交鴛鴦頸，死化蝴蝶飛。情真不相負，夙願詎有違。辛安女兒年廿一，待字原因夫遘疾。暫時瘳可賦于歸，畫梁喜見雙栖翼。何期歡樂轉成悲，劫火燒殘玉樹枝。牀頭視息親嘗藥，密約唯應爾我知。有子當撫孤，無子當殉夫。整衣拜辭舅，大義何炯如。椿堂定省屬兄嫂，血淚滴枯秋徑草。寂寂孤幃鬼共愁，茫茫長恨天應老。萬籟聲沉娥影墮，十尺紅綃一命託。雙成扶上飛龍車，寶婺寒芒歸碧落。雨亦爲灑泣，風亦爲長號。同生方十月，後死已三朝。儂身生時心早死，隄防空伴家中婢。儂身死後心猶生，皎皎還同旭日明。前途笑指黄泉路，霞帔雲裾零曉露。地下雙雙葬玉棺，墳頭新長連枝樹。

春草送沈方舟南歸

烟漠漠，雨霏霏，萋萋芳草雙燕飛，天涯一片青袍色。相送王孫匹馬歸，江北風沙春已暮。春在白門桃葉渡。水遠天長不見君，夕陽照斷連天處。

曉行

侵星行攬轡，四望意遲遲。月落將殘夜，風生欲曙時。巢明栖鳥覺，霜重草蟲知。衰柳凝愁黛，長隄故故垂。

過臧邨古寺

黄葉邨邊寺，無人秋草長。塔鈴風外冷，僧竈雨中荒。燕壘塗鸜樹，蛛絲絡雁王。殘碑鐫歲月，滿眼是滄桑。

凝眸

怨極翻無淚，情多漸欲癡。樓前人去路，天外雁來時。烱烱憑欄倦，盈盈理繡遲。刀環空有約，望斷隔年期。

鎮西道中遇友人夜話

莽莽山城暮，相逢卸客裝。一燈仍舊雨，雙鬢各新霜。冷樹零秋序，重雲滯夜郎。幾年飄泊意，斟酌旅魂傷。

别貴筑

萬里逢春暮，飄然去此城。故園歸路遠，新序旅魂驚。飄泊傷天性，崎嶇見世情。亂山青送客，一路鷓鴣聲。

過大王諸灘作

亂石浮如髻，頹波沸若湯。湍飛疑發弩，溜曲更迴腸。一葉崩騰下，雙篙應接忙。乾坤隨處險，失色問瞿塘。

清河

歲歲逢秋此地過，他鄉景物奈愁何。霞添晚色鴉争樹，浪蹴寒聲馬渡河。魏闕南臨紅日近，重關北走朔風多。時時村落閒凝望，衰柳危橋過駱駝。

恢復烏蒙贈哈將軍

其一

天授元臣上將才，星垣武曲耀三台。九重廟略從容合，一路鼉叢叱咤開。報國壯猷懸日月，平蠻浩氣動風雷。雄虺九首空摇舌，那識天兵天上來。

其二

黄金甲胄緑沉槍，霹靂横行古戰場。鼙鼓三聲齊士氣，旄頭一箭落妖芒。千山似戟麾旗進，萬弩如林躍馬當。辛苦元戎真愛國，鬢眉寒染夜來霜。

長陽道中

其一

岡頭溪尾路縈迴，雪意凝雲凍不開。滿地黄茅銜虎過，排天青嶂壓人來。數椽亂架山農屋，半壁新殘野燒灰。聞道南方春信早，殷勤猶欲問寒梅。

其二

風裏徵裘霧裏天，草深石滑路難前。怪禽叫谷如人咳，老樹盤峰似塔圓。僧梵細飄松徑雪，魚槎寒泊竹林烟。簡書催赴名山約，好向山靈認夙緣。

清明郊行

芳原春草緑離離，好是人家祭掃時。何處紙錢燒不盡，東風吹上野棠枝。

過邵筠庵故居有感

高齋猶憶舊簾櫳，伯道無兒萬事空。秋草没門窮巷冷，一聲鄰笛夕陽風。

赴黔西任，塗次口占

摩空蒼翠萬莓苔，山霧連旬凍不開。遥望前山松樹杪，行人如豆出雲來。

魏廷珍

廷珍，字君璧，景州人。康熙五十二年一甲三名進士，歷官兩江總督，謚文簡。有《課忠堂詩鈔》。

程盛修《魏公墓志》：公幼端穎，戊寅中拔萃科。安溪李文貞公視學三輔，延公閱卷。乙酉登賢書。時文貞公以一代鉅儒開府畿南，及門如何義門、劉大山、方望溪、徐魯南、孫峨山，俱海內名宿，公一見爲莫逆交。宣城梅先生定九精於算法九章、三角之學，公一經指授，輒得其要。他如天文、地理、河渠、樂律，無不討論精確，得其指歸。癸巳捷南宫，殿試一甲三名，授編修。超擢侍講，晉侍讀，充日講起居注官。庚子典試江南，擢宫詹，旋升閣學。壬寅，管理兩淮鹽課事務，時運庫虧空百五十萬。公下車清查，據實奏聞，條分縷析，以三十年補足，帑項充實，商力無虧。雍正元年，擢偏沅巡撫。偏沅仍舊名，今昔異宜，公咨部入告。改爲湖南巡撫。二年授盛京工部侍郎。三年授安徽巡撫兼兵部侍郎，清查上江錢糧拖欠，積年諸弊，大爲釐剔。又各關年年缺額，公受事後，不遣家人經管，隨收隨解，税額有餘。八年調湖北巡撫，九年授禮部尚書，十年改兵部尚書總督漕運。漕船過淮，簽盤官吏需索，旗丁隱忍受害。公親製簽尺，簡而不煩，不能上下其手。其運丁盜賣、挂欠之弊，由於本地耗費，沿途逗留，公洞悉情形，嚴行飭禁。是年九月，署兩江總督，十年復任總漕，十三年補兵部尚書轉禮部尚書。乾隆三年，都察院左都御史，四年轉工部尚書。隨罷歸，卒年八十有八。

放鷹

先驅南山口，繫馬東岡上。惟聞採樵人，丁丁萬山響。野曠非幽栖，泉石亦心賞。小憩柳陰下，悠然絶羣想。鷹隼遞寒霄，縈迴出林莽。超忽獵騎飛，羽鏃鳴秋爽。麋鹿竄蹟深，圍合平如掌。古人見獵心，如此慼俯仰。

秋晚泊安陵

雙檣繫纜晚蒼茫，秋老河干柳色黃。千里雲消鴉陣散，一堤風過稻苗香。漁燈水調櫓聲遠，箬笠烟波帆影長。怪得五湖明月下，垂竿不屑問行藏。

紀邁宜

邁宜，字偲亭，文安人。康熙五十三年舉人，官山東泰安州知州。有《儉重堂集》十二卷。

紀昀《序》：偲亭伯少有大志，功名氣節皆不欲居古人下。而遭逢坎壈，所往輒窮，抑鬱憂愁，一寫於詩。上薄風騷，下躪宋元，無不一闖其奧。

石門

大巧貴天成，翻類良工鑿。當其胳合時，初不煩繩削。陰陽互摶埴，鬼斧自推拓。四海與九州，一氣所磅礴。凝結爲山川，落落布五岳。餘分散岡阜，位置少丘壑。石門斯表奇，疑有仙靈託。上平如岸幘，中空似張橐。驅馳可并軌，啓閉宜施鑰。兩壁青欲滴，亘迤絶齟齬。虚通延陽曦，庶免逢不若。造化亦猶人，乘興偶然作。毋乃大狡獪，難這小兒謔。平生禽尚志，孤笻伴腰脚。攬勝周道傍，孤雲捧芒屩。

捨身崖

母病以身代，二女同籲天。一女先投崖，端坐神翛然。繼者幸無恙，粉軀巉岩邊。爲善雖少僞，猶勝惡不悛。彼蒼豈有意，一一區別焉。乃知義利界，即是生死關。千鈞與毫髮，衹争一念間。野人語涉誕，理則通簡編。遺骨函高崖，垂戒炯千年。

詠蕉

昏夜看芭蕉，奇鬼欲攫人。雨夜聽芭蕉，淋鈴曲傷神。月夜看芭蕉，碧鸞舞翮振。總之此蕉耳，憂喜難等倫。我愛書齋裏，净緑沾衣巾。清簟映疏簾，敷坐就苔茵。風爐自烹茶，心境兩絶塵。題詩不須箋，擘取蕉葉新。

觀吴映山畫松

吴生作畫如作詩，眼前景物皆瑰奇。吴生畫松如畫龍，之而拏攫行虚空。醉餘承興聊游戲，觀者咨嗟不敢議。酒痕墨瀋争淋漓，似吐胸中不平氣。昨朝登山偶駡座，蘸筆欲題烟際寺。僧徒拜跪客迸散，不知何預癡人事。誰言嗜酒非英雄，阮公白眼哭途窮。裸身大呼原自可，拔劍斫地將無同。歸來卧病幾兩月，杯斝都捐亦奇絶。興來依舊寫長松，指輪放出千株鐵。

方靈皋先生文集内載《左忠毅公佚事》甚烈，今晤左君起巖，忠毅公後也，感賦長歌爲贈

宫中聖人勤斧鑿，得心應手云最樂。嵇鍛阮蠟高致同，詞藻丹青安足學。運斤成風興正酣，忽捧封章來繹絡。用卿何爲乃相溷，太阿從此嗟旁落。初竊嚬笑市威福，後化虺蜮恣毒虐。居然祠宇徧寰海，笑殺兒孫滿臺閣。此時楊左真鐵漢，烈骨錚錚風岳岳。片言褫奸膽自寒，連篇數罪髮堪擢。閹豎雖怒魂魄奪，社稷無虞實攸託。一死報國分所甘，可恨毒刑甚炮烙。糜軀粉骨浩氣存，常與山河共磅礴。忠毅視學巡京畿，賞拔史公鑑最奇。衣衫垢敝形尪羸，流俗菲薄兒女嗤。公言此非庸人知，他年三綱賴扶持。猙犴省公公怒麾，晝夜邏逮來何爲。國家柱石方汝資，胡不自愛承險巇。跪捧公足涕漣洏，目光忽閃紫電馳。手舉鋃鐺欲擲之，閽部飲泣勉告辭。後果建闐扶傾危，大厦一木焉能支。名與文山共厓義，忠臣死忠古多有。如公之烈更不朽，逢公後裔相與言。猶覺悲風動林藪，名賢遺澤庇百世。子胡淪落嗟不偶，撫古追往肝腸悲。九閽虎豹豈長守，白日晝晦風雷吼。拔劍斫地歌拊缶，憤懣須澆酒一斗。

渡黄河用漁洋先生韻

其一

淼淼洪濤絡地長，迢迢帆影挂斜陽。堤迴曲岸虹千仞，雁起圓沙字幾行。久歎鴻溝迷楚漢，誰從碣石問滄桑。平蕪蒼茫浮雲合，知是當年百戰場。

其二

天漢浮槎詎可登，雙丸終古浴崩騰。千帆疾下真如鳥，十月初寒未試冰。喚渡聲傳樵逕月，鳴鏕目斷獵場鷹。明朝更訪夷門道，蔓草荒烟弔信陵。

李基塙

基塙，字露園，景州人，覲曾子。康熙五十三年舉人，官湖南永定縣知縣。有《墨霞堂詩》一卷。

李國柱《序》：露園丙寅以前之詩，韶音令詞，於唐賢微旨妙有參悟。邇來格日上，短章鉅篇，間出悲諷，與六義相左右。

紀昀《閱微草堂筆記》：景州李露園基塙，康熙甲午孝廉，余僚婿也。博雅工詩，需次日夢中作一聯云『鸞翮嵇中散，蛾眉屈左徒』，醒而不能自解。後得湖南一令，卒於官，正屈原行吟地也。又《歲暮懷人》之一：『露園實妙才，早歲標奇穎。軒鶴入雞羣，泊然見孤迥。文章老更成。壯懷激已冷。蹉跎誰復論，相思冬夜永。』

《紅豆樹館詩話》：露園爲河間七子之一，錢香樹先生視學畿輔，最賞其才。句如《秋夜雜感》云『愛閒非好道，善病却名醫』『辛苦卞和玉，炎涼蘇季金』『對鏡云丘壑，惟應存庾亮』『形神自解贈，陶潛由石門』『放舟云便可，澄懷吟鮑謝』『何時好手遇，荆關皆超雋』。

送別謝晴峰

君去我如何，即事忽成昔。悵望車遥遥，俯仰生感激。君如渥水駒，行空初受靮。我如闍道牛，日宴仍負軛。所嗟俱滯淫，稍喜得賞析。矯首浮雲馳，奄忽異蹤蹟。人生一旅雁，南北何時息。聊輟莊舄吟，爲贈繞朝策。行矣梁公情，懷哉毛生檄。候鳥自争鳴，鶚一抵鷙百。才華不隱世，輕肆匪高格。

蟋蟀

偏促不成吟，宵寒漏正深。天邊羣雁杳，林外一鐘沉。芳草王孫路，流黄中婦心。何須更相警，秋思已難禁。

送盧抱孫先生赴塞外

故園幾夕暫維舟，宦海餘波尚未收。遷客含情還出塞，良家傳檄正防秋。三年澤畔靈均恐，九日花前供奉愁。頗怪投荒惟一笑，繁華原未識揚州。

題蔣湘帆先生納姬圖

畫榜清歌桃葉新，先生書逼二王真。明珠翠羽風情在，小擘蠻牋寫洛神。

即目

溪上人來鷺不知，溶溶春水蘸楊枝。笭箵斜挂篷窗掩，正是魚蠻醉卧時。

紀逯宜

逯宜，字緘三，文安人，炅子。康熙五十三年舉人，官浙江仁和縣知縣。

雨中發閶門

溽署陰森氣似秋，山光水色不勝愁。行來十里横塘路，風雨瀟瀟過虎丘。

郎大乾

大乾，字容巖，昌平人。康熙五十三年舉人。

《山左詩鈔流寓傳》：案，容巖父之正令平原，有惠蹟，罷官後貧不能歸，董皋陳元賡與弟曲江元度，予地葬之。容巖善書，其兄大曾字魯巖，善畫，兄弟并耽吟詠。尤豪於飲，容巖以中酒卒，魯巖亦客死金陵，俱無子。詩稿散佚，無知者。曲江一日於京師史孝廉經家，偶見其遺墨一紙，塗乙宛然，有感於懷，收之篋笥。

序樂堂與家兄夜話

露坐空階夜漏遲，白頭兄弟話當時。賓朋似雪春垂盡，鄰里如星晚更移。粉壁月添新種樹，曲廊苔没舊題詩。回頭默默頻看影，狂喜霜髯變黑髭。

李法顔

法顔，字愚山，任丘人。康熙五十三年舉人，官獻縣教諭。有《棗柏西林稿》。

《任丘縣志》：愚山選獻縣教諭，學宫凋敝，顔首出廉俸興修，紳士以次捐金，逾年工竣。又創尊經閣數楹，顔爲之記。嘗奉委賑縣東鄙，徧歷村落，計口授食，全活數千家。癸丑景德間，水決堤潰，兩牧相持，民病之。上憲檄顔往勘，顔爲居間排解，乃并築堤。堤成，而水患息。

贈于鏡濱先生

幾見棄官如敝屣，先生高節異尋常。就荒有徑憐陶令，挂杖無錢笑阮郎。潦倒懶尋當路客，鶯花愛逐少年場。春來定長衡陽價，莫吝珠璣一解囊。

牛思任

思任，字鋸膺，號伊仲，静海人。康熙五十四年進士，官河南尉氏縣知縣。

和高毅齋《重陽後十日同元允修游西山喜遇阿雲舉》作

官散多暇日，秋光牽我情。鬱彼西山側，峰嵐互縱横。重陽去未遠，天地亦廖清。折簡招名流，攜壺出鳳城。杳杳翠微巔，沉沉落雁聲。把袂尋幽討，偏覺步履輕。漱齒青石澗，摩崖自記名。登高乘酒興，一嘯谷風生。

陳儀

儀，字子翽，號一吾，文安人。康熙五十四年進士，官翰林院侍讀學士。有《蘭雪齋集》十八卷。《四庫全書提要》：《直隸河渠志》一卷，陳儀撰。儀充霸州等處營田觀察使，是編即其經理營田時作。所列凡海河、衛河、白河、淀河、東淀、永定河、清河、會同河、中定河、西淀、趙北口、子牙河、千里長堤、滹沱河、滏陽河、寧晉泊、大陸澤、鳳河、牤牛河、窩頭河、鮑邱河、薊河、還鄉河、塌河淀、七里海二十五水，皆洪流鉅浸也。雖敘述簡質，但載當時形勢，而不詳古蹟。又數十年來，屢經皇上軫念民依，經營疏濬，久慶安瀾。較儀作書之日，水道之通塞分合，又已小殊。然儀本土人，又身預水利諸事，於一切水性、地形，知之較悉。故敷陳利病之議多，而考證沿革之文少。録而存之，亦足以參考梗概也。

符曾《傳》：公生而穎異，讀書過目不忘。中康熙庚午科鄉試，益講求經世之務，而以畿輔河道，尤關桑梓利害，凡桑乾、滹沱諸水之脉絡貫注及遷徙壅决之由，疏瀹濬導之法，若燭照數計。己未成進士，改庶常。相國高安朱文端公與論經濟，奇之。雍正三年，畿輔大水，世宗憲皇帝命怡賢親王偕朱文端公相度濬治。王欲得善治河者與俱，文端公以公對。王延見於直廬，訪以治河所宜。公手畫口陳，洞中肯綮。四年春，行視畿内水利，旋以侍講攝天津同知，轉侍讀，升庶子。五年，設水利營田官，分四局，以公領天津局。文安、大城堤工皆隸焉。自河决後，文安、大城夾堤内外皆鉅浸，公購菰蔣十萬餘束，立表下楗，堤遂完固，至今賴之。南運長屯堤隸静海，不過數武，歲調發霸州、文安、大城民協修，百里裹糧，疲與奔命。公去其籍，民以爲便。八年升侍講學士。廷議設營田觀察使二員，公以簽都御使領豐潤諸路，營田於天津，仿明汪司農應蛟遺制，築十字圍開渠教之開渠、築圩，皆成良田。轉侍讀學士，尋罷觀察使，領史職如故。公前後營田七萬畝有奇，溝與河水通，以供灌溉。白塘、葛沽之間，斥鹵盡變膏腴。豐潤、玉田，負山帶水，多沮洳之區，公洫既修，歲以比登。公又慮穀賤傷農，奏請發帑金採買，以充天庾，其隨事立效類如此。乾隆七年卒，七十有三。

于辰《序》：先生自爲童子時已崇本力學，卓然自命。凡經史子集之編，濂洛關閩之學，天文、地志、河渠、樂律之要，兵刑錢穀之詳，坐而言起而行者，靡勿瞭如指掌，而後以其醞釀深厚者，發爲文章。則先生之重於天下者，不徒以文，而其文之所以卓卓可傳者，亦要不外於是也。

殘秋月夕，同人雅集韓希彥舍人寓齋，和苾遠少司寇

其一

簾外樹立影，樹杪霜烟浮。不醉籬下蘜，空閒池上樓。明月從東來，揮杯成勸酬。世事逝如水，昨日何曾留。重九高陽池，絕弦張素秋。

其二

霜雁度銀漢，歷歷空中書。翻翩背月來，逸響臨風舒。有客方感秋，聲影落階除。永夜已向闌，惕然念居諸。願託歲寒心，君子意何如？

閔雨

有家無恒產，饑劬煎其生。可憐白髮親，疏食藿藜羹。致此良不易，生事名舌耕。積日受錙銖，握粟尚未盈。所望年穀熟，菽麥溢釜鐺。村塾依稼穡，頗懷農夫情。南畝歡時雨，西風重晚晴。連朝忽霪溢，行潦遂縱橫。檐溜無輟響，雷轍迴新聲。父老長太息，歲功恐不成。餒也已矣夫，一飽何可營。

留别李藝老

將以君爲俠，史册紛堆牀。談言往往妙微中，憑今弔古神飛揚。將以君爲儒，詰屈烈士腸。人生緩急所時有，乘空破險誰能當。昂藏七尺骨如鐵，冷眼看人心膽熱。平生然諾重黄金，浮世功名冷冰雪。家傍銅臺漳水流，銅臺烟冷鄴城秋。常欲騎鯨秋水上，有時射虎南山頭。行蹤偶踏塵埃陌，幾載信陵堂上客。竭來邂逅始識君，意氣相關共肝膈。相見時難别亦難，一杯酒盡淚闌干。我今衰老垂七十，何地重逢把劍看。

送别程子東

瀟灑無且剩藥囊，歸來松老菊猶芳。十年作客少塵事，三逕醉花留夕陽。他日名山來向子，祇今京雒失韓康。送君未到都亭路，目斷西風數雁行。

宫保屢過蓮池共話，次天池侍御原韻

山公最愛習池行，謝傅東山共遠情。問柳尋花正瀟灑，談兵説劍忽縱横。十行奏牘言泉瀉，千里關河坐嘯清。傾倒不知春日暮，但聞林鳥唤啼聲。

贈牛次經

其一

論交迴首廿年餘，瀟灑荒城舊寄居。爲惜苔痕長謝客，恰投蘭臭獨憐予。浮杯緑蟻千巡酒，脱手丹鉛幾篋書。猶憶重陽風雨裏，相招采菊膾鱸魚。

其二

奇懷每自惜良辰，斗酒題襟選勝頻。游戲已通三昧法，風流還似六朝人。貧來興味何曾減，老去知交漸不親。猶有歲寒松菊在，恰逢重九話艱辛。

其三

悵望荆門淚濕衣，每嗟烏鳥願長違。十年孝子丹心苦，萬里孤臣白骨歸。重話家艱堪出涕，飽嘗世味轉忘機。一尊相對清秋夜，月冷霜凄木葉飛。

田居

其一

黄茆蓋屋土泥墻，籬落周遭草木香。欲遣山妻曉蠶織，傍檐特樹幾株桑。

其二

大堤南畔小樓西，十畝園開百稜畦。自挽桔槔分緑水，手牽雨薤蒻香泥。

趙尚友

尚友，字山泉，南樂人。康熙五十四年進士，官山西襄垣縣知縣。有《山泉吟稿》一卷。

初度日

宇宙一閒身，知非又五春。宦情憐故我，旅食笑因人。日薄西山靄，風輕九陌塵。端居成底事，憔悴守清貧。

高荀僑

荀僑，字毅齋，静海人。康熙五十四年進士，官兵部郎中。

卞梅谿納姬戲贈

其一

紈扇交風玉簟清，抱衾人是許飛瓊。君家金屋原多麗，珠箔潛聽淺笑聲。

其二

五銖絲細紫霞襦，香汗瞢騰透雪膚。深閣無人親掃黛，暗抛星眼看檀奴。

秦鑄

鑄，曲周人。康熙五十四年進士，官河南扶溝縣知縣。

平恩懷古

驅馬出東門，蕭蕭秋欲老。斷岸折驚沙，寒雲疾飛鳥。云是古平恩，當年佳氣繞。豈無甲第開，蒼茫空宿草。懷古涕沾裳，感舊悲如掃。何以百年人，龍戰猶驚擾。呼酒問西風，天光開浩渺。寫意攬秋空，清霜一掬小。

姜順龍

順龍，字見田，號麟玉，保定人。康熙五十六年舉人，歷官四川按察使。有《采鹿堂詩稿》四卷。《大名縣志》：順龍籍保定，父天濬游大名，因家焉。以保舉授户部主事，轉員外。以御史權福寧知府，創蘭溪書院。改攝泉州府篆，所屬晉江縣西倉，濱海負山，山巒數相殺劫。順龍請於臺司，添設同知，游擊專制其地，其風遂易。授福州知府，有淫祠，民好祈禱，舉國若狂。順龍立毁其祠。遷建邵道，晉四川按察使。四川地少山多，鮮務農桑。順龍墾山田，禁游惰，百姓便之。

渡江至漢陽駐宿，與㙒同叔話别

帆飽江風畫鷁翔，鐃歌聲裏送斜陽。一樽酒盡人千里，兩地書憑雁數行。天外計程愁歲暮，燈前惜别話更長。朝來折柳河橋路，楚樹川雲各一方。

高廷獻

廷獻，字書思，號敬亭，元城人。康熙五十六年舉人，官安徽安慶府同知。

貴池道中遇雨，覓宿山莊

車馬山莊少，沿門稚子譁。急流鳴怪石，驟雨亂栖鴉。排悶敲詩句，消愁問酒家。春膏端有賴，豐稔卜年華。

魏述祖

述祖，字繩孫，護鹿人，雙鳳孫。康熙五十七年進士。有《静遠軒詩集》。

《護鹿縣志》：述祖年十二，補博士弟子員。二十四，拔貢生。平以讀書爲樂，已領鄉薦，攻苦如未第時。戊戌成進士，未仕卒。

浣紗石，用李太白韻

美人不可見，見此苧蘿山。我來陟其頂，臨風懷玉顔。玉顔入吴國，千秋片石間。西家訪遺址，依稀殘照間。松風自謖謖，鳥語徒關關。功成泛舟去，芳躅誰躋攀。徘徊以舒眺，白雲空往還。

謁比干墓廟

突起高丘葬比干，直教行路盡悲酸。三仁禍莫如公慘，七竅心於此地寒。禾黍幾更新社稷，柏松常護舊衣冠。忠魂血食光千古，咫尺朝歌淚未乾。

于振翀

振翀，字扶青，號霽亭，宛平人。康熙五十九年舉人，官蔚州學正。有《愛萱齋詩草》。

上巳宋司馬招集北沜賞梅分賦得『清』『暢』二韻

其一

春事倏將暮，始見梅梢明。使君游讌暇，客來衫履輕。高臺相睹墅，校射松陰平。蕭散各自適，領略風日清。俯瞰豁目處，柳塘春水瀠。矧當修禊候，觴詠敘幽情。

其二

烟暝斜日收，逸興轉清放。梅裏發吴歈，玉簫微風漾。遠林白雲生，高隅新月上。雜坐傾百壺，白眼天爲曠。醉餘得佳致，火樹連青嶂。探梅三度來，獨覺此游暢。

歷下亭同人雅集

北海遺蹤水上亭，少陵詩碣冷烟汀。畫船棹破鴨頭緑，遠岫堆成佛髻青。月影浸湖人未散，荷風入夢酒初醒。濟南名士多千古，猶剩沙鷗對客星。

張燮元

燮元，字爾公，號澹夫，磁州人。康熙五十九年舉人。

《磁人詩》：公爲文絶肖震川，試輒冠軍。楊大中丞建兩河書院，往受業焉。未幾，丁外艱，以哀毁卒。

杜村道中

郊行喜值景芳菲，遠樹鐘聲隔翠微。新雨足時禾競秀，野花開處蝶翻飛。白沙平碾迷殘雪，緑樹濃遮認落暉。不畏春寒頻駐馬，遲遲古道意忘歸。

邢芸圃

芸圃，天津人。康熙五十九年舉人。

《天津縣志》：芸圃天性孝友。父客都下，授徒奉母，束修所入，悉供甘旨。母病，晝夜侍牀簀，衣不解結，蟣蝨盡生。瀕危，芸圃百計營療，爲不食纍日。歿之日，撫棺長號，遂咯血不止。旬月，竟以哀毀死。弔其廬者，見淚蹟血痕交漬幕上，無不哀之。

勵志詩

其一

夷齊恥偷生，盜跖竟壽考。修短豈天意，榮枯恒自討。不懷西山清，悠悠可終老。歎息雲中薇，何如不死草。

其二

嘯聚有大盜，不在草澤中。吮血有鷙獸，不是爪牙雄。高冠擁大祒，攫噬恣無窮。廉恥日凋喪，翳誰振清風。

李鍼

鍼，一名咸，字含奇，盧龍人。康熙六十年進士，官翰林院庶吉士。有《鄧尉山房集》三卷。《別裁集》：含奇先生官太史館選，未幾，旋卒，無有知其能詩者。讀其遺集，鬱伊易感，愴怏難懷，情至文生，咀吟不厭，彼山澤之士，沉淪而不章者，可勝歎哉。

雜感

其一

爛漫年華爛漫愁，春光春水兩悠悠。卷葹有葉心先斷，杜宇無聲血已流。歎逝陸機同閲世，思家王粲獨登樓。此鄉信美非吾土，冷落胥江一釣舟。

其二

生別吞聲已不禁，頻爲死別更摧心。圍棋寂寞虛山墅，清宴依稀憶竹林。季子遠攜留墓劍，女嬃空冷搗衣砧。三年伏枕雙垂淚，腸斷清猿向曉吟。

送友歸鑑湖即赴辰陽幕

易別還如商與參，醉歌燕市悵分襟。旅游舊雨聯今雨，歸客越吟還楚吟。潮落嚴灘殘雪盡，春生湘浦紫蘭深。相思一夜江花發，千里月明同此心。

邵泰

泰，字峙東，大興人。康熙六十年進士，官翰林院編修。

《別裁集》：太史以母氏年高，居官未久，即請終循陔之養。詩中暫赴志館，戚然於中，仁孝之思，可風矣。

壬子正月重赴金陵志館，偶誦陶詩『遥遥從羈役，一心處兩端』句，憮然有感

春風從何來，所過不留蹟。人與物同春，欣欣各自得。嗟我獨何爲，當春轉蕭瑟。親老不能侍，饑驅困行役。縱非出山泉，仰愧入林翮。一心信兩端，念此有餘戚。緬昔負米賢，歡焉供子職。

勵宗萬

宗萬，字衣園，静海人，廷儀子。康熙六十年進士，歷官刑部侍郎。

《紅豆樹館詩話》：勵氏三代秋曹，四世清德，歷受主知，以經濟文章顯。衣園世其家學，視學山右，多所甄拔。生平尤工書法，出入二王父子間。按：文恪、文恭均以善書名世。衣園幼承指授，故深悉其規範而殫心造微，視其祖父，殆有過之，無不及也，詩稿散佚不傳，僅見《山右石刻》，崔念堂明府寄來著録。

秋日屯留道中

迤邐平沙一逕通，驅將溽暑仗金風。人行翠陌青疇裏，秋在綿雲絮雨中。砧杵隔村時送響，旌旗臨水偶摇紅。兩年三過銅鞮路，吟到丹楓興不窮。

國朝畿輔詩傳卷三十一

王蘭生

蘭生，字振聲，號坦齋，交河人。康熙六十年進士，歷官禮部侍郎。

全祖望《王公墓志》：安谿相國，督學畿輔。公時方試童子，安谿一見奇之，拔冠其曹，教以窮經。已而文貞以吏部尚書兼撫直隸，檄公入保陽書院，爲都講。及入正揆席，招公入京。安谿之學，留心律吕、曆算、音韻，有發前人所未及者，公皆得其傳。時廟堂方開書局，旁求哲士。聖祖仁皇帝神明天縱，自六經外，於諸家皆能洞探其突奧，疏决其障礙。而安谿之學，適與有合，然以閣務繁，不能任編纂。乃薦三人：其一今禮部尚書景州魏公；其一即公；其一今順天府丞寧國梅公。同入直，晝日三接，以膺顧問，遂得時受天語指示。校審《周易折衷》，以至纂輯《律吕正義》《數理精藴》《卜筮精藴》《音韻闡微》諸種，又編《朱子遺書》，公皆與焉。而《律吕》《音韻》二者，公之力尤多。公於律吕，少有夙悟，安谿嘗以《朱子琴律圖説》雕本流傳多誤，令公正之。公爲之抉發証明，遂可推據。既得承聖祖所授御製《律管》《風琴》諸解，乃本明道程子之説，以人之中聲定黄鐘之管，積黍以驗之，展轉生十二律，皆與古法相應。又至郊壇親驗樂器，而後知管音有長短、鉅細之差。故有黃鐘積八倍者、或四倍者，而匏笙之管反有黃鐘積八分之一者。至塤篪之數，亦皆以黃鐘積實加減而得其應聲。至弦音，則但爭長短，或用倍，或用半，其聲已應。蓋立方者用體，平方者用面，有不同也。其説弗盡符於朱、蔡，而與《管子》《淮南》合。音韻則公得之安谿之説者，大略與崑山顧氏同而較密。又承聖祖之誨，知《國書》與古法合，并外蕃諸國韻書，亦有合者。今人皆疑歌、麻、支、齊、微、魚、虞七韻無頭，不知七韻乃聲氣之元，能生諸部，切諸部，而不爲諸部之所生、所切，宜居部首，即《國書》第一頭喉音五字也。等韻之易錯，皆由清濁之不分，乃即用《國書》五字頭，爲聲音之元以定韻，又用連音爲紐切之法以定等。《皇極經世韻圖》詳等而略韻，顧氏則詳韻而略等，互有異同。是書出，較若列眉而萬音畢舉矣。是時，翰詹宿老容有未盡通其義者。公以布衣諸生，親接君相之緒言，披却導窾，釐爲一代石渠大制作，誠遭際之極隆也。聖祖以癸巳秋，特賜公同與禮闈試。尋丁外艱，許以所纂書自隨。辛丑春，特賜公同與殿試，改翰林院庶吉士。世宗憲皇帝嗣位，授編修。乙巳，遷司業。丙午，主廣東秋試事。還京，詔督學浙江。浙中素稱多士，公未嘗稍徇物望也，而高材生俱列甲選。在浙三遷，至侍讀學士。移節安徽，得士如浙中，晉閣學。是秋，即主江南試事，以學臣而主試，亦前此所未有也。再移節陝西，得士如初。會所貢舉士挂吏議連及，左遷需代。吏部推翰詹諸人入見。世宗熟視良久，曰：『恐皆非舊學臣之繼也。』乃留公，俟期滿，而以少詹涖事。今上嗣位，仍晉閣學，還京。公以浙江銅政大壞，長吏之任事者輒困，請變通其舊例；陝中流民，舊皆令土人養之，宜令有司別爲安插，皆仁心仁術也。適詔修《三禮》，以公同總其局。是冬，晉刑部侍郎，尋調管禮部。公之治事，縝密而周詳，毫髮未至，不敢即安。漸以積勞致病，顧爲受恩重，不敢言。世宗梓宫發引，公扈從出行。次涿州，從者前有所白，則危坐卒於肩輿中。上聞軫悼，賜帑金五百，督臣爲治喪，賜祭一壇。論者惜以爲未竟其用焉。卒年五十有八。

《隨園詩話》：余十二歲，受交河王先生知，入學。十五歲，受安谿李先生知，補增。感知己之恩，求王、李二公詩，不可得。

《熙朝新語》：交河王蘭生與景州魏廷珍，以李文貞薦，入直内廷，在館充校對官，編《樂律淵源》諸書。嘗被命與文貞參酌樂律、韻學，士林以爲榮。

送安谿先生給假歸里

夫子命世儒，千載明良遇。德位兩相符，君臣一心固。自昔履諸艱，屯亨望彌著。婉轉達悋誠，精明行平恕。衆美萃厥躬，欲言難指數。余生十室邑，幼乏師友助。應試始童子，摳衣謁公署。拔之儒丱中，詔以賢關處。手授牒蓍法，口傳太極注。及擢鎮封疆，九郡才英聚。得廁精舍旁，與聞名理趣。如寶盈市廛，取攜恣所慕。顧奢力不充，駑馬躓長路。佳藥贈蔆苓，名醫尋扁跗。成我同再生，奚止陶冶鑄。揭來游帝都，校讎得參與。朱子八十篇，從頭味章句。遴才廣闢門，匪俊亦獲籲。頑璞綴琮璜，短翮隨鴛鷺。理數聆精微，大樂聞韶濩。分薄榮寵多，夙夜抱憂懼。孚愧未盈缶，井起徒射鮒。凛凛師傳言，昭昭聖哲諭。事上在立身，曰惟尊矩度。重任不易勝，至道難遽悟。所期一藝明，敢辭千辛赴。有階始可升，迷津焉得渡。轉盼兩春秋，再啓余心錮。

壽安谿先生七十

夫子生南極，海岳精英聚。派衍延平統，學躡紫陽步。立言復立功，炳炳德所著。早歲誦羣經，竊見孔顏趣。三十游翰苑，眷求寵日注。密策破逆藩，舉賢蕩海霧。得告篤忠貞，還朝懷孺慕。孤介萋菲來，易簡險阻去。三輔視人文，清風歌滿路。藹藹師弟情，德音每傾吐。共知經學尊，一掃時文蠹。旋敕撫畿疆，八年勞姁嫗。盡除供給煩，深恤農民苦。潔己不驕人，作德非干譽。恥爲赫赫聲，日久名益樹。洎召秉國鈞，彼此無惡斁。已盡燮理能，猶凛冰淵懼。大業今云隆，問學彌優裕。政事車馬間，無日忘章句。奥旨低處尋，要道平日悟。學易五十年，功深味尤飫。淵溯伊洛源，津問濂溪渡。《十翼》細發揮，三古遞疏注。其他經子説，縷析天人故。論兵握機明，講樂旋宫布。歷訪宣城梅，韻取亭林顧。曲藝搜其根，衆妙如奔赴。生也駑駘資，奚堪良造馭。春風十二年，化雨潤草庶。撫已慚劣薄，匪顔勞孔鑄。亦嘗冀一得，何敢辭千慮。有時覷微茫，驚喜徹宵曙。佳節近重陽，七十今初度。綺筵錯觥觴，冠裳拜階阼。賤子獨後來，有懷欲陳鋪。脱略溢美詞，聊以披情愫。德願邁衛武，壽祝過文潞。於焉樂循牆，永倚龍門固。

雞冠

參差丹檻外，仿佛德禽栖。采羽殊疏淡，層冠甚整齊。微摇疑欲鬭，久聽不聞嘶。時值秋風静，凝然養木雞。

老少年

色爲羣芳殿，紅待雁南還。謂老何更少，經霜乃獨妍。如花攢密葉，似錦帶朝烟。解得成丹術，於斯可永年。

送李廣卿歸養

其一

艾年柱史彩衣新，奉命歸來許養親。已著鴻文輝碧漢，思供斗酒萃嘉姻。計程遠倚三千里，獻壽行將九十春。進退有關名教重，非乘秋興憶菰蒓。

其二

閬山藍水毓冲和，上壽筵前集玉珂。七婿八男今倍矣，敦詩説禮古如何。斑衣柱史老萊子，絳帳嚴君馬伏波。將相人家忠孝第，爰申五福備三多。

其三

隆觀虬目柏松蒼，退諸深醇藴義剛。指别寒温昭燮理，毫生花鳥露文章。經書滿腹渾融化，閥閱門高不設張。竊比他山石攻玉，猶嫌卑牧太謙光。

其四

世德由來不易名，前賢砥勖在持盈。虛懷堪使愆尤寡，秉禮猶妨悔吝生。家政足瞻儲相業，鄉評首重育羣英。清宵三復文貞句，小宛詩篇一再賡。

恭和聖製喜雨詩

麥苗方長穀生荄，得雨蕃滋衆卉皆。兆庶咸歌天德大，精誠自與化工諧。行看穎栗徵全美，此際風光已最佳。共仰宸章昭碧漢，欣同萬國慶榮懷。

萬年寶曆詩

寶曆干支徧，貞符運祚昌。百僚齊忭舞，萬國會梯航。極朔來琛幣，遥西貢篚筐。譯重何輻湊，海久絶波揚。解澤真無外，仁聲詎有疆。君師極永建，創守業兼彰。睿慮周千載，勤思徧八荒。指揮除孼孽，秉鉞掃欃槍。西北窮山界，東南跨海洋。運籌如掣電，殲寇等驅羊。温肅無偏側，權衡妙度量。隨時舒武略，即事見慈祥。耕織圖恒玩，雨晴録必詳。盈寧欣蔀屋，誠敬達穹蒼。天語頒膠序，鴻文凛廟堂。教思同孔孟，心畫透羲皇。學斂諸經液，行昭百代坊。採言分正僞，好古别低昂。掞藻超風雅，揮毫邁晉唐。律成符纍黍，音正析微茫。筆算憑三角，心裁化九章。觀天猶指掌，齊政比探囊。搜盡羣流脉，研窮邃古藏。高名必悠久，篤厚自輝光。德盛恒謙抑，神完愈壯强。生成包萬類，感召異尋常。下士叨恩待，中心實愧惶。座前聆聖訓，榜外賜天香。借紫榮閭里，懷丹矢拜颺。永諧四表願，共慶萬年觴。

周焯

焯，字月東，號七峰，天津人。拔貢生。有《卜硯山房詩鈔》二卷。

吴廷華《傳》：七峰，世爲天津人。初以名諸生貢成均，不第，遂棄舉子業，專力於古。工詩，精小篆、八分及摹印法。性堅確，凡所注意，輒出全力赴之。築草堂沽上，所藏多古書畫，金石、彝鼎尤富，摩挲自得。家素貧，而嘯詠不絕。生平嚴取予，重然諾，於大節所在，每百折不回，儒者多重之。

英廉《序》：月東詩，如磵溜忽鳴，如籬花自開。清微蕭遠，自寫其性，情所欲言，而一空撏扯規仿之習。

汪沆《序》：七峰詩，結體也，密捶字也，堅命意也。附物而切情，天津詩教之振，自君始。

《蓮坡詩話》：月東賦詩，務極研鍊，不肯苟爲雷同，著《卜硯山房詩》二卷。嘗作詠物詩，推敲一字未就，語人曰：『吾爲此損眠雨夜矣。』其苦吟如此。又嘗待渡河干，時已昏暮，孤艇横傍厓，絶無人影，因得句云：『雨岸林俱寂，一溪月正明。呼船人不應，水應兩三聲。』且行且誦，後有同渡者，見之匿笑。月東傲兀自喜，夷然不顧。里人争傳之。

《隨園詩話》：月東游海潮庵，得謝文節公小方硯，額鐫『橋亭卜卦硯』五字，背有元人程文海銘。周珍重之，抱硯以寢。臨死，乃贈查恂叔，一時題者如雲。錢辛楣云：『眼中衹有石丈人，江南更無廝養卒。』紀心齋云：『遠過一片韓陵石，留伴千秋玉帶生。』

題楊竹亭寒釭聽雪圖

同雲黯竹窗，夜雪明幽徑。中有未眠客，一鐙寒獨映。蕭屑灑松杉，入耳了無競。那許熱中人，山齋一同聽。

新秋閑堂雅集

一雨節候變，微風蕩炎蒸。佳日罕獨坐，愛兹天宇澄。謝敷高尚士，宅市心如冰。開尊泛萸酒，掃徑迎蘭朋。池花白欲墮，砌草青還凝。諸君擅才藻，文譽久蜚騰。詩成擬漢魏，庾鮑皆憑陵。臺閣崇時製，古學誰擔承。寧知草野際，風雅道猶興。嗟余久銜恤，百感日交并。經書束高閣，筆硯已緘縢。況當秋漸厲，愈令悲難勝。謬廁歡讌地，味索同枯僧。徙倚句未就，溶溶清月升。

夏日香林院分詠若樓居

貞白好樓居，三層卧跂脚。道人結構殊，數椽何樸略。支枕聽松風，宛與岑樓若。於兹歷廿載，茆茨敝如昨。草色上窗櫺，花香撲簾箔。我來仲夏天，一棹訪雲鶴。解衣入此室，意氣殊磅礴。憶昨滄海游，思欲攀仙閣。瓊構渺莫即，蜃結虛難踱。隨分安吾居，一廬自可託。有酒今正盈，何用憑高酌。

臘日同人過挂甲寺，懷子憨上人

數載違初地，凌寒特一探。入林心自遠，載酒與同酣。晚照明殘碣，閒雲冷舊龕。幾回吟未就，海上憶精藍。

明年擬讀書海上，聞茶星出宰通江，未遂結鄰之約，悵然有作

雅愛戴平仲，明年欲卜鄰。何期滄海吏，又問錦江春。對酒杯空把，攀條柳正新。衹應同惠遠，謂子憨上人。風雨坐懷人。

初夏

海天春已去，簾捲日初長。掃徑花餘片，抄書字益行。偶閒還曝藥，小倦欲支牀。持此消三夏，悠然雲水鄉。

宿雪幢精舍

溪流天欲雪，向夕叩僧關。磬響一時息，余心適與閒。空香來枕上，清夢落松間。愛此應常住，無勞更買山。

題東溪夜讀圖

此間塵不到，秋水净樓雲。林影未相識，溪聲如久聞。道書行尚把，燈火夜方勤。何日輕舠去，元關一叩君。

曾質夫養疾倪子書齋，俾題座右

暑退涼生院，幽齋借養痾。松苓量腹進，生息任時過。蟬響静中遠，槐陰午後多。匡牀百慮淡，隨處得安和。

與子憨上人溪上步月

溪上餘清景，宵來更不同。水天雙月白，林屋一燈紅。人境無塵想，緇流有素衷。未知蓮社酒，果否許陶公。

田園即事

爲農不覺苦，但覺趣常清。净看澆畦水，閒聽打豆聲。官租輸始竟，秫酒漉初成。便可陶然卧，何欣世上名。

自海上歸，寄謝子憨上人

己公真愛我，期我水雲鄉。幾日望艫枻，到時齎糗糧。海風吹把袂，松月照聯牀。感此情何極，寥寥託短章。

送陳江皐歸錢塘

心傾伯玉三年久，每許蘭言臭味同。忽動滿懷蓴菜思，難迴片席鯉魚風。君歸暫作湖山主，我老真成田舍翁。折取黄花代楊柳，離情秋意兩無窮。

秋日戴茶星、童葵園見過草堂

門徑蕭疏水一湄，久無屐齒到茅茨。高人初迓戴安道，舊雨重來童隱之。揮麈幾曾談世事，擘牋惟欲乞新詩。卧游山水堪同賞，漫問籬花發幾枝。

下第寄子憨上人

三夏同居味似冰，情逾醇酒醉蘭陵。親烹葵韭供朝食，常輟鐘魚伴夜燈。世外翺翔君自遠，池中變化我何曾。窗螢案雀空相負，愧見東林素月升。

秋日訪子憨上人，留宿精舍

小別雲林數載餘，一舠重泊古僧居。攜來紫蟹黄柑好，正是斜風細雨初。野圃四圍秋寂寂，山齋一榻夜蘧蘧。寒星數點流螢小，猶似虚窗照讀書。

魏宮詞

自入魏王宮，日日銅臺裏。君恩鄴下塵，妾意漳河水。

曹娥

瓜沉尸未得，一痛赴洪波。千載誰同調，孤忠有汨羅。

鄰院牡丹

也曾覓種到豐臺，帶露和烟作意栽。一樣春風共春雨，好花偏向別園開。

過薊州懷李旦初

翠巘丹林屢夢游，我來攬勝正新秋。盤山舊主今誰是，旦初曾爲薊州判官，自號盤山主人。細雨斜風過薊州。

題寒江釣雪圖

荻葉摇風已半披，凍禽拍拍去江湄。桐廬暮雪寒如此，尚有高人理釣絲。

雨後過青蓮精舍，與趙香梗夜話

一棹清泠訪鶴羣，山堂雨歇夜初分。話蟬聯處留誰聽，兩樹秋槐閣斷雲。

待子憨上人不至

望斷疏林没夕暉，寒潮空打竹間扉。一枝槐影燈前落，疑是山僧戴笠歸。

爲李筠溪題芍藥，時筠溪將有淶水之行

凄凄南浦雨如絲，况是春當婪尾時。我已黯然君欲去，忍看淡墨寫將離。

夢耿釐四弟

憶弟看雲别有情，詩才常藉惠連清。如何兩夜西堂夢，春草如烟句未成。

成文繹

文繹，字欠堯，大名人。貢生，官曲陽縣教諭。

《大名縣志》：文繹，成文穆公元孫。博學，能文章，尤長於詩。

題西疇情話圖

其一

松菊猶存歸去來，蕭然琴鶴絶塵埃。賞心惟有匡廬竹，移得千竿紙上栽。

其二

雞肋牛刀已兩忘，盈樽酒熟足斟量。瓦盆評泊從鄰叟，禾熟頭低麥熟昂。

胡捷

捷，字象三，大興人。諸生。有《讀書軒集》。

《天津縣志》：捷，幼穎異，長工詩，格律秀整，爲姜編修西溟所賞。

《蓮坡詩話》：象三，幼有神童名。十歲，能詩文，與余同硯席者三十年。其詩清潤和婉，時出性靈。有和余元旦詩云：『百歲渾消幾首詩，醉吟愁詠費相思。破正清興還無著，飛上梅花三兩枝。』又有『高下歸鴻影，紅黄老樹村。愛閒身少累，媚俗骨無能』，『山擁白雲西塞雨，霜吹紅樹秣陵秋。貧入愁腸偏曲折，秋來詩骨倍嶙峋』等句。象三爲梅宫詹之珩所拔士，與泉亭老人魏燕公尚賓爲忘年交。

榆垡山莊呈心穀

禾黍垂垂夾路齊，午莊相接聽啼雞。拂雲榆柳圍墻曲，罨畫峰巒列户西。梧院獵風晴似雨，竹窗交翠曉猶迷。山翁習静開三徑，招隱何年此共棲。

送湘南師之杭州

船窗如坐碧紗厨，一路江村似畫圖。萬樹梅花千个竹，春風隨夢到西湖。

查爲義

爲義，字集堂，宛平人，爲仁弟，歷官淮南儀所通判。

紀昀《查公墓志》：公少倜儻，八歲即能作大字。長益博綜經史，期爲有用之學。會國家有事西陲，投筆轉餉塞上，論功授安徽太平府通判。公留心民事，利弊無不言。郡災，饑民過境，公具粟分贍，各以舟護出境，所活無算，而郡人亦賴以無擾。擢淮南儀所通判，在任八年，核虛僞，絶苞苴，介然不避利害。積弊以清，以父喪歸，遂不再出。年六十三卒。

《津門詩鈔》：集堂先生，風期澹遠，學無不窺。善蘭竹花卉，具簡淡蕭疏之趣。

香林院贈王琛師野鶴

方袍老羽士，獨誦住香林。留客翻雲笈，多年冠玉簪。亂峰環砌抱，叢柏壓檐陰。即此幽栖栖，何勞戲五禽。

馬仲琛

仲琛，字佩韋，青縣人，鳴蕭孫。貢生，官奉天開原縣訓導。有《樂儀堂》稿。

《津門詩鈔》：佩韋五言清淡，得乃祖風味。

詠懷

其一

落落謝塵寰，遂意寄空谷。地偏心愈遠，物外愜幽獨。山光凝竹窗，雲影帶茅屋。耽此雲山趣，世路任反覆。或當松徑間，或傍花影宿。愛謝復愛陶，好句供我讀。一唱三歎息，琅琅振林麓。

其二

晝永冥生事，北窗睡起初。性自耽幽寂，時亦嗟索居。野客解余意，抱琴過草廬。聆彼山水音，疏散我心娛。殷勤謀諸婦，斗酒對庭除。相與恣笑談，清風來徐徐。

讀書

獨無外物牽，况復門深閉。晚景斂殘霞，光寒日初泄。寥寥空齋中，把卷消寒夜。然燈對古人，相對還相悦。道由潛心通，坐久塵想滅。落葉響長林，碧井寒泉洌。萬象彙其中，古今一冷熱。人生天地間，百年如夢結。孤影伴殘編，心幽趣自別。

崔允貞

允貞，字介石，號訥庵，慶雲人。貢生。

棣城

疏烟微雨棣城紛，春際月沽生水紋。夜静鬲河横野渡，曉封杏岸障浮雲。鐘敲東岳晨光爛，笛弄西山日暮聞。雁和漁歌聲亂處，會看岡上見龍雯。

邊睿

睿，字智臨，任丘人，銘珣子。諸生，舉孝廉方正。有《土苴集》一卷。

《任丘縣志》：智臨，操履純篤，沉默寡言，幼遭父喪，毁瘠輟食，禮逾成人。受詩學於龐公塏，得其薪傳。著有《尚書彙輯注》及《土苴詩集》。

題毛公祠

祠建瀛州古，名從漢代崇。荒庭垂老樹，破壁灑秋風。遺像冠裳肅，傳經道誼隆。賢王同肸蠁，咫尺日華宫。

吴炯

炯，字清夫，豐潤人。廩貢生，官州同。

吴廷溥《先曾祖行略》：公慈和儉樸。雍正初，佐怡賢親王。陳蘭雪學士勘議營田，以州同督理本邑水利營田事。邑城南一帶圩田，種稻溝塍，壤接數百頃，修復濬導，多所經畫，村農賴以饒裕。

露

玉樹唐文誤，金莖漢武愁。并將今古意，寫入淺深秋。潤偶凝桐乳，乾仍悵草頭。千齡延沃野，天酒共誰酬。

牛焜

焜，字照千，南樂人。貢生。有《慎思齋詩集》。

讀陶詩

我愛陶靖節，真與世情薄。爲令羞折腰，歸田自耕鑿。籬畔菊花開，對酒還獨酌。醉後輒賦詩，聊以自怡樂。挽歌信曠達，乞食亦善謔。富貴非所尚，古氣自磅礴。世事任變遷，林泉永栖託。吟嘯不自失，何妨飽藜藿。笑彼揚子雲，元經勤著作。赧顔仕新莽，何如老丘壑。

客中懷友人

攜手鄉園日，歡歌不記年。銜杯謀白墮，論古對青氈。松老霜迷徑，梅開雪滿天。知君同落寞，搔首一燈前。

陳倬

倬，字卓人，號潛齋，磁州人，聖俞子。貢生。

《磁人詩》：公孝友敦篤，學品兼至，爲磁人望。

牡丹

蓬萊佳氣靄晴霞，裁作人間富貴花。一陣暖風來閬苑，天香吹上五雲車。

王不黨

不黨，字兆棠，號雪岑，静海人。官河南新鄭縣知縣。有《于役草》。

《津門詩鈔》：公，宋王沂公曾之後，先代居山東益都。明初，遷静海，因著籍。公少孤，丰姿凝秀，同里厲文恪公深爲器重。宰浙江，江山政蹟，民多誦之，爲建祠肖像。後宰新鄭，請休。

鄉思

遥想東風拂畫闌，草堂邀客薦春盤。敝廬陋已傳三世，糲食粗猶足兩餐。樹裏幽窗成獨坐，門前闤市且旁觀。蒓鱸何日尋歸棹，萬卷楹書子細看。

黄聰

聰，字仲達，元城人。諸生。有《蒸菌書室集》一卷。

和陶飲酒

其一

王侯與氓隸，相去馬牛風。孰知本無別，共在紅塵中。夢境非真實，何處覓窮通。惟當花下飲，趁此月如弓。

其二

杜老思燕玉，空想何由得。可憐婉娩情，賢愚同一惑。茫茫銀漢水，非鵲可填塞。千古荒唐語，七夕會傾國。不如一醉真，韜光守元默。

其三

方士言神仙，本來無一真。況復荒淫主，欲濃如飲醇。連舟載童女，艷色桃花新。縹緲東海上，徐福愚狂秦。八水漢旌旗，三月楚烟塵。彭殤要有數，愚人空自勤。死生同夜旦，何仇復何親。泛然任所之，如舟泛通津。忘骸伯倫鍤，隨緣靖節巾。長生未可學，且學達生人。

王若璡

若璡，字墨癡，開州人。諸生。有《墨癡集》。

馬允剛《序》：《墨癡集》全學中晚五律，頗有劉文房風格。七律七絕，和平大雅。

夏日偶成

岸柳濃陰處處通，短藤常是曳清風。詎能遺世同蒙叟，賴可忘機似海翁。好月多情來水面，浮雲無意過林中。眠鷗宿鷺蕭閑甚，一任溪花自在紅。

魯璠

璠，字荆什，豐潤人。貢生。

靈泉寺

幸有靈泉可靜棲，芒鞵竹杖自堪攜。花簪峰頂形如髻，雲接山腰勢若梯。荒碣數行存廢寺，奚囊半帙盡新題。依稀不辨歸來路，樵徑微茫醉易迷。

梁雍

雍，字元肅，正定人，清標孫，歷官廣西按察司僉事。有《散朗齋詩稿》。

龍燮《序》：元肅，温其如玉，恂然謙退，若不勝衣。其詩語艷而體莊，腴中而秀外。所謂發乎情止乎禮義者。

暮秋

西風黯淡碧雲流，處處砧聲起暮愁。滿地月明桐院静，一簾露濕草堂秋。黄花寂寞人凭檻，落木蕭疏雁過樓。露布新傳烽火息，海南飛將近封侯。

送象曼先生旋里

津亭卮酒悵驪歌，匹馬蕭然曉渡河。回首薊門烟樹隔，青山斷處暮雲多。

梁穆

穆，字敬仲，號改亭，正定人，清標孫。拔貢生，官蘇州府知府。有《列翠軒詩》二卷。

張大受《序》：真定梁君，生於相門，踐履寒素。其詩骨清而詞雅，氣逸而神和。

夜雨懷楊石湖主事、石樓上人

細雨逗餘寒，寂寂無所適。黄昏掩關卧，静聽檐間滴。氣逼鑪烟凝，濕縈窗紙黑。應知羈旅客，殘燈耿虚壁。折簡欲招邀，泥深馬無力。相思正鬱陶，牆外誰家笛。

月夜坐松下

世人慕紛華，心醉紫與紅。獨有曠懷士，愛此亭亭松。百尺無附枝，夭矯盤虬龍。新秋雨初霽，素月流天中。披襟坐其下，蕭颯來天風。仰觀凌霜姿，俯聽吟草蛩。心境兩清絶，何必聞晨鐘。儻逢青牛士，或遇白石翁。攜手上蓬萊，下視青濛濛。

白露前一夕，月夜聞蛩，詰旦赴會城

唧唧蛩聲裏，閒雲淡欲流。却憐吟傍月，那解客悲秋。露泣深宵竹，燈明遠際樓。吾廬堪笑傲，何事又扁舟。

甲申仲春赴宜陽司馬任

琴鶴無多累，飄然出里門。遠游今日始，拙宦素風存。柳色催行騎，春陰黯旅魂。故園回望處，烟雨隔孤村。

庚辰花朝後一日，雨中北上感賦

故園回首路漫漫，細雨斜風襆被寒。誰道花朝偏寂寞，自憐客興已闌珊。三分春色愁中度，一抹雲山霧裏看。遥盼炊烟松舍近，不知何處解征鞍。

陶冲驛和壁間韻

逶迤山翠抱孤村，新柳深藏野店門。駐馬板橋看暝色，一溪春水浸雲根。

朱函夏

函夏，字乾馭，號陸槎，天津人，同邑子。貢生。有《谷齋集》。

《津門詩鈔》：陸槎先生，讀書精專，必窮其藴。游江南，胸之所蓄，發於詩，沉雄渾厚，根柢盛唐。某中丞開宴黄鶴樓，文士雲集，酒酣賦詩。公時弱冠，居末坐，吟至『渚宫秋色惟烟水，大别山光自古今』，合坐歎絶，齊爲閣筆。

將赴景州有作

海内吾何向，懷人起夜闌。老驚名宿少，貧購異書難。遂發山陰興，期追季札歡。扁舟落吾手，雲水蕩胸寬。

登黄鶴樓

其一

回首中原落日斜，望中吴楚浩無涯。乾坤烟雨三秋客，江漢波濤萬古槎。更有何人賦鸚鵡，不曾聞笛弄梅花。憑欄長嘯西風起，東指滄溟是我家。

其二

經過夏口一登臨，古意盈盈楚客心。抗手雲中思駕鶴，無人漢上與題襟。渚宫秋色惟烟水，大别山光自古今。果有荀懷遇仙侣，峭帆他日此重尋。

鄒縣感懷

征車重向嶧山來，記得甘棠祖德栽。三載桐鄉曾有碣，一孫樗散不中材。何時得遂榆枋樂，長路空銜屺岵哀。欲採江花過江水，秋風無數木蘭開。

徐州

嶧縣南來過此州，紅亭風景屬吴頭。危城枕岸河歸海，凉雨連雲燕入樓。偶向囊中隱錐穎，不妨皮裹著陽秋。錦衣富貴當年事，我欲題詩弔楚猴。

雨中渡淮

漠漠乘龍洲水邊，烟中一葉渡淮船。特衝寒雨江心驛，去試香茶白乳泉。於道無聞年四十，干人何事路三千。不須攬鏡塵容瘦，兩鬢秋風意颯然。

條縣懷古

條侯勳業未全湮，封土依然廟食新。肯以疆場等兒戲，却緣縱理作明神。令嚴獨稱將軍職，運往難爲少主臣。何處遺營雲鳥蹟，青青柳色漢時春。

黃裕

裕，字文饒，號問園，祐弟，天津人。諸生。

壬戌夏舟中憶琅村

荷氣送行舟，支窗眺晝永。寂寞眼前境，疏密人家影。倦翼息陰枝，丹霞燦陽景。垂垂原隰禾，薰風蕩新穎。雙眸豁寥廓，一身忘浮梗。念我同心人，居不滿二頃。近市少逢迎，安貧無儌倖。勢焰熱人間，盡於酒腸冷。我懷素絲憂，感君益自警。良晤會有期，秋空月炯炯。

李日茂

日茂，字廓園，清豐人。貢生。有《澤畔吟》一卷。

淮陰道中

落落平生祇此心，誰憐風雨走淮陰。猖狂恥下窮途淚，憔悴空餘澤畔吟。漂母如逢甘乞食，鍾期不遇忍彈琴。仲宣樓上重回首，緑徧王孫草色深。

董梩

梩，字雨若，號潤墅，豐潤人，榕弟。官湖北德安府知府。有《涉江草》《濱灤吟》《于役江干草》。

清凉山掃葉樓寄懷

斜陽明野色，相望幾躊躇。雁叫江雲斷，僧歸山月初。新凉凋旅鬢，落葉憶鄉書。底事南游久，終年釣艇虛。

查曦

曦，字漢客，天津人。有《珠風閣詩草》七卷。

于凝祺《序》：漢客詩句，雋神逸，丰姿韻秀，洵得『三百』之旨，而博漢唐以來之趣。許王猷《序》：漢客行詣高卓，襟懷爽朗，每往來奇偉卓絶之境，以自廣其胸中之氣。《珠風閣集》，寄託遥深，措詞高雅，寫難狀之境，如在目前，含不盡之思，見於言外。

送博庵和尚歸廣陵

遠送白頭僧，春風向廣陵。拈花留别偈，折柳贈行縢。瓦鉢千家飯，雲山七尺藤。紅橋二十四，歸去定先登。

懷張帆齋先生

憶昔别來日，西風八月初。秋深猶作客，雁盡未傳書。松菊淵明宅，蓬蒿仲蔚居。何時得載酒，重看惠莊魚。

過香林院訪玉笈山人，兼書近懷

饑來驅我去，身似斷蓬飛。秋日一爲别，春風得暫歸。稻粱生計拙，魚鳥素心違。離思如芳草，依依戀夕暉。

病愈九日郊游

九日身初健，西郊强一游。遠山寒積雪，孤樹老禁秋。何地尋黄菊，他鄉易白頭。那堪高處望，風色逼人愁。

旅窗秋夜

寂寂清秋夜，凄凄落木風。愁添雙鬢白，夢斷一燈紅。往事雲離岫，羈心鳥有籠。鄉園好明月，空照菊花叢。

秋意同燕臺璩端士作

竹林烟冷石苔蒼，蟲語陰陰鶴夢長。作賦朋儕半零落，懷人心事正凄凉。容顔自爲風霜改，筆硯將同草木荒。賴有文園能續社，聯吟遲暮弔清湘。

秋夕東園

日沉西嶺暝秋郊，檐底觀書手倦抛。別院雞栖人閉户，空林葉落鵲歸巢。半鈎凉月生樓角，三徑高風響竹梢。已覺客心清似水，更聞山磬倚雲敲。

土陀秋夕

秋寺殘鐘閉院門，牛羊幾點下黄昏。人歸灤水風生樹，雲散遼天月滿村。夕露微微沾客袂，陰蛩唧唧語蓬根。誰憐荒徑行吟冷，寥落徒傷宋玉魂。

歸里偶題

故園芳草獨歸遲，桃葉成陰柳影垂。舊燕語闌春已遠，新蟬聲動夏初宜。輕紗細葛裁衣日，小市長廊賣扇時。趁此清和好天氣，且投蓮社一題詩。

查爲政

爲政，字漢公，天津人。有《蘭亭詩鈔》。

張廷枚《序》：漢公胸懷磊落，才情不羈，發而爲詩，自成一家。

王又樸《序》：查子詩多自寫其胸臆，聲調高朗，無不入格。

朱函夏《序》：蘭亭詩，余愛其五言，如『風蟬嘶樹遠，秋水漾天長。一雁穿雲去，千帆帶日來。荻風吹雨袖，蘆月照孤蓑。雪冷梅偏艷，林空鳥不啼』。七言如『雲迷梵寺疏鐘遠，日照長河暮靄齊。心向静中禪自定，詩從淡處意偏長。度水鐘鳴山寺月，争林鴉噪夕陽烟』。皆秀雅。

雨中

半榻鑪烟細，攤書卧短牀。新蟬鳴古樹，暮雨暗空廊。病後嫌衣薄，閒中怕日長。落花聽不見，祇覺晚風香。

于揚獻

揚獻，字濯溪，天津人。諸生。

過明陵

北山林麓掩紅牆，曲折行來輦路荒。敧側豐碑摧贔屭，參差古瓦亂鴛鴦。春深玉砌埋荒草，日落珠宫黯緑楊。幸賴熙朝多曠典，祠官歲歲薦蘋香。

辛志可

志可，字登雲，元城人。貢生。有《游藝園詩草》。

爲客

疏鐘催曙色，一枕對愁眠。哀雁驚清夢，栖鴉報曉天。飄零誰與語，形影自相憐。最是書窗客，心同落月縣。

李才蕡

才蕡，字去華，號椒寨，高陽人。諸生。有《怡雲堂集》一卷。

高洪鈞《傳》：才藚，相國文勤公從孫。少有逸才，爲諸生，有聲，數試不得志，遂絶意仕進。博學强記，凡古今人物、輿圖扼塞，無不精貫。好游名山大川，登臨幾徧。工書，臨摹古蹟，經年不履户限。詩雄宕有奇氣，出入浣花、玉川之間。蠡吾李恕谷堘及共叔武選先生，其旋爲之延譽。與戈給諫濤、邊徵君連寶相頡頏，人目爲『燕南三子』。

交城道中

喜入靈川路，新晴指顧閒。雲藏狐突廟，風落吕梁山。秋霽鴉聲遠，泥融馬足閒。遥知今夜裏，伯仲盡開顔。

古大陵城

鼓瑟人何在，山歌亂客腸。大陵城畔望，空憶武靈王。

張堂

堂，字偉士，榕端孫，磁州人。官山西永和縣知縣。

悼内

流年漸换歲華新，寂寞妝臺鏡掩塵。百事箴規失良友，一身冷暖少知人。釵分中道情何極，境落虛無夢不真。寫得詩成腸已斷，那堪風雨又殘春。

張珽

珽，字孟芳，磁州人。官浙江海鹽縣知縣。

《磁人詩》：珽官鎮海令，署象山。雍正十一年，浙東饑，象山隔海，無河運，商賈不通，珽由海運濟民食，幸獲安全。丁巳，調海鹽令。

秋夜

殘雲縷縷碧天齊，斜月如鈎挂屋西。欲托幽栖尋好夢，園林休遣夜烏啼。

鄭廣緒

廣緒，棗强人。官平鄉縣教諭。

長至後二日大雪

窮陰方唱黃鐘曲，隔日旋歌白雪來。六琯灰從前夜動，千林花向一朝開。雲深村市誰沽酒，冰合溪橋待探梅。分得髯蘇清興好，尖叉險韻斗新裁。

紀恒

恒，字任甫，號北峰，文安人，遴宜子。諸生。有《藤花書屋詩草》。

歲暮用姪衣孟韻

一年餘此日，風雪正凄其。白髮勞人早，青春陋巷遲。遥占池草夢，對詠竹林詩。祀臘漫從俗，艱難問酒巵。

王齕

齕，字契九，清苑人。諸生。

春晴

淼淼芳洲春水生，翠鬟如沐雨初晴。乳鳩啼罷一林晚，落日半山人尚耕。

望郎山

西峰不與亂山連，自插芙蓉列紫烟。疊嶺總浮朝霧上，懸崖疑墮夕陽邊。寒通大漠千秋雪，晴照中原萬里天。憶挽長蘿凌絶頂，褐衣金策倍翛然。

王鶴

鶴，字鳴九，清苑人。諸生。

廉將軍廟

雕戈北指陣雲深，鐵甲南遷旅思侵。自合將軍生白髮，非關使者愛黄金。三朝恩遇亡臣淚，百戰驅馳故國心。豈料叢臺蕪没後，燕人伏臘到於今。

馬爾恂

爾恂，字訥宜，靈壽人。貢生。雍正五年，舉孝友端方。有《客園蟬露草》。

述懷次韓繼文韻

咄咄書帷裏，燈殘奈夜何。枕寒春到少，樹冷鵲驚多。性坦人情險，身慵世法苛。不因貪五斗，底事負烟蘿。

寄酬韓繼文，即用留别元韻

偃蹇原多病，乖違恨轉深。攜家憐遠别，贈策愧知音。寒雪凄行色，春燈閣小吟。何時重聚首，細與論初心。

冬日漫興

昨夜北風吹雪，紛紛亂灑檐牙。糊箇護窗紙帳，防他凍損梅花。

陳玠

玠，字實人，號石汀，天津人。貢生。

《津門詩鈔》：石汀老人書學陳香泉太守，與李大拙、龍東溟、梁崇此、黄六吉游，風期清尚，絶異時流，詩淡遠。

春日憶拙公

青溝有長松，百尺風雲入。遠公别其下，依依手頻執。經許石上翻，定約花間習。胡爲兩年内，迥無巖信及。飲啄猿鶴思，魂夢峰巒集。近喜早春時，凍雨海田濕。豆苗山之陽，嫖青幾回拾。萬事本浮烟，笑余但羈羇。會持九節杖，更戴曲柄笠。爲君掃雲房，山志同搜輯。

邊怡

怡，字孟友，任丘人，睿子。諸生。有《積翠山房詩稿》二卷。

秋日書懷

村居乏朋儕，息心就枯槁。落葉滿空階，山童慵不埽。牀頭手一編，焚香恣幽討。默坐對古人，尚友開懷抱。入室風泠泠，當窗月皎皎。萬念湛然寂，冥會識至道。何事求神仙，金丹叩荒渺。

擬古

匣有干將劍，紫氣冲雲霄。淬以鸊鵜血，飾以英瓊瑶。愛此絶世珍，不類常佩刀。張華不可作，委棄埋塵囂。田父顧之笑，欲刈三尺蒿。

村舍偶成

三徑蓬蒿滿，荒凉笑敝廬。卷簾風定後，移竹雨晴初。小坐烹新茗，高眠枕故書。籬邊饒茂草，曉起懶揮鋤。

秋懷

風雨瀟瀟夜氣沉，凄凉景物助狂吟。幽懷對酒談空壯，傲骨逢秋病轉深。木落空林栖倦鳥，霜飛别院響遥砧。唾壺擊碎愁無限，翹首長天看暮陰。

國朝畿輔詩傳卷三十二

尹會一

會一，字元孚，號健餘，博野人。雍正元年進士，歷官吏部侍郎，祀鄉賢。有《健餘詩草》三卷。

方苞《尹元孚墓志》：元孚，少孤貧，太夫人口授《論語》，即知孔子之言不可違悖。既長，篤信程朱之書，謂治法不本於三代皆苟道，故自服官日，取漢唐以來代不數見之人以自律，故自視若粥粥無能者。一旦入長御史，爲耳目之司，竊幸得自展布，而太夫人老疾不能就養，未數月，即以終養告歸。居五年，太夫人考終，服未闋，天子預虚少司空職，以待之。赴闕未逾旬，特命視學江南。按試松江，遘疾，卒於官。元孚始以吏部郎中出守襄陽，漢水暴上，壞護城石堤，修建萬山至長門近十里，分植巡功，民忘其勞。已調揚州，適荆州都統西征，取道漢江，飭造浮橋，吏民惶急，乃揭誠修禮，卒改令以船濟。凡利害切民，未有聞而不諮，知而不行者。所屬皆羣聚而禱祠焉，其治揚州亦然。遷鹽運使，尋擢巡鹽御史，晉中丞，積弊一清，導商民以節儉而身先之。及開府河南，開、歸諸郡大水，上章自劾，列賑恤之宜，約法十六條，兼用北宋富公弼、趙公抃救災事宜，而令離鄉求食者，有司隨在廩給，開以作業，俟改歲東作資送還鄉，則古法所未備也。以是，災民無一出河南境者。元孚性坦易，遇事必行其心之所安。少時，授經祁州，假館於張氏以奉母，凡七年，不忍一日離其居官。每夕，必以所措施詳告太夫人，意或未愜，則跪而請罪，不命之起不敢起。官中禄，賜出入，壹稟於母，非請命，妻子不得取尺布錙金。日用之外，多布之治所，爲揚州兩營、河南撫標置舉本各二千金，曰：『凡卒伍，必使衣食得自適，乃可以法繩。完城濬河，建橋梁，設津渡，修學校，立書院，創蜡祠，表前賢舊蹟，賜高年布帛，寒者衣之，疾者藥之，故民皆感興，政教信從。其在鄉，則族人皆授以田，使自耕以食，而執其契，立義倉、義學，拯危濟困，不可勝紀。用此仁聲義聞，播流海内。顧公用方久，任督府，再舉以自代，高公東軒以宗程、朱，志相得，總督畿輔。嘗以公事過博野，登堂拜母，孝德上聞。乾隆八年冬，十有一月，特賜太夫人御製詩及楹聯，天下傳爲美談。其入覲，初命巡撫廣東，陛見陳母老不能遠行，故有河南之命。御災捍患，日不暇給，尚於其隙，布周官溝樹之法，編甲户以詰盜，命州縣皆分四鄉。立社學，簡有德行者爲社長。朔日月半，書其孝弟、敬敏、任恤者，與其放逸、奇衺、爲患於鄉里者，有司巡問觀察，因事而勸懲之。行之數月，罷民悚惕，禮俗烝變。尋内召，始入臺，即奏：『人主一言，天下屬耳目焉。今方甄别年老不勝任之員，而知饒州府事張鍾，又以年老命改部司。旬日間，前後頓殊，恐羣下無所法守。』上嘉納之。其在河南，嘗奏睢州湯文正公宜從祀孔廟。視學三吴，首謁東林道南祠，舉舊典，答諸生再拜，凡試畢，士旅見，皆然。

須小學，以明程、朱本意。既遘疾，自知不起，草遺疏言：『任賢納諫，始終一意，以立誠爲本。』旬日中，無一語及家事。卒年五十有八。所述《君鑑》《臣鑑》《士鑑》《女鑑》，增定《洛學編》《北學編》，已鋟版。居憂，讀《禮》，作《從宜録》。侍養五年，讀《三禮》，筆記及與師友論學語藏於家。

《隨園詩話》：先生督學江南，卒。予將賦輓詩，見次山先生四章，不能再出其右，遂擱筆焉。其警句云：『母教成三徙，君恩厚兩朝。』又曰：『士幸方知向，天何遽奪公。』先生任兩淮鹾務時，布衣鮑皐，以詩受知，今有《海門集》行世，皆先生爲之提倡。鮑奉陪先生泛海口，詩云：『蓬萊清切逢仙侶，蛟鱷威稜避顯官。』其相得如此。

《紅豆樹館詩話》：先生督學江蘇，敦厲實學，至今蘇人猶俎豆之。生平講學，以程朱爲宗，播諸政事，俱奏成效，理學經濟，殆兼善焉。所著書十餘種，皆持擇平允，不以攻斥先賢爲事。少時，與刁紹武、王雲鄉、劉今衡相倡和，人目爲『保陽四子』。今所傳《健餘草》三卷，乃其門生揚州鮑皐編次，清醇和雅，無安樂窩頭巾語。

衙齋即事

國計饒滄海，臣心淡素絲。高明防鬼瞰，清白畏人知。露湛重陽菊，霜凝向日葵。衙齋無俗客，啜茗共論詩。

居庸關

莽莽關山起暮愁，亂雲層疊隱危樓。雕弧控滿清宵月，畫角吹殘紫塞秋。旅夢無端空索莫，歸心何事更夷猶。燕南碧草還飛蝶，已見桑乾帶雪流。

春日感懷

牢落風塵久索居，閉門空對一牀書。窮如有鬼文難送，病不由人藥豈除。悽切山陽聞短笛，殷勤遠客贈雙魚。何當樽酒開懷抱，花事逢春莫更虛。

攤書

茅齋重整舊芸編，筆蹟依稀認少年。零落幾同書帶草，搜羅曾費典衣錢。鄴侯架上籤應滿，蒙叟薪中火漫傳。老誦南陔真有味，諸孫傾耳更琅然。

將之館舍有作

依舊生涯送寂寥，已違心事轉逍遥。四方我自憐餬口，五斗何人不折腰。廊下雖同臯伯廡，爨餘且免鄭公樵。升沉眼底渾難定，笑問青氈坐幾條。

立秋前一夜

溽暑消殘露氣清，越羅湘簟暮寒輕。高梧未減吟風葉，凉月初添近水明。天上星期愁閏隔，人間華髮怕秋生。無情有恨誰先覺，金井欄邊蟋蟀聲。

漢川舟次

南國多陰水氣凉，深秋白露未爲霜。揚帆萬里風隨客，繞峽千重柳抱莊。酤酒連醅新有味，采菱帶葉嫩初嘗。樓中黄鶴曾相識，暫許勞人問醉鄉。

武昌遇劉履唐，偕赴襄陽，途中有贈

年來薄宦愧從游，鄂渚欣逢話小舟。蠟燭翦殘凉夜雨，唾壺擊碎大江秋。文章許我爲知己，砥柱須君截衆流。自有襄陽耆舊在，仲宣莫漫賦登樓。

上元夜雪

片雪江城未落燈，萬家簫鼓尚喧騰。衙齋禁酒清如水，座客垂簾静似僧。香謝梅花迷檻月，寒驚詩夢沁壺冰。玉樓人醉東風裏，遥向烏臺望未曾。

舟泊燕子磯，題永濟寺

其一

芙蓉幾朵領花宫，鐘磬聲高逼遠風。一嶺白雲歸老衲，半潭秋水住漁翁。香林鳥語天機活，古塔龍吟地勢雄。爲問攢眉陶處士，可能大醉與禪通。

其二

收纜停舟燕子磯，穿雲拾級叩僧扉。遠公卓錫閒隨鶴，惠海蓬頭自補衣。欲向三乘窺妙相，却因一語悟真機。此間早識黄梅熟，何必風旛問是非。

姑蘇道中

水態雲容宿雨天，游人歌管蕩樓船。貧家亦有如花女，辛苦吴蠶第幾眠。

寄王雲卿

蘭橈夜泛清江月，紗帽寒禁紫塞霜。誰遣西風作離恨，參差歸雁不成行。

紀逵宜

逵宜，字肖魯，號可亭，文安人。雍正元年進士，歷官刑部員外。有《蔥甕集》八卷。

陳儀《傳》：先生令黄陂有惠政，時甫更赦令，諭盗魁，令改行，皆感動悲泣而去。初受訟牒，纍三百紙，剖析無遁情，兩造驚以爲神。容美土司占長陽民田，民訟之，土人不就理，反虜掠數十人以去。先生移書諭之，酋懼，即還所虜人，解犯聽勘，論如律。其詩陶鑄融冶，一歸大雅，言外之意，神韻悠然。

黄叔琳《序》：可亭詩，冥心獨造，力追古人。其客游所歷，宦蹟所經，咸於詩焉。發之大要，探源經史，葅釀漢魏以來諸大家。雋而不佻，豐而不縟，彬彬乎質有其文。

田同之《序》：可亭先生詩，氣體深穩，名言妙句，側見横出，言盡而意不盡。

《紅豆樹館詩話》：可亭爲桂山徵君猶子，兩宰劇邑，政事之餘，吟詠弗倦，蓋得於家學者居多。佳句五言如《仙霞嶺》云『氣通閩海闊，勢壓越山尊』『獨樹挂殘雪，亂鴉爭夕陽』『路盤山百轉，雲擁樹千重』『風翻鴉背雪，石響馬蹄冰』。七言如『倦懷想負丁年耒，隻影吟殘丙夜燈』『金骨未成辭碧落，朱顔易老溷錙塵』『算來身世誰能了，説到名場我欲愁』『宿火香温知夜永，隔窗竹響覺秋多』『酒難撥悶辭三雅，夢擬游仙隔一塵』『蝶抱夜香和露墜，燕銜春色過牆飛』『隔水共村通略彴，依山結屋盡樓臺』『溪閣岸頭鳩婦雨，江船帆脚鯉魚風』，皆超詣流暢，使人讀之，往復流連，不能自已。尤工倚聲，有《閑雲詞》一卷。

秋懷

其一

秋意在何許，颯颯庭樹枝。金風消息來，遂使羣心夷。緬焉念昔人，行樂長苦遲。百歲豈不多，半爲炎凉摧。駕言謀遠游，及此清秋時。千里無同心，夢魂飛向誰。

其二

雨後覺秋多，白帝策羣動。翛翛北窗人，月明照清夢。時復起行吟，絲桐一再弄。物情矜早遇，詎知非偶中。嗣宗亦稱達，何事窮途慟。

其三

春風如昨日，花葉争芬芳。芬芳幾何時，東西各飄揚。人生匪磐石，安得不參商。矯首羨雙星，盈盈河漢傍。雖不同房帷，咫尺長相望。

其四

震澤中有山，山上丹橘林。美人采其實，望遠登高岑。玉顔照秋色，皓齒揚哀音。哀音是何曲，桃李盛年心。流光去如波，夙心難重尋。猶有舊時夢，摇摇來錦衾。

其五

登高望平原，夕靄蒼然横。豈有出塵想，耳目暫得清。輝輝西日下，激激野水鳴。木葉何蕭蕭，蒲稗亦辭榮。葳蕤昔芳草，俯仰今西成。感此心骨悲，忽如將遠行。風行暗山郭，霜月明江城。寂默騁神游，寸晷千里情。雁行遵沙渚，次第發南征。日暮儔侣稀，惻惻空屏營。

渡太湖訪顧武臣

其一

震澤何茫茫，風雷互磅礴。三萬六千頃，一葦縱遼闊。熹光射洲渚，水色蕩林薄。洞庭兩點青，鏡影芙蓉萼。流覽興未已，倏近松陵郭。故人喜我至，握手登小閣。狼藉書楮墨，造次具杯酌。却憶燕市游，曾有吴門約。斯言竟可復，相將探巖壑。

其二

靈巖有幽境，乃在湖水濱。夙昔聞君言，頗愛風俗醇。復聞梅里好，羡煞松陵春。便當與君去，誅茆共垂綸。不忍别名山，况此山中人。

秋荷篇

西風吹斷藤蘿烟，欲落不落闌干前。芙蓉城下彩雲盡，一池寒碧涵凉天。荻蘆瑟瑟妨鷗睡，譜作清商挽羲轡。霧縠香飄昨日紅，珠盤露滴今宵淚。淚盡香消恨轉長，水晶簾額冷斜陽。六銖金縷繁華歇，秋來幾日總啼妝。銀砂空自明南浦，脉脉陳王不得語。桃葉歌殘下渡頭，忍使菂房心獨苦。横波渺渺花臺空，蘭塘四面鳴哀蟲。年年摇落甘如此，春風不到鮫人宫。珊瑚機杼錦如茜，留向人間知幾片。莫怨霜刀碎翠衣，已憐月鏡無紅面。翠衣紅面復何時，一歲花期總别離。衹今怯問江潭樹，猶繫當年司馬悲。

齊侯鐘歌爲陸右亭賦銘云：齊侯作盟聘，寶鐘其貴壽，萬年無疆，子子孫孫永寶用

似鐸非鐸如鐸大，被體雲雷儼蟬蜕。範金者誰勒籀文，分明識是齊侯作。姜耶田耶不可知，他無考據書與詩。意當小白圖糾合，東海泱泱極盛時。尊王却是霸功始，禮樂不復自天子。鐘聲清越壇坫肅，宫已變宫徵變徵。九鼎弗辱淪滄波，祖龍無奈泗水何。十二金人亦辭漢，嘔心昌谷徒悲歌。

洹上歆盤宋時見，搜羅多入宣和殿。三代法物俱北轅，誰聞大雅泠然善。此鐘何日燕市來，回憶牛山杵臼哀。疑自七十二城下，望諸攜爾歸金臺。雲間陸子士龍後，愛玩摩挲時一叩。索我長歌賀遇奇，二千年物歸君手。斕斑古色静氤氲，珍若陳蒼石鼓文。君歸試比焦山鼎，聲光並徹長江雲。

送春

春去春愁在，愁中一送春。苔深連日雨，花似去年人。不惜榆錢盡，翻驚菜甲新。舊游回首别，寂寞曲江塵。

南浦

千古傷神地，蕭然此遠游。思鄉頻對月，作客怕逢秋。鳥路通山郭，人烟隔澗流。文通祠尚在，吟眺起閒愁。

漫興

廣陵城高邗水濱，舊俗艷冶難具陳。一百五日好時節，二十四橋多游人。梅花官閣羨幽賞，柳色隋堤傷遠神。何當挂席任來去，醉入江南看好春。

弔王文靖公怡園遺址

五十年間一刹那，午橋重眺劫灰多。主人裴晉公安往，圬者王承福又過。燕尚有情尋舊壘，人能無淚灑荒坡。桑田滄海尋常事，空向山陽歎奈何。

春暮

料峭餘寒春似秋，半陰微雨未全收。差强人意迎新月，不合時宜擁敝裘。剩有琴書相伴侶，非緣山水解勾留。莫嗤燕市行吟客，徒步蹣跚避八騶。

秋思

不辨前山路，依稀塔一螺。夜分明月上，秋思在菱歌。

將發錢塘舟中作

烟濬菰蒲接遠汀，數聲柔櫓過離亭。客心不解分吴越，一樣山眉兩岸青。

過苑家口

四十年前此路行，五陵裘馬少年情。而今陳蹟難重省，玉帶河流是舊聲。

歸里感懷

塵海萍蹤久未歸，歸來白髮舊儒衣。傷心那待千年别，城郭人民半已非。

魏元樞

元樞，字臞庵，豐潤人。雍正元年進士，歷官山西汾州府知府。有《與我周旋集》十二卷。

薛宁廷《傳》：元樞，少委身於學，而家塾少墳籍，適書賈寄卷軸數千，因得縱覽，通大義。其視鄉里同輩，鮮當其意，以爲不足師友，獨扃户誦讀，探古人奥賾。方桑如宰豐潤，奇其文，拔冠童子軍，充博士弟子。雍正元年，春秋兩試皆捷，選河南靈寶縣令。蒞任月餘，因公去官。特旨送部引見，以主事用，補兵部武選司主事，調刑部。元樞勵精奉職，折獄多所平反。上聞而嘉之，賜珍果香藥，同官皆不得預。十一年，由員外遷江蘇司郎中，會争一獄不能得，即乞假歸里。上聞而驛召，限日行六百里入對，獎諭以辦事勤慎，不肯隨人俯仰，使復其所，而堂上官竟至降謫。乾隆三年，外轉寧武府知府。府固新改，至即請創寧武廟學，起鶴鳴書院，延師訓課，士風立變。又請祠祀明死事總兵官周遇吉，以勸忠義。攝同關同知，兼署雁平道事。十一年，蒲州屬廣靈安邑萬泉饑民，聚衆脅官，起大獄，大府檄往查辦，或勸嚴設防衛。元樞曰：『此饑民耳，非叛也。何張皇爲？』竟以單車往。衆情洶洶，元樞諭以禍福，開倉先賑，慶更生者萬人。調汾州府，積案數百，月餘皆爲審結。仍修西河書院，祀先賢卜子。明年，以原官致仕，卒。年七十有三。

又《序》：臞庵晚歲里居，自訂其所著，曰《與我周旋集》，真意流溢行間，一切塗澤雕篡之習，刊落殆盡。

狄梁公墓

天不厭唐祚，巍然生梁公。頹波屹砥柱，萬古仰高風。上下數千載，忠義見英雄。漸積移國運，興亡調不同。委曲終有濟，斡旋轉虛空。曾無動聲色，奸讒計已窮。宵小弗能賊，制伏若鬼工。天后任驅使，狡黠成癡聾。絶不知艱險，王臣故匪躬。玉步還舊物，房陵竟返桐。聊以遵時晦，已覺鬮鴻濛。身名兩俱泰，岳岳燭蒼穹。荒碑臨古道，長照夕陽紅。盱衡憑弔處，百世精神通。

寧化堡

兩山夾汾水，逼仄勢如削。雉堞俯深谿，惴惴插危脚。斗城鑿雲根，未夕日已落。峻勢勞攀援，尖徑滑飛雀。背水不可陣，當關自束縛。不知宋室意，何此置郛郭。將怯無敢戰，踞險耐慚怍。縱敵恣長驅，收保藏寂寞。我增弔古慨，登陟感蕭索。歎息俯頽墉，於今廢鎖鑰。雲深夏尚寒，地磽賦仍薄。亦有詩書彦，願學溯伊洛。比户傍巖岫，樵汲歸雲壑。咄咄堡中民，有如居劍閣。

勸農回郡再過鸞橋諸村

看山了無盡，畫圖任舒卷。春烟入渺冥，細流涉清淺。奇峰訝變怪，馬首迎石轉。雲出幽徑滑，斑駁歷苔蘚。陰晴不可測，嵐光幻幽顯。巖巔間緑紅，太古遺籀篆。遠壑嘯長風，高原陟絶巘。正疑境逼仄，空曠得平衍。行行到關城，雲烟戀紱冕。

陽方口

寒澗漲春水，冲激荒城下。蟄龍窟其間，洄洑吐石罅。直齧危垣落，中流涌長壩。沙磧立春鳥，微徑頽雲樹。炊烟點層霄，晨星明已乍。條風從東來，吹面如鏃射。落落墟里人，寥寥若冬夜。嗟哉昔雄邊，名城震夷夏。南登槖邏臺，憑弔生歎喑。太平良已久，邊防人所詫。

登無梁閣

一峰何處生，插地如丘阜。千仞根焉托，直從鰲背負。峻嶒高未極，中涵造化久。伊是何年人，建閣摩星斗。塔勢並倚天，俯瞰雲霞首。登臨四望開，惟與絳霄友。南極瀟湘目，萬里可招手。北眺百二城，雄關懸臂肘。左右指虛無，日月穿户牖。長嘯動天地，沆瀣入吾口。何須問蓬萊，大觀能不朽。

曉發山陰之應州

午夜星軺遠，清霜結綬花。有田皆斥鹵，無地可桑麻。馬飲長城窟，人吹蘆葉笳。壯游良足慰，乘興度龍沙。

齋中偶成

風塵勞勩笑成虛，三徑雖荒有敝廬。揩紙偶然臨碎字，開函隨意檢殘書。窗摇花影翻新樣，月透簾紋印舊除。無限流光容領略，好憑清夢到華胥。

癸丑除夕

爲惜良宵欲款留，醉餘清興滿皇州。人雖漸老神猶王，官不邀榮世少尤。好古每慚窮萬卷，捫心何事可千秋。堂堂歲月知難住，細檢行藏當酒籌。

送周西畇歸養

楚客燕人各一天，相憐別調共纏綿。半生拙宦貧如洗，萬里歸舟夢亦仙。已沐殊榮依子舍，饒將清望奉高年。秋風多我蒓鱸興，一曲驪歌意惘然。

早發榆林歸寧武

和會村東望早霞，又催車馬度平沙。不知何處飛晴雪，疑是巖梅落凍花。

王又樸

又樸，字從先，號介山，天津人。雍正元年進士，官安徽廬州府同知。有《詩禮堂詩》七卷。《四庫全書提要》：《易翼述信》十二卷，王又樸撰。是編經傳次序，悉依王弼舊本，而冠以讀《易》之法，終以所集諸儒雜論。其大旨專以《彖》《象》《文言》諸傳解釋經義，自謂篤信《十翼》，述之爲書，故名曰《易翼述信》。而以朱子所云『不可便以孔子之說爲文王之說』者爲非，其徵引諸家，獨李光地之言爲最夥，而於《本義》亦時有異同，蓋見智見仁，各明一義，原不能固執一説以限天下萬世也。至其注釋各卦，每爻必取變氣，蓋即之卦之遺法。其於《河圖》《洛書》，及先天、後天，皆不列圖，而敘其說於雜論之末，特爲有識。其時位德、大小應、比主爻諸論，亦皆恪遵《御纂周易折中》之旨，闡發證明，詞理條暢，可取者亦頗多焉。

《津門詩鈔》：公幼以古文受知於方望溪先生，許以力追秦漢，文名重於日下。所到之處，政有惠聲。尤精水利，返渚爲田，江南宿儒多稱之。著有《讀史》《讀孟》《易翼述信》諸書。

趵突泉

歷下尋名勝，臨流一溯洄。水當人面立，雨自地中來。濺沫噴輕雪，飛濤響怒雷。廬山吟瀑布，慚愧謫仙才。

望嶽

華嶽高寒帝夀收，三峰聳立萬峰頭。遠同泰岱東西峙，近砥黄河曲直流。玉女無塵盆自净，仙人何處掌空留。幾番欲到蓮花頂，搔首青天一問秋。

獨坐

遲遲斜日上階除，不是衙齋是謫居。緑野有人初叱犢，寒廳無事獨翻書。藏經偶或逃秦火，識字誰同辨魯魚。日暮抛鐙掩卷後，幾番搔首賦歸歟。

鮑梓

梓，字臒亭，一字敬亭，南宫人。雍正元年進士，官福建漳縣知縣，改獻縣教諭。

馬應運《鮑敬亭行狀》：公宰江南，霍山伏蛟夜發，民舍漂没，公多方拯救，發倉粟，賑活數萬人。司鐸獻縣，誨諸生，敦品立行，李文園、戈芥舟、紀文達諸公，皆出其門。

古意

其一

嶧陽百尺桐，樵斤入釜爨。抱質激凄響，有識爲驚惋。斲琴焦尾名，徽軫光璀璨。被以朱絲絃，登之青玉案。賞音遇中郎，良枯皆無憾。

其二

騏驥駕鹽車，歷坂九折峻。毛焦筋力疲，俛首不能進。駑駘人共嗤，孰解憐神駿。中途遇孫陽，長鳴聲悲喑。得蒙一顧恩，踣頓亦何慍。

張疊

疊，字止山，號石鄰，天津人。雍正元年進士，官山東鄒平縣知縣。

《蘇州府志》：石鄰知昭文縣，操守廉謹。常昭城河歲久淤塞，乾隆十年，力主疏通。與常令各分地界，工竣，計夫八千餘名，而人不怨。

《津門詩鈔》：止山先生，少以文名，與王界山先生有『二山』之稱。卒之日，康達夫輓詩云：『文藻空鄉國，悲風起故林。斯人今已殁，誰更繼高吟。』

題畫

踏屐秋登月下臺，碧梧陰静小徘徊。遥知鶴夢幽閒處，定有琴聲過水來。

李之嶧

之嶧，號恬齋，滄州人。雍正元年進士，官山西潞安府同知。有《秦役草》《旋晉草》。

潼關渡河

東北中條若龍蟠，西南華岳如鵬奮。中穿一水是黄河，嶄然天塹分秦晉。關河極目望中收，侈哉造物何所吝。行人不復動旅愁，俯仰各欲抒所藴。山光洽我情，河聲滌我耳。函關紫氣曾東來，五千言乃傳尹喜。迄今經過緬遺徽，衆妙之門從此啓。

邵錦潮

錦潮，字賜笏，宛平人。雍正元年舉人。

蒹葭

秋色浮江上，烟波共渺然。蒼茫迷遠渚，寥落向遥天。折葉驚寒雁，飛花點釣船。伊人不可即，悵望水雲邊。

紀咸

咸，字中涵，文安人，遴宜子。雍正元年舉人，官安徽旌德縣知縣。

俞廣文邀游西竺

同抱烟霞癖，招尋得暫閒。冷官偏好客，俗吏且看山。寺隱雲爲障，門藏雪作關。此中參妙諦，趺坐已忘還。

望荻港

雲峰背日留殘雪，柳岸迎春染嫩黃。一簇人烟斜照裏，枕江古刹出紅墻。

楊方晃

方晃，字東陽，一字曉村，晚號鶴巢，磁州人。貢生。雍正元年舉孝廉方正。有《雞肋集》四卷。《四庫全書提要》：《磁人詩》十卷，楊方晃編，皆録磁州之詩。自唐迄本朝，作者八十餘人，得詩千餘首，各繫其人之事蹟，出處甚詳，亦頗有考據，然意在表彰，未能嚴於决擇。其第八卷至十卷，悉載方晃及孫濂詩，濂亦磁州諸生，即校刊此集者也。

秋日東峒劉氏莊再晤馮立齊

十年重把臂，紅樹滿清漳。我病還如昨，君顏亦已蒼。時窮爭骨立，交好覺形忘。喜共雲莊榻，挑燈話正長。

草堂

祇愛清閒不愛忙，一條笻竹一匡牀。釀將酒熟從巾漉，著得書成付枕藏。塵定坐來頻視息，鑪殘睡起自添香。閉門不問升沉事，但許幽蘿蔭草堂。

秋日村居病起

小浦蘆花白，荒園柿葉紅。草堂新病起，倚杖數歸鴻。

李培深

培深，字静滋，號芙圃，磁州人。雍正元年貢生。有《越游吟燕山草》。

《磁人詩》：公博通經史，所作詩、古文、詞，超妙不羣，兼善書畫，閉户著書，問字之車常滿户外。

何地能忘暑

何地能忘暑，空堂木石居。澄懷安樂土，屏慮夢華胥。名愧時賢後，心期太古初。清風明月夜，俛仰自蘧蘧。

陳德華

德華，字雲倬，號月溪，安州人，德榮弟。雍正二年一甲一名進士，歷官禮部尚書。

《藤陰雜記》：本朝直隸狀元，自雍正甲辰陳大宗伯德華始。乾隆三十六年，皇太后八旬萬壽，賜三班九老宴游香山。次日，命畫工艾啓蒙繪圖。文職九老，以顯親王爲首，有大學士劉統勳；武職九老，以都統四格爲首；致仕九老，以刑部尚書錢陳羣爲首，而宗伯陳公次之。此國朝崇禧之曠典，亦人臣之異數也。

送辛錫傳表兄之官中州

仙才久冠上林枝，又見分符捧檄時。百里鶯花香自擷，一官書劍静相隨。多才好作梁園賦，乘興還題艮岳詩。政簡鳴琴胥就理，清聲應早達彤墀。

陳浩

浩，字紫瀾，昌平人。雍正二年進士，官詹事府少詹事。有《生香書屋詩》六卷，《恩光集》一卷。

《蒲褐山房詩話》：先生少日蜚聲詞館，與趙副憲大鯨、李編修重華、諸贊善錦齊名。其子户部君本忠，與余鄉試同年，故入都晉謁，先生以子弟畜之。生平兼工書法，得蘇文忠墨妙，爲余書者最多。四十年來，遷徙遺失，僅存一册，蓋壬申春典試南行所作也。户部兄弟皆早殁，詩稿不傳，而都下亦無知其工書者。

《紅豆樹館詩話》：紫瀾先生《恩光集》一卷，賦、頌、詩三體合編，皆應制之作。《生香書屋集》六卷，共五百餘首，前無序，後無跋，殆非定本。集中各體皆工，陶冶性靈，不卑不亢，清剛雋上，卓然名家。惜生平志行無可徵考，爰就《湖海詩傳》中所録，參互抉擇，以著於篇。

欲尋三游洞未果，兒子本忠、本敬偕桐城劉耕南往游焉，歸道其盛，因記以詩

彝陵多奇山，險絶三游洞。峭壁接天關，微徑穿石縫。坂峻江濤寬，苔滑霜雨凍。盤空轉崩崖，側立見鉅甕。曠然窅而深，壯若宇與棟。幽光雲樹交，清籟風泉送。俄聞大聲發，林木皆震動。洪鐘響縣疣，疊鼓鳴礨空。魚龍戲瀺灂，象罔馳倥偬。恍疑古后夔，張樂調儀鳳。别將山水音，譜作仙靈供。神皋在荒徼，造物正珍重。自從元白後，祇許蘇黄共。兩兒乃好事，直上同飛鞚。酌酒勸公榮，百榼嫌未痛。醉歸話燈窗，縈我寒宵夢。

飛來峰

衆山環兩湖，皆以淡而妙。兹峰獨怪奇，壁立聳羣峭。梯空臂難引，吹籟穴能嘯。青蒼盤松檜，瑣細雜蘿蔦。其下爲冷泉，鬬石恣騰趠。有亭翼然臨，俛仰便登眺。旁尋得洞户，深入窮窈窕。直穿山腹行，上徹天光照。誰參造化工，鑿破混沌竅。自古名飛來，此説或非剽。天欲壯此湖，靈鷲分半嶠。至今騫翥勢，猶見神尾掉。將老獲此游，俗病冀可療。徐步下山橋，溪花向人笑。

送家體齋侍御督儲湖北，兼寄懷望溪先生

折柳柳條短，酌酒酒味薄。知己將遠行，羈懷倍寂寞。憶昔締交初，石渠同著作。桐城方先生，有道不緎郭。每與論人才，首必稱元若。自君爲御史，風采果諤諤。直節重班聯，嘉聲日騰躍。此行殊特達，霜蹄不待鑿。監司位望尊，衙齋公事約。坐理得從客，窮檐起枯涸。願君慎所操，益自養其鍔。武昌名勝地，曩哲恒栖託。竹樓與雪堂，風流宛如昨。望古懷清芬，憑高見寥闊。發爲經世業，豁然胸次拓。矧乃近家園，片帆假青雀。視膳足兼珍，承歡同棣萼。十年游子心，一旦開眉鑰。更聞歲挽漕，必向秦淮泊。得登君子堂，請益資礱錯。爲我問起居，兼道苦離索。自從相別來，疾患常憂灼。疲神有斷簡，起痼鮮大藥。人事徒悠悠，孤情久落落。猶賴同心人，一二在京洛。如今益乖分，慘慘心不樂。且復坐須臾，共此寒宵柝。生平重素交，性復愛雲壑。行將賦遠游，竟踐名山諾。命兒驅柴車，裹糧載書橐。先過石頭城，遂訪晴川閣。

題林鰲洲學士、韓瀝芳宫洗、柏撝庵太史同游西山潭柘寺圖

一車在山腰，一車在山足。後有一車隔林麓，山僧策蹇同追逐。車聲犖确與石鬬，山勢嵯峨倚雲矗。九峰環拱金碧開，高寺俯臨龍象蹴。此時秋正深，霜容渲染楓樹林。松風謖謖鳴萬壑，石梁雪瀑飛千尋。天空雲凈萬象出，劃然長嘯開胸襟。西山蘭若多，兹寺名最古。華巖尊師妙嚴主，當年遺蹟今何許。深潭水黑蟠蛟螭，枯柘苔蒼蝕風雨。盡收靈境入奇懷，各出長篇驚險語。歸來示我游山圖，使我神馳氣爲阻。我居近在金臺邊，山光日日在眼前。何當手結茅三間，移家徑住山之巔。往爲公等作地主，相逢把酒同醉眠。噫嘻！人生得此亦足樂，捲簾遥羨西飛鶴。

題顧古湫所藏蜀相王鍇書《華嚴殘簡》後

國子先生性嗜古，日坐風廊摩石鼓。世間寶墨足收藏，搜奇直到琅嬛圃。合州有寺塔有經，神藏鬼守垂千齡。一朝雷雨震巖谷，殘箋散落如飛螢。貝多葉上墨花紫，晝勁鋒銛力透紙。代遠何人識姓名，老衲無言刺史喜。蜀相王鍇號能書，昭嘏昭嗣總不如。元員外仿韓擇木八分，張道古效柳公權楷法，皆杜光庭門人也。唐餘遺墨邈星鳳，得此如見歐與虞。井底蛙聲何足道，後孟前王蹟如掃。剩有人間書畫傳，黄荃花竹僧巒草。遠攜錦篋詫賓友，聚觀快飲長安酒。豈知睨璧有秦人，不許相如間道走。歸來閉閤静焚香，研匣頻開搨硬黄。留伴鴻都石經字，也能對月吐寒芒。

讀同年汪謹堂所藏王昆明師詩册有感

先生跨鶴游玉清，牙籤萬軸歸昆明。欲求遺蹟邈難覯，吉光片羽如瑶瓊。我聞先生幼孤露，身栖山寺弟力耕。掩關十載萬卷破，振筆一掃千人驚。廟堂著作資大手，千尋激浪飛鯤鯨。端居芸館對古籍，屢持玉尺司文衡。龍門品藻盡奇士，謬予亦得陪羣英。與君共有知己感，那堪話舊心屏營。君今何處得此本，手題兩幅兼真行。茶烟花影皆樂趣，筆精墨妙含深情。當年寄興亦偶爾，於今回想猶生平。挑燈感歎再三讀，秋窗風雨聞雞鳴。

題張侍御《奏毁魏忠賢墓碑疏》後，即用紀事詩韻

朱明季世頹無光，璫豎竊柄移天綱。從來閹禍此爲極，勢焰歊灼燔忠良。推崇自號九千歲，客氏助煽同椒房。紛紛羣小逐臭腐，薰心黨附爲兒郎。樹碑頌德徧州邑，生作隧道侔君王。一時義憤動朝野，摧鋒奮擊連彈章。六君子獄五人墓，二十四罪那足償。盛朝畿甸有遺址，墓碑儼峙西山岡。

侍御巡視碧雲寺，遠眺嵽嵲雄繚牆。雲松黛柏聳蒼翠，繪雕滿目輝琳琅。捫碑剜蘚識名字，衝冠猛氣盈剛腸。歸朝白簡奏天子，風馳雹驚速毀將。繡衣持斧董厥役，百夫趨叫走不遑。穹碑曳倒震巖谷，山精穴魅都遁藏。奸名剗削無一蹟，曠蕩不識堂與防。洋洋奏書七百字，辭嚴斧鉞凌秋霜。么麼身後痛懲創，殘魂餒魄猶怯恇。秋宵展讀和遺韻，華星的皪森寒芒。

錢修亭前輩招同汪謹堂、吴鳴珮、李玉洲、徐晉叔諸同年集香樹齋看山桃花，用昌黎《山石》詩韻

當杯不辭酒力微，香花莫待繁英飛。一年春事纔過半，海棠未放山桃肥。兩株紅白傍仙館，竹深苔净塵埃稀。花開幾度缺吟賞，念之不異渴與饑。朝回日暮猥見召，同人下馬輕款扉。是時雲陰天宇低，風吹細雨烟霏霏。移鐙斜照愈姸好，絳紗作幔珠成圍。花香雨氣杳莫辨，但覺芳潤侵人衣。一杯酬花還共勸，脱略禮數忘拘鞿。夜深沉醉未忍别，折花滿把銜泥歸。

周立厓侍御以所刻坡翁書《清虚堂雪詩》見寄，即次韻題卷後

坡公眼空恒河沙，下視凡筆如蜂衙。偶然對雪揮醉墨，十指拂拂飛天花。豪情奇氣兩鬱勃，杜韓顔李同一家。神呵鬼護七百載，墨采照耀金輪鴉。立厓侍御有古癖，欲爲藝苑留瓊葩。搨成新刻遠寄我，見之技癢不可爬。我嗜公書嘗苦學，如饑思食渴飲茶。梁園寒夜百展玩，不覺漏鼓聞三撾。臨池那無千挺墨，惜哉老矣空吁嗟。清虚之堂在何許，柏臺雪照霜天霞。

題王鶴書探梅圖

憶梅如憶友，老去倍關情。動作經年别，相憐太瘦生。冷香吹不斷，寒月影同清。雪後曾開未，何辭策杖行。

游蘭亭

晉代羣賢蹟，風流宛在兹。欲尋修禊事，不待暮春時。古色看修竹，清流到墨池。行厨知有酒，先酹右軍祠。

望陽臺

暮雨巫山遠，清秋望眼開。拍天流漢水，拔地起陽臺。夢裏雲何在，樽前月又來。空留神女賦，聲入楚猿哀。

送卜仲貞歸吴江

木落雁聲沉，離亭秋正深。風霜新白髮，山水舊清音。衰柳那堪折，濁醪還復斟。相知嗟已晚，此别意難任。

渡揚子江

瓜步潮初落，春帆趁曉風。霜消江草碧，日上海雲紅。重鎮依天塹，中流起梵宫。濟川吾老矣，倚棹興無窮。

山陰舟夜

客行初入越，恍似鏡中游。風月來清夜，溪山送小舟。翠攢寒竹浄，香動早梅幽。已近齋居日，忘機對瞑鷗。

送楊大宇編修南歸，即和留别韻

其一

從此知君寢食甘，年來愁緒正難堪。每聞話雨添鄉夢，忽訝臨風送客驂。天與清閑歸自好，官因老病去何慚。到時鄰叟歡相接，掃席重開蔣徑三。

其二

青門柳色最關情，歸路憐君觸熱行。老友那堪成遠隔，長歌最苦作離聲。甥能似舅何無忌，君爲副相梅公甥。富不如貧向子平。好向敬亭山下去，疏簾高捲看雲生。

憶梅用同年嚴海珊韻

南國看花斷客魂，歸來猶是夢江村。香生老樹傳春信，影落虚窗記月痕。到處園林依野水，誰家風雪閉柴門。舊游一往難追憶，畫卷分明墨未昏。

武昌春興和劉耕南

何處吟君絶妙辭，武昌新柳緑絲絲。江城舊是風流地，春色空憐淡蕩時。繡被香銷舟去遠，明璫月冷夢來遲。汀蘭岸芷行堪把，欲采何因寄所思。

哭老友符藥林農部

秋鐙照雨客窗寒，夢裏思君淚不乾。詩社有聲推老輩，宦途最久止郎官。五年病榻書頻寄，兩度徵車別更難。白首舊游今幾在，斯人真作古人看。

早春書懷

其一

獻歲新開酒一瓶，香生菜甲滿盤青。扣門尚有常來客，展卷猶餘未校經。夢裏烟波空渺渺，鏡中華髮早星星。暫留擬作消閑計，取次移花種小庭。

其二

生平游好本無多，相隔天涯更若何。差喜校書將卒業，得容歸客養微痾。清陰不改憐幽竹，春水方生愛緑波。乘興徑須隨所適，青鞵布韈漫蹉跎。

淮口待舟

其一

寄語寒梅樹，春風莫盡開。北人相憶苦，衝雪渡江來。

其二

六代繁華地，年年碧草生。春江花月夜，好到石頭城。

過均州

淡烟城郭枕春流，水上桃花花外樓。記取漢濱時節好，輕帆二月過均州。

過釣臺

臺下溪流七里清，釣絲風細客舟輕。先生已往空山在，松頂月來猿夜鳴。

陳慰祖

慰祖，字怡先，又字仲怡，號蓮庵，磁州人。雍正二年進士，官安徽宿州知州。

《磁人詩》：公幼英敏，不屑屑於章句，見者知爲大器。令青陽，除奸究，懾豪强，吏治肅然。

宿山家

花木叢深處，星星數比鄰。禮疏人自古，菜苦味偏新。山色窺簾近，溪聲入枕頻。此中有日月，説與故鄉人。

陳鳳友

鳳友，號鶴汀，文安人。雍正二年進士，官廣東肇慶府知府。有《素齋詩》。

遣興

青山杜若芳，幽香襲石磴。我從白雲來，野色開荒徑。霏微林露滴，空山有虚聽。

潞河立秋日夜雨

颯然凉風來，一葉零幽露。耿耿壁鐙微，悵結人何處。寒入葛衣秋，愁深知幾許。遥天悽羈魂，客夢迷秋雨。

林璁

璁，字玉相，永年人。雍正二年進士，官翰林院編修。

《永年縣志》：永年自申姚後，詩學久不講，璁與同邑金振聲等相切劘。體羸善病，貧不能給藥餌，猶日拈毫苦吟，多中晚唐佳句，爲人傳誦。

護駕村

杏花開滿徑，晴日倍光輝。村酒無賢聖，山園少是非。老農驅犢過，童子牧羊歸。目斷長林際，樵歌入翠微。

李翔鱗

翔鱗，字古愚，遵化人。雍正二年進士，官山西長子縣知縣。

游禪林寺

蕭寺山深處，尋幽興未闌。松高堪鶴止，槐古儼龍蟠。道豈天人隔，禪惟性理看。老僧參未徹，欲與破疑團。

李籍

籍，字子文，又字子田，號易齋，磁州人。雍正二年舉人。

《磁人詩》：先生孝友方正，日手一編，至老不倦。

讀孫貢南《江游草》奉答

游子他鄉憶舊廬，故人兩地久蕭疏。填胸癥結三年恨，落筆魂飛千里書。但向窮愁尋樂處，自教險難有安居。寄來詩草如相見，刮目遥情付雁魚。

霍備

備，字易書，號揖軒，東光人。雍正二年舉人，官奉天府府尹。

秋思

求仙何處是三山，獨坐空齋日閉關。既戀紅塵留世上，須添白髮向人間。一杯酒醉臨風卧，七字詩成對月删。最愛東坡能自照，忽然識得本來顔。

紀邁宜

邁宜，字碩亭，文安人。雍正二年舉人。有《返吴吟》。

朱桓《序》：碩亭先生詩，興酣落筆，未嘗有意求工，而襟懷瀟灑，自有出塵之趣。

寫懷

衰年合采故山薇，何事江湖兩地違。南楚銷魂新雨别，西秦回首故人希。淒淒窗外寒蛩咽，策策階前落葉飛。生怯水程波浪險，早拚塵垢涴徵衣。

張如鉽

如鉽，字彝伯，號蘭谷，宛平人。雍正四年舉人，官武邑縣教諭。有《蘭谷詩草》。

《津門詩鈔》：蘭谷先生書法歐陽率更，傳自梁崇此先生。

春游

橋頭沽酒自提壺，來就桑陰聽鳥呼。沉醉東風渾未醒，一雙蝴蝶落霜鬚。

宋懋行

懋行，南宫人。雍正四年舉人，官天津縣教諭。

送張季直之甘州太守任

久著仙曹望，新恩授郡隆。褰帷行塞上，仗鉞入甘中。時雨隨軺渥，清霜落旆融。循良追召父，絃誦繼文翁。按部單車肅，宣仁四野同。三年應報政，早奏建章宫。

國朝畿輔詩傳卷三十三

單鈺

鈺，字亦聲，號振庵，易州人。雍正五年進士，官安徽池州府知府。有《鏤冰詩鈔》五卷。

單道臨《先府君行述》：府君生而穎悟，十七補博士弟子員。雍正甲辰，領鄉薦。丁未，成進士。靜海勵文勤公及溧陽史相國，均愛府君之才。廷試得二甲，歸班。甲寅謁選，得浙之壽昌。壽素稱簡邑，地瘠民貧。由明以來，田荒糧逋，府君甫下車，即釐剔奸弊，積欠一清。又閩廣來種麻棚民，歲凡萬計，强悍不馴。前議調總鎮，歲一稽查，府君知其無益，力詳止之，而選立棚長，俾自相約束，復不時躬爲巡察，開布恩信，終府君任，安帖如常。嘗會審金華盧姓命案，手疏此案十可疑，與金守争，與臬司争，至去就以之，及撫憲批駁情節，皆吻合，爰書始定。升玉環司馬，玉環孤懸海外，往來海船皆閩廣漁人，即墾荒力作之輩，亦多外來流寓。府君抵任月餘，周知民隱，撫恤商民，嚴查奸匪，修城建樞，築堤招墾，三年之内，刑清政簡，囹圄空虚。又有漁艘數人，汛兵誣爲盜，府君以無贓證，力爲申辨，獄得平反。推升安徽池州守，署篆劉某先經上憲疑升科有隱漏，奉委會同清丈，編造鱗册，用司發八折小弓，府君力持不可，齟齬成隙。蓋府君素性剛介，不肯詭隨，及劉某接任，摭拾影響，蜚語上聞，竟挂彈章，嗣蒙剖雪奏明，開復原官。然以舊疾歸，不復赴補，絶意仕進，宦游所歷，簿書之暇，輒成吟詠，隨意抒寫，造句天成，著有《鏤冰詩鈔》各集及《讀書偶見》，續刻問世。

紀昀《序》：易州單公，爲人侃侃有直氣，其詩務得性情之正，揮灑自如，神骨遒上。

《紅豆樹館詩話》：《鏤冰集》多佳句，《登吴山》云：『江湖仍左右，吴越幾春秋。』《途次》云：『雞聲啼曉月，人語起殘更。』《玉環雜詩》云：『風頭占候鳥，潮信問來船』，『四野雨初足，前溪月又生』，『山形連雁宕，海色接驪洋』，『千里嶼風起，滿城茅屋寒』。《署齋即事》云：『帆檣漁釣論潮水，烟火人家共島雲。』《項王廟》云：『鐵馬有靈歸鉅野，雲旗無面返彭城。』《重九》云：『尊前瘴海黄花酒，夢裏烟蓑白鷺磯。』《泛海》云：『幾點蒼山分島嶼，一行徵雁伴帆檣。』《金山寺》云：『佛火近看通鐵甕，鐘聲遥聽到瓜州。』《贈别》云：『落波峰影含飛動，曳樹蟬聲帶别離。』音疏越清壯，方軌錢、劉。

述懷

地偏風俗古，官舍嚴荆扉。日上人初起，山昏吏早歸。傍花公事了，送鳥素琴揮。乘興心從遠，無勞問是非。

峴山寺

香刹依山脊，巋然閲歲華。枯僧如木石，禪榻掃烟霞。閣迴雲常覆。林深鳥不譁。慚余嬰世網，小住悟空花。

蘭溪僧舍

寺古僧多異，人來鳥不驚。秋雲天際迴，孤磬夢中清。捉麈揮嵐氣，拈花印道情。頓教諸妄念，擺脱四天輕。

得養齋先生書

離情盈浙水，失喜得雙魚。三載屋梁月，一行燈下書。林花薰講席，綵服戲庭除。榮瘁渾閒事，同憐雪鬢疏。

支笻

支笻閒曠覽，風日喜初晴。近水光浮郭，春山翠入城。野花香引蝶，林樹語遷鶯。攜伴多詩客，閑題石上名。

出郭游西湖北寺

聊著尋山屐，支笻一徑斜。陰晴無定景，開落有閒花。出岫雲容幻，營巢鵲語譁。僧徒多舊識，笑客未還家。

過富陽

三折江回散暮潮，孤城粉堞壓山腰。倚雲石壁緣松閣，近水烟扉隔柳條。短舸微風行自穩，長吟明月坐相招。沙鷗一片飛如雪，羡爾飄然入泬寥。

過百步溪

路向天台山四圍，屈盤石磴入雲微。林猿探果跳枝過，江鷺銜魚貼水飛。蒸作曉霞迷洞口，滴來晚翠濕春衣。杳然乘興忘機事，欲覓仙靈叩石扉。

元夕舟中

蕩漾春江愛晚晴，江邊籬落野梅横。斜陽潮退漁舟集，遠市聲喧社鼓鳴。酒對溪山無點俗，詩題風月有餘清。滿城燈火魚龍戲，何似推篷鏡裏行。

思歸

解却塵纓剩得閒，春秋代謝换朱顔。夢醒已厭波濤險，歸去頻愁道路艱。塞雁自隨春北上，岫雲終擬暮飛還。尋常茅屋三間好，爲屬鄰翁共買山。

湖上

瀲灧湖光似鏡清，支筇悵望獨含情。烟籠古樹多藏寺，嶺渡殘鐘半入城。山駐絮雲閒不散，波涵珠月曉還明。却憐放鶴人仙去，誰爲梅花作主盟。

再過富陽

攲枕推篷賦遠游，櫓聲欸乃狎沙鷗。空濛烟雨舟如葉，又過春江第一樓。

周人驥

人驥，字芷囊，號蓮峰，天津人，人龍弟。雍正五年進士，官廣東巡撫。有《香遠堂詩稿》八卷。

《津門詩鈔》：公官侍御時，彈劾不避權要，以直聞。歷任封疆，風裁嚴峻，貪墨者望風解組。清釐夙弊，廢無不興，所莅之民，畏威懷惠，卒以剛正。爲權貴所中，數起數蹶，未竟其用，論者惜之。

夜雨

滯雨涼生五月天，瀟瀟聲裏話燈前。到來荒徼官三月，回首京華路八千。案牘無多慚大吏，陰晴應節卜豐年。衙齋幽静無拘束，洗盞何須問聖賢。

荔枝

絳雪爲衣玉乳香，堆盤相贈喜初嘗。從知百粵傳名品，不數歐閩十八娘。

金相

相，字琢章，天津人。雍正五年進士，官翰林院侍讀學士。

《津門詩鈔》：先生端正廉謹，學品兼重，與周蓮峰先生並居京職，同有清正之稱。歷掌文衡，時推得士。

泛舟望海寺至香林院，觀衛白二水交會處

停舟碧綺寮，憩蹟青華觀。晴烟羃花積，宿靄延林散。緇廬改新制，棟宇益璀璨。開門見大河，日夜納汗漫。京西三百里，一氣總輸灌。呼吸走風雷，憑凌倒滄瀚。經營一失宜，黿鼉窟高岸。昏烏萬檣宿，晨火千家爨。保障有賢臣，園葵敢興歎。

常青岳

青岳，字未山，一字雨來，交河人。雍正五年舉人，官江西南康府同知。有《晚菘堂集》二卷。

彭啓豐《序》：未山爲予同年友，爲政原本經術，寬猛相濟，裁决簿書，勾稽錢穀，明敏過人。

詩清麗拔俗，肆好多風，兼有諸家之美。

徐庶故里

我愛徐元直，純孝凌千古。一遇劉將軍，融如水投乳。薦賢得卧龍，枉顧託心膂。方期建大勳，致身報明主。誰令豚兒降，失勢同奔莒。倉卒走江陵，中途每失所。頓覺方寸亂，指心手空拊。慷慨再拜辭，强留事無補。臨别祇數言，字字出肺腑。王霸業誰圖，夙願成虚語。憶昔劉項争，陵母曾羈楚。伏劍全子忠，賢名耀來許。兩人境地同，用心此獨苦。仁至義亦全，高風誰與伍。

訪劉凝之故蹟

潁上有廉吏，胸襟何灑落。中年無宦情，避世尋丘壑。卜宅得寶峰，高懷此栖託。騎牛時往還，静隱得真樂。載詠廬山高，歐公非苟作。我來西澗上，訪舊踏芒屩。愛此清浄緣，遐想雲中鶴。

峽江水漲由百里荒回清江

行行幾莫辨西東，身入羊腸詰曲中。心膽驚時全墮地，輪蹄飛處半凌空。王陽到此車應返，阮籍行來路已窮。漫説青天連蜀道，而今楚道亦蠶叢。

寄荆山、星輝兩弟

一札封題淚欲零，六年宦蹟等浮萍。揣摩未易投時尚，吟詠猶能寫性靈。覽鏡半更雙鬢緑，開衙仍對萬山青。秋來夜夜多風雨，那得連牀共被聽。

雨中登滕王閣

江風吹雨不堪聽，落葉蕭蕭滿客庭。半世浮名仍鹿鹿，十年衰鬢早星星。胸中彭蠡三秋闊，眼底匡山九疊青。回望長安天際渺，倚闌翹首羨鴻冥。

泊瓜洲

一聲長笛起僧樓，緑水春帆自在流。明月二分風五兩，送人今夜到瓜洲。

鹿門灘舟中即目

逆水休嗟行路難，好風吹上鹿門灘。河邊山色村邊樹，穩坐輕舠畫裏看。

二月八日抵吴城任偶成

三板停橈謝水程，梅花官閣一身輕。簿書落落吾能了，拄笏東軒唱渭城。

望湖亭遠眺有懷星輝舍弟北旋

漫説鄉關水驛遥，好風十日送蘭橈。懸知此際停帆處，應在隋家廿四橋。

孤山晚泊

纔辭五老碧雲間，行盼雙姑擁翠鬟。作雪未成天又暮，半簾烟雨對鞵山。

張冲之

冲之，字道淵，號退圃，宛平人，宏儀孫。雍正六年賢良方正，歷官河南南汝光道。有《素脩堂詩鈔》。

歲暮書懷示模、桓兩兒

歲晚宜休沐，身閒喜放衙。酒杯浮竹葉，書案綻梅花。心静詩成癖，頭童雪屢加。此宵偏眷戀，明日又年華。

爲農

遠戍風霜苦，爲農雨露深。屋依秋樹老，門對野塘陰。細雨荷鋤去，清風抱膝吟。羣游鷗與鷺，相狎兩無心。

卧病

薄宦愁多病，鄉心憶故居。山泉頻調水，園吏例供蔬。瘦骨難扶杖，荒城苦借書。有身應有患，如此悟真如。

題邵蔚田侍讀收綸圖

其一

滄海曾經釣鉅鰲，排山銀浪見風濤。年來不作臨淵羡，休論長安米價高。

其二

紅樹青山舊釣磯，竹林深處有柴扉。滿天明月歸來晚，攜得鱸魚一尺肥。

過淇水

眼看淇水去悠悠，一片波光冷似秋。未必有功能潤物，下山徒自亂清流。

魯克恭

克恭，字伯敬，豐潤人。雍正七年舉人，官浙江秀水縣知縣。

園亭閒眺

喜兹嘉樹林，烟景無時缺。花醉滿園春，月坐一亭雪。花月方淡然，我心自怡悦。解帶任清風，悠然忘言説。

黄祐

祐，字履敬，號松山，天津人。雍正七年舉人，官江蘇通州知州。

汪槐塘《津門雜詩》題詞

瞿塘春水隋堤樹，半屬楊枝半竹枝。争似槐塘新樂府，自傳燕筑付紅兒。

陳德正

德正，字醇叔，號葛城，安州人，德榮弟。雍正八年進士，歷官陝西按察使。有《葛城詩稿》。

朱珪《陳公墓表》：公幼而英俊岸異，受知於學使荆山吴公。成進士，授吏部額外主事，題補文選司員外，尋擢郎中。乾隆三年，特授山西冀寧道。六年，晉山東按察使。七年，調陝西按察使。公莅外任，以刑名爲民命所關，不肯草草。適蒲城，有幼女被勒死，訊明凶犯，已得其情，是奸非盗，而同州守回護己非，潛以先入之言，聳動撫軍，飭行省釋。公不從，將欲封章以聞，爲制府所劾，遂奪職，發往軍臺效力。越六年，蒙恩宥回籍。公平居愛讀周秦以上書，若左、國、老、莊、楚騷、遷史，寢食以之，他如管、列、荀、韓，亦復涉獵，詩上溯建安，下逮長吉，心摹手追，劇有心得。卒年七十三。

蒿里行

北邙無閒土，南山鬱高岡。天地一溝壑，啾啾萬鬼揚。陳因藉白骨，魂氣逝飛揚。百年誰不死，長生豈有方。策騏進靈輿，鑿璲開壽堂。但聞黄泉路，不見白雲鄉。元廬慘昏景，隙月延白光。魑魅共來往，狐兔穴其傍。新鬼泣嗚咽，舊鬼色凄涼。生年一何促，没算一何長。廣宵貯永劫，今古浩茫茫。吾欲問司命，爲德胡不良。行催老者盡，復迫少者殤。何不稍躊躇，俾令獲壽康。有形終須盡，既死焉不亡。會當束縛去，吁嗟可憐傷。

銅雀妓

高臺鎖春色，幽坎閟元廬。廣筵陳象設，供養儼平居。脯粻上朝夕，膏沐爲誰娱。戚容赴促節，哀響發悲歈。鬱鬱西陵樹，古瓦蒼苔鋪。肅風引孤幔，彷彿迴靈輿。徒然奏歌舞，無復御衾裯。與其著銅雀，何如殉鼎湖。曉妝侍寂寞，夜色延虚無。果能陪色笑，何惜微賤軀。綦組賣人間，恩愛猶在初。已分掖廷老，空傷歲月徂。生人接幽景，白日逼瞑途。七十二陵在，地下復何如。

和吴淵潁題韓蘄王湖上騎驢圖

百戰功成剩此身，蕭然世外一閒人。西子湖邊青草路，無人知是故將軍。焦山寺前喧戰鼓，直期痛飲黄龍府。北去都忘君父仇，南來且作湖山主。白公堤上日經過，回首中原恨事多。髀肉漸生驢背穩，壯心消盡醉顔酡。男兒有身裹馬革，不畏矢石畏刀筆。可憐一曲白符鳩，願爲忠臣安可得。

風峪石經歌 北齊天保年間刻

熒惑入斗天無光，魏皇徒跣出文昌。爾朱已滅賀拔死，中原大業歸高王。晉陽兵甲天下横，拊君之背扼君吭。倨坐直呼陛下反，河邊跋扈行披猖。父龍兄虎席盛業，猥云舜禹傳陶唐。圜丘禮罷受朝賀，三十六國紛趨蹌。當時意氣自豪舉，西無覺護南無梁。不崇圖書崇象數，百七十部恢禪綱。太原西上有風峪，砉然一穴開中央。傳聞是爲天地竅，大風時起雲飛揚。洞有石經岌林立，無漏上乘宣十方。當時刻畫豈無意，或者借此爲祓禳。摩尼照空諸天寂，獅子夜吼魑魅藏。鐫盤鑄鼎共不朽，何事更寫泥金黄。年號依稀記天保，山河屢易驚滄桑。此石此書依然在，歷劫雷火曾無傷。蝎伏虺守任呵護，高峽敧壁藏堂皇。苔蘚剥盡露結構，蛇龍崛强羣鸞翔。伊時奉敕書者誰，斯邕繇鑠争頡頏。連山倒海與筆力，長矛快劍森鋒芒。韓蘇愛奇誇石鼓，矜言搜自岐山陽。豈知同是周齊物，一字文泰一高洋。字畫漫漶不可識，攻車同馬煩確商。昌黎好事乃臆斷，鑒古未審徒旁皇。惜哉此經無識者，至今幽閉山之岡。高人畸士蹟不到，窮厓蔽翳荆榛荒。幸無摹搨得完好，片石價重千琳琅。却悲年久多變易，泥塗封砌如堵牆。刻石書經經四面，三面背倚難諦詳。願言拆剔更羅列，安置妥貼排成行。永奠此山壓塊氣，脅鹿不許飛廉狂。

元祐黨籍碑

國運士氣相終始，衣冠流禍何時已。事由我輩半激成，調停未罷紹述起。當時特標亂政臣，豐碑矗立端禮門。子孫禁錮身繫累，嶺南萬里猶君恩。司空門下臣京記，夷列罪狀分次第。某也首惡某附麗，前書其官後姓字。頒之天下垂萬世，天下萬世不可欺。恩仇反覆競一時，小人自爲門户計。好惡誰能移是非，石雖可毁名不滅。千載凛然見高節，史家記載未能詳。賴有此碑存論列，慶曆之世已萌芽。中間蜀洛尤紛拏，包荒無力伏莽發。一時互指爲奸邪，剥削隱然在元氣。放逐殛流日多事，祖宗培植幾百年。可憐一網無遺類，消長從兹治亂分。官家别用一番人。君不見，厚陵寒食松楸冷，社飯明年思老身。

游高陽李相公園林

國初相業推高陽，三十視草金鑾傍。少年才位不可及，中書門下同平章。朝廟當時多著作，一代文章重臺閣。謝公偶出爲蒼生，晚年逸興耽丘壑。延英對罷退朝初，蕭然門徑山林居。名花奇石親位置，身游魏闕心江湖。園中新闢讀書屋，磊落牙籤三萬軸。朝廷無事得從容，天子時時賜休沐。祇今東閣不復開，相公已去無人來。舊時亭榭半傾圮，荒庭風雨生莓苔。百年所存祇喬木，人世幾回變陵谷。平泉草木無復遺，房杜田園竟誰屬。從來善始不善終，富貴繁華轉眼空。洛陽名園長荆棘，奉誠第宅隨飛蓬。古今興廢數有定，君臣遭際時不同。即今蔓草荒烟裏，想見當時忠厚風。

過保定弔金忠節

國破君亡誓一死，縋城夜出殺賊子。黑纓白甲爾何人，謂督師李建泰。攘臂公行白晝裏。守陴力屈還巷戰，烟塵四合哭聲起。母求死子妻求夫，夜半啾啾攢萬鬼。城中鄉官主者誰，峨峨鐵冠金御史。明知時事不可爲，釃酒椎牛親饗士。痛哭盟衆大行前，京師已陷七日矣。舊時驄馬秦中游，賊曰父母公仇讐。環尸跪拜不忍去，裂眦不瞑張雙眸。知公有恨耿千古，賜劍無靈太跋扈。碧血淋漓地下藏，一塊故鄉乾净土。

李法孟

法孟，字嶧山，又字亦珊，任丘人。雍正十年舉人，官廣西西林縣知縣。

《任丘縣志》：法孟，年十三補諸生。雍正己酉，貢入成均，中壬子舉人，考授内閣中書，改授廣西永福令，調西林令，所在有循聲。告病家居，與景州李基塙、獻縣戈濤、同邑劉炳、邊連寶諸人相唱和，尤工書。

《紅豆樹館詩話》：亦珊，工書法，學顏魯公，至今邑人多寶藏之。景州曹麗天昕，嘗寄以詩云：

『龍津之鍔大食刀，精光迸落藏輕毫。爲君磊落一披拂，沉疴頓豁胸鬱陶。古人評書窮萬象，顔公變法秋鷹驕。風雲眼底何汗漫，鋒稜一撇天爲高。紛紛俗書競姿媚，非君迅掃誰爲豪。堂堂筆陣真一快，辟易羣婢登嫖姚。憶昔逢君年正少，昂藏正筆能持牢。元方歌詩稱二妙，相將一斗傾醇醪。故人宿草迷何處，一十六載風捲濤。感君意氣今尚爾，荒途不惜迴華鑣。赤文珍重留鐵畫，片石千載垂光褒。翦燭把酒話清夜，窗竹摩戛風蕭騷。墨池龍騰方化雨，蔀屋燕倦空藏巢。大道如髮望南北，尚憶與子歌同袍。』

永福署中書懷

長日訟庭虛，苔茵碧欲鋪。燕羣斜雨翅，荷掌定風珠。單父琴工否，陽橋釣美無。昔賢治譜在，未敢易真吾。

劉燉若

燉若，字艾嵎，景州人。雍正十年舉人，官寶坻縣教諭。有《渠陽鐸韻》一卷。

蘇珊《序》：艾嵎詩，舉體遥雋，興寄超逸，殆淵源厥宗夢得而派衍之者。

食芋

清晨買紫芋，十錢易一盤。甘滑勝粗糲，更宜腐儒餐。何必遠涉淇，玉延如琅玕。況呼不麥稷，賴爾忘凶年。疑插周牆苗，長保腹便便。與世淡無營，陶然理舊編。荷鍤難沙礫，犖确非良田。

秋日有感

重雲濕霧冷三更，素魄剛明半未明。颯颯西風吹落葉，有人長嘯和秋聲。

秋日過李聖符

濃柳環村大幾圍，黄綃碎翦滿檐飛。轆轤聲裏新泉白，門外秋菘汁正肥。

李承恩

承恩，字紹衣，灤州人。雍正十年舉人。有《致遠堂詩稿》一卷。

舊居

其一

空庭寂寞滿蒼苔，朱户隨風任意開。惟有堂前舊燕子，雙雙飛去又飛來。

其二

草砌柴門小徑荒，曲闌獨步意傍徨。月光不肯隨人去，猶送花陰到粉牆。

王壎

壎，字友仲，曲周人。雍正十年舉人。

題《中丞路公傳》後

仿佛英靈尚在兹，生芻還繫哲人思。千秋氣已凌三島，百戰神猶載兩旗。風雨東來空悵望，松楸南向總迷離。至今嗚咽淮頭水，白馬江濤一樣悲。

張應楸

應楸，字松岩，玉田人。雍正十年舉人。有《佩蘭齋集》一卷。

《玉田縣志》：應楸博通羣籍，殫心詩賦，刊有《雜詠傳奇》行世。

春日偶成

淡雲疏雨過春城，流水桃花若有情。岸柳豈從今歲緑，林鶯不是去年聲。狂歌拚惹兒童笑，酣睡偏宜午夢清。聞道征西車馬好，長安無復羽書驚。

田志勤

志勤，字崇廣，號平圃，大興人。雍正十一年一甲二名進士，歷官翰林院侍講。有《業精堂詩草》。

羅源漢《序》：平圃詩，冲和淡遠，端莊流麗，一字一句，悉衷大雅。

和何元晉《草堂漫興》

子美詩名擅草堂，欲判肥瘦比癡狂。清言豈異古今轍，雅意偏分上下牀。濁酒黄花耽夕月，明窗棐几趁秋陽。門前漸乏俗人履，捕雀張羅正不妨。

何琇

琇，字君琢，號勵庵，宛平人。雍正十一年進士，官宗人府主事。

《四庫全書提要》：《樵香小記》二卷，何琇撰。是編皆考證之文，凡一百二十條。論經義者，居其大半，亦頗及字學、韻學。其論六書，頗與舊説異同，如謂『秃』字，當從禾，會意。《説文》謂『人伏禾下』，固屬謬妄，即六書正譌，改爲從木，諧聲，亦非確論。謂《説文》訓『爲』字爲母猴，本末倒置。當是先有爲字，乃借以名猴。謂『射』字，從身，從寸，爲籀文，象手持弓形之譌，其説皆未免於獨創。至其解《春秋》『西狩獲麟』，解《周禮》『奔者不禁』，解《詩》『野有死麕』，亦時能發先儒所未發。其學問大旨，蓋出入於閻若璩、顧炎武、朱彝尊、毛奇齡諸家，故多衍其緒論云。

《閱微草堂筆記》：先師何勵庵先生，宦途坎坷，貧病以終，著有《樵香小記》，多考證經史疑義，今著録《四庫全書》中。爲詩頗喜陸放翁。

詠懷

冷署蕭條早放衙，閒官風味似山家。偶來舊友尋棋局，絶少餘錢落畫叉。淺碧好儲消夏酒，嫣紅已到殿春花。鏡中頻看頭如雪，愛惜流光倍有加。

邵大業

大業，字厚庵，大興人。雍正十二年進士，官江南徐州府知府。有《謙受堂集》十二卷。

《隨園詩話》：邵厚庵太守，治蘇有惠政，以忤大府罷官，有口號云：『江山見慣新詩少，世味嘗深感慨多。』又『老來兒女費周旋』七字，亦頗是人情。

童二樹畫梅歌

先生畫梅如畫龍，頭角鱗爪森玲瓏。千枝萬枝一氣下，奔走雷電驅長風。先畫大幹如截鐵，細柯旋出摇青銅。凍皴堆作盤錯勢，拳曲臃腫驕蒼松。攘臂奮腕繞席走，筆欲落紙神飛空。須臾雲氣滿四角，淋漓亂點寒花叢。澹者欲傍竹籬徑，艷者忽近珠簾櫳。繁英粲粲儼列屋，孤蕊脉脉嗟離宫。就中五出未全出，將開不開春冲融。踔厲奮發初赴敵，卒收險怪歸中庸。一時觀者齊叫絶，彭門刺史心則忡。憶昔曾作吴下守，討春直到東園東。元墓石壁十里許，疏羅密織交織濃。瞥眼一别十六載，索笑但有清夢通。閒亭更憶林處士，俗骨欲换知無從。晴窗喜見大潑墨，置身如在孤山峰。始知先生有真宰，澹香清影常在胸。畫梅畫骨兼畫氣，破萬卷入青蒙茸。張之高堂日坐卧，縱有塵壒烏能攻。祇恐破壁欲飛去，模糊雪海香濛濛。

即事

逍遥堂半畝，清絶與誰同。幾點菊花雨，一林黄葉風。背人吟好句，對客理絲桐。借問彭城守，何如放鶴翁。

河口作

淮黄交合地，禹蹟尚堪求。自昔稱雙獨，於今得並流。氣兼星漢下，聲入海天浮。吴楚三江外，蒼茫拱上游。

長至前一日途中作

夜半理徵衣，黄昏未解騑。馬疲輪較重，鴉定葉全稀。自覺吟情減，遥看夜火微。呼兒市村酒，佳節近灰飛。

薄暮

凍靄壓山重，新風入袖寒。蹉跎傷薄暮，縹緲望長安。漸覺衣冠懶，從知歲月寬。惟憐小兒女，欲遣客情難。

題省日四兄課孫圖

木榻蕭然抱膝居，加餐不歎食無魚。忘家那慣縈鄉夢，有子都能讀父書。一卷南華消晝永，半枰棋子落窗虛。伊吾尚有桐孫在，樂事天然百不如。

贈張汶石

別來心事各如何，冉冉流光委逝波。清夢幾回依霍麓，好風初喜到星河。閒雲野鶴人如舊，秋月春花興不磨。邂逅却慚塵下吏，西窗孤負夜燈多。

德州道中

欲雪未雪天氣陰，落地作雨寒來侵。三冬柳色乍含潤，一縷爨烟深出林。蒼隼掠田飛習習，黄雞升屋唱森森。德州城外官河渡，北轍南帆攪客心。

丙戌正月過錫山再疊戊辰元韻

幾回帆影此間過，歲月催人可奈何。境到熟游詩懶就，春當初放水無波。連峰雪霽飛仙館，曉洞雲深隱鳳阿。試問清泉好消息，何時晴汲碧山蘿。

和吴梯岑副戎見懷

幾年尊酒共談心，乍隔車塵思已深。好句玲瓏纔入手，新晴稠疊頓開襟。吴門往事成追憶，洪上清光祇獨尋。最喜雲軒新結構，半窗風雨逗松音。

酬湯藥岡

丹鉛荒盡冷生涯，衮衮紅塵走傳車。已分秋深同落瓠，可堪人老更簪花。琅玕入手光何限，簿領埋頭興轉賒。莫訝玲瓏仙骨健，置身原是舊金華。

將抵吴門，口占示申婿兆侖兒子自昌

其一

菜花黄映緑楊梢，路轉江村十里遥。清茗一杯情話好，扁舟摇過彩雲橋。

其二

横塘橋外白雲横，細蹴鱗紋入棹輕。兩岸黄花一行柳，不知人在畫中行。

高郵

其一

二分明月照揚州，長笛吹殘昨夜樓。迴首雷塘正惆悵，一帆疏雨過高郵。

其二

春流三月漲平湖，淺草輕沙慣浴鳧。蓑笠漁人愁礙槳，楊花飛處緑萍鋪。

李若龍

若龍，字又玥，東光人。雍正十三年舉人。

《閱微草堂筆記》：東光馬節婦，余妻黨也。年未二十而寡，無翁姑兄弟，亦無子女，以浣濯縫紉自給，年八十餘乃終。余嘗考馬氏家乘，然其夫之名字與母之氏族，則忘之久矣。先師李又玥先生與同里嘗爲詩云云。

馬節婦詩

早歲吟黄鵠，顛連四十春。懷貞心比鐵，完節鬢如銀。慷慨期千古，凋零剩一身。幾番經坎坷，此念未緇磷。震撼驚風雨，撝呵賴鬼神。天原常佑善，人竟不憐貧。稍覺親朋少，羞爲乞索頻。一家徒四壁，九食度三旬。絶粒腸空轉，傭針手盡皴。有薪皆掃葉，無甑可生塵。黧面真如鵠，懸衣半似鶉。遮門纔破薦，藉草是華茵。生死心無改，存亡理亦均。喧闐憑燕雀，堅勁自松筠。伊我欽賢淑，多年共里闉。不辭歌詠拙，取表性情真。公議存鄉校，廷評待史臣。他時邀紫誥，光映九河濱。

王榮勳

榮勳，字立亭，號澄齋，正定人，鍾岳孫。雍正十三年舉人，歷官浙江處州府知府。有《澄齋詩草》。

王發楠《先公傳略》：公年十九領鄉薦。乾隆十一年，北河興水利，補霸州、淀河州，同於古治河諸書，詳考繪圖，經營規度，不失尺寸。升子牙通判，歷署延慶遵化州知州、天津同知。聰斷明决，奸徒斂蹟，薦升浙江處州知府。政本仁恕，視民吏如家人。築壩堰，引水灌田數千頃，風化大行。尤精易理，刻有《周易觀象》行世，卒年六十二。

春日赴都門

策馬出門去，其如戀別何。隨車官柳細，回首野雲多。山曉鶴歸樹，月明人渡河。荒村今夜夢，清興繞烟蘿。

贈南社宋隱居

栖遲南社老，質樸古風存。督稼開場圃，藏書課子孫。花深香滿徑，山遠翠當門。田酒能留客，頻來未覺喧。

曉過青石梁

磴轉山彌峻，途危景愈佳。泉聲梳石髮，雲影挂松釵。依塞千村小，耕坡萬隴排。滿前豐穰意，游豫洽宸懷。

九日涿州道中

星斗闌干夜促裝，曉行涿鹿正重陽。一灣緑水含秋冷，千疊青山笑客忙。古郡依然臨督亢，疏村何處問樓桑。停車野寺餘清興，叢菊新開數朵黄。

送于觀成赴濟寧

平生知己如君少，兩載交情一味真。清夜話殘花嶼月，芳時踏徧鳳城塵。鳥聲繞樹方求友，柳色横橋欲送人。直到任城雲水接，相思莫惜鯉書頻。

過涿州雪色甚佳

涿鹿城邊雪載塗，清光極目一塵無。嚴風吹散蚩尤霧，粉本描成督亢圖。應有詞人矜白戰，偏宜美酒對紅鑪。行行莫唱清商調，看取瓊花數萬株。

保陽道中

幾日停車又出城，青山相見遠相迎。但令膏雨均三輔，何憚勞薪歷幾程。古渡平沙深馬蹟，夕陽高柳沸蟬聲。解衣小飲旗亭外，誰識踈狂阮步兵。

齋中即事

玉盆清水養金鱗，瓶插桃花笑向人。便似西湖撑畫舫，暖風遲日六橋春。

山行

重疊山巒插半空，水聲幽咽路纔通。一川蕎麥花如雪，知有人家在崦中。

李學禮

學禮，字立軒，號謙堂，任丘人。雍正十三年舉人，官廣東知縣。有《補過堂集》四卷。

王應鯨《傳》：公生而穎異，年十六受知於督學吴眉庵先生。雍正乙卯，年十九，舉於鄉。乾隆壬申，揀發廣東試用，歷任和平、饒平、定安、陽春諸邑。歲戊寅，署佛山同知，佛山爲廣州鉅鎮。公莅任，值災旱，穀價昂貴，籌賑濟良策，活數萬人。綰饒平篆，邑劇事繁富由積，公每數案兼訊，口問手判，兩造允服，遇情罪扼要，必再三斟酌。紙無餘幅，則以蠅頭小楷夾書之，汗流浹背，弗告疲。有富人犯賭，密以萬金進，公嚴却之。初報竊案，差役、緑總大都虚應故事，更□豢分肥。

公設較簿，差綀駢比，務獲乃已，盜藪一空。宰粵十餘載。著有《聯經》四卷，駢體文若干卷。

秋閨

妾已悔封侯，郎偏愛遠游。涼風吹夢斷，孤月照顔羞。石闕銜難吐，横波閣不流。年年乞新巧，私語妬牽牛。

用回文韻再和玉溪

玉鏡臺邊一悵然，返魂香祇篆青烟。幻思夢雨難成雛，癡喚春風頗類鶻。祇有泉臺歌子夜，不須羽帳憶丁用。憑何斟酌姮娥悔，常挂人間上下弦。

姜森

森，字恪齋，號儀甫，天津人。雍正十三年舉人，官交河縣教諭。

夜坐讀杜詩有作

清宵漏漸永，逸興坐來增。酒愛陶彭澤，詩耽杜少陵。會心良不易，聚訟總無憑。冥慮求真解，挑殘雁足燈。

晚歸即事

一棹横秋水，蒼茫渡晚烟。野雲低岸樹，幽火静漁船。幾處虹橋接，誰家酒旆縣。莫嫌前路暝，月上女牆邊。

董榕

榕，字念青，號恒巖，豐潤人。雍正十三年拔貢生，官江西贛寧道，著有《庚洋集》《庚溪集》《詩意集》。

《紅豆樹館詩話》：恒巖歷守金華、南昌、九江諸府，所在有惠政。公餘，延禮名士，提倡風雅，時蔣心餘太史尚未通籍，恒巖招與讌游，尤深投分，常取明女官石硅土司秦良玉、游擊將軍沈雲英勦賊事譜芝龕，記樂府，以明史爲經，雜采諸家薈説緯之。心餘太史題詞云：『降旗獵獵走蟲沙，不見宗耶與岳耶。畫取美人名馬像，寶刀如雪滚桃花。督師衮衮少長城，養賊寧南死負君。可惜官家相見晚，中原誰似女將軍。豈有摩崖片石傳，讓人開國畫凌烟。紅顔不具封侯骨，老向蓮花證上仙。滕王閣下騎如雲，巾幗真宜贈領軍。曾向空江弔蓮舫，怒濤鳴咽不堪聞。空勞詞賦動江關，下第仍從塞雁還。棖觸平生忠孝淚，一聲牙板一潺湲。』又《懷恒巖觀察》云：『孝子施行馬，心如章貢清。纂組三朝事，芝龕唱秦青。揚靈作水仙，招魂向吴城。』按：恒巖撰此書時，或經心餘商訂。今有傳爲心餘自撰者，誤。

江都相宅懷古

何須嗟主父，亦莫怨公孫。不使功名薄，焉知道誼尊。一編留玉露，雙井濬祠門。蕭統高樓近，流風好共論。

再宿真州

舊渡悲龍馬，驚濤想佛貍。江城三楚接，烟草六朝悲。梵寺空今古，長亭管別離。玉沙猶昨日，漁笛倍凄其。

蘇珃

珃，字毅存，號惺園，一號韋函，交河人。雍正十三年拔貢生，官新樂縣教諭。

史現《序》：雍正乙卯，嘉興錢文端公督學拔士，閱先生卷，至《二場九河故道策》，驚喜筆力疏古，遂以第一人充選貢，朝考名列第二。母病終養，以孝謹稱，選新邑教諭。研經汲古，老而不厭。

西園遠眺懷舊，從游不至

年年把手共登臨，此日何堪入故岑。徑滿烟蘿都作障，泉分巖溜自鳴琴。酒亭有會關幽夢，蘭沼無期倍感心。最是桃花争欲放，一番風雨曉寒侵。

國朝畿輔詩傳卷三十四

邊連寶

連寶，字肇畛，號隨園，任丘人，中寶弟。雍正十三年拔貢生，乾隆元年薦舉博學鴻詞。有《隨園詩草》八卷。

《四庫全書提要》：《隨園詩集》十卷，《附録》一卷，邊連寶撰。是集前有乾隆丁丑戈濤序，而第四卷以下題曰《病餘草》者，爲戊寅以後詩，蓋續編而仍冠以原序也。《附録》一卷曰《禪家公案頌》，則其晚耽禪悦，讀《指月録》所作云。

蔣士銓《傳》：君世爲任丘望族，生禀宿慧，博聞强記。康熙己亥，補博士弟子員。雍正乙卯，受知學使錢公陳羣，充拔貢生。明年乾隆改元，開博學鴻詞科，錢公舉君應召試，不中。越十五年，朝廷徵經學之儒，錢公再舉之。是時，天下共舉三十九人，君獨以疾辭，不赴。歷鄉試十三次，凡五薦而罷，遂絶意進取，益肆力於學。所著《古體文》《隨園詩》《病餘草》《病餘續草》《絶筆草》各若干卷。其評選手定者則有《五言正味集》《杜律啓蒙》《管子腋考訂》《蘇詩施注》等帙。君眉目疏秀，性簡介，不喜見俗士。論事侃侃，持義理不移。少嗜酒，晚號茗禪居士，與河間戈濤最友善。濤於詩文，慎許可，顧心折於公，嘗爲公撰生傳，爲時傳誦。濤既死，君屏交游，惟與兄竹巖詩酒唱酬，白頭友愛，如髫齡時。竹巖子廷掄，官兩淮監運使，竹巖就養江南，偕君往游，窮大江南北名勝，歌吟弗輟。旗亭僧壁，傳寫殆徧。君詩益奇橫，跌宕自喜，編《南游塤篪集》。歸一載，卒，年七十四。

又《序》：河間詩人自劉文房振起瀛海，作者代興。先生詩，脱絶町畦，戛然獨造，才識邃衍，氣力宏放，不名一家，而其言有物，誠有合乎風騷之旨。然君之所得，尚有伏而不見者，豈特盡於此詩而已。乃知先生所以求傳於後世者，故有在也。

戈濤《序》：余嘗論隨園詩以韓、孟爲宗，七言歌行兼有青蓮、玉川子，今更讀之，以爲不然。隨園之詩，自成爲隨園已矣。隨園詩縱横排奡，不可方物，而各有一隨園者存。即其晚年深造自得，其剛果之氣，不能自没於冲夷淡寂中，此隨園之真。其骨近韓，其神近孟，其氣近李，其情思近盧，惟其近之，是以似而有之。至謂某篇學某某篇，則斷斷無有。

杭世駿《詞科掌録》：肇昣爲直隸總督彭城李公所薦，研辨經史，篤學不倦，北方學者未能或之先也。

《鶴徵録》：肇昣學問淹貫，爲吾鄉錢文端所知。己巳，文端時爲少司寇，即以沉潛經學薦之，《香樹齊集》中有《任丘代東邊鴻博》句云『好賣文園賦，曾懷光範書』。《隨園集》末附録《禪家公案》一卷，則其晚年頗耽禪悦也。

錢陳羣過任丘，喜晤邊肇畛，賦有《烏》一篇爲贈：『一抹疏林瀛鄚連，高城隱隱夕陽邊。夢中握手三千里，月下來投十二年。鶴髮尚書攜舊履，雞栖處士卧寒氊。重來昔日譚經地，有烏懷人是信天。』

《紅豆樹館詩話》：先生姪霽峰都轉官揚州，先生來游，適蔣心餘太史主講永安書院，心餘與先生同爲錢文端公門下士，霽峰又與心餘會試同年，今《隨園詩草》八卷，皆經心餘太史甄定而霽峰都轉所刊行也。《忠雅堂集》中有用東坡《岐亭》韻與先生唱和詩。其《題隨園無雙譜詩後》七古一章，推服尤至。詩云：『無雙譜中四十客，始於留侯終信國。畫者詠者金古良，久向詩壇誇絶特。任丘丈人耐不得，萬事參差塞胸臆。金剛神勇菩薩心，放出獅王真氣力。老吏斷獄誰敢移，比例森嚴刑賞直。拄天撐地筆一枝，誅殛奸回發潛德。肺肝千載不能藏，魂魄九原無處匿。短兵相接妙入神，棄甲如山俱敗北。想當淋漓下筆時，西崖鐵崖都變色。讀書萬卷乃有神，此事平生幾胎息。吁嗟乎！不須更看無雙譜，翁有無雙新樂府。作詩何異作《春秋》，三千餘歲上下古。』

冬夜讀書

人嫌冬夜長，我愛冬日短。道心逐晝消，俗腸憑夜澣。墐户折風刀，窒隙拾月卵。焚香驅穢濁，數息調驟緩。酸馥生櫞柈，苦馨嗅荈椀。抱膝覓新吟，蘸筆竄舊纂。冥理探幽磎，古義抵微窾。竇塞人迷方，機發灰動琯。似遠忽乍親，將來還中斷。眉蹙方詰屈，顏霽已平坦。讐初慘申韓，契終踰鮑管。韜精難覆藏，譎態自輸款。斑管絶疑讀，牙籌晰溷算。稍疲支顴腮，助勇噉餅饊。吟弄愜新歡，傲睨抒宿懣。尺尋勿已而，寸進又豈但。離羣絶庸攀，追古務刻鑽。畢箕收柄舌，牛女欲漱盥。煑酒且孤斟，裹書不再攤。膏油費夜煎，妻孥糾書懶。

贈别潘晉逸

與君敦古處，相好如弟昆。固非以富貴，亦不以賤貧。結交自有道，形蹟非所論。憶昔初識面，祇在傾蓋間。君謂我免俗，我謂君不羣。暗中兩摸索，遂成膠漆緣。我時來上谷，徑直造君門。君見輒大喜，洋洋動面顔。卧我以牀榻，飲我以酒尊。君時出門去，阿婦供饔飧。阿婦亦賢慧，知爲君所親。殷勤具盤膳，黽勉典釵裙。世上同懷者，邈若越與秦。同懷而相好，豈復加此云。我上有老母，爾亦有嚴親。我今被徵召，别爾入都闉。爾亦膺薦辟，轉盼入霄雲。相期各努力，以慰堂上人。

雜感

其一

同雲色沉沉，陰風鳴策策。霜霰隨風零，稍稍入窗隙。鐙暗僅照幃，火寒不暖席。中有兀坐人，慘慘心不懌。趨時志不寧，謀道身則瘠。二者將奚從，交戰令心窄。守賤非近遭，歸愚亦前畫。千秋鑒此誠，顑頷奚足惜。

其二

身世何莽莽，中心亦怏怏。嘉遇不一來，駛年動屢往。撫事抱真悲，觀生淡奢想。衰白復益今，意氣頓殊曩。取酒澆我愁，我愁逐酒長。由來近日愁，非酒能滌蕩。

其三

霜風刷林木，一夜净如掃。中有枯死蟬，軀殼尚完好。精魄化異物，但虛存其表。爲爾涕汍瀾，中心憂如擣。逝者盡如斯，豈獨爾輩夭。

次昌黎縣齋有懷韻，寄呈戈芥舟

聊叙吾平生，用博子悲咤。人腐乃誤儒，年祲休罪稼。祲年穀不登，腐儒福所謝。拘囚隼在鞲，枯槁草染麝。驅羸將敝策，絓驂欲息駕。抱璞遭刵刑，命名忝趙價。前途險已明，後遇覆難射。點鬼羸韓窮，論詩輸李霸。細述耳須傾，極擬言豈詐。昔余年尚嬰，先公世已下。耽餓我無憐，招忌人有駡。銜悲口生石，迸淚目決灞。嘗膽志逾堅，坐芒身少暇。車螢朝徹帷，蘇錐夜刺髂。瑣瑣目已空，岳岳心能跨。文思侔拾遺，位欲極僕射。千年鼓笙簧，百世噉臠炙。頻年遭棄遺，壯懷成虛假。悲塵淺南溟，恨水低西華。深杯寡醒晨，愁夢無歡夜。彈冠慶游揚，推轂乏姻婭。登天纔拾階，聳霄又斷靶。忸怩稱陸厨，拉雜燒李架。鎩翮在辰年，點額歸丑蜡。平通叨餘榮，荒謬得寬赦。有戰即遁逃，無抵不隙罅。涼宇蔭嚴冬，燠館烘炎夏。謀生計已窮，畫策籌難借。去矣嗟何及，來者吁可怕。盛名悉已熟，佳什投非乍。前讀既已驚，後誦旋尤訝。八斗天自殊，一經家有藉。浮雲任驥簫，羊角足鵬化。而我獨蓬蒿，此生老桑柘。濡水可誅茅，吾丘并置榭。抱膝非葛廬，問字豈揚舍。隱霧慚豹潛，銜鼠避鴟嚇。隨緣亦小適，非分不妄迓。趺坐觀涅槃，鍊氣配嬰姹。婉孌不自媒，媼嫗豈復嫁。

村居冬夜

其一

戀枝有餘葉，觳觫燥且乾。微風一拔拂，墮地聲珊珊。羈魂寡所泊，聞此亦悽酸。悽酸竟何那，甘飲長恨端。

其二

矮窗不受日，黮黷如山陰。風吹霜霰入，寒氣迫我心。五臟無陽焰，激爲酸苦吟。酸苦奚足惜，誰聆酸苦音。

其三

冬月光泠泠，萬里碾寒玉。木雕瘦影直，森然一束束。擁鼻吟廣庭，噤瘁生寒粟。凜然難久留，入户仍躑躅。

和芥舟秋日過茗飲之作

與爾結金蘭，相好忘庚申。匪惟蹷駏歡，直同魚水洽。感激鼓應桴，招邀風動箑。有盞必雙斟，無韻能孤押。牛耳無定執，雞壇亦屢歃。互築累所卑，交注餉厥乏。羲娥御移西，絺綌衣更袷。玉葉翦琉璃，幓溪染韎韐。霪霹覞萋萋，霢霂聆霎霎。將迎倒屣履，過從省筆劄。汲泉爇榾柮，樓户驅鶗鴨。悶稽羽經裁，愁免墮術壓。嗄呷蚓號穴，砯訇波轉峽。鷗凈還屢雪，槍嫩衹一掐。幽香但微吸，元味無重呷。興酣結轕輵，狂發胠箧匣。飽李君讓池，收龐我在柙。坐慚陶韋韻，空點韓樊法。

衡山圖

衡岳鎮炎方，掃空翠突兀。祝融聳處尊，絶頂指溟渤。其餘七十峰，參差互凹凸。拱揖盡朝宗，大圭璧赴金闕。紫蓋獨不然，恥爲衆峰没。勢轉向東傾，偃蹇懶參謁。欽爾烟霞姿，别具傲睨骨。大度亦休休，包荒無面訐。文叔洎子陵，高風兩超越。雷池乍隱䀹，風穴忽飄颰。雲氣澒洞中，知有仙靈窟。恭惟魏夫人，族姓本閥閲。冥契耽真元，塵蹤棄堁堀。託劍欻化形，瑞靄捧羅韈。紫虚位上真，蠓蠛頻嗟咄。願充青鳥役，永託仙壇樾。故人寄此圖，太歲在單閼。大旱金石流，煩燠患暑暍。披對已灑然，兩腋涼飈發。陡將熱惱身，提貯玉壺汳。清夢繞洞庭，高興坐超忽。安得挂席游，擊汰臨滑笏。帆勢隨湘轉，九面望硉礎。興趣協滄州，瀟灑送日月。無計出塵氛，有懷空鬱勃。極目陟坡陀，楚天拖一髮。

苦雨書懷

霪霖苦無休，日夜常相繼。雹光耀自他，日影吐還蔽。霎霎入眼愁，殷殷聒耳碎。不耐捲簾看，但爲移榻避。新苔漬衣履，夙膏潤襆被。烟欝爨薪黴，螢化腐草積。蔓涎蝸黏扉，高躍蟇上砌。迷壘燕栖櫳，趁巢烏塌翅。濃氛蔭緑窗，老眼怯細字。苦妨雒誦勤，稍取黑甜味。方抱爲魚憂，仍逞建瓴勢。雷旋發震方，雲更起兑地。坐見天瓢傾，遥想銀塘沸。牛馬辨已難，螻蟻穴可潰。版築檄村農，巡邏走津吏。鄉國望欲迷，音耗杳難寄。寧親女願虚，穫麥兒蹤滯。羈懷苦無悰，清醪欣有餽。三杯顔微頳，一斗心已醉。挽鬚泥老翁，含貽唤孩穉。前庭聊游衍，晚景頗蒼翠。階樹氣蘢葱，盆池影摇曳。吸露清肺渴，解酲嗅荷氣。豈即免憂煩，暫用祛感喟。

疊浪巖

小兒特狡獪，作意弄奇巧。戲將巖嶔崎，疊爲浪浩淼。峰奔真若流，瀾狂幸未倒。愚公疑罷移，精衛填竟了。緣木求鰻魚，點波誤鳦鳥。虎豹雖遁藏，蛟蜃愁俶擾。誰將橋三峽，激上峰五老。水衣破岡巒，石髮像荇藻。堅不受犁耰，慎毋藝粳稻。阮屐一任登，許瓢未堪舀。剛柔忽混合，融結互裏表。雕鎪未云窮，俗冗輒相嬲。坐覺詩腸枯，也緣酒喉燥。捃摭成短吟，所幸無雷勦。

彩虹鏡

傍巖小具區，衆壑流所匯。左右夾明鏡，界以五彩蝃。波光既上漾，雲影亦下墜。川泳與雲飛，居然兩易位。苔磯坐片時，領略濠濮意。魚鳥來親人，此心真有會。

放歌行

星河牢落青天高，長吟擊節悲且豪。丈夫會應有變化，安得鬱鬱困蓬蒿。君不見，甯戚飯牛人不識，短布單衣無顔色。叩角悲歌氣慨慷，一朝奮起相齊國。當其夜半飯牛時，安知大臣在牛側。又不見，淮陰尺蠖方跼蹐，阸遭梟獍惡少年。胯下甘心受污辱，乞食漂母尤堪憐。謂當早晚填溝壑，龍驤萬里忽高騫。漢王蕭相皆拱手，煌煌金印大如斗。能羆百萬供指揮，滅齊下趙如拉朽。我亦湖海一壯夫，昂藏七尺非侏儒。若不致身青雲上，羽翼文治巖廊趨。便應揮手謝人事，騎鯨長嘯游蓬壺。胡爲不仙亦不貴，坐效阮籍哭窮途。空挾文字五千卷，日爲人作筆墨奴。勸君且進一杯酒，世上區區亦何有。闔閭城外虎氣騰，延平津上龍精吼。人間豈少冗賤官，蛇行匍匐牛馬走。終當一語結深知，坐取公卿如唾手。

空城雀

不巢人家幕，不穿人家屋。不飲太液水，不啄太倉粟。生長空城裏，日暮空城曲。王孫手挾金彈子，上林鳥雀逐彈死。空城從不識金彈，君道何如上林苑。

將進酒

羲和轡斷望舒死，烏兔雨丸跳不起。昆明池畔聚劫灰，小兒彈指聲中耳。昨上崑崙謁王母，雞皮鶴髮成老醜。麻姑十指短且禿，蕚緑飛瓊都白首。度索山頭仙果稀，東方曼倩被枷杻。彭祖巫咸今在無，漢寢秦封骨應朽。茂陵驪山堆黄土，石馬雕零銀雁腐。將軍誰是水中龍，丞相何如廁内鼠。人間世上有夷跖，黄泉地下無堯桀。斑斕蠹史賺羣愚，窈窕螺杯藏俊傑。鸚鵡杯，鸕鷀杓。莫消停，且斟酌。遮莫胸中萬斛愁，爲君方寸平華霍。

沈石田蜀道圖

盤盤折折上九天，裊裊娜娜下九淵。中央斷絶兩峰峻，天梯石棧相鉤連。竹篾縛橋駕深谷，乘危馭朽寒生粟。天迴地轉雲氣昏，喁喁嘯號元猿哭。濊濊砏汃浩呼洶，千巖萬壑雷霆動。楓杉櫧柏幾千株，蒙籠蔽翳何鬱蓊。中國入蜀有兩道，一爲峽江一劍閣。劍閣草昧自蠶叢，不比峽江爲禹鑿。蠶叢至開明，三萬八千歲，人烟不與中國通。五丁力士開蒙昧，蒙昧雖已開，仍踞天下險。李白樂府有挂漏，左思蜀都空點染。試閲啓南此畫圖，庶幾毫髮無遺憾。吃口偷兒不足齒，淋鈴浪子殊可鄙。千載之下爲君愁，憶我窮酸杜子美。同谷歌罷入成都，橐囊橡栗攜妻子。青泥坂蜿蜒，石櫃閣巑岏，大劍小劍崛拔地，五盤七盤迴插天。窮幽索隱歷艱險，始栽四松營水檻。畫圖胡僅止於此，不寫錦江浣花里。

龍挂

老夫亭午飯方罷，兒童喧呼看龍挂。出門矯首向西南，大衆讙呶共驚詫。隆隆之雷浩浩風，龍腥來自風雷中。頭顱菌蠢尾蜿蜒，衙衙挐攫撑虚空。須臾髻鬣紛駊騀，鱗中掣出金蛇火。一聲霹靂飛上天，空中疑有驪珠墮。

贈戴通乾廣文，用昌黎贈崔評事韻

作詩贈君苦不敏，寸衷如縷摅難盡。晤君兩度已十年，蒼茫身世殊堪軫。憶昔識君丁未冬，朔雲浩蕩風凄緊。蒙君惠我寶劍行，陸剸虎兕水截蜃。我時亦有贈君篇，蒲牢聲裹號蚯蚓。掉斧班門我大愚，投瓊報李君微哂。君時行李正困乏，長篇磊落嚇俗尹。峒裹鵝毛禦臘氓，坐令章甫縫掖窘。蜣螂奪糞易蘇丸，參差無怪相矛盾。自兹一别兩茫茫，我埋輪轂君解靷。已聞獻璞黥卞和，更見妒能刖孫臏。越今乙卯再相逢，各言所歷互矜閔。君困寒氈思奮飛，我仍絳帳誰推引。戇直輭美不相丁，方鑿圓枘難鬭筍。可憐黑白太分明，胡不知雄守其牝。西北天駒自渥洼，東南美幹富楉箘。俱是天家有用材，但嫌生硬不柔忍。衣裳楚楚笑蜉蝣，枝葉榮榮憐糞菌。莫使真剛化指柔，終教凡鳥怯疾隼。聖主當陽御六龍，闓澤旁流及動蠢。物色行看起釣屠，愁憂休令雕肝腎。丈夫遭際自有時，豐約循環理自準。清夜挑鐙抱膝吟，戀枝餘葉隨風隕。天街鼓響自登閎，大界月明無域畛。臨歧相勗崇明德，千載休同草木泯。

薄薄酒學山谷二首

其一

酒薄薄如水，婦醜醜如鬼。酒薄如水存酒味，一杯一杯可取醉。婦醜如鬼勝獨宿，七十無妃傲犢牧。緩步可以當車，晚食可以當肉。裋褐可以傲華衮，蝸廬不必羡華屋。無辱何必有榮，免禍勝如多福。漆以飾割，木以直伐。蘭以馨焚，翠以采殺。雄雞羽美自斷羽，恐中犧牲登於俎。靈龜之腸以靈刳，安得曳尾在泥塗。華亭鶴唳無望矣，東門黄犬得再乎。吁嗟乎，悲夫！主父烹緣五鼎食，衞尉禍胎一斛珠。何如酌薄酒，擁醜婦，歌呼嗚嗚，其樂衹且。

其二

薄酒可以赬面，醜婦可以補綻。飲酒何必瓊漿，娶婦何必姬姜。有酒有酒如澠淮，不到劉伶墳上來。銅雀臺高美人舞，西陵兩眼睎黄土。印纍纍兮綬若若，何如啓期行帶索。鳳笙鼉鼓龍吟笛，何如歌聲出金石。建牙吹角下高堂，翠旗羽纛凌風翔。何如灞橋風雪驢子背，丱角奚奴古歸囊。吾聞之，能加我於膝者，能墜我於淵。朝令生羽毛，暮令生瑕瘢。已矣乎！富貴功名難强得，董項陶腰不可折。不如薄酒飲足三萬六千日，生與醜婦同室，死與醜婦同穴。

讀長吉

紹述淹蹇魁紀公，孫樵潦倒大明宫。癖王身預甘露變，不合雕刻蝦蟆蟲。隴西王孫李長吉，萬象森羅供呼吸。奴背錦囊果下駒，乾端坤倪盡收拾。剜方刳圓鐫義舒，擔囊負簏走且趨。造化小兒嗷嗷哭，太乙列缺追亡逋。真宰却被毛帚刷，合將六極行誅殺。那是緋衣駕赤虬，天遣耶叉引羅刹。詩卷百千萬億年，浮生三百廿四月。君不見，尋章摘句蠹魚翁，厚福叢軀壽而達。

讀義山

詩家大成集浣花，含蓄百氏無垠涯。大歷以後稍靡弱，剽掠勦襲空紛拏。元白韓李名相亞，元輕白俗喧淫哇。獨有昌黎玉溪叟，杜陵鎔鑄雙鏌鋣。下及北宋起異議，江西派别西崑家。牛李蜀洛立門户，黨枯讐朽相疵瑕。余謂二子雖異派，鉤盤簡潔分梳爬。同出崑崙向碣石，仍歸一綫無等差。荆公許李窺杜奥，可云老眼無蒙遮。韓碑學韓便學杜，籌筆雖杜其何加。五言大篇愈雄渾，惶惑萬怪奔洪河。勢如武鄉圖八陣，鳥蛇龍虎相攫撾。又如淮陰將百萬，各就班部嚴讙譁。其餘艷體不無謂，宜濾精液揖滓渣。楚雨含情各有託，注脚自下何明耶。擬似應絶段十二，狹邪豈比温八叉。余素主韓不主李，筆如牛弩私矜誇。詎知韓體便枵腹，中乾外强徒查牙。不持寸鐵白手戰，終遭窘辱難騰那。題詩跋後用自警，兼示學子持頽波。

芥舟過訪

黄昏忽有高軒過，當關報道河間戈。倒曳屣履韈不結，出門諦視欣無訛。精神頓豁積悶釋，灑如四體離沉疴。粲然一笑攜手入，寒温禮數捐煩苛。高呼稚子解巾帶，衣霑霧露泥污韡。鋪牀拂席置羹飯，濁酒稍稍資顔酡。快談不覺天欲曙，星斗磊落城烏吪。清晨飯罷告欲去，脱軸取轄投寒波。却煖昨夜所餘酒，一杯相屬聽我歌。丈夫在世稀會面，來日苦少去苦多。君應早晚入仕宦，不比老醜終巖阿。祇今一歲纔一晤，奚論他日歧關河。安得與君如蛩駏，出則聯步居同窠。疾病老死不相棄，朝嘲暮詠紛遮羅。坐令萬物受雕刻，摎剔蓋載窮羲娥。嗚呼！人生得此死無恨，何必清廟賡猗那。

贈元敬之

静海元子真豪士，謂書但記人名耳。因棄儒術學俠客，朱家郭解不足役。萬里常求馬五花，千金不惜骰一擲。酒痕醉墨滿弓衣，夜來射殺南山石。中年折節學爲農，躬耕何必不英雄。未應豪氣除湖海，豈合壯節栖蒿蓬。秋高馬健頭駛駓，願君爲我洗寒餓。平原一撒海東青，駕鵝坐向雲中墮。弓如霹靂馬如飛，耳後生風鼻如火。

春歸

梨花凋零桃花暮，榆莢飛飛渡溪去。東風似欲買春迴，亂撒沈郎錢滿路。老夫攜杖逐東風，抵死留春春不住。一聲鵖鳩喚春歸，試問春歸向何處。

題高古狂指頭五鷹

霜刮天膜徹宿蘊，老木椏杈枝上聳。豪鷹五輩何所來，西風萬里發秦隴。一鷹捩影摩青霄，一鷹闖翼低黄茅。其餘三雙并奇絶，眼溢金光骹卓鐵。參差上下立枝頭，猛氣雄姿蓄未發。飛栖下上聯以眸，五鷹相覷如有謀。聲勢互倚氣愈横，羣孱何以當清秋。竹雞杉兔不足擊，溪虎野羊俱辟易。圖南倘過大鵬雛，毛血應灑平蕪赤。古狂先生腕力遒，米家老顛應遜籌。蓮房帚尾屏不用，奇氣直出十指頭。但寫野鷹意亦好，恐將臂鞲捐奇獢。君不見，自古在昔出世雄，誰從緣鏇營一飽。

董德全過訪，臨别贈以詩

董君精熟青鳥學，擕藝遨游無住著。本將技術豢妻孥，却賤金刀重然諾。襆被疲驢燕趙間，曳裾跛履公侯前。倘逢慷慨賤貧士，爲卜牛眠不計錢。黄金如山買君顧，君迺掉頭不肯住。問君抵死欲何爲，爲渠驕蹇無禮數。秋深訪我新安城，一夕論心萬古情。攀留數日不可得，擕手河梁淚滿纓。信陵君歿千年矣，更向何處覓知己。臨歧脱贈繞朝鞭，勸君歸老侯嬴里。

商喜八駿圖

八駿之名昉穆滿，後來畫手競奇罕。非貙非虎非狻猊，詭形譎狀驚恒眼。竊意駿衹馬中傑，無勞作意爲怪幻。商喜八駿衹是馬，不過馬中之駿者。權奇倜儻一何雄，骨格不出曹韓下。一馬立睡兩馬齕，兩馬狂奔仍互齧。一馬癢倩老樹搔，後軒前輊尻爲高。一老一穉爲子母，嘓嘓有聲飲母乳。詭形譎狀復何有，超妙八神自老手。雙耳四足蹄不方，别有精神可不朽。乃知古聖形體也衹似常人，何必蛇身而牛首。

任縣守歲

省覲來南國，蹉跎逼歲華。小兒看爆竹，老母受盤花。三十明朝過，歡娱此夜賒。屠蘇聊共酌，何事更長嗟。

夜雨

風雨逼窮秋，瀟瀟晚未休。雁聲雲外濕，燭影夜深愁。有婦供多病，無人補敝裘。嚴霜明日降，南國夢悠悠。

僻地

僻地人烟少，蕭晨物象清。天空孤鳥没，日落遠山明。時序一何駛，吾心漸不驚。一杯桑落酒，憑仗送浮生。

晚吹

晚吹蕩林薄，凌空一葉飛。天光寒已夕，雲影淡何依。歲月有遷遞，雪霜無是非。於中覓消息，斟酌可忘機。

暮冬

紆鬱無欣趣，蹉跎逼暮冬。三餐須擘畫，一褐已蒙茸。壁鑿鄰家火，風來雪外春。可憐班定遠，當日亦書傭。

孤雲

静與玉蟾逐，淡將銀漢同。晚風吹不去，天宇衹如空。霖雨知何日，蕭條亦有終。由來無住著，呼吸任鴻濛。

懷友八章選五

劉司州

抵死讐紈袴，謀生去井疆。或能辭顣頷，直可閲炎涼。砧杵千家月，蕭疏雨鬢霜。饒君多道力，容易耐迴腸。

高用賓

里選曾推轂，花封再剖符。邊疆鄰象卉，異産駭豬都。萬里風波險，三年歲月徂。北堂雙白髮，夢繞洞庭湖。

夏西村

每向朋儕内，憐君是古歡。衣冠存儉樸，耕鑿識艱難。晚節甘淪落，低頭惜羽翰。西郊游賞處，偏憶酒杯寬。

王希陶

窮聱囚張藉，丹青老鄭虔。清癯骨一把，脱灑句如仙。自判河津郡，相違十七年。滄州舊隸河間，每於試期相晤，自雍正己酉後，改屬天津，於今十七年矣。邇來消息斷，翹首海西偏。

李露園

向作神交客，今爲夢裏人。廿年纔會面，十載又沾巾。迢遞弓高道，蕭條青女晨。偶拈春草句，紆鬱氣難伸。見《懷詩》有『相期春草下吟鞭』之句。

村居九日

步屧秋沙輭，登高暮景寒。霜澄波色浄，風戰葉聲乾。白酒緣初斷，黄花興未殘。空餘筋力在，何處好追歡。

秋蝶

蝶影下花藥，花秋蝶亦秋。粉沾朝露濕，翎帶夕陽愁。香蕊一生活，清霜八月休。秦宫應不悔，老死在温柔。

讀《李鐵君集》

箏琶喧末俗，久已闋瑶琴。夫子篤於古，遺音乃在今。心游懷葛上，蹟屏巖泉深。日暝烟嵐重，孤蹤何處尋。

初秋雜興

其一

勳業烏頭外，光陰羊胛中。百年隨露電，萬事付苓通。暑謝疏團扇，涼歸驗候蟲。已摒虚牝擲，不遣酒杯空。

其二

蛩吟苔覆草，鯈躍水明沙。棗實垂檐角，籬梢綻豆花。薄游隨竹杖，樂事數田家。他日菟裘老，陽坡好種瓜。

其三

鄙人忙爲口，澤國味多腴。帶乙烹魚婢，和匡曬蠏奴。推恩到臧獲，同室得歡娛。笑問鳴鐘者，雙匙得插無。

其四

妙譽惭龍尾，奇癡似虎頭。吟成裁錦貯，釀熟脱巾篘。擬入焚香浦，時登曝畫樓。聊從吾所好，身世任悠悠。

野望

秋色鬱峥嶸，秋天一雁横。荒烟迷古戍，落日淡孤城。身世隨蓬轉，愁懷逐望生。哀笳何處發，凄切不勝情。

秋夜

敗葉窗前墮，孤鴻天外驚。寒鐙耿獨夜，老耳怯秋聲。架上書空帙，牀頭劍不鳴。霜中餘促織，札札竟何成？

登穀

儉薄微登穀，蕭條又履霜。年荒偏健飯，歲暮未縫裳。籬菊欣初綻，沉疴得小康。一尊聊獨遣，何必待重陽。

秋盡

秋盡百蟲寂，霜嚴萬植枯。天圍平野闊，雁入大荒孤。晚節身何補，西風病又蘇。十年笻竹杖，到處信君扶。

寒水

寒水清難唾，晴雲薄似紗。鷹饑窺兔窟，蝶晚戀菘花。夕露麻鞵濕，西風草笠斜。孤吟殊冷淡，衹此是生涯。

飲酒

壘塊殊難遣，尊罍强自寬。戟喉村酒辣，沁齒老齏酸。鴛瓦霜應徧，泥鑪火亦寒。杜陵遥酹汝，吾道果艱難。

拜史閣部墓

古冢鬱嶕嶢，燐光燭斗杓。羣兇傾大厦，一柱折崇朝。白骨歸何處，青天賦大招。衣冠應自舉，夜向孝陵朝。

聞王孔昭欲過訪，詩以促之

落落孤村静人蹟，蕭蕭籬壁動天風。數椽茅屋似封蔀，一卷杜詩如守宫。過我空聞乘逸興，遲君不至寄信筒。欲爲訪戴應須早，寂寞愁懷待爾攻。

晚抵清風店

謾怪塵容太瘦生，風雲變幻旅魂驚。震雷又度千山雨，斜照微分半壁晴。僧泛紫茶留客住，柳排青眼送人行。尋常愛讀湖州句，惟有清風不世情。

七夕

罨畫高樓倚翠螺，憑闌堅坐看銀河。蟬吟秋調欺孤客，風動微涼妒袷羅。著葉有光知露下，入雲無影見烏過。天孫遮莫無邊巧，將奈狂奴不乞何。

擬古宮詞

其一

鳳輦遥傳入建章，殿前七十二鴛鴦。玉階秋冷裁明月，寶帳春濃醉海棠。錦瑟倚歌排雁柱，晶盤行鱠斫鱗肪。縣知正殿鋪筵處，絳節仙人捧玉皇。

其二

景陽樓上叩晨鐘，蝴蝶君王不再逢。井轉轆轤牽玉虎，門開閶闔啓銅龍。霓裳欲换薰香懶，雲鬢纔梳照鏡慵。昨夜月明何處好，平陽歌舞艷芙蓉。

奉懷錢香樹先生

其一

華國文章經國才，崇階曾拜少銀臺。萬方封事黄門奏，三輔人倫玉尺裁。桐杖久隨廧翣去，霓旌應逐浦帆來。鴉啼鈴閣無消息，午夜寒芒矚上臺。

其二

日向高原望旆旌，東山不起奈蒼生。扁舟曾載鬱林石，朵殿應遲革履聲。范蠡湖邊劈紫蝌，裴休宅畔破霜橙。何由得侍滄浪釣，黄葉西風無限情。

效唐人病馬詩，呈香樹先生

意氣當年許渥洼，可憐此日瘓查牙。雪埋月旋侵官印，土蝕連錢暗五花。病骨料難邀錦障，蹇蹄誰復换嬌娃。自慚辜負孫陽甚，嘶向天邊玉筯斜。

春日懷九兄

春水茫茫欲拍堤，萋萋芳草緑將齊。千林殘雪鶯聲澀，萬里閒雲雁影低。宦海有波同塞馬，靈臺無染笑醯雞。清明欲近人歸也，好共攜壺過柳溪。

秋闈道上

慚愧秋闈十上身，更從苦海問迷津。謾愁塵世無知己，祇恐青山解笑人。草窟吟蛩聲未老，秋濠官柳緑猶新。僧藍老去渾相識，茗碗殷勤勸客頻。

渡淮

西風一葉渡淮船，衝破琉璃萬頃烟。帆帶歸鴉投浦樹，櫓摇秋夢入江天。浮家泛宅三生願，洗耳臨流此日緣。何處柁樓吹暮笛，驪龍正抱頷珠眠。

揚州

垂老皤然作壯游，朅來淮海古揚州。萬家鐙火連瓜步，一片蒲帆下石頭。南浦烟霜蓮芡老，西風砧杵雁鴻秋。蕪城不少興亡恨，弔古還應上酒樓。

渡江

岷峨下注向東傾，直到荆揚怒未平。勢蹴三山連蜃氣，波摇兩岸亂鐘聲。好風翦渡金山寺，宿霧遥開鐵甕城。我是瓜牛廬裏客，兹游真足冠平生。

妙高臺眺望

佳名不枉妙高臺，豁達江天四望開。輕毳浮空孤鳥没，大聲吹地早潮來。漂摇身世波間梗，少壯心期劫後灰。目力窮時東極盡，遥遥一髮似蓬萊。

俠客行

贈君一古劍，雨刃明霜雪。莫將龍虎精，輕染庸人血。

清明

白楊蕭颯古原空，祭掃人歸落照紅。骨到黄泉無貴賤，大家消受紙錢風。

昭君

玉貌凋殘朔漠風，龍沙萬里戍樓空。自關妾命薄如紙，不願官家殺畫工。

淮安晚發

鐙火荷塘十萬家，櫓聲人語兩嘔啞。千帆并向東南發，五兩風痕一向斜。

廿四橋

咫尺雷塘路不遥，月明無復玉人簫。李花也逐楊花盡，那更傷心廿四橋。

夜景

月輪低亞玉繩斜，料峭尖風戰齒牙。萬卉埋頭都睡熟，祇應凍醒玉梅花。

儀徵早發

鼕鼕戍鼓響津頭，杳杳鐘聲出寺樓。好是曉風殘月裏，夢隨飛棹下真州。

渡江

一條天塹落雲間，萬古滔滔逝不還。欲問南朝香艷蹟，隔江笑指秣陵山。

國朝畿輔詩傳卷三十五

王今遠

今遠，字用晦，曲周人。乾隆元年進士，官山西垣曲縣知縣。

和勞公擬張茂先勵志詩，即用原韻呈毓英院長兼示同學諸子

其一

翳惟上古，睢盱居游。哲人有作，謀式用周。志窮徂夏，心怛凛秋。曜靈屢餞，飈輪倏流。

其二

其流伊何，心與物化。豈無良材，閱榮則謝。情亦勞止，思以中夜。毋以坐馳，靈臺是舍。

其三

厥賦不移，沉鱗浮羽。翳我人斯，而弗能舉。惟鑑有光，絲則有緒。以理以磨，以納於矩。

其四

先民是程，不遑暇逸。毋眊而精，景光并日。譬是經涂，悴於沮溱。譬梗與柟，蘊崇厥質。

其五

厥質之崇，鬱葱其林。崇柯蔽芾，亦集鳴禽。敷華落實，植幹因心。以勤則獲，無謂遥深。

其六

鳳凰飛矣，足亂浮雲。元豹眠矣，霧隱潛文。若時播種，歲事之勤。於以刈獲，終畝之殷。

其七

載負之塗，弗澣以清。誰云昭昭，逝異冥冥。曰虚以受，損乃於盈。君子鑒止，閟耀韜聲。

其八

我聞在昔，事有攸起。相彼干霄，萌蘖所始。資此夙知，緬從淵理。足下之行，可以千里。

其九

肅肅顯命，大生維仁。若彼鎛鞲，橐籥洪鈞。叩景答響，窮奥知新。尊學尚矣，式德由人。

張惟寅

惟寅，字子畏，號惺夫，南皮人，昕曾孫。乾隆元年進士，歷官浙江鹽運使，改福建汀漳龍道。

重陽

斜風細雨送新凉，籬畔寒花滿院黄。愁上高樓舒望眼，滇南今日又重陽。

朱嘉善

嘉善，字懷遠，號怡齋，天津人。乾隆元年進士，官刑部員外。

西山晚步

沿溪芳草費幽探，山色青青滴晚嵐。竹外桃花花外水，水雲深處結蘿庵。

蘇鶴成

鶴成，字語年，號野汀，交河人。乾隆二年進士。有《野汀詩稿》三卷。

陳鴻舉《蘇公墓志》：先生幼穎慧，年十五通《春秋》《三禮》。乙卯舉於鄉，丁巳成進士。有至性，母柴太孺人病風，不能言。先生扶持抑搔，悉中親意。父北流公，卒於官。先生匍匐奔喪，間關萬里，出没風濤間，數瀕於危，卒得扶柩歸葬，人謂先生『誠孝』，有以感之也。繼遭太孺人憂，絶意仕進。居恒，遇人長厚，持己恬淡。高密單雨莊公鄉試薦師，緣事戍臺，公爲捐金納贖，得歸。

惜春

惜春芳序晚，岑寂淡幽情。補病休資藥，非才敢近名。雲歸三徑暖，花落一村晴。望盡林皋外，乘風社燕輕。

戊辰冬日早發廣川感懷，寄表兄劉艾園

羸馬嘶風蟿畔行，雪霜天曉重含情。威稜萬里青油幕，黯淡重關白草營。帶劍古來推國士，操觚真可愧書生。投閒置散非徒爾，才地如君定晚成。西陲用兵，計日奏捷。

去年與劉艾園汲泉共飲，今年余客南皮，渡河歸來，感而紀之

憶酌寒泉沁齒牙，馬嘶高柳避塵沙。無端一夜霏微雨，開徧沿村苜蓿花。

曹雲昇

雲昇，字慕庭，號履平，通州人。乾隆二年進士，官湖南保靖縣知縣。

潘汝炯《傳》：公生而穎悟，六歲讀書數行下，十五補博士弟子員，學使長洲吴荆山先生器之。辛安化，弭盗治民，政聲卓卓。有吴姓弟兄九人，以析産訟而暮夜饋金者，公却之，判令式好如初，九人感泣。雍正六年，改土，歸流熟苗之黠者，多緣屯目爲奸，欺生苗不識漢文，稍犯法，輒陷以重辟，公超雪數百人。

徐飛山舅索梅花詩帖

寒燈寂寂照清愁，蕭灑詩人小竹樓。爲愛梅花歸思苦，空飛清夢到羅浮。

邊中寶

中寶，字識珍，號竹巖，任丘人。乾隆三年舉人，官遵化州學正。有《竹巖詩草》四卷，《南游壎篪集》一卷。

《遵化州志》：竹巖殫心經史，見聞該洽，由拔萃補任縣訓導，登乾隆戊午賢書。癸酉，遷遵化州學。正州刺史劉公靖延分輯州志，著有《遵庠勸學詩》。

王錡《序》：竹巖先生以淡泊淳古之質，安雅淵穆之度，耄而好學，日手一編弗輟。故發爲詩也，如瑶琴石磬，逸韻鏗鏘，豐而不失諸靡，約而不失諸促，極性情之發越，而體裁一歸於正。

陳步瀛《壎篪集序》：歲辛卯，霽峰觀察常鎮，隨園先生聞東南山水之勝，遂欣然與竹巖並轡南行，其唱和詩曰《南游壎篪集》。余讀之，竹巖則直舉胸情，絶去雕飾，古質深厚，有次山《篋中》之遺風。隨園則豪快奔放，寄托深遠，長篇短什，觸緒紛來，與竹巖先生不同。其音節而同，其意匠所謂波瀾各殊，體源無二者也。

游北固甘露寺，登臨江亭眺望

官廨意不適，肩輿出北郭。過橋折而西，迤邐緣城壑。行行纔里餘，峭壁陡如削。旋繞到山椒，盤磴陟蘭若。寶塔鐵鑄成，九級儼阿閣。江山推第一，大書吳琚作。絕頂有高亭，軒翥盤空鶴。金焦左右蹲，夾輔連脉絡。淼淼無際涯，鉅艦風漂蘀。東接海門潮，三山祇隱約。迴首顧西南，風物復不惡。高低隨地勢，溝塍互參錯。峰巒相蔽虧，烟霞足領略。此心役於形，馳驟而束縛。置身千仞岡，倏然游廣漠。長嘯凌天風，空色兩無著。

逍遥堂感兩蘇故事，因寄舍弟

堂踞府廨後廳之左，坡所憩也，潁濱曾信宿於此。序云：轍幼從子瞻讀書，未嘗一日相舍。既壯，將宦游四方，讀韋蘇州詩有云『那知風雨夜，復此對牀眠』，惻然感之，相約早退，爲閒居之樂。其後子瞻遷守餘杭，復移守膠西，而轍流滯於睢陽、濟南，不見者七年。熙寧十年二月，始得相從彭城，留百餘日，時宿於逍遥堂，追感前約作詩云：『逍遥堂後千尋木，長送中宵風雨聲。誤喜對牀尋舊約，不知飄泊在彭城。』余讀此感二蘇兄弟曾宿逍遥，而惜隨園之未能偕來也，寄以詩。

來徐憩息逍遥堂，坡翁舊宅供徜徉。潁濱從兄到此地，當年風雨相聯牀。兩蘇從幼未相舍，七載游宦分飛翔。嘗讀蘇州對牀句，惻然感動心悲傷。夜眠誤喜尋舊約，不知飄泊彭城鄉。我誦轍詩并小序，不禁含涕盈雙眶。時事不同情則合，鶺鴒迴首潛悽愴。吾弟隨園從姪請，此游與我相扶將。誰知啓行期已定，病馬還怯馳康莊。我來兀坐堂檐下，三面拱抱環迴廊。偏左有池石鑿鑿，渟泓一鑑魚洋洋。池上小山頗奇秀，犖確盤曲形低昂。高者昂頭蹲虎豹，低者伏地如羣羊。更多花木難悉數，最憐謖謖叢蒼筤。知是東坡位置好，壎篪迭奏諧笙簧。安得惠連一至止，此心偪側恢開張。

月下賞杏花，用東坡《月夜與客飲酒杏花下》韻

寒食倏過入暮春，逍遥堂邊月窺人。竹樹滿庭横斜影，朗如平水浮青蘋。見説龍山杏早發，昨宵風捲紛飄雪。檢得好枝插膽瓶，主賓對吸杯中月。把杯長嘯月明中，眼前花事色耶空。吹簫作賦人已矣，珍重一枝杏花紅。

哭井氏姊

死别終須有，何期竟此辰。初聞驚若夢，慟定恍疑真。佐餕卮匜在，招魂粢麥陳。最憐歸嫁後，久作未亡人。

寄半壁山巡司黄泰初

曾聞蘿峪外，風物遠囂煩。虎卧空山道，猿啼古樹村。庭閒常設網，衙散早關門。我欲尋仙吏，高齋對舉尊。

日眠

羣動隨瞑息，窗前晚夢回。杖藜緣曲徑，移榻上平臺。風細池微縐，秋深菊未摧。興來呼阿段，聊覆掌中杯。

即事

杖藜行郭外，信步入招提。老樹垂龍爪，高牆砌虎皮。山光摇户牖，水色淡淪漪。欲證西來旨，長懷惠遠師。

隰苓兄旅櫬歸自江西，詩以哭之

落寞詞壇憶舊游，當年康樂最綢繆。祇緣訪勝滕王閣，詎料修文白玉樓。燕士悲歌聲已歇，下生懷璧涕空流。南天招得魂來否，聊爾題詩慰首丘。

和雒秋水九日作

吴江楓落客心驚，節屆重陽百緒并。饒有白衣將美醖，更無黄菊泛秋英。太行蒼淡山容老，大陸蕭寥水氣清。極目鄉關鴻雁少，知君登眺不勝情。

日暮歸自焦山

暝色空濛海氣涼，舟回京口別焦光。四圍深樹留清唄，一帶輕帆挂夕陽。放眼江天真灑落，迴頭塵壞底奔忙。鳳凰樓下今宵夢，定向蓬瀛一葦杭。

秋夜雨中

疏雨灑秋窗，微聞花落片。無語對寒檠，雲邊一聲雁。

曝衣臺

遠望曝衣臺，空濛滴烟霧。昔年紅葉深，我友從兹去。

説法亭

酌酒彈棋憶昔游，丹楓飄葉衆山秋。亭南峭壁縣千仞，記我題詩在上頭。

魏大名

大名，字伯啓，號復泉，南樂人。乾隆三年舉人，官廣西北流縣知縣。有《一簣山人詩草》四卷。

蔡以成《序》：集中諸作，皆有得於温柔敦厚之遺，而盤鬱蒼古，渾深雄健，直欲方駕盛唐。

飲趙可亭郡齋

荏苒驚離緒，朋簪又一時。長歌開篋櫝，深感及鬚眉。清許壺冰近，歡應竹葉知。廿年慚小友，回首負心期。

南皮柬同年張滕縣紹言

風埃無定蹟，劍合忽高軒。梅雨分徵袂，辛盤共舉尊。髫年流水逝，深話夜燈繁。總任還歧路，良時惜晤言。

移寓別吴蓀圃

對牀逾半載，惜別若爲情。不謂萍蓬蹟，能堅金石盟。竹枝吟粵嶠，薇月話西清。聚散尋常事，偏令惆悵生。

過許鐵山工部舊寓感懷

旅館重來涕欲横，西風殘照不勝情。隔年日月分今古，異地神魂誤死生。畫省詩名留宇宙，江關循績動公卿。花欄苔徑知惆悵，更過遥天斷雁聲。

檢笥中得亡友崔南盧詩，有『紗帽定如何』句，泫然題此

桂榜當年並蘂新，聯鞆碾破帝京塵。久從黄卷憐懷璧，猶向烏紗笑積薪。浮世風雲歸石火，空山松柏冷冰輪。故園今作西州路，觸迕遺箋巳愴神。

濟寧道中

微茫三五星，殘月垂荒墅。已聞隴上人，鞭牛烟際語。

雨後馬上口占

輕塵不動柳陰斜，堤外芳疇極望賒。生意一鞭看不盡，調風吹徧馬蘭花。

至京

又騎羸馬踏京塵，二十年來笑此身。惟有西山青不改，黛眉猶似舊時新。

視板橋道路晚歸聶山營

白浪河頭雨過涼，北風雲氣隱山莊。暮霞返照青疇外，蕎麥花開白似霜。

紀晉

晉，字企瞻，文安人，遴宜子。乾隆三年舉人，官江南甘泉縣知縣。有《寶樹軒詩》二卷。

李中簡《紀公墓志》：企瞻，戊午舉於鄉，壬戌以明通授祁州學正，俸滿遷邑令，得江南之當塗。調桃源辦災賑，請開倉，不俟報牒，全活無算，既而堵御六塘河水。明年督捕蝗蝻，與民夫、兵弁雜作，歲以無害。調甘泉，甘泉爲揚州附郭縣，水陸之衝，號爲難治，公下車而商民帖然。過邵伯湖，知二牐將壞，急牒請當道，爲先事防，或阻之，不果。已而陷堤壞，部議落職，遂卒，年五十有二。

望黄山

稻畦錯落野田間，近水人家緑竹環。閒坐籃輿恣憑眺，亂峰缺處露黄山。

秋夜

翳翳輕陰拂院牆，夜深襟袖覺微涼。緑窗隔樹月來晚，清露滿階花氣香。

劉元鼒

元鼒，字鼎臣，號梅村，棗强人。乾隆三年舉人，官廣東候補縣知縣。有《梅村詩草》。

雜述

其一

灼灼窗前花，鬱鬱園中樹。一夕嚴霜飛，芳華邈難溯。人生數十年，倏如草頭露。立身不及時，奄忽非我故。願言懷良朋，流光惜蟾兔。

其二

蒼鷹善攫騰，貪肉爲人使。雞鶩争朝餐，卒以供甘旨。温飽志不存，網弋徒爲爾。不見鵬與鵠，一舉在千里。

登廣陽城望西山

獨上高城百尺樓，西山風物眼中收。參差古黛連峰起，縹緲晴嵐壓檻流。隔樹猶憐青草合，望鄉惟見白雲秋。何時絶頂憑臨眺，一覽蒼茫破旅愁。

徐金楷

金楷，字端叔，號春卿，天津人。乾隆三年副貢生。有《步青堂餘草》。

《津門詩鈔》：春卿先生少年英俊，以中副車，憤惋卒。

喜雪用禁體

幾年歲歉冬無雪，九十寒威吹土裂。今來麥隴又塵生，何處農人不愁絶。元陰忽作天地荒，静夜如聞松竹折。攬衣未敢意紛披，執火初然見明滅。就觀砌下已深深，仰視檐前方屑屑。旋將嘉兆慶桑麻，預信豐年恣口舌。平明踐素出通衢，近午衝寒尋巀嶭。郭外春萌彭澤田，山間陽起仇池穴。恨無緑萼鬬新輝，祇有清辭追古哲。歐陽近體一爲之，白戰何曾持戈鐵。

徐垣

垣，字紫庭，號芷汀，大興人。乾隆四年進士，歷官貴州布政使。

漢川道中

古色晴川路，孤篷遠客舟。江聲連夏口，帆影入荆州。臨水村成市，沿堤樹欲秋。不堪聞畫角，日暮又勾留。

荆州懷古

英雄爭戰有時休，鉅鎮天開楚上游。荒寨於今空壁壘，霸圖何處問孫劉。帆檣影帶巫陽雨，草樹聲含鄂渚秋。憑弔興亡已陳蹟，嚴城寒漏動鄉愁。

紀宣猷

宣猷，字次辰，文安人，暹宜子。乾隆四年進士，官河間府教授。

柳園獨步

擘絮雲銜晚照黄，寒林投隙一徜徉。蘆菰淺瀨浮花冷，松蔓危欄墮子香。祇我扶筇舒望眼，更誰搜韻入詩囊。小春已逼年光老，往事如塵付渺茫。

周人麒

人麒，字次游，號晴岳，又號衣亭，天津人。乾隆四年進士，官翰林院檢討。

辛巳大水感懷

一自黄花著夏槐，朝雲暮雨遞相催。雨傾天漢常時决，雲鬭蛟龍總不開。兩月霪霖迷書夜，千年老樹拔風雷。樓禽何處沾餘粒，鳴噪紛紛枉告哀。

孫坦

坦，字白昭，順天人。乾隆四年進士，官知縣。《津門詩鈔》：公幼慧，九歲能詩。性方正不苟，規步繩趨，人每笑其迂。後宰一縣，頗著政聲云。

送别錢香樹

離情争似柳條柔，説是南歸不可留。兩岸鶯花三月夢，一帆風雨半囊秋。相逢畢竟誰青眼，吾道於今付白鷗。去去有懷君記取，新詩草斷寄江頭。

田志蒼

志蒼，字東山，號春曉，大興人，志隆弟。乾隆六年舉人，官甘肅燉煌縣知縣。有《翽羽堂詩草》。

道中口占

落落四方志，空爲汗漫游。驅車慚下澤，跨鶴鄙揚州。野陌横耕犢，荒村間戍樓。西風瀟灑意，吹老一林秋。

睡起

除却詩魔更睡魔，殘書禿管奈人何。縱教狂不因窮減，可禁愁偏爲病多。賣賦相如文自富，閒居潘岳鬢先皤。曲成四顧誰當和，入望雲山供浩歌。

張瓏

瓏，字智珠，號平林，高陽人。乾隆六年拔貢生，歷官雲南嵩明州知州。有《平林遺稿》一卷。《紅豆樹館詩話》：平林先宦甘凉，後宦滇洱，往來黔蜀間，詩多寫邊徼風土，五言如《黔中》云：『伏弩穿熊掌，縣刀斷麝臍。山嵐晴亦雨，天氣夏如秋。』《川江》云：『層灘坡走馬，急溜箭離弦』。七言如《隨永都護校獵》云：『霜刀截胈雄狐暖，玉碗調羹野雉肥。氈廬貼地霜華白，絳節凌霄柿葉紅。雕弓斜挂天山月，班馬長嘶瀚海風。蘆花鴨緑浮春水，茜草猩紅帶夕陽。』氣韻沉雄，殊有風骨。

黔蜀道中紀程

其一

石路疲征馬，涼颸蕩客襟。天空晴日淡，澗古暮雲深。紅葉千山錦，黄橙一樹金。寒衣驚歲晚，處處急清砧。

其二

興圖歸版籍，干羽格苗民。畫虎驚山鬼，封羊拜水神。鴻蒙渾欲闢，桀驁漸能馴。聲教同中夏，爭知有聖人。

其三

雞聲催夜起，續夢抱鞍眠。塊磊思鞭石，淋鈴欲補天。乾喉愁毒水，枵腹望炊烟。指點前村路，心旌竟日縣。

其四

羡汝爲農圃，空山結草堂。蜂鬚粘蜜潤，雀舌噪梅香。不井泉通竈，無椽竹葺牆。野人居別業，高枕卧羲皇。

其五

邊境無淫祀，馨香薦武侯。獞猺陳俎豆，樵牧獲松楸。祈雨嘉禾茂，呼風瘴氣收。野芹椎魯性，石像奉千秋。

其六

工部長羈蜀，升庵久戍滇。高才爲世重，勝地仗人傳。詞海三巴浪，文峰六詔烟。星軺經過處，擊鉢愧前賢。

其七

臨邛初駐馬，紅葉正秋深。不見當壚面，原無滌器心。山河丞相表，風雨少陵吟。懷古情何極，旗亭酒自斟。

其八

割據終何益，跳梁總是癡。公孫空躍馬，孟昶自降旗。玉壘雲歸處，峨眉月吐時。攜來茅店酒，朗誦草堂詩。

題工部草堂

往事談天寶，空堂草色新。無家長客蜀，垂老不歸秦。法律拈時細，精神到處真。六朝徒綺麗，風雅振斯人。

川江放舟

昔説瞿塘路，今經灩澦堆。水由三峽瀉，山是五丁開。鉅浪連雲落，靈源到海回。風濤休畏險，自有濟川才。

成懷祖

懷祖，字尚義，號北樵，大名人，文昭子。乾隆六年拔貢生，官陝西邠州州判。有《關西槀草》四卷。

《大名縣志》：懷祖官邠州時，灘田淪於水者出其賦。攝長武篆，清奸蠹，省糜費。凖夷之役隨辦軍需局，事牘山積，檢之不時，得懷祖類晰而標目之，三日而畢，爲總督劉文正公統勳所重。

汪師韓《序》：北樵詩骨峻而學邃，風清而節和，一掃割綴浮剽之習，夐焉絶塵，以繼《暮觴》之集，庶幾雄視河朔矣。

《紅豆樹館詩話》：北樵負經世志，歷攝三水、長武、永壽、三原諸縣，皆有去思。性簡淡，不慕榮進，故浮沉冗官中十餘年而卒。在邠嘗脩公劉墓、范文正公祠，撰《邠志續筆》一書。晚始爲詩，追蹤唐賢，稜稜露爽，不拾過庭餘瀋。

對月

吏閒真似隱，寒柝静宵分。明月空廊得，哀鴻獨夜聞。風吹松作雨，山縱火燒雲。幽境誰知者，孤吟寫斷紋。

蒲澤谷宋潘邠老讀書處

蕭蕭蒲澤谷，邠老舊詞壇。七字古今絶，滿城風雨寒。薜蘿溪外影，蟋蟀月中殘。已矣先生蹟，長懷向夜闌。

題三水縣署

小邑藏深塢，孤城千嶂間。花殘尉遲宅，城北地名看花宫，爲唐尉遲故第。雨暗石門關。日進諸生課，官仍别駕閒。市聲雲外落，烟火半懸山。

歸鳥

歸鳥寒梅樹，勞人淚滿裾。孤蹤千里外，一夢十年餘。日與病相約，交因貧漸疏。懷鄉驚歲晚，風雪暗吾廬。

送陳元聲太守之任滇南

雁飛不到處，萬里肅閒關。雪棧連三輔，雲旗下百蠻。猿啼巫峽雨，人向碧雞山。弦誦傳梅句，弓衣織幾彎。

長安懷古

依然北斗挂城邊，奕局長安憶往年。英武飛騰天上策，郎當哀怨隴頭弦。兵歸中尉空惆悵，舋起諸藩幾變遷。太息昭陵餘六馬，蒼茫斷石卧秋烟。

出關

千里西風雨擔書，青山白髮感何如。關開曉月霜飛遠，河捲驚濤夢醒初。雞肋不堪回客味，鴻泥今許覓吾廬。歸來矯首柴門晚，過眼烟雲倚杖餘。

酒泉幕府漫題

帳偃牙旗夜色蒼，公餘岸幘坐焚香。怨飛塞笛春無草，醉染弓衣墨有霜。敢道太冲終記室，可憐公穆即戎行。燕南豪氣平邀月，影落天山雪壓牀。

拜范文正公祠

一勺西湖碧草侵，薇山幕下暮雲深。兩宫調劑朝廷淚，二輔焦勞父子心。遺像當年通絶塞，靈祠終古對寒岑。每從瞻拜懷前哲，風雨殘碑不憚尋。

寄懷吴三牧村

雪滿溪橋未放梅，一函書報故人回。饒君湖海三年夢，負我鶯花二月杯。山寺尋詩雲外屐，龍窩聽雨石邊苔。而今獨對《題襟集》，瘦影殘鐙空遡洄。

雪後寄懷静寧牧張智原同年

香破龍團液玉塵，松窗光射地罏熏。吟從雪夜狂如許，瘦比梅花剩幾分。此夕人同千嶂月，倚樓目斷六盤雲。山陰清興誰能會，手寫溪藤寄與君。

送陳竹泉南旋

二月風光上柳條，片帆斜挂雨瀟瀟。行人板渚聞鶯處，春到揚州第幾橋。

張穎

穎，字晴嵐，獻縣人。乾隆六年拔貢生。

謁漢獻王陵

賢王今不作，望古拜陵園。秦火經時滅，斯文異代存。春秋憐帝子，俎豆薦江蘩。别有儒生淚，年年灑墓門。

登塔山過寧遠宿七里坡

策馬陂陀裹，登高望眼開。雲中千鳥没，海上片帆回。水近涼先到，山多雨易來。晚投烟火宿，旅興托村醅。

登麴義壘

界橋憑眺悵何依，舊壘荒涼帶夕暉。潤水西來潮正落，蕭陵南去雁還飛。公孫霸業兵戈息，河北雄圖戰圍稀。愁絶臨風更懷古，當年萬馬蹴重圍。

王太岳

太岳，字基平，號芥子，定興人。乾隆七年進士，官國子監司業。有《青虛山房集》二十四卷。

王昶《王公行狀》：公以乾隆六年辛酉舉於鄉，明年壬戌，成進士，改庶吉士。十年，授翰林院檢討。十五年，充日講起居注官。十八年，充江南鄉試副考官。十九年，授侍講，轉侍讀，充會試同考官。二十年七月，補甘肅平慶道。二十三年，調西安督糧道。三十三年，擢湖南按察使。三十六年，調雲南按察使。三十七年，擢布政使，是年以審擬逃兵寬縱落職。四十二年，命在《四庫全書》館，爲總纂官。四十三年，仍授檢討。四十七年，擢國子監司業。後三年而終，年六十有四。子一，芾。公以弱冠入詞林，海内交推其文學，而公獨志於經世之務，所至必爬梳剔抉，據今考古，咨民疾苦而討論之。在平慶及西安，皆有惠政，尤留心於水利，著《涇渠志》三卷。及在雲南，憫銅政之弊，於是旁搜博訊，指利害所由來，以求補救之術。大略謂舊時滇銅，聽人取攜，自康熙四十四年始請官爲經理，歲有常課。至雍正初始，開鼓鑄，運京局，以疏銷積銅。兹硐路已深，近山林木已盡，夫工炭價皆數倍於前，而又益以課長之掊克、地保之科派、官役之往來供億，廠民受價六兩四錢之外，尚須貼費一兩八九錢而後足，採辦之難，此其一也。滇銅自乾隆四五年以來，歲産六七百萬觔，乾隆三十八年、三十九年以一千二百數十萬告，此滇銅極盛之時。至今日，而京師之運額既不可缺，而江南、江西以外，尚有浙、閩、黔、粤、秦、楚諸路開鑄，求之益衆，責之益急，雲南之銅，何時足乎？採辦之難，此其二也。硐民皆無業之人，領本到手，往往私費，亦有開硐無成，虛費工本，懸項累累，名曰廠欠。自頃定議，每歲終，責取無欠結狀。然工本不足，廠民不能徒手枵腹而致採，則爲之量借油米罏炭，以資工作，而其欠借不歸之油米罏炭亦不下鉅萬之值。大廠之逋累，積重莫蘇，採辦之難，此其三也。小廠收買，涣散莫紀，合計數十小廠之銅，比二三大廠不能半，則大廠安得不困？採辦之難，此其四也。若夫轉運之難，牛可載八十觔，馬力倍之，一千餘萬之銅，非十萬匹頭不辦。今司運之官，既皆增價僱募，然不免以人易畜。里民每籯數日之糧，以應一日之役，喜事之吏，驅率老幼，横施鞭打，瘁民生而虧政體，非小故也。嘗竊求前人之論議，其有已效於昔而可試行於今者，曰：『多籌息錢以益銅價也，通計有無以限買銅也，稍寬考成以舒廠困也，實給工本以廣開採也，預借僱值以集牛馬也。』銅政之要，必寬給價，給價足而後廠衆集，廠衆集而後開採廣，開採廣則銅多，銅多則用裕。有銅本，斯有銅息，有鑄錢，斯有鑄息。以廠民之銅鑄錢，即以鑄錢之息與廠費，不他籌，澤不泛。及而此數十廠百千萬衆，皆有以蘇困窮而謀飽暖，積其歡呼翔踴之氣，銅即不增亦斷無減。雲南山高脉厚，到處出産礦砂，但能經理得宜，非惟裨益銅務，而數千萬謀食窮民亦得資以生活，由此觀之，小廠非無利也。誠使加以人力，穿峽成堂，則初鬮之礦，入不必深，而工不必費。又地僻人少，林木蔚萃，炭亦易得，較大廠攻採之費，有事半而功倍者。誠於廠之近邑招徠土著之民，聯以什伍之籍，又擇其願樸持重者爲之長，於是假之以底本，益之以油米薪炭，則渙散之衆皆有所繫屬，然後示以約束，董以課程，作其方振之氣，厚其已集之力，使皆穿石破峽以求進山之礦，雖有不成者，寡矣。銅運之在滇境者，後先踵接，依次抵瀘，而瀘州旋收旋兑，略不停息，則終無儲備之日。惟寬以半歲之期會，然後瀘州有三四百萬之儲，儲之既多，則兑者方去，而運者既來，是常有餘貯也。如是而凡運官之至者，皆可以時兑發，次第啓行，在瀘既無坐守之勞，在途亦有催督之令，運何爲而遲哉？疏上不果行，其後銅政日益困弊，始取其説，稍稍用之，然亦不能盡也。是以滇之官吏，至今莫不誦習其書。公二十六歲喪父，事母色養四十年如一日。宦轍所至，必與版輿俱。比居太夫人喪，年已六十一矣，哀毀一如少壯者。性好朋友，與同年邵君齊燾、鄭君虎文尤善。寓書往復，率以文章道義相劘切，每别必涕泣不自已，蓋篤於行誼如此。公言經兼訓詁，論道學兼取陸、王。詩文自魏晉迄於唐之杜、韓、柳，皆擬其形容而契其意旨。有《芥子先生集》，凡二十四卷。

《蒲褐山房詩話》：先生詩宗魏晉，下及唐人，醇古淡泊，可稱高格。生有至性，每言古來忠義事，輒爲感慨流涕，即觀劇亦如之。與邵叔宀、鄭誠齋、顧密齋諸同年以文字相劘切，才名甚著。及自雲南罷歸，復直四庫館，授司業，居海淀之太平莊，憔悴以終老。

曹學閔《書王芥子前輩〈涇渠志〉後詩》：史志重河渠，經術通治體。須用讀書人，尤貴識時士。

我讀《涇渠志》，歷歷如聚米。鄭白在當年，豈不稱利美。奈何後世人，尋源不究委。古今既異宜，山川亦移徙。但知耀其名，不復問彼此。遂使好事者，披圖費條紀。嗟哉萬夫役，那堪試疑似。百萬口嗷嗷，一人功自喜。纍纍涇渠岸，巍巍豐碑峙。唐宋及元明，利害俱可指。徵引既淹雅，識力尤俊偉。上下數千年，分肌而劈理。洞達古今情，匪侈言導水。不利以爲利，其利斯大矣。我生清晏時，竊自愧愚鄙。歷考利病由，較然著前史。紛更熙豐朝，非不用《周禮》。清靜載寧一，其言出老子。厚實與名高，效或相倍蓰。乃知聖人言，長府何必改。勿慕匡時才，勿遺他日悔。願言爲治者，《涇渠志》誠韙。

《紅豆樹館詩話》：先生官雲南時，有功銅政甚偉。滇人思之，先是昆明縣五華書院中祀鄂文端公爾泰、楊文定公名時、尹文端公繼善、陳文勤公宏謀、李恭毅公湖、明將軍瑞爲六賢祠。至是，以先生祔祀，更名七賢，蘭泉司寇爲撰碑記，蓋乾隆戊申歲也。詩五古最工，取法初唐，近體亦清蒼拔俗。

讀史

其一

漢祖戮功臣，本圖磐石安。豈知禍所伏，近在蕭牆間。牝雞一司晨，翰音遂登天。炎劉幾化呂，抔土殊未乾。産禄實昏騃，平勃動爛焉。倘其遇莽操，何計能圖全。乃知牀笫私，匪惟因庸孱。由來蓋世氣，半消兒女前。李唐武后禍，亦兆貞觀年。文皇豈不偉，貽謀何瞢然。千古同一慨，覆車無後先。關雎謹妃匹，信爲王化端。

其二

子孟起宿衛，綽有古人風。寅恭著夙夜，進止何雍容。六尺既有託，四海無兵戎。一朝臨大事，雙手迴蒼穹。凌烟標霍氏，遠紹伊旦蹤。功成不知退，震主威隆隆。終爲兒女誤，躬與弑逆同。滅親昧大義，禍發還覆宗。信哉貴學術，臣節庶克終。

黛流村新營所在

昔子點朝簪，本自滄州吏。一辭京雒塵，適會田園志。卜築代巖栖，嘉招愜遠志。遂賃伯鸞舂，頗授揚雄字。林間結架小，郊扉晝常閉。灌溉發陽翹，荒鋤豁蒙翳。翦彼惡木陰，暢此芳菲意。非惟娱徂年，兼得閑外視。支杖聽風篁，披襟納山翠。片雨洗青天，寥寥元古思。

種藥

結廬近廛陌，獲與田夫齒。蒲杏日萴與，農候兹焉始。余方據槁梧，素業亦時理。荷耒竟不任，聊欲勤四體。鋤瓜夜雪餘，種藥春陰裏。酌以長生瓢，注之功德水。豈不念朝饑，好事良自喜。擾擾區中緣，遂性亦云已。

雜興

其一

白日照大野，晨登昭王臺。丘陵翳喬木，望諸安在哉。四運各有極，今古相推排。聖傑與曚愚，千秋共蒿萊。英爽故不没，聲光彌九垓。豈知沙蟲化，冥昧隨飈埃。

其二

夏虞没已久，周道復凌夷。栖栖息𨻶駕，楚狂哀鳳衰。素王炳鴻業，六籍天章垂。殷勤覺來禩，豈爲青紫媒。後儒抱遺編，未必游夏齊。戚戚憂貧賤，動傷不逢時。碩人貴養素，衡門可栖遲。彈琴詠王風，此樂誰當知。

其三

有鳥樂盛春，鳴聲何揚揚。鳳凰不如我，振體皆文章。元冥厲殺氣，百蟲同蟄藏。毛羽一時盡，無計凌風翔。竛竮眷雛匹，寸步不得將。平生羞燕雀，飛搶徒榆枋。於今竟何如，惄焉情内傷。

其四

去聖日已遠，狂狷世亦希。胡廣號中庸，但爲時所嗤。言行滿天下，安得無怨訾。良玉不掩瑕，輝光燦虹霓。偏入誠卓犖，足爲濟用資。富貴固倘來，遭逢會其時。下士罕知命，謂云術取攜。可憐長樂傳，千載更相師。

其五

喬松多節目，乃是梁棟姿。社櫟大蔽牛，郢人棄如遺。鸜鵒好爪觜，飛鳥故不離。羝羊羸其角，空復蒙虎皮。取人以言貌，孔聖猶失之。學禮本忠信，詎止昭令儀。君子尚持操，周道無多歧。毋言居一室，萬目環相窺。

其六

陌上纍纍墳，不知誰氏阡。衰榮萬千族，冥漠同幽泉。富貴苟可致，亦欲娛當年。時命不我與，空勞懷執鞭。喬松亦安有，但駭虛聲傳。沉飲謂忘憂，未死先長眠。惟有强爲善，引鏡無慚顔。琴書陶永日，百年隨化遷。

歸與行去雲南作

歸與歸與曷不歸，頹雲倦鳥難復飛。住世尚憐皮骨在，到家亦恐親鄰非。此身幸復爲我有，尋壑經丘總高厚。未論今是與昨非，已喜山鶯來勸酒。平生慷慨頗自奇，亦欲小補名當時。年衰鬢秃轉碌碌，身廢中道人何裨。三年坐嘯滇南陲，慚見滿眼還瘡痍。幾時重省舊城郭，不辭化作丁令威。

試鐙日獨酌徑醉，短歌自嘲

笑我支離柳生肘，那復塵埃傚趨走。門前簫鼓競催鐙，屋底僵眠初中酒。二頃原羞負郭謀，一錢何必看囊有。但留老眼閱時人，杖藜且立三叉口。

春日就李東木孝廉館舍沽醉留詩

西家一步地，爛著春風鞭。我亦無氈客，君還乞酒錢。好山支塌對，遲日藉書眠。頗怪便便腹，長饑更幾年。

經橋山下寄懷一二游侶

尚識橋山路，騑驂感舊經。人衰霜徑草，客散曙天星。日暈嵐烟紫，秋陰石氣青。蕭條懷古意，誰共叩巖扃。

奉酬檢討從兄見過之作

王城車馬路，尚愛野人廬。石隝看雲坐，春畦撥雪鋤。自憐頹放慣，人許往還疏。所賴吾宗秀，時時問索居。

秋朝晏起，吴百藥見訪，酌酒敘懷

涼颸下梧葉，日夕滿庭墀。清曉鳥啼歇，巖窗人起遲。倒衣知有客，解帶坐論詩。世上紛徵逐，將無文度癡。

歸自東皋，得願密齊學士書，口號却寄

看偏秋山又獨歸，楓林樵徑晚風微。寒原漠漠耕人語，烟渚沉沉浴鷺飛。最有遠心當暮景，共誰盡醉典春衣。集賢舊侶能相問，人在東臯賦采薇。

隴右晚行寄京師故人

遠林如薺望中齊，殘照荒荒向客低。塞上驚沙還日夕，隴頭流水自東西。逶遲道路看人面，爛漫雲山信馬蹄。京洛故人都好在，征車誰信似雞栖。

晚歸東屯敝廬

林外春山緑一圍，月明寂寂掩荆扉。舊吟杜老無家别，剩有邯鄲故步歸。鄰父好懷招近局，兒童含笑繞春衣。廿年事業僧行脚，海鶴虚勞怨蕙幃。

早過潼關呈屠參政

日上關門宿霧收，角聲悲壯肅高秋。山連二華横秦塞，水控三川下豫州。行處牛羊成聚落，人家雞犬共林丘。風流輸與屠夫子，深坐溪亭理釣舟。

將歸

又逐東風倦馬還，徽衫重理汗猶斑。夢留碧草春波外，心盡孤雲落照間。到處有情惟燕語，一生多愧是鷗閒。却看野寺僧歸晚，松月無人自上關。

國朝畿輔詩傳卷三十六

李棠

棠，字召林，號竹溪，河間人。乾隆七年進士，官廣東惠州府知府。有《思樹軒詩稿》四卷。

袁枚《李君墓志》：竹溪宰如皋、元和、豐縣、句容、上元、天長、合肥七縣，薦卓異，入都遷大理寺評事，授廣東惠州府知府。罷官家居，卒。君勤於爲政，常言前案不清，則后案又積，乃立『摘案法』，如幼讀書，自爲課程，十日必結，民咸便之。尤長治獄，如皋陳某販紅草不歸，其兄過張氏池塘，得其尸，遂控塘主謀害，塘鄰姚德助其詞甚力。君厲聲曰：『殺陳某，汝也，不必妄引他人。』姚色變，脅以刑，乃云素善陳，知其身有鬻女金，故乘醉而夜擠於塘。人問君何由知，曰：『姚有佯哀詐泣之狀，故疑之，而以恫喝得之也。』句容賊王二供與孔姓同偷，君不譏孔而專譏王，乃惡丐某挾讐所教也。人問何由知，曰：『凡盜賊引人，往往不實，我先根窮原犯，使真情得而后再譏所引之人，則思過半矣。原犯盜也，刑之非過，倘無辜氓，雖誤批其頰，於心不安，而况加刑乎？官不可爲賊所用也。』乾隆二十一年，江南米貴，句容奸民聚衆萬餘，謀劫王貢生家。君單騎往唤老成者前，有三人闖然出曰：『無他，愚民求賑耳。』君曰：『求賑當在縣倉，不當在王貢生家。汝命衆人歸家，賑即至矣。』三人回顧，麾其肱，衆皆星散。君知此三人創亂者也，命具姓名，至署領粟。旋即縛之，荷校以徇，合郡肅然。揚州至通州有舊河運鹽，泰州徐家壩，乃攔上河水使不下泄者也，堵閉百餘年。忽商人賄牖官私開之，致上河水涸，民禾盡槁。君勘明下河有七十二洞，原可通水，商不疏通舊蹟，而罔民以取便。請於大府勒碑永禁。羣氓歡呼。江寧通濟門外，有教場甚寬，中間旗人牧馬，民田其旁。忽奉將軍檄，稱民占旗地，宜歸還滿營。君請將軍發檔案，以便辦治。將軍曰：『此係旗員口訴，無案可稽。』君即請旗員同丈，得三千三百餘畝，周圍石柱有界，界外民田糧券鑿然，旗員瞠視無言，將軍亦悔。所著詩集二卷。子，燧，好學善文，世其家。

《隨園詩話》：同年李竹溪，性誠愨，詩獨清超。《感懷》云：『罷官便有閒人集，才老旋生後輩嫌。相逢馬上摇頭客，得句知他勝得官』。《得家書》云：『急開翻惱緘封密，朗誦頻教句讀差。』《守廣東惠州歸贈》云：『此行曾向貪泉過，留得冰心見故人』。嗚呼！竹溪，真能不愧此言，故記之。

《紅豆樹館詩話》：先生少居里中，與戈給諫濤昆季結香泉詩社，所作多散失。後官江南，與袁簡齋太史交最契，時相唱和，今《思樹軒集》即簡齋太史評定本也。簡齊論詩專主性靈，先生亦沿其流派，故多諧暢微婉之音。

和兒燧

開械如見爾，愁思更茫茫。漂泊憐霜鬢，栖遲憶草堂。牽情兒女累，回首海天長。片羽乘風下，蕭蕭吹作涼。

桐城道中

晚發桐城道，春雲帶雨濃。橋危争涉水，寺遠不聞鐘。沙路平如掌，蒼松曲似龍。往來勞應接，山色若爲容。

重過白門宴方問亭宮保東園，感賦

孤徵途萬里，中道好停驂。花鳥渾如舊，亭臺許再探。秋風辭百粤，春雨夢江南。此是西州路，重來已不堪。

重過桐城

重過白沙嶺，松風響易哀。樹從雲裏失，人自雨中來。吴楚江山合，乾坤圖畫開。往還緣底事，客路正徘徊。

甲午秋日再過白門住隨園

其一

舊愛園林好，經年喜再過。有身真矍鑠，此會忍蹉跎。未覺童心減，衹餘霜鬢多。青芻與白飯，留我住烟蘿。

其二

老去天涯客，重尋到小倉。日雲罥翠篠，緑水接垂楊。蟬抱風前葉，荷生雨後香。山中幽興極，的的爲詩忙。

其三

謝公門下士，今日剩何人。武説嫖姚貴，謂阿定西。文傳屈宋新。謂簡齋。閒中銷歲月，夢裏散星辰。垂老哀原憲，莊荒我更貧。余與袁太史枚、阿將軍桂同出大廷尉鄧遜齋先生之門。

其四

家貧强作客，歸思苦誰禁。已是秋風候，難留野鶴心。老知離别重，涼怯水雲深。應被山靈笑，何時得再尋。

與袁簡齋、馬蔭干同年銜齋小集

落落星辰聚首新，相看同是歲寒身。銜杯建業今何夕，振轡長安剩幾人。翦燭低徊傷往事，深談聚散悟前因。明朝會訪袁安宅，可似當年卧雪貧。

天津

小春時節過天津，故國風花入眼新。喜聽鄉音重入耳，愁教海氣乍侵人。窮年驛路腰龜重，百里家山夢蝶頻。一去帝城今幾載，不堪回首説風塵。

留别楊村陳别駕

春風策馬趁斜暉，地主留賓勝似歸。尊酒屢升文舉座，畫堂新挂老萊衣。眼前風義如君少，客路逢迎似我稀。此後江雲春樹裏，相思應共雁南飛。

秋日懷簡齋却寄

靄靄晴雲感索居，淮南木葉落何如。風高幕府頻吹角，雁到龍山不見書。白髮漸添秋色老，黄花開徧故人疏。歲寒其保松筠節，兩地何分吏隱殊。

送崔懶樵明府北歸

惟有才人憎命達，愁添别緒到東風。驚時雅重崔棱表，當路終悲阮籍窮。夜雨寒深春黯黯，離亭花暖氣融融。孤帆目送君千里，畫閣空餘月一弓。

雜感

其一

飛騰暮景日初斜，鏡裏霜毛兩鬢加。五嶺雲山新瘴癘，六朝烟雨舊繁華。金鐙桂酒尊前月，麥飯村醪夢裏家。自古蠻方多寶玉，難尋貝估作生涯。

其二

羊城三月雨濛濛，布被輕寒紙帳風。鎮日杜門愁對客，終朝面壁欲成空。二千石吏原非賤，六十年人到底窮。此後丹山盟未冷，羅浮香繞夢魂中。

家遠人司馬由惠州遷袁州守，余適去官賦此志別

春草連宵入夢頻，相逢倦眼又重新。開樽猶憶白門月，攬轡同傷紫陌塵。季子歸家裘氄氄，長卿得路馬駪駪。何堪萬里蠻荒外，揮手同看鬢似銀。

皖江楊酉峰方伯招飲署齋

皖水城邊一繫舟，依稀經界是吴頭。地從何日開新港，皖江新開枝港。人到衰年戀舊游。歸客途遥風作惡，主人情重雨知留。開尊細話白門事，却笑光陰似水流。

和簡齋送別原韻

奮身炎海出風波，爲訪園林泊北河。君是傳人應不朽，我將歸老定如何。可堪白首仍爲客，便對青山大放歌。留得此身强健在，管教後會比今多。

壬辰秋歸自粤中，重入江寧幕府，西園懷尹望山相國

幕府秋高霜露涼，西州誰禁淚千行。百年華屋終零落，往事風流更渺茫。無主鶯花啼舊苑，有情燕子認雕梁。莊生已化袁絲在，認得當年共曲觴。莊寧國太守經畬、袁江寧尹枚同爲望山門下故人。

立秋

一枕新涼到薄襦，蕭蕭梧葉落江湖。衰年肺病秋先覺，没世名心老漸無。貧景自甘心淡泊，午窗未減睡工夫。閒來物外尋幽趣，緩步西郊借杖扶。

春郊即事

十日春寒一日温，踏青人盡倒芳尊。誰家鬬草留弓印，到處攀花見手痕。新水平添紅雨漲，暮山斜映緑楊村。明朝又是逢寒食，鉎冷烟疏欲斷魂。

石梁臘日

臘日驚心歲事忙，蕭蕭一夜北風狂。凍雲屢合難成雪，老瓦微明覺有霜。松菊就荒空故宅，江

山縱好是他鄉。梅花消息寒應斷，老却孤山幾樹香。

淮安留别篠園弟

春草中宵夢惠連，又斟離酒到愁邊。看君七尺丈夫子，老我白頭遲暮年。未必聲名留海嶠，祇餘書蠹守殘篇。明朝分手袁江畔，雨灑花飛别恨牽。

得簡齋書

浮生歲月百年易，遠道音書一字難。肯把死生勞問訊，曾託金賢村訪余蹤蹟。但憑鱗羽説平安。名山早入深逾穩，仙果遲生老更歡。簡齋晚年生子。共惜分陰須努力，臨池惟有勸加餐。

歸家

其一

不爲莼鱸返故鄉，蕭蕭襆被出朝陽。相留祇有秦淮月，來照離人兩鬢霜。

其二

匆匆策馬趁斜曛，滿路秋聲滿耳聞。途上依稀人識我，相逢道是故將軍。

池口驛

江上風波正險巇，扁舟如葉繫江涯。戍樓不管征人苦，半夜角聲和雨吹。

夜渡楊子江

楊子潮平舟始放，布帆無恙水溶溶。江空夜静魚龍寂，忽聽金山寺裏鐘。

田志隆

志隆，字晉三，號葛侶，大興人，志勤弟。乾隆七年進士，官廣西全州知州。有《研悦堂詩草》。

漢陽旅舍書懷

秋光馬上半消磨，旅味濃於宦味多。小鳥暫窺温室樹，輕舟重泛洞庭波。山雲似墨心疑瘴，人語初蠻聽每訛。却憶晴川芳草句，我才不及且狂歌。

徐浩

浩，字飛山，大興人。乾隆七年進士，官山西冀寧道。

《津門詩鈔》：先生幼而通敏，文不加點，居官明察。

春晚

薰籠欲撤五更難，小試春衫被體單。淺緑未回楊柳岸，新紅空憶海棠闌。冷傳雁信書猶遠，凍寫魚牋墨未乾。昨夜東風何處雨，闌心樓外杏花寒。

馬兆鰲

兆鰲，字來雲，號醒流，東光人。乾隆七年進士，官江蘇靖江縣知縣。有《醒流集》。

都門夜雨有感

獨到秋陰不易晴，禪關坐雨入深更。門無剥啄塵緣少，伴有瞿曇意境清。閣上小鈴聲斷續，鐙前長劍影縱横。淋漓滴盡羈人淚，博得披衣聽到明。

清江訪朱晴谷同年不值

秋蕊當風紅欲墜，芭蕉沐雨緑出齊。主人避客向何處，滿地清陰鳥亂啼。

劉炳

炳，字殿虎，號嘯谷，任丘人。乾隆七年進士，歷官江西九江府知府。有《嘯谷詩草》四卷。

《任丘縣志》：炳少勤學，潛心究討。壬戌，成進士，入詞林，所爲詩賦華贍博洽，爲同館所推重。己巳出知九江府，在官數年，民懷其德。

竹琴

古皇斲斯器，嶧陽生孤桐。胡爲采嶰谷，皎然異神農。伶倫遵帝旨，鳳律裁黄鐘。簫管告即備，八音如岠蛩。製齊貴尚象，寧禁變與通。遐哉慧心人，徵材羞雷同。美兹龍鍾幹，外堅而中空。繫以寡女絲，彈之聲玲瓏。爨爆造焦尾，直陋漢蔡邕。平昔笑世儒，抗顔檢前蹤。輓末溯邃初，更制千萬重。稽古辨名物，隔代即夢夢。大樂久絶響，誰解十二宮。褭走曠也死，終古歎耳聾。羲弦二十五，舜弦已不崇。何人增兩弦，文武難開蒙。矧此塊然質，泥古理亦窮。執守象老聃，萬世猶洪濛。斯語訝紕繆，試驗大易中。老眼久不放，忽與雅器逢。儻非龍門品，未若斯製工。攜之修竹旁，可以來薰風。

題邊隨園徵君茗禪圖

癯然一幅維摩影，露墜長松鶴知警。茶烟晴裊小童清，淘洗靈芽注丹景。獨霸文壇四十年，唐之杜老宋坡仙。鴻詞未就經學罷，静坐蒲團號茗禪。蘇晉逃禪酒杯滿，盧仝遇仙洗茗碗。奄有二子成三人，一片清機吾見罕。我有春流垂釣圖，欲倩大筆淋漓濡。還君此軸君應笑，魚目擎來换寶珠。

紀復

復，字夢餘，文安人，遴宜子。乾隆九年舉人。有《實樹新屋詩草》。

柳枝詞

扶蘇渡口蔭蘇堤，翠靄蒼茫古木齊。彷彿江南風物好，錦帆到處鷓鴣啼。

温如玉

如玉，字尹亭，撫寧人。乾隆十年進士，歷官刑科給事中。有《静淵齋詩存》。

王庭紹《序》：先生詩和平恬雅，不事叫囂，一歸醇粹。

贈茅心友，用昌黎、孟生詩韻

良馬無逸足，志士多苦心。雲龍況韓孟，託契重古今。一别幾寒暑，天地激商音。北來駐行旆，漂泊空書琴。無適信浩蕩，所遇多浮沉。君才豈量斗，君直不枉尋。蒼松鬱澗底，雲上張高森。筆落得神助，悲來難自任。雁字叢旅興，蝶夢曠幽襟。文豹自澤霧，清霜徒變簪。人事雖代謝，險遇尤差參。忽其風木警，痛此日月侵。長安既習近，於越匪崎嶔。季偉我同志，將母懷故林。詎謂北堂萱，各謝青春陰。君懷報本獺，我泣待哺禽。我淚觸君淚，斷腸當君臨。憶昔坐齋寂，相思得高吟。君書三歲袖，愁絶桂枝南。知勤夜陳篋，殊乏出游金。漸於世俗遠，益惟古人欽。命意切墳典，摛辭規雄歆。誰言長離翼，不揚丹山岑。逢君如時雨，挹注滄溟深。聆君再三誨，敬以當銘箴。長劍倚狂客，短檠對書淫。莫披游子衣，更聽西風砧。

長途苦旱，衡山令黄芝園禱祝融峰，得雨來致胙，因言七十二峰之勝，用昌黎《宿岳廟》詩韻贈之

農甿插柳呼龍公，炎炎赤日當天中。陰雲翕欝不垂脚，赤氣久渴虹雌雄。火維南鎮閟神物，

賢宰露禱靈源窮。偷湫再拜致一掬，阿香叱馭鞭回風。驚蛇閃閃山石裂，七十二峰蒼烟通。排檐拉檻跳珠入，但見浩白翻秋空。蕩胸玩岳麓，高標沉祝融。香雲浮泱漭，彷彿開琳宫。金支翠旗隱光怪，俯仰一氣駢青紅。自緣上界足官府，側聞請命哀寒衷。迎牲奠璧視崇秩，蘋藻亦欲將余躬。歸途走馬踏石廪，倉庾快睹一笑同。王程先喜解煩渴，松濤萬斛來無終。夜深坐聽蕉葉歇，涼蟲暗壁吟神功。猶緘皓月誤清曉，推窗静倚天朣朦。茅茨有人語刺促，晚禾力作勤於東。

丁時顯

時顯，字名揚，號鵬搏，天津人。乾隆十年進士。有《青蜺居士集》。《津門詩鈔》：居士少負儁才，捷南宫後卒。金芥舟先生《哭丁名揚舅氏》云：『人間金榜後，天上玉樓成。』又《詞賦已成》：『梁苑雪榮華，盡委洛陽塵。』蓋傷其殁於京邸也。詩古體學昌谷，近體學文房，天才俊拔，無製不工。

園林雜興

其一

茅庵深樹裏，獨坐晝冥冥。階下無閒草，牀頭有藥經。松枯留琥珀，石老破空青。盡日西園裏，相呼酒一瓶。

其二

天氣晚來清，闌干獨自憑。禽移別院樹，犬吠隔籬鐙。疏影平分竹，古香多在藤。王裒正招隱，何事費三徵。

雨後納涼

楊柳枝頭新月長，水邊亭子晚生涼。半竿豆葉雨初足，一片藕花風亦香。木勺量茶浮鴨緑，沙瓶沽酒瀉鵝黄。石闌干外松陰合，恰趁幽眠六尺牀。

秋月詞

愛月步庭前，冷風響修竹。竹方如我長，竹影高於屋。

牛思凝

思凝，字方巖，天津人。乾隆十年進士，官貴州大定府知府。有《謙受堂詩草》。

昭通道中

三年踏徧夜郎溪，又向滇南聽曉雞。秋水乍漂紅葉冷，寒山自繞白雲低。人逢曠野初開眼，馬到平沙欲放蹄。萬里飄蓬燕市客，故鄉風景動悽迷。

李德舉

德舉，字上卿，號霽園，武邑人。乾隆十二年舉人，官四川彭縣知縣。有《三有堂詩草》。

出成都舟中作

衡宇欣歸去，飄然出錦官。瞿塘雖涉險，蜀道已辭難。佳興添新詠，奇山得飽看。相知應信我，清夜夢魂安。

寶雞道中

雞祀當年尚有臺，渭川釣處費疑猜。城墻半倚山形起，村磑多因水勢開。花滿錦城何日到，路通雲棧引人來。煎茶坪上停鞭處，恰得清心露一杯。

蜀城酬陸赤南元韻

俗吏寧儕大雅羣，不遭白眼許論文。山川久入胸懷闊，辭賦能生齒頰芬。匱玉幾時酬善價，囊錐何地見奇勳。相期相慰情無限，君化爲龍我作雲。

題畫

幽境無人到，茅亭盡日閒。碧雲紅樹裏，擁翠有秋山。

甲午六月奉調赴營

書生謬作千夫長，素志寧希萬户侯。贏得山川奇絶處，吟鞭指點寫清秋。

高成璉

成璉，號書屏，宛平人。乾隆十二年舉人，官湖南黔陽縣知縣。

獨坐

獨坐杳無極，淡然生遠心。西風掃石徑，斜日挂疏林。幾點秋山瘦，一泓潭水深。物情渾若此，何以慰幽襟。

李中簡

中簡，字廉衣，號子静，一號文園，任丘人。乾隆十三年進士，官侍講學士，改編修。有《嘉樹山房集》十八卷。

李學潁《先府君行述》：府君十二歲受知於湖州吴小眉先生，入學。十五歲，受知於嘉興錢文端公，補廩膳生。甲子秋闈，中式第十一名，出少詹事張橘洲先生門。乙丑下第，館京師，與瀋陽戴遂堂先生講漢魏盛唐詩法。戊辰會試，中式第二名，出武進程文恭公門，改庶吉士，散館授編修，充國史館纂修官。明年，丁先祖母蘇太恭人艱。甲戌，服闋。乙亥，補編修，充咸安宫學總裁。丙子，典試山左，得士左君穎發等六十九人。丁丑，會試分校，得士張君鍾琬等。十月，選直尚書房。戊寅，擢右中允，轉左。其冬，擢侍講，視學滇南，歸仍直内廷。癸未秋，晉侍講學士，充日講起居注官。其秋，鄉試分校，得士胡君珊等九人。戊子，典試湖南，得士劉君工詢等四十七人。庚寅恩科，典試湖北，得士朱君正常等四十八人。辛卯，會闈分校，得士楊君浣雨等九人。秋鄉闈分校，得士金君德輝等十四人。即闈中受命視學山左，教諸生專尚實學，屏斥浮華。甲午九月，值逆匪王倫之變，會諸生有從賊者，府君坐失於約束，交部察議，吏議降九級。乙未秋，賞授編修。丙申正月，獲譴罷官。丁酉，復授編修。又以山東學政任内失察，吏議降二級，以舊疾未瘳不能復供職，遂閒居。府君與人容色款曲，而自守甚嚴。門人弟子請業者，因材引掖，必導以立品嚮學。自山左學政任後，宦途屢躓，未嘗有抑塞感慨之狀。供職翰林，《應制詩》二卷，《賦頌》二卷。平生所爲就《樹軒詩》十七卷，雜體文二百餘篇，卒年六十有一。

陸燿《序嘉樹山房詩》：於滇、於楚、於齊魯、黄華、原隰，歷志士風，令人如身游其境而目擊其狀。至如詠懷古風諸什，温柔敦厚，原本忠孝，益歎先生志趣之正與學養之粹。

孫星衍《序》：先生在詞館，與同里朱笥河先生兄弟及紀曉嵐大宗伯齊名，相切劘一時，文譽冠海内。然杜門著述，未嘗標榜聲氣。交於戈侍御濤，以古道相勗厲，死爲修服緦禮。故其爲學本之孝弟，以厲文行。視學所至，必察土風，便安陳奏章程，刊布應讀書目以教諸生。遺文六卷，他日列文苑以傳不朽，所謂有用之文。

紀昀《歲暮懷人》之一：廉衣振高節，神龍誰得控。傲物本無心，真氣自驚衆。别我日以疏，昨宵猶入夢。古道良足希，一官非所重。

趙懷玉《任丘追悼李廉衣先生》詩：宦海歸來松菊殘，重過槐里夕陽寒。一經鄭重頻題篋，三黜蹉跎到蓋棺。僦屋屢愁生計短，賜園猶憶主恩寬。刹那廿載傷心事，門下彭宣淚未乾。

《紅豆樹館詩話》：先生五古原本陳、王、謝客以至曲江、伯玉、摩詰、少陵，無不深造。七古氣體宕逸，專學大蘇，蓋能不爲俗囿，多師以爲師者。近體佳句如『平原秋色裏，獨樹晚風前』『谷暖草冬緑，雲深山書昏』『香花隨臘鼓，雨雪入春犂』『石峭全擎屋，雲低衹傍船』『將愁一水曲，裹夢萬山深』『新竹緑於水，早花香到桃』『荒陂宿麥短，古驛落花多』『京口樓臺秋入夢，廣陵風雨夜題詩』『尊前夕照銜山遠，竹外寒烟聚浦多』『金馬雲開雙表出，夜郎天盡萬山平』『星河野館回孤夢，烟月横塘感舊游』『涼笛送秋來華浦，斷虹隔雨過雞關』『粉蝶成團菜花路，緑楊如畫鷄鳴村』，皆清新遒上，卓然大雅。

詠懷

其一

延首望西山，西山高不極。白雲横半嶺，幽鳥如相憶。衆動憑化流，中道苦難息。翠虯不池潛，孤凰寧求食。惆悵千載心，沉吟百年力。

其二

萬事歡轉燭，四時悲逝水。悲歡日縈紆，我勞曷云已。揭來登薊丘，遥望春明里。豁達九衢平，雞鳴冠蓋委。流塵踏還飛，落花吹更起。甲第何人宅，新垣壓故址。翛然虚閣風，松聲管弦裏。歎息子雲居，草元何所擬。

其三

春草何茫茫，曠遠連天緑。凄涼萬古心，回薄一時續。浮雲日夜飛，白日無停躅。昔與羨門侶，相期碧雲宿。棄我忽如遺，素書不能讀。懷哉無與言，松風吹老屋。

其四

希微智所賓，惚怳道誠尊。摶彼無名旨，甄此衆妙門。明月生東海，蒼蒼閞南園。露微花氣重，風定林陰繁。浩然坐清夜，孤思抽乾坤。

其五

我初客此鄉，斷斷豈能免。視彼海鷗鷩，愧我天機淺。揭來汰百慮，紛與冷風遣。野酌詩興多，林卧勞夢鮮。落日聞擊壤，天籟不可選。

其六

秋風動高柯，夜静烏鵲寒。白露月明下，空庭何漙漙。開軒望北斗，垂光接檐端。攬之不可及，精力何由殫。弱植無特操，霜雪促以殘。茫然試矯首，零淚如桑乾。

赴真定途次河間車中成

落落栖一枝，煢煢向三載。悠悠南北人，復與長途會。日出瀛海頭，宿霧澄寒靄。古木毛壘平，荒流董堤壞。時時見樵牧，往往聞鳴吠。烟火近郊坰，風雲古關塞。規途千里中，發興百憂外。鞿軀得壯游，已洗胸中蒂。依彼平林車，逝與晨風邁。回首望帝鄉，西北雲如蓋。

滹沱早發

荒流咽寒澌，斷續聞幾里。嚴關候雞鳴，征輪驅未已。風急衣生稜，霜重馬垂耳。我生勞行役，訪古滹沱水。朝日破霧出，長橋排雁齒。南通邯鄲道，北走恒山阯。不見麥飯亭，浩歌空徙倚。

登中山寺中元洞

山程不當游，佳處聊目送。晚憩屏山根，長嘯得崖洞。虚澗跨平橋，層嵐聳高棟。嵌岑款石竇，窈窱轉雲衖。石髓流成坳，鍾乳滴初凍。荒碑苔蘚埋，古佛香花奉。前榮有平臺，遠目豁一縱。四山皆回抱，一水可俯控。人烟與飛鳥，遠色咸自趀。天風吹危石，岌嶪皆飛動。兹山藴靈異，非僅耳目弄。猶嫌近世廛，未與幽人共。石屏吐新月，夜景縈清夢。題詩付山僧，勿使俗客誦。

送張惕庵前輩罷官歸閩中

其一

落葉無還枝，去水豈停波。人生若馳驟，百感紛如何？昔來徇微禄，盡室窮關河。三年賦歸歟，襆被雙青嬴。弱妾縫故裙，嬌兒無完鞾。草草雞鳴道，星霜耿長坡。我欲飲君酒，爲君曼聲歌。歌長恐愁絶，明鏡霜鬂多。

其二

同袍二十載，離别有歲年。明月出海嶠，素心爲我縣。朅來久衢道，挑鐙續前緣。聯翩奮南圖，結影天池邊。九月近華浦，簫鼓集羣仙。酒酣登高樓，浮雲浩連連。故園黄菊期，萬里音書傳。如何秋風客，不待賓鴻先。

其三

溥溥空山露，已秀前溪蘭。游子歸來遲，歲暮裘褐單。惻惻倚閭心，撫背涕汍瀾。肌膚削欲無，况乃衣綫端。猶殘書萬卷，回首竹數竿。兒童添早課，鄉味加新餐。親戚相過存，感激行路難。丈夫會貧賤，往事何足歎。

其四

衙齋雙松樹，離立鸞鳳姿。與君久哦此，別後安可思。少壯能幾時，年歲欻若馳。心孤易多感，蹟遠難爲期。娟娟螺峰月，照我別鶴絲。秋風醉翁門，昔夢悄莫追。君歸訪仙茅，古洞靈苗滋。丹砂儻可成，寄我游仙詩。

曉發阿都田，渡河過拉幫坡，微雨暮宿郎岱安順府治

渡水征馬嘶，修坡橫空曲。羣峰方吐雲，寒草風肅肅。石磴雁齒排，牽挽煩僮僕。乖崖抱稜角，尺寸勞心目。亭午山腰塘，炊飯就茅屋。前山雨氣來，野色暗松竹。妻孥輿力單，憑仗雙健足。畏途兼雨雪，安穩誰能卜。歸程尚迢遞，客況屢蹉跼。垂老念爲家，艱難愧多禄。暮投山城館，喜傍人烟宿。猶勝少陵人，饑寒走巴蜀。

惡灘

衆灘險以石，惡灘石尤惡。蹲踞萬蛟鼉，磨牙厲齦齶。出没波濤間，倏忽風雷作。如喜行舟來，百怪皆踊躍。平生道途緣，忠信如可託。雖無蒼精符，未富黄金橐。夷險真自知，名實爾何怍。匏尊漫雙浮，虎口輕一掠。觸深小瑕隙，補苴太粗略。癡女不解驚，病妻神已索。洪鈞鑄萬族，賦性何冥漠。晚泊月生洲，空山鳴鸛鶴。

華嚴庵夜雨題壁

魚龍警禪關，夜作空山雨。松門萬重暗，佛火一龕聚。蒼茫神靈意，澒洞天地府。鐘魚聽沉沉，寒夢杳何許。

秀水道中

越水不生烟，吴雲時作雨。紆餘引孤興，窈窕難具舉。綠塍稻穗垂，芳溆菱花聚。桑柘藹芊芊，廬舍各有主。晚蓮尚含房，娓嫿依静渚。豈無好句投，欲采慚莽鹵。孤鴻天際來，萬里傷毛羽。鸕鷀不同夢，中夜起沙浦。風露悄空江，含悽聽柔艣。

秋懷

其一

悠悠歲時徂，渺渺關山隔。宫袍減故香，餘此霜露色。寒蛩警夜思，觸鳥厲晨翮。昔與偓佺侣，敖戲金庭側。仙源豈迷津，去住成今昔。袖中三歲書，惆悵傷遠客。

其二

少年富天機，有志五岳游。常負雲霄期，恥爲粱稻謀。白雲横四海，飄風過炎洲。崑山瓊玉枝，翠水珊瑚鉤。洞天集羣仙，抗手相遨游。凄清玉堂夢，怳然隨林丘。故園琅玕林，十畝風修修。壯懷既云已，多病何所求。

其三

窮鄉鮮聞見，好我祛愚蒙。縞紵杵臼間，出門頗有功。揭來三十年，雲雨乖前蹤。聲名苦相索，意氣難爲終。常恨風雪夜，對牀無與同。安得鹿門宅，雞黍從龐公。

其四

人定燈炷微，衆喧一時寂。孤情將何託，對影哦空壁。不知憂歡侵，坐覺鬢髮白。古來乘化人，共此秋風夕。菊露滿前庭，悄然舟壑蹟。

觀雪浪石作石高丈許，太湖品也，左額篆刻『雪浪』二字。歲丙戌趙州牧得於厩中，制府以聞御賜碑記，辨爲非是

我過定武訪雪浪，御碑屹立石對蹲。蘭亭斷碣久遷徙，此物何得巋然存。蘇公已往世莫辨，幸有遺篇堪討論。忽然倖揣作飛礮，要知體物非空言。當時燕雲落强敵，此地控扼稱雄藩。公來坐鎮練軍實，邊警不到防秋垣。間題片石寄鄉思，如入巫峽看瀾翻。飛鴻偶然留指爪，春夢那復尋瘢痕。幾年傳會好事手，剽取妙目鐫孤根。風巖水穴小山格，氣象刻露非温敦。故都名園有零落，怪物揭孽中宵奔。精靈不隨黄土盡，聲價竟附青雲騫。文思洞鑒更容納，一物亦荷帡幪恩。摩挲望古三歎息，蕩蕩皇路馳行軒。

送張穀詒之官嶺南，兼寄張希周前輩希周以編修改鶴山令

火雲烘日荷風酣，游子六月騑徵驂。尊前別緒渺雲樹，逸興已落天東南。與君同袍知君久，民

社夙許長才堪。況乃靈境足瓌怪，嶺海汗漫窮幽探。海山樓高三百尺，珠江倒影光涵涵。生翠風帆集番舶，金布戢戢多於蠶。十郡訏樂略相比，縱有衝僻無辛甘。堯佐尚遺惠州惠，隱之豈受貪泉貪。折花萬里寄朋友，馨香可貴非空談。一麾三載有宗傑，才如坡老居瓊儋。公餘爲我道問訊，普天行被皇恩覃。

檢書圖爲盧抱經作

好錢好屐兩成癖，忍饑誦經伊何人。三揖窮鬼延上座，一療俗病無點塵。破家聚書滿萬種，百城雄據何嶙峋。丹黃點勘渙水釋，迅度鬼國超迷津。我生懶熳厭開卷，讀未終幅思欠伸。摴蒱亡羊分捶撻，鼓吹入夢虛吟呻。長安邂逅已頻首，載酒幸託同袍清。道華昇仙無舊業，玉京問字愁逡巡。何人爲寫檢書照，兩姝婭姹供箧陳。秋江小幅舊學步，顧影何似東施顰。

竊聞聖功離言説，況乃文字空遺薪。試寫東書坐繩榻，杜德更示維摩真。

飛雲巖和芥舟

飛雲之巖雲所扃，停雲飛去飛雲停。荒岡萬疊巒井絡，安得數點芙蓉青。初隨流水到静境，幽鳥啁哳和風鈴。花闗薜磴幾曲折，倐然置我羣真庭。翠濤捲空雲撲地，倏忽萬怪生元冥。諦視非工亦非匠，天然結構檐屋形。縣崖小草外豐縟，危根勺水中泚潫。生烟浮動山水障，神蚪鼓鬣鸞側翎。三峰離立若無蔕，毋乃飛渡來東溟。迴巒沓嶂自包裹，不與衆阜争岧嶤。徘徊暮靄四山下，松間佛火光熒熒。空巖泉脉轆轤轉，玉津一漱千瓏玲。戈子賦詩工象物，五字欲代磨厓銘。明知韻險未敢次，且免學步嘲山靈。

關嶺

長坡緣山五里强，官道詰曲作之字。却登絶頂望羣山，蒼烟萬點堆平地。羣山如水輿如舟，天風蕩作逍遥游。崖迴澗側風不定，一徑松濤下寒磬。

水車行

河低田高水不升，桔橰力薄翻車興。轉輪自挹還自注，白波淥滿千溝塍。潕溪流急最宜此，山腰無土空崚嶒。東來百里眼乍豁，高灘迅鼓雙機騰。地接湖湘水雲闊，江鄉風味來頻仍。三吴歷歷前游地，魚莊蠏舍年穀登。臨江百畝未得買，欲爲此樂知何憑。長笕偏宜穿竹落，磐石正好安魚罾。草衣一老坐茅屋，抱甕不勞横雨肱。秋風早刈再熟稻，槽牀日注邀賓朋。

韶光寺

萬古韶光寺，天關鳥道通。半巖收海色，絶頂下江風。野竹流雲白，幽花避日紅。金蓮池畔句，長慶兩仙翁。

懷邊十趙珍

吾邑苦吟子，工詩不厭窮。隨緣添白髮，爲客幾秋風。嘉樹空懷白，長楊未薦雄。何時歸袂把，釃酒桂巖叢。

贈朱筠園，兼寄令弟斐瞻

君家季方氏，於我最相知。風雨仍今夕，星河憶往時。劍歌游子興，樽酒故人期。爲問東山葛，新成兩鬢絲。

五月二日泛舟天寧門，至法海寺看竹，小憩程園，遂游平山堂暮歸

其一

石磴盤空曲，松濤走下方。廢興千過鳥，今古一登堂。江色浮瓜步，嵐光接建康。蕪城殘照裏，萬頃稻花涼。

其二

暮色萬松亭，天風響佛鈴。疏燈明遠郭，返棹亂寒星。良會初投轄，名山始建瓴。何當乘興往，石鼎試中泠。

天寧寺題壁示具如上人寺傳爲謝公別墅

殘棋空六代，別墅見雙林。花竹弄秋色，江山傷古心。香臺初月影，禪板夜潮音。萬劫回環地，真源試一尋。

玉屏逢葉毅庵編修入都

石瀨維舟處，雲巒去馬邊。相逢如一夢，此別又三年。明月夜郎道，青春鴻雁天。羡君歸路近，閒賦遠游篇。

舟興

一枝柔艣破烟輕，卧聽黄頭報水程。柳岸近涵茅舍影，柁樓早帶午雞聲。已判梁燕三年別，直訪沙鷗萬里盟。爲報江花香早放，錦袍人作弄珠行。

送戴東原南歸

惜別翻憐忽漫逢，尊前天末失雲龍。鴻飛紫陌無多日，秋到黄山第幾重。避地名高孫祭酒，傳家學絶鄭司農。漢京故事榮稽古，歲歲三朝考大鏞。

孱陵驛早發

人語雞聲隔岸東，遠陂宿霧轉濛濛。一灣竹樹響寒鵲，十里水雲低曉風。馬首月銜巫峽白，雁邊霧落洞庭紅。今朝南楚探春色，欲問江潭蕙芷叢。

過沅州

龍標城下草萋萋，沅水東流納五溪。夢裏孤帆銅柱北，天邊新月石屏西。空山洞穴留秦贅，古廟香花賽范妻。多范大夫妻廟，蓋因范蠡西施之説傅會之。萬里炎荒身一葉，不堪重聽鷓鴣啼。

鎮遠入舟

如掌烏篷落急湍，江湖昔夢悄無端。西泠載酒秋濤壯，京口懷人夜笛殘。旅思半銷中婦鏡，山程初變大王灘。輕舟欲泊嘑猖數，可似三巴道路難。

喜揚州藥根上人來京過訪，即用見贈原韻

二分明月廣陵鐘，步屧東龕識贊公。豆子秋深江甸雨，栴檀香散帝城風。蒼浪客鬢寒花畔，蕭瑟琴心落葉中。禮罷名山更迴首，爲君三徑翦蒿蓬。

家嵩野起部弟兩過荒齋不值，屢承惠茶賦謝

空庭樹影亂鳴蟬，落日停雲思悄然。城闕偶淹行藥蹟，琴尊頻冷過橋緣。苔荒舊雨人還問，草緑秋窗夢又牽。最是消中煩記憶，松風石鼎贈安禪。

雨發東湖驛

石徑無泥濕不妨，趁行雨色送微凉。新松似女娟娟静，晚稻如花漠漠香。藻鏡秖申前路約，江湖偏觸少年狂。秋懷忽落長沙外，九面衡峰轉碧湘。

早行

遠峰杳靄上朝暉，馬首穿蘿露未晞。一徑候蟲醒倦耳，昨宵凉雨試生衣。麥苗得歲秋先入，關塞連天雁正飛。廿載驅馳慚報稱，故山空冷釣魚磯。

虎街

入谷三五家，壞壁無雞犬。月落黄蘆風，隔窗聲翦翦。

重游金雞村

楊柳千條蘸碧流，家家紅杏出墻頭。一年一度金雞約，飽聽花村唤雨鳩。

重宿龍泉精舍題壁

鷲峰空翠落危椒，桂殿雲香月下飄。一夜秋聲生竹樹，祇疑門對浙江潮。

題蔣莘畬編修歸舟安穩圖圖有太夫人題七絶句

其一

柳邊曾識放舟人，拂面飛花岸葛巾。莘畬戊辰落第，作歸舟酒醒圖，取柳屯田『楊柳岸曉風殘月』句意。

廿載布帆無恙在，錦袍芳草一時春。

其二

垂白含飴弄掌珠，幾年新婦亦成姑。臨風自譜將雛曲，千里澄江似練鋪。

其三

潞河銀鱠饌春盤，解纜從容勸一餐。四十年來婚宦蹟，吳船三板載平安。

保陽夜雨感舊

三十年前謁大師，新安張天池先生。講堂南畔看花時。夢回孤館瀟瀟雨，一炷青燈照鬢絲。

重過圓津庵，觀芥舟題壁，感賦

依舊清詩著粉牆，懷人淚灑贊公房。不須更奏山陽笛，斜日西風戰白楊。

國朝畿輔詩傳卷三十七

朱珪

珪，字石君，號南厓，大興人，筠弟。乾隆十三年進士，歷官體仁閣大學士，贈太傅，謚文正，祀賢良。有《知足齋集》二十卷。

朱錫經《南厓府君年譜》：府君十五歲，補順天府學生。丁卯，十七歲，舉於鄉。戊辰，會試中式十二名，改庶吉士。辛未，授編修。壬申，升侍講。丁丑，充日講起居注官。戊寅，升侍讀學士。己卯，典河南鄉試，得士吴廷堅等。吴，睢州人，闈中搜落卷得之，榜發知爲老名士。庚辰，充會試同考官。秋，授福建，分巡糧驛道。辛巳夏，兼攝福州府事，毁和令二聖、麻三相公、牛頭大王、鐵頭和尚諸淫祠，民大驚服。癸未，升福建按察使。甲申，先祖光禄公卒，訃至歸。計秉臬於閩僅一年，有僞官、逆書二案並發，府君嚴訊得實。案成，誅正犯一人，其受欺者不株連，子孫得不坐。丁亥，服闋，授湖北按察使。戊子，調山西按察使。己丑，升山西布政使。辛卯，獲理山西巡撫，議奏籌士默特當差官兵盤費，又奏新開牧地米石，請改徵折色，以便民除弊。奏上，下部議行。乙未，請覲，授翰林院侍講學士。丙申，奉旨在上書房行走，侍今上皇帝學。戊戌，會試充同考官，奉命爲福建鄉試正考官，得士，其後仕學有聲者，如伊太守秉綬、鄭進士光策等甚夥。庚子，奉命視福建學，瀕行，上五箴於今上潛邸。癸卯，回京復命。甲辰，扈從南巡，授内閣學士兼禮部侍郎，奉命閲召試浙江、福建諸生卷，復奉命閲召試江蘇、安徽、江西諸生卷，得士，今山西布政使歙縣金君應琦、掌河南道御史鮑君勳茂、禮部郎中雲南學政南豐譚君光祥、刑部員外郎太倉汪君彦博、吏部員外郎歙縣程君振甲其尤著者。丙午，授禮部右侍郎，奉命主江南鄉試，得士，經術通者阮中丞元、孫觀察星衍、張編修惠言、李太守賡芸，副榜吴庶子鼒、鮑侍講桂星與焉。歙方榘能爲清微元妙之文，江都汪中則不工爲時文，其學通雅精確，爲江淮學者冠。府君徧閲卷萬二千本，未得兩人，浹月不懌，後知兩君皆未入場。汪君以明經睥睨公卿，傲視科目，然聞府君求得其卷，感不已，書來願爲弟子。孫君通小學，其首場三藝皆宗古注，搜落卷得之，曰：『此必孫某也。』後庚戌會試，得洪君亮吉卷亦然。府君與兩君皆無一面也。八月命督浙江學。己酉，回京復命，充經筵講官。庚戌，充會試總裁官，得士朱文翰等一百二人。榜發海内，知名之士皆在選中，士論翕然。授安徽巡撫，乘船至宿州，西北接碭山，東南至靈壁一百六十里，露處棚栖，纍纍相望，仰蒙恩賞一月口糧，即督率分給其隄埝，嚴催趕築。甲寅，調補廣東巡撫，奏暎咭唎入貢，使臣有寄送總督海關監督禮物二分，告以天朝大臣例，不與外夷交接。丙辰，補授兩廣總督，降補安徽巡撫。己未，還京，充會試總裁官，調户部尚書。時清釐漕政，嚴禁浮收等弊，於是漕帥請每石加一斗爲津貼費奉旨交。有漕督撫議奏，江督乃有上江加增贈銀，下江加增耗米之請。按其所增數較原徵銀米，上江加倍，下江一倍有餘。府君到部，與堂司官面議，自爲駁稿，内稱小民未見清漕之益，先受加賦之害等語奏上。庚申，長蘆鹽政奏請每觔鹽價加錢二文，府君首發議以爲不可。壬戌，以户部尚書協辦大學士，仍加太子少保銜，兼翰林院掌院學士，并以原銜充日講起居注官。倉場侍郎奏請預徵錢糧四五十倍，準作義監生終身免賦。府君自作駁稿云：『國家正供，自有常經，而名實尤關體要。取民有制，蠲免有因，從無預徵數十倍而賜復終身之事。於名不正，於實有傷，枉尋直尺，殆有甚焉，其説斷不可行，奏上如議。甲子，晉太子太傅。乙丑，補體仁閣大學士，充會試總裁官。丙寅，十二月初五日逝，初六日聖駕親臨坐奠，二十五日葬於吕村之阡。丁卯三月，恭刻御製碑文，立石墓前，十五日加恩賜祭，七月入祀賢良祠。

阮元《序》：吾師大興朱公，未弱冠入詞林，與兄竹君先生兢爽。早被高宗純皇帝任，使揚歷中外，深器德量，命直上書房講誦，有甘盤舊學之義焉。師授全集，命元選訂。師之詩，閎中肆外，才力之大，無所不舉，且直吐胸臆，真情至性，勃勃動人，未嘗求肖於流派，而實於杜陵、昌黎爲尤近古名臣大儒之專集，未有盛於斯者。

《蒲褐山房詩話》：公兄弟少入翰林，即以高文典册照耀蓬萊、華蓋之間，爲藝林所仰垂三十年。然其尚名教、敦清節，世或未盡知也。任山西布政使司，以方正爲巡撫所嗛，謂其不諳吏治，改官翰林。久之，上深知公公正廉直，纍擢爲巡撫，入長吏、户二部，而愛才下士，士以此望而趨之。

昔韓忠獻爲中正所歸，而於元祐諸賢未嘗偏徇，葉文忠爲清流眉目，而於東林亦無私好，先生蓋深得此意者也。

《紅豆樹館詩話》：文正少爲文，深慕黄公石齋。公祖與高安朱文端公相友善，公父受經於高安公，遂盡傳高安之學，與叔兄竹君學士齊名，人比之眉山蘇氏，稱爲二朱。其在位也，廉峻公誠數十年，人皆仰之，而愛才下士，尤見休休有容之度，如汀州張孟詞、武進黄仲則皆以文學見知，於其殁也，猶惋惜不置。其他文章經濟之士，得公獎藉而成名者，必曰出石君先生門下以爲榮，宏聲偉望，海内翕然。公於經術無所不通，漢儒之傳注氣節，宋儒之性道實踐，兼而有之。《知足齋集》中應制諸作，摛華掞藻，實大聲宏，渢渢乎朱弦清廟之音，至於感物懷人、模山範水，長篇險韻皆真意流行，錚然别開生面。嘗自題詩草云：『昌黎全詩三百八，已駭怪變雄山河。後來才大號蘇海，萬斛泉涌惟東坡。偏師仄徑争纖巧，瑣碎蟲鳥奚足科。』蓋宗尚在是，故不覺筆端流露，自道所得也。公集經芸臺相國選訂，談藝者已奉爲金科玉條，兹更詳細抉擇，俾畿輔後學知所宗仰云。

冠山家兄以官事至京，留家一月。將還江西，作詩五首送其行，道過濟陽，與仲君共閲也

其一

三年去京國，一月來家居。親交各執手，歡愛盈庭除。念兄急王事，歲暮勞馳驅。此行歌將父，私願且得俱。解頤覺今豐，挽鬢比舊舒。喜見兄顏色，笑愠如當初。不惜寒夜長，秉燭意有餘。晨興戀堂上，視影欽居諸。暫留誠可貴，欲別千踟躕。

其二

季冬天風寒，晨駕就長道。胡爲苦揮涕，三春暉可寶。念我庭闈心，似覺聚首好。生男射四方，豈望窮居老。兄今行首路，哭墓親祭掃。長號我先慈，不及兒達早。九天有綸綍，豈被九地草。念之慟五內，使我腸如擣。

其三

我有四弟兄，兩兄皆出仕。兄今過濟陽，爲我告仲氏。宦游雖云樂，日月不可恃。前日寄我詩，瞻望勞陟屺。雁離亦已哀，尋聲貴知止。榮木亦已華，不如恭桑梓。東坡苦無田，不歸誓江水。豈知夜雨聲，終老不到耳。懷哉我諸昆，何時酒共釃。

其四

昔歲兄之官，作詩贈君行。屬兄訪兩柩，漂泊留南荆。外妣聞已歸，庶以慰孤惸。伯母殯釋寺，魂魄尤零丁。今夏兄之楚，表識兄所經。哀哉故鬼小，不得藏佳城。我家近世中，恐有不祀塋。何當修其廢，魂兮依宗祊。

其五

臨別更何贈，在官終言官。淵明戒苟得，魏風歌伐檀。誰爲民之牧，愛惜知艱難。嗷嗷卒瘏口，况忍取其殘。書食不過飽，夜夢亦得安。譬彼有源水，自出清波瀾。濁渠雖云滿，翹足可待乾。兄其爲高鴻，飲啄從漸磐。

送劉侍講映榆視學粤東

其一

鳳皇下璧門，銜符向炎海。雲中聚九光，天外散五采。嗟子富文章，簪筆上天垓。飄然西清客，欲御南風凱。碧雞與金馬，動影久相待。火樹爛珊瑚，凌波發蓓蕾。山辛叢桂蠹，水馥幽蘭茝。行行未宜遲，秋英及可採。

其二

粤惟古南交，人文發火房。曲江鳴開元，孤鴻厲修肮。自從昌黎來，手翻蛟龍藏。揭陽招趙德，二區參翱翔。前明有陳湛，黑海搴扶桑。國朝盛詩家，後起才尤强。乃知海靈富，不獨金寶裝。不貪識其氣，爲我還珠光。

其三

文章心之鈴，清濁無不聞。搏鼠流貪聲，扣牛戛廉韻。勾萌出天機，枝葉蔓世運。使者有風教，一國變喜愠。譬彼麴與糵，厚薄隨所醖。又如考鐘鼓，乃在鼉與韗。有章視其質，聚鷸恐敝緼。所以貴由衷，明堂羞藻藴。

其四

翡翠尚有羽，犀兕尚有角。遠隨方物至，萬里光赧駁。海底明月珠，磊磊亦在握。豈有真文章，不得并卓犖。知子愛才癖，肝膽獨忠慤。玉敦與金卣，須子好追琢。平生想羅浮，桂棟倚梅桷。子其招山中，歌舞下鸞鷟。

宿祝聖寺

列松蟠根高，孤桂敷葉大。仰面數乾星，傾耳送濕籟。地嚴方明舊，寺本行宫改建。鄰偪真宰會。沐浴燈青熒，夢覺聲硠磕。上人如湯休，清吟激楚汰。羡汝飽山水，慚予何戈祋。雀躍問雲將，去住何所蔕。

寶善山房

招堤扼石磴，駕矼渡玉版。怒淙漱聱牙，鋒利争鑿鏟。枕流清聒耳，面峰闖入眼。息此牽挽勞，是我上下轡。憑危緬吕梁，構虚思蜀棧。拾級初淹留，取興歷蹇産。

湧泉寺

招提敞山曲，捯雲入僧寮。靈嶠填深潭，咒水龍不驕。伸指檻泉出，菌蠢聆海潮。桓桓忠懿王，神宴來相招。香花供百戲，聖箭通九霄。沙溪避忠骨，移塔凌山椒。到今一千載，支壞非一朝。兹山既名勝，朱李名題標。萬沙撒恒河，誰是魁衡杓。嗟余亦何爲，懷古空歌謠。

喝水巖

舍寺尋靈源，石級下巖洞。兩崖撖膠葛，鬼斧試鑿空。晏師誦其中，有似牛鳴甕。叱咤水倒流，移湫息耳鬨。縱横古今字，後刻前或礱。徇名窮巔淵，爪落鴻已畟。安得亡是公，听笑吞雲夢。

喜雨呈舅氏冀寧公

司牧顙上泚，農夫眼中淚。齊心哀龍公，迸此雨脚脆。久愁雲慘淡，暫訝珠瑣碎。綿綿聽檐溜，欲斷屢驚悸。遥知四郊外，點點入芒穗。行恒交雲根，汾漳欲潤氣。居然生枯槁，不忍嗜蕲薤。深慚肉食鄙，静念糠粃悴。浹旬謹齋厨，頗狎菜根味。行當賽雨師，歌舞薦祈衈。寄聲白水翁，清宴許我醉。

次韻竹君兄南陵見懷之作

去夏旋京國，不及十日留。與兄暫聚首，散影如萍浮。况復馳使節，江山千里修。三復白馬篇，神動平原侯。歲除感尊酒，不得同沐休。仰雲雁穿塞，俯淵鯤拔湫。奮飛隔陘阪，陽侯阻方舟。日月去何駛，叢桂開山幽。珍重一紙書，慰我夢寐求。上言教孝秀，倫紀敦大猷。下言勸經生，實勝文則優。寄我南陵作，登眺慕匹儔。宣城憶元暉，江樹今昔侔。時當寒食後，望遠懷故丘。明發戒徵邁，何以解離憂。念我三十壯，始作東南游。四鳥别完山，明月同高樓。常恐違初服，貽我親愛羞。滔滔大江水，濫觴先污抔。名聲與榮禄，清濁分渠溝。兄今富文章，不朽争上流。我豈異所趨，百匝庭中楸。中宵望南斗，槎客轉四陬。高哦振金石，探勝倦僕騶。知君千峰頂，一豁萬古眸。會當調兩鶴，小别何足愁。他時訪初平，聽我鞭羊謳。

東寄葉辛麓觀察

五年游同方，千里求同氣。君如陰羽鳴，我苦濡尾濟。豈伊杞柳性，甘作匏瓜繫。大鈞忽我私，善解不用揥。蔚然歸舊林，適比山梁雉。兄弟喜予來，同牀話深契。妻孥喜我歸，侹嬴欲嫵媚。舊雨喜我來，疏星映躔次。新雨喜我來，尊酒略行輩。我樂誰當知，儵魚在濠際。寄語素心人，遥遥莊與惠。

贈邵闇谷太守，并東六令兄舍人

其一

少年輕相知，老大重執手。與君昔翾鳴，灌木初求友。浮雲意氣多，濃淡閒杯酒。猶憶接扁舟，風帆纜沙柳。三山我歸來，一麾君出守。永嘉又錢塘，冰玉映販負。知君畝水清，怪我責人厚。庶幾欽前賢，豈獨高部婁。

其二

君家瓊樹枝，不數陸與庾。紫微老舍人，抱玉扃文府。貫弗二十三，獨手劚月斧。遺我尺素書，刈稻必辨鄖。如何空谷馨，春風閟蘭杜。君行好攜手，湖山聽夜雨。二毛篤天倫，此意各領取。願言加餐飯，明德老須努。

擬謝康樂《富春渚》，用原韻

漸江溯盤紆，觀山鬱城郭。扁舟中浩淼，層巒遠迴薄。暫霽翠花晞，洊雨珠扉錯。中屠跂清惠，赤松閟洞壑。開張得曠覽，窈窕想幽託。帆風惜超越，梯雲愧蹇弱。詎無尚子心，未踐疏公諾。石根裊膚寸，烟樹隱村落。仁智從所觀，默存在蜩蠖。

仙霞嶺

淩晨發山館，逶迤入嶺麓。日及粲白丹，薈蔚交竹木。壁蝸延一綫，蟻磨旋干轆。仰晞閟青蒼，迥矚蕩心目。山腰得精廬，呀喘息輿僕。再鼓升天險，重關扼地軸。唐巢力功栞，宋浩事剷築。七百六十磴，上下捷猱鹿。重來躡飛霞，一俯衆峰矗。茶嶺接小竿，突兀更騰伏。瀺瀺下籟水，閩浙兩不蓄。西流達江西，百里走瀧瀑。地脉所屈蟠，龍蛇斷起陸。曠途暫顧眺，前行勢方簇。

西陽嶺

西陽最雄亘，高出楓霞右。直上八百級，骨僵少豐肉。嶺泉苦寒洌，竹木盡疏瘦。其南鶩斗落，繘井滑瓶甃。勢異屈蚪蟠，隘足虓虎守。咄哉重關外，復此天險湊。建溪激於箭，分脉疏吭脰。土名曰栖皇，灘與黯淡鬭。下嶺憩臨江，幽蘭馨三嗅。大湖又嵬峨，喟然歎修袤。

江郎石

峽口喜新晴，遥覿江郎面。羣峰讓而頫，巍然出峨弁。行行環其西，壁削火椴鍊。漸近露傑虎，高髻摇盛鬌。石骨排劍牙，昂首鬬猛贙。北轉得正觀，三指擘鰲抃。鄂不連厥根，左谿右一綫。兩耦參爲奇，友於復婉孌。我來六謁之，舊夢愜新見。山靈或開予，天月妙根竅。薄暮首清湖，回顧猶眷戀。跋燭紀兹勝，飛霞想片片。

恩縣道中

昨午德州雨，泥淖苦躑躅。今晨恩縣晴，清風蕩原陸。既厭餅餌香，復欣粱黍熟。齊民脱饑瘵，童稚亦果腹。念昔溝中燐，變化等蛾蠋。若敖詎不餒，徐甲誰爲肉。歲行有盈虚，人事須節蓄。呼奴勿過饕，仁者惜其福。

石門

石門雙豁閜，幽敞通靈溪。面削萬仞峰，飛下垂天霓。想當霖雨足，高挹懸河低。冬晴尚如此，夏浸天可稽。淙淙自太古，澒洞無端倪。披雲謝客卧，未辨東與西。再拜犁眉公，龍蠖此蟄栖。譎奇二鬼篇，醉噴金華羝。漱瀑濯腸胃，吐氣儕徵珪。即境緬真隱，大小理亦齊。翹首軒轅丘，足弱愁攀躋。安得駕雲鶴，去掇芝田荑。

陸豐

陸豐分海豐，本自東海滘。南通碣石鎮，東接甲子澳。昔當宋元交，龍困猶一掉。韙哉文陸張，力盡死不撓。手浴虞淵輪，耿耿出反照。魯陽戈豈回，精衛血空漂。扶輿有正氣，浩歌激商調。敗爲肝納演，成則力排奡。我行惠潮間，周咨動憑弔。英風五百年，一發鸞鶴嘯。

彈子磯

挽舟上湞水，濯纓溯清溪。誰持萬石弩，落此彈子磬。翠壁矗千仞，輪石神鑴刲。瓏玲出竅穴，丹鼎鑿甑窐。其顛叢萬緑，樵斧不敢梯。延緣六十里，日脚已向西。飛鳶仰蜂蝶，戴景如丹鷞。盤宵此巢窟，卵育宜洞栖。靈仙戲來往，抵鵲投簪笄。何當風雨夜，快睹垂虹霓。

牡丹蘭花開，以少見貴，用張南湖芙蓉詩『却』字韻，傚其體

愛花不著花，飲酒不滿爵。有如讀好書，隨意觀大略。艶冶當春時，吾豈獨静泊。蘭秀挺幽芳，牡丹敷酡萼。招呼二三友，賞以提壺酌。朝昕暾映奩，夜露弦輝閣。色妍女孌奼，香閟靈交錯。坐起往復還，獨賞思衆樂。林園涉有趣，頗似脱軒鶴。少美况兼攬，懷抱此暫拓。花如解我意，笑瑳心已諾。試看婪尾春，如水東赴壑。安得指翔陽，徘徊駐景却。娉立汝何爲，荏苒懷娟弱。花神本不二，環序期久約。

退思齋園中花木雜詠

其一

野菊綴黄花，顔色亦皎好。雜開瓦礫旁，糞壤出叢葆。眷彼色正中，金氣得鮮顥。誰能辨品彙，泛愛足忘老。不須待佳節，及此秋陽杲。掇英荆榛間，亦復開懷抱。

其二

馳情思江南，望望間關意。苒苒比金萱，亭亭有遠致。雖非忘憂花，亦足抒情思。涉江芙蓉多，美人何娟麗。娭光吹參差，皎皎揚其袂。所思在千里，飛鳥何當寄。

其三

秦椒性辛烈，苞角火欲然。翠枝相間映，的的揚朱丹。誰能嗜其味，但以衆色觀。雜之庶卉中，皎皎齊瑙珊。美惡從所取，露雨同濡溥。

其四

芥有草木滋，膾魚可用醬。我今久蔬食，此味亦供餉。取其散鬱滯，行氣達腹臟。摘鮮尤凈嘉，消疏能滌蕩。是宜君子風，薑桂同直諒。離離畦隴間，生翠彌可望。

其五

蘆菔常食珍，可以寬胃膈。初生脆而甘，磊落間朱白。小澀亦可耐，葉肥纓已坼。漸老或鯁介，稍費牙齒齰。鬻之化爲腴，山藥等風格。吾衰此供餐，呼丁試屢摘。

其六

小草茁紫英，或以諸葛名。江湖何蔓發，品類豈蔓菁。昔我官楚北，紫花偏臺榮。蛇山被錦繡，十畝香色并。北方希爲貴，舊雨尚有情。當秋好識別，爛漫期春明。

其七

綬帶拂長條，黄花亦可采。丰茸何娜娜，猗靡相綷縩。荏苒不自將，飄揚如有待。託根庇喬柯，亦足媲蘅茝。物理詎不然，弱植或久在。

其八

丁香春蕊蕊，紅白艷競韶。舊柯芳未歇，新植吾興饒。誰云兒女姿，明璫從步摇。吾於香色間，不别蘭蕙椒。六根既解脱，平視姬姜姚。玉女倚方丈，無心爲誰嬌。

其九

紅杏二月花，秋暄綻數朵。不知祥與異，氣候無不可。我游閩粤疆，冬日爛卉果。何樹不青山，何花不灼火。地氣異南朔，見少或怪夥。君子道其常，順時謹偏頗。

其十

桑葉何沃若，甘葚何離離。不爲蠶所飼，却與鳩醉宜。高者矗如葆，短者肩參差。我園隨其植，材用無成虧。採葉拭吾身，細字明襹褷。

其十一

闖門帶青山，上樹偃蓋松。對我張鳳翅，高節何童童。其下蔭流水，倒影垂晶宫。昞睞時拱揖，羣卉環敬恭。豈必開三徑，左右求羊蹤。

六月初九日法時帆學士邀予游極樂寺，遂至畏吾村拜李文正公墓紀此

極樂吾熟游，兹游興非偶。言尋先正藏，得自學士手。西郊畏吾村，大會寺之右。磊磊五代丘，祠堂奠尊卣。當年西涯公，文采麟鳳椒。密勿宏正朝，用意良忠厚。清風五十載，不祀悲鬬穀。豐碑失麒麟，耕壟夷部婁。學士求荒榛，前身十八叟。豈惟臭味同，稽古獨尚友。我來弔九京，蓋棺誰不朽。喟然古達人，一視彭殤壽。

編竹籬

縛葦作藩落，苒弱不經秋。嫋嫋當朔風，敧邪那自由。雜植扶蘇莖，施蔓厭上頭。春來各萌芽，綠縟生意抽。乃知因依理，所託須喬樛。雖非樹木計，亦賴扶持周。我將易以竹，挺然直且修。十年吾已老，愛樹誰翦劉。徘徊籬勢固，爛漫花徑幽。其北映朱藤，其陽葵菽稠。匏瓜何纍纍，垂實當綴旒。黄花秋更好，載酒來羊求。吾師叔孫意，傳舍如始修。

題吴翼堂先生洗竹圖

破書萬卷手始辣，啗竹千畝腸逾清。先生洗竹意何似，芟剔枝節留孤撑。并刀翦水碎鳴玉，礙道欲與長蛇争。殘鱗落甲净如拭，叩之龍骨聲鏗鏗。空庭獨坐快有得，醒耳一聽雷初鳴。枝歧葉亂不刺眼，静看生意潛抽萌。世儒讀書少涇渭，苦以蕪穢當菁英。胸中況有九牛在，安得游刃空中行。先生當年叫鸞鳳，早截修幹調軒伶。黄山歸來歲月古，且放苞籜敲雙琤。晚而觀物最愛此，不與金木交枯榮。明玗个个餘一埽，奇理獨出横庚庚。文章老去更峻潔，惟有此君同性情。醉中舉觴歌萬首，冉冉緑葉臨風傾。何當坐我竹影下，聽公擊杖清彭觥。

隆興寺大佛歌并序

十七日過正定，憩大佛寺。銅象高七丈三尺，寺有宋碑，僧惠演記。略云：『鎮州城西，舊有大銅佛，唐時所鑄。五代時鑠於契丹，周顯德間，毁天下佛像以鑄錢。至太祖開寶二年三月，親征晉，閏五月巡邊，駐蹕是州，問像之興廢，僧可鑄對曰：「像間有字，『遇顯而毁，遇宋而興。』」乃命脩之。掘菜地得銅，五臺山漂大木至，以爲梁柱。於隆興寺建鑄，凡七鑄而成，四十二臂具焉，曰大悲觀音像，時開寶四年也。乾通元年記。』其背有紹聖年間葛蘩《記》一篇。

西方化人御劫輪，上天下地遺厥身。高於兜率細鍼芥，笵金攫土何足論。偉哉此佛誰所鑄，仰首不見肩與顖。七十三尺仡嵂嵲，四十二臂拏輪囷。傳聞有唐初冶造，鎮壓恒岳同威神。契丹燎原爍金鐵，帝柴毀像輪算緡。火龍飛來吸汾晉，黃袍駐馬搜荆榛。老僧鑱刻符讖字，曰顯中罷宋再振。萬銅裂地夜氣隱，千木斫山鬼手皸。太乙六丁煽鑪炭，寶月七鑄雄天人。飛樓鑿空出偏袒，芙蓉十丈敷華茵。到今自在閲泡幻，恒水幾見清瀾淪。茂陵銅仙酒入洛，咸陽金人已避秦。當此戰血猶在眼，劍首一吷吹千春。我來摩挲古碑碣，歎此遺蹟偶未湮。憑欄縱眺極曠莽，四遠雪海如翻銀。秋毫泰山等無極，那用絶叫驚蒼口。

正月初八日同程聘山少宗伯登黃鶴樓

揚舲東上渡夏口，乘興更得凌高樓。因山壓城雄萬古，古時豪傑今山丘。長江南來漢西會，兩岸列屋如星稠。大别贔屭龜出曝，黃磯仰首蛇蟠修。誰磨鉅刃斷其春，蛇山自東首西鑿斷爲鼓樓。頸鎖不遺交匹逑。大别山俗名龜山，有鐵鎖關。想當割據動鱗甲，牀下一閧千蚍蜉。地形佳哉易衰盛，水陸奔輳争吭喉。憑軒豁目但長喟，富貴何有真浮漚。神仙駕鶴不可見，奇士解羽空名洲。我今躡步鉅公後，暫弭使節同歌游。風暄日晴天借我，豈忘芨涉泥沾裘。造次已無雲夢久，漫汗欲小馮夷秋。煩公拂髯出豪句，肯放崔李長梟牟。

磁州城北二十里爲杜村，問之士人有漢杜太尉喬墓，在村西北里許，隨詩之荒原孤阜無片碣可考，感而作此，且致磁州牧李君晟志之

邯鄲南發經杜村，太尉無廟云有墳。去村西北一里路，土人導我拜公墓。獨騎躑躅沙礫中，麥田春蔓平野空。坡陀孤阜無碑碣，遥對太行埋碧血。當年椒焰方燎原，金蛇不與私傳觀。犀亭比肩抱日月，虎穴刺手生糜爛。陳尸城北萬夫愴，鈇鑕號天許歸葬。魂歸漳滏長滔滔，白水已涸當塗高。到今遺蜕一抔土，西望長陵共榛莽。久騎箕尾上星辰，不鑿麒麟護風雨。我歌爲致州牧賢，且乞片石深題鐫。誰能好事樹十畝，更作新廟歆千年。

晉王宫漆碗歌和齊進士翀

齊君示我古漆碗，百年遺器出晉宫。寳賢石斷砌馬櫪，此物真贋誰能窮。黄金中途已攫去，吁然外殼康匏同。雕幾蜂蝶蕚跗韡，華質殷駁宜殱鐻。當年赤龍起豐沛，鏤金牀碎江州東。欲以錋篕教儉德，更分寳玉班宗功。鬚王中道笞膳宰，詔書馳戒何匑匑。一傳燕啄劫七鬯，世守虎節完圭桐。端王西河尤孝謹，芝生泉涌天鑒衷。横汾流觴珠履錯，艷趙挾瑟酡顔紅。酎金高廟拜膰脈，宥坐敧器銘謙冲。豈知九鼎忽折足，鬩然大盗來闕潼。孱王鹽腦就桎梏，美人智井愁芎藭。玉魚金盌尚不保，駝山夜發亡羊童。微乎微者此何幸，流傳好事催詩筒。君豪槃敦已在手，我更何有争雕蟲。歲寒燭跋歌正放，浮白且潤鳴腸空。

送王同年餘園 應絳州山長之聘

麟角鳳觜膠朱弦，王君落落猶青氈。函牛之鼎烹大肉，王君瀟瀟抱孤竹。隨身卷軸車兩箱，風雪顧我古晉陽。五言碎琴露肝膽，廿年彈指悲行藏。天門射策排雲近，赤縣鋤强厲秋隼。君知武邑，以揭武弁，不得於上官。歸來學舍曠如舟，招鬼無聲怨虛牝。改官教授，有《招鬼》詩。截髪未報陶母恩，捉鼻空教謝妻哂。飄然投劾馬首東，遠游燕趙黄金空。長歌秦聲激風雅，北地獻吉康武功。與君夜語春溶溶，聚散車笠如轉蓬。論文豈敢恥王後，喫果有例邀朱同。汾河南流去不遠，千頃汪汪就黄憲。州牧黄君捷山。望雲迤邐接慈峰，吟風駘蕩滋芳畹。請君浩歌觀九原，山在絳州，趙文子游觀處。古人不死誰爲歡。臨歧一尊莫辭醉，火急寄我詩千篇。

珪蒙恩復入翰林，竹君兄疊前韻見賀，輒疊奉答

方材宜軫圜宜轂，散樗亦受膏霖沐。車行平地穩栖雞，巢近高天牧野鶩。十年悔不熟讀書，一枕何當浄揩目。君如退之苦詰盤，我學方平甘鞭朴。布帆無恙到三山，肉芝可採輕九牧。羨君高議開石渠，坐令玉堂生暖昱。子雲口吃頌鴟夷，不能爲舌聊爲腹。偶作劉晝妻孥瞋，深辨頡書神鬼哭。東坡有弟何敢望，太丘必世應知恧。漫誇屋上星蔚然，且聽窗前雨滲漉。

渡揚子江登金山

廿年前上浮玉尖，凌空下瞰根不黏。山腰殿閣疑幻蜃，但見天水磨晶奩。曰歸風檮江陰口，江神憐我啼凷苫。鯨吸鰲擲三百里，夜半指點金焦瞻。我今乘槎復逕此，江山舊雨心所忺。清晨逾閘抵瓜步，秋風初爽颺半帘。卬須我友喜共舫，挂席即見青排籤。中流掀簸稍呼洶，轉側帆脚迎飛廉。儵瞬已繞伏牛麓，老僧導我登嵁巖。聖神作述照龍貝，大書豐碣深磨鎌。遂攀浮圖第七級，凌競四面窺周檐。焦山覆釜辨顛趾，海山浴日宜升暹。長山銀蒜接北固，咫尺面勢窮毫纖。頭陀洞前小坐憩，篷開舵捩憑窗簾。中泠試酌第一水，清涼習習解喝炎。每逢勝蹟暫留眺，左右矻石回瀧漸。長江天塹限南北，一葉歌棹何輕恬。人生邂逅適如此，乘流而逝坎則淹。東坡無田歸亦得，祖生擊楫志豈厭。登舟款乃達京口，一笑底用熊魚兼。

呈顧河干先生

我年十五從師游，奇字疑義初討搜。倪黃易傳强涉獵，韓孟詩句争唱酬。布夜氈帽惡不恥，夜雪僵立談魯鄒。歸鴻南望感客夢，商聲苦調清猿愁。臨歧拜别淚霑臆，如失喬木啼嚶啁。微名早竊辱詞館，六年契闊祥琴幽。壬申計偕接杖屨，梁園假館少沐休。詔遴羣才聚東闕，雨立名姓欣傳籌。拜恩試尹潤畿輔，經術吏治非距鉤。黔南粤東愛樹在，良二千石咨刀牛。抽身忽作歸卧計，湖山勝絶吾菟裘。離師廿載矜未化，講堂摳謁來今秋。吟風弄月心欲醉，河汾弟子慚薛仇。使旋道浙暫信宿，那得早暮依庭楸。白駒易馳行難立，輪轅豈免虚車羞。願從先生更請益，示我歸處淙東流。

富陽道中，次黄左田韻

之江晴溯揺空蒼，蔚藍倒影涵渺芒。暗潮漸遠沙岸静，碧玉篸彈菱花妝。山枝誰唱思公子，鷗浴儵翻亦如此。廿載老我七往還，巖頂桐君青不死。昨來拏棹錢唐東，鑑湖鄞江風景同。釣臺七里最幽絶，一重一掩探無窮。髭霜齒扤慚學道，山鬼有靈顧我笑。御風貫月更何人，如此江山竟空到。

連宵月出華滿江，金波蕩漾流珠降。眼酣心醉玩不得，清夢不隔蓬萊窗。同游初平真妙器，餐霞已識筌蹄棄。然犀照水漫相矜，静鏡浮烟我何意。上灘邪許篙力柔，下灘風勁箭射眸。從流順逆各自努，一奩江水長油油。

謁東坡亭，即公白鶴峰故居，在歸善縣城北

八州督罷嶺外游，三年放客仍淹留。合江嘉祐未黔突，買山更上白鶴頭。我行殘獵月正堅，百七十里勇未休。惠守導我謁祠蹟，北江繞户開軒幽。山僧指觀百尺井，當年手鑿勿幕收。嗟公丙子作重九，朝霞已卷孤光秋。明年又復渡海去，逆旅電游真虚舟。大賢所憩人愛樹，况此鴻爪了可求。公神跨鶴返奎斗，萬世俎豆同魯鄒。如公遷謫尚不朽，而我擁節慚鞠謀。西鄰咫尺勾漏令，東望拱揖韓潮州。他年誰識盤陀老，却來此路停軒騶。

舟行

粤人送我五嶺北，皖人迎我三水南。我身浮雲寄空曠，誰將逝影求江潭。三年種樹未翦愛，連宵好雨宜稼甘。舟行遲遲聽禊靄，岸沙漠漠紆烟嵐。吏民猶見古直道，祝我此去當迴驂。我謝邦人情豈恝，力微恩重才非堪。蠻風蜑雨費調燮，海鯨島鱷難驅戡。書生何有銅鑄柱，宦蹟或可山留龕。食猶戒肉鐘敢釁，飲能歃水泉非貪。皖山江月吾肺腑，昔年餘澤猶津涵。道旁父老喜露冕，燈前竹馬歌趁趯。他時記我揭來處，桑下已宿浮屠三。

過桐城喜晤姚姬傳員外，道中作此奉柬

與君齊年六十六，浮生已可傲玉局。東坡卒年六十六，吾輩行將過之。君如高鶴避乘軒，我比疲牛怯牽轂。老耽六籍味轉腴，春過三眠絲欲熟。易成久别驚七秋，難得相逢笑一握。羨君瓠齒尚牢堅，感我霜毛已鶖秃。笥河遺卷要編紬，詹事聊吟嗟拱木。張畫亭少詹，亦辛亥生，於己丑年用東坡半字韻詩同有作，張歸道山久矣。百年未死且懸疣，三立誰成恥食粟。匆匆停蓋那抒悰，嗛嗛調饑方待粥。時將赴鳳泗，查放災賑。大關北去月滿梁，小閣冬暄書壓屋。上春梅放佇花嫣，清言蘭臭傾杯醁。君有正月枉顧之意。

與曹劍亭、張白蒓游十方院

朅來紅土硤，爲訪白雲僧。西風正廖闊，秋山日崚嶒。游人輕五岳，居士解三乘。我欲觀無始，徘徊最上層。

滕王閣

江山何浩曠，今古共登臨。尊酒聚冠蓋，風雲助嘯吟。刻程將夙駕，攬勝及分陰。來往勞津渡，憑闌一洗心。

庚姪將至留示

七年不見汝，相見欲滂沱。叔姪情如此，塤篪感若何。吾衰牙已豁，爾壯氣須和。他日斜川集，還期繼潁坡。

五河

五水交流會，偏陬召郭清。輿臺尋路暗，燈火渡河明。饑溺誰司牧，艱難更勸耕。憑軒春又到，勞苦慰疲氓。

舟中讀仲君兄手寄書尾五絶，感而有作

對牀聽雨更何年，蕭瑟蓬窗獨黯然。千疊江山回首隔，三冬眠食幾生緣。早希無葛真彭澤，善學維摩似輞川。祇有停雲佳節句，沉吟開闔未終篇。

除夕

三十辭親始壯游，五年歸去泣松楸。對牀風雨真難得，過隙居諸肯暫留。畫地那堪民命重，貪天莫報主恩稠。兒郎守歲渾閒事，老我春江日夜流。

癸巳六月二十三日過吴家窑梁氏齋，疊壁間前韻

返照牛羊下嶺村，自知鶴性倦乘軒。三經桑下應成戀，百市桃蹊更不言。何處鴻磬謀漸木，君家鸞隱可加飱。他年莫負紗籠意，風雨還尋涴壁痕。

聞竹君叔兄歸，即用程魚門吏部《移居四首》韻寄懷

其一

天上星回客到家，故巢無恙劇清華。三年不負游山勝，一映何妨近市譁。最是差池憐燕羽，那堪風雨對萸花。知君過巷千行淚，驚起連宵繞樹鴉。

其二

去來彈指等微塵，拾得衣珠不厭貧。顧我長爲登陁馬，羨君已是捨舟人。新恩藜火當軒煖，舊雨桃花滿座春。挾筴亡羊忙底事，埽除脉望曬書頻。

其三

先生玉局本吾師，生小連牀共擁衣。餞歲疏星行照鬢，催梢乳犢欲穿扉。今年同得孫。側身風隔蓬山遠，如願人從江水歸。珍重紫荆花好在，池塘春草正芳菲。

其四

斗室年來悟集虛，心輪聊欲駐飛車。名浮萬象争闚户，掾有三言謹閉閭。甘苦舌根分葤蜜，酸鹹世味等虀菹。寸田莫忘誅茅約，負耒何當共卜居。

羊流店羊叔子故里

徂徠迴首接崢嶸，汶水西流逕鉅平。石闕有人悲後死，金環何處證前生。壺觴心醉吴家將，裘帶風傳蔡氏甥。一統功成勞聖慮，九原隨會共深情。

送吴玉松吉士

一尊舊雨憶擔簦，重棹仙舟慶得朋。心部定涵金井水，頭銜須耐玉堂冰。幾番視我須添鶴，此去期君翼運鵬。開濟要從書卷出，豈徒高爵賦觚棱。

寄湖南苑叔度學使

衡雲右望接蒼梧，槎使文光射鳥帑。一紙手書頻鄭重，七年情話久縈紆。祇今戒律心逾細，憶昔論兵膽尚粗。君從征台灣有功。問訊飛鴻消息捷，懸河早晚近巴巫。

國朝畿輔詩傳卷三十八

邊繼祖

繼祖，字佩文，號秋崖，任丘人，怡子。乾隆十三年進士，歷官翰林院侍講學士。有《澄懷園詩集》二卷。

題高咸一表弟過庭小照

高陽才子荀家龍，君尤矯矯司雲風。小年落筆妙天下，老輩咋舌驚兒童。金臺選士如選駿，萬里蹴踏皆英雄。昆友後先領鄉薦，清文紙貴何其工。兄也引對明光宫，一麾乃指瀟湘東。君亦抉起厭章句，那堪屈首箋魚蟲。當年一經守家學，舞象舞勺神融融。苦思鯉對煩指授，不學牆面真凡庸。即今學優親簿領，單車西指蓮花峰。秦地高凉號陸海，士女好義歌小戎。蒹葭蒼蒼露華白，尹年正少顔昌丰。課晴問雨走阡陌，歌呼和答言笑同。圖中之人孝且恭，圖中之景何雍容。聖朝司牧急先務，知君用表循良衷。百年不僨子弟事，要令孝弟生耕農。魯論半部治天下，而况一邑蘇疲癃。君其小心事撫字，五陵佳氣春濛濛。高岡竹實待鳴鳳，褒書行見芝泥紅。

輓勾山先生步李廉衣韻

肯爲蒓鱸便憶家，暫留耆宿領清華。詎知病似沾泥絮，轉覺官同著袂花。風雅頓教前輩少，清貧還重士林嗟。茂陵遺稿名山富，早晚西湖走傳車。

聽風

淡月疏窗對寂寥，颸風聒響徹深宵。匡牀危坐殘燈爐，如聽錢塘萬弩潮。

金振聲

振聲，字啓元，永年人。乾隆十三年進士。有《觀善堂詩集》。

《永年縣志》：啓元博學能文，詩風格老成，無叫囂語，著《周易管見》行世。

毛公墓

極目城頭正渺茫，毛公孤冢傍寒塘。英靈不逐東風散，俠骨應連春水香。記事當年無斷碣，愁人千古有斜陽。徘徊更向西南望，漠漠晴沙起雁行。

汪舟

舟，字楫之，號木堂，天津人。乾隆十五年舉人。有《桐陰山房稿》。

蒲口題壁

西風颯颯暮雲生，驢背長驅古北平。渡口桃花三千里，半林黄葉作秋聲。

金世熊

世熊，字康侯，號竹坡，天津人。乾隆十五年舉人，官河南襄城縣知縣，改欒亭縣教諭。有《竹坡存稿》。

《津門詩鈔》：公神情雋朗，工書。知襄城，以平反冤獄活三十餘命。忤上官，改教職，蕭然無累，時作田盤之游，卒。詩文多散失。

留别李懷芳

白首驚相見，交情老倍親。君今歸故國，我尚逐風塵。往事花頭露，前途鏡裏春，停驂曾幾日，又作别離人。

陳曾公

曾公，字殿飏，號立亭，易州人。乾隆十五年舉人，官山西介休縣知縣。

任汾陽時射虎川覓寓

窮峪深林裏，行行日已暝。石危驚度馬，草茂濕飛螢。松水聲難辨，崎嶇路怕經。尋鐘叩山寺，避虎户方扃。

煎茶坪在寶雞境内，入棧第一關也

萬仞山高並，天光一綫開。瀑痕垂白練，澗響走晴雷。曉樹寒烟合，遥峰積雪堆。停鞭回首望，不見送茶來。

吴肇元

肇元，字會照，號百藥，大興人。乾隆十六年進士，官翰林院侍讀。有《桐華書屋詩稿》十卷。蔣士銓《讀懷人詩之一》：『平原信陵儔，其人生也晚。才略范少伯，三治千金産。大夫隱於聾，尚具知人眼。』

歲暮雜詩

其一

慷慨何所之，長安雪霜早。仗劍倚秋風，十年空一飽。少壯多奇懷，馳情恣幽討。朝游春明門，暮過瓊華島。青鬢染流光，榮名爲誰好。蒼茫懷古情，惻愴燕山道。

其二

邑鬱不自適，徘徊原上行。偶來石橋側，水寒深復清。流盼見孤影，恍然接平生。一劍身落落，兩鬢髮星星。還向水中語，問君何所營。饑寒各自喻，肝膽向誰傾。白日忽西匿，但聞流水聲。

其三

聽彼同聲歌，悟兹斷金旨。古人豈不然，今人竟誰似。日暮凄寒風，霜花打窗紙。獨坐寡所諧，閉户免譏訿。貧爲富者忽，賤爲貴人恥。擾擾金貂人，紛紛衣葛士。不知羊左交，胡爲輕生死。

其四

窮途仗友生，斯語豈云妄。嗟嗟杜陵客，遭時乃倔强。文章空滿身，饑驅徒骯髒。時危不自存，依人猶曠放。豈乏性情歡，低徊一相向。傲誕自不羈，憐才故能諒。我思嚴中丞，古今獨惆悵。

其五

十歲事詩書，十五驚四座。二十事微名，三十等閒過。未遇國士知，已受王孫餓。富貴如可求，誰能更高卧。

其六

愁多無好夢，中夜不自安。明月入我懷，夢中春亦寒。生平念蕭瑟，感之非一端。貴人重千駟，窶人懷一餐。所處本自異，安能相追攀。悲風響檐樹，寒雞啼夜闌。此心隔今古，慘惻難爲言。

秋夜

天寒覺秋晏，夢短愁夜長。華燈無烈焰，向壁凝幽光。孤鴻叫何處，哀響來虛堂。感之不成寐，披衣起傍徨。窗前静明月，簾外飛清霜。青鬢漸已華，歲月安可忘。憬然念身世，俯仰徒懷傷。

雜詩

其一

皚皚潞河冰，離離西山雪。雪深馬骨傷，冰寒肌膚裂。朔風暗黄塵，有客此中别。别去欲何之，迢迢望所思。重陰萬里外，白日揚清暉。凍雲忽飛來，淚落沾我衣。

其二

遠道不可思，皎日安可期。芳華及春媚，焉念隆冬時。人生若流電，何事多别離。動即隔萬里，誰能長相思。相思尚難見，况復不相知。春寒草已腓，冬暖蘭已萎。區區不識察，枉用歎乖違。

其三

烈烈北風寒，歷歷衆星燦。凄凄客子心，感兹歲方晏。彼美非我懷，齊心復誰願。結束以自娱，時節忽云變。天寒念無衣，獨立苦霜霰。姱修亦奚爲，白日疾於箭。奈何長苦辛，煢煢守屯賤。

送項侶硯歸蘭陵

薊門九月霜雪寒，桑乾風起沙漫漫。上有東西南北之行旅，下有奔騰澎湃之波瀾。波瀾去不息，游人往復還。致身誰不願卿相，富貴長安多少年。嗟哉項子蘭陵客，欲假風雲奮雙翮。幾回獨上仲宣樓，十年猶抱荆山璧。一朝别我歸去來，嘶馬秋風霜月白。我有一樽酒，澆君兩足塵。勸君此去莫惆悵，故園風物好相親。男兒遇合各有時，安能眉摧腰折勞其身。古來豪傑無不爾，馬周原是蓬蒿人。籬邊黄菊秋正老，香飛入夢開應早。流入寒泉清更清，飲之能合朱顔好。金叵羅，白苧歌，酒酣起舞奈愁何。我亦浩蕩天涯客，雲山滿目空嵯峨。沙黄草白紛歧路，平生有願常蹉跎。

聞雁

忽下兩行淚，遥聞一雁聲。還家孤客夢，别路故人情。月白烟霄迥，星殘古塞横。嗷嗷每清夜，獨立感生平。

雨中同申笏山寓直西苑

宫觀鬱相望，霏微花氣香。風生高柳外，秋起暮雲傍。嵐翠銜簾濕，蟬聲帶雨凉。共來搔短鬢，應已愧長楊。

秋夜

百感經心玉漏催，秋生滿地獨徘徊。蛩吟冷砌月初度，燈暗閒窗雨又來。虛館自孤清夜夢，故園空長舊時苔。此身何意隨流水，萬里西風雁正哀。

薊門懷古

其一

七十城荒尚可尋，蕭蕭落日滿寒林。行來細路無芳草，啼出秋風有塞禽。人去高臺天已老，塵埋駿骨歲應深。霸圖已矣空惆悵，宮闕閒看幾陸沉。

其二

銅馬長埋塞外寒，慕容蹤蹟久凋殘。中原可復憂方甚，蒲地無才宴已闌。寂寞西風留碣石，蒼茫斜日冷桑乾。如何割據英雄業，異代蕭條此獨看。

其三

天入中原羯鼓悲，長春宮外雪離離。誰知翠幙銀貂合，幾度清秋羽檄馳。爝火何時飛大漠，雷霆已見偃全師。經過此地無争戰，落日樓臺有所思。

其四

平沉何代靖烽烟，射柳曾經故國前。花滿妝樓香入夢，春歸瓊島日空縣。誰人陵谷尋遺蹟，過眼貂璫異昔年。我亦關山羈旅客，曉霜殘角獨潸然。

其五

誰向神京記渺茫，故宫遺録恨偏長。塞雲飛去關山暮，莎草移來日月荒。幾曲天魔成往事，無邊高館剩殘陽。不堪回首承平後，金水河頭百尺牆。

其六

直北陰霾鬱不開，新晴天氣静氛埃。衣冠未逐東皇轉，甲仗都從建業回。海嶠何年瞻氣象，春風幾處繞樓臺。誰知自有重城險，盧水無聲萬馬來。

和錢稼軒殿撰《夜話》原韻

浪跡頻年類轉蓬，清樽何意此宵同。青雲可致鞭誰著，嘉會難期酒易空。寒入鄉心霜月影，夢回春思夜窗風。金鐙剔盡天將曙，凄絶愁聞叫塞鴻。

送春

酹酒難酬芳草心，尋常風雨更相侵。杜鵑有血啼應盡，楊柳多情緑漸深。無可奈何鄉夢斷，不堪回首夕陽沉。東皇此夜知誰主，聊倚花前繾綣吟。

戈濤

濤，字芥舟，號蘧園，獻縣人。乾隆十六年進士，歷官刑科給事中。有《坳堂詩集》十卷。

李中簡《傳》：先生少穎異，讀書志氣激發，年十六補邑庠生。性介特，不爲苟同。從瀋陽戴通乾學詩，受知於嘉興錢香樹先生。弱冠舉於鄉，任河南嵩縣緣事。解官傭書養親，游京師五年，學益立。初用少銀臺薄圖南先生薦，以經學徵，未届期而館選，改官御史。數上封事，稱旨，終刑科給事中。晚年鋭意著述，古文疏宕有奇氣，著《戈氏族譜》《獻縣志》《坳堂詩集》《坳堂雜著》，各若干卷。

《紅豆樹館詩話》：乾隆中畿輔詩人盛於河間一郡，而必以芥舟先生爲鉅擘。其論詩也，綺語、理語、剽竊語、靡弱語皆所切戒，故所作格律峻整，氣力磅礴，於高、岑、李、杜、王、孟、韓、蘇諸家均登其堂而嚌其胾焉。官給事時，有所劾奏，侃侃持論不少撓。擇交尤嚴，以文章道義相切劘者，邊徵君隨園、李學士廉衣一二人而已。古文師魏冰叔，書法張得天尚書。零縑片楮，邑人尚多藏弆云。

訪東澗僧不遇

我聞東澗僧，能詩似齊已。策杖一幽尋，潺潺兩澗水。深院閉無人，微聞松落子。

秋山獨眺圖爲曉嵐題

獨立萬山頂，蕭蕭山木秋。高情寄圖畫，此意空悠悠。長天杳無際，日暮松烟浮。俯仰遺人羣，猿鳥爲我愁。秋聲落窗北，對此懷林丘。何當策孤笻，歸作名山游。

懷化驛宿陳秀才書齋留題時毛鏡浦前輩按試沅州

亂山齧馬蹄，我行困煩暑。暮抵懷化塘，息駕得林墅。薜蘿覆逕深，莓苔皴石古。方池水清淺，游鱗粲可數。倏爾成嘉賞，穆然感賢主。解帶披清風，汲泉潑新乳。已忘行役勞，忽念搴芳侶。瀰芷江濱，秋風紉蘅杜。

自懷化驛山開路夷達羅舊

遮眼山萬重，重重了無異。石磴緣乖崖，稜鍔削膂臂。長繩挽崇攀，衆力留俯墜。有泉半沮洳，有田盡蕪穢。晚宿懷化亭，朝光引徵騎。平疇乍軒豁，峻崿如引避。蒼翠透林間，斜睇翻嫵媚。稍舒紆鬱懷，遂縱青冥轡。迢遥展流觀，浩蕩生遐思。汩汩沅江來，棹謳雜清吹。惜景追前程，長謡慰勞勩。

羅舊再宿

我行非憚勞，日月舒以長。羅舊信宿停，僕夫理衣裳。門前枕橫流，門後羅修篁。江風一來吹，翛翛軒宇凉。問此何人居，曰惟驛吏堂。驛吏既就裁，此堂待周行。我聞起太息，欲行思徬徨。萬事有乘除，物理難久常。且復事行役，載驅遵高崗。

老鷹崖

長竿颺朱旗，古堠倚天半。指是我行路，目動色已變。發軔自花貢，仰高乃趨澗。下下十里强，山根忽著面。摩空雲林蒼，直上絶畔援。圓折類蟻旋，單行作魚貫。映崖雜花發，塞徑黄茅亂。山雨來無時，鷓鴣苦死唤。陰陽闔闢異，寒暑往來戰。觸鼻氣冥冥，嵐瘴不可辨。枯藤挂焚樹，依阿與同爛。夭喬受斧斤，未殊僅一綫。枝葉故峻茂，根氣肯遽斷。黑苗出深箐，腰刃目眴眴。導騎前撝訶，逡巡走碕岸。劃然猛虎嘯，草木聲自顫。修蛇騰踏去，毒霧灑輿幔。性閲百苦堅，命委寸晷賤。霍焉造平頂，詄蕩天門見。謳吟役夫樂，凌轢馬蹄健。舊出半狼崖，今遵老鷹棧。我疑隴望蜀，衆云甑與甗。平生耽奇險，雙脚踏欲徧。何當籋雲霓，不然借羽翰。超陵禹跡隘，窮徹山徑幻。荒思浩難收，郵亭報更傳。

飛雲巖

十里烟光青，遥矚知有異。乃聞飛雲巖，近在月潭寺。停驂息静境，緩步登初地。驟觀頗眙愕，睇視殊嫵媚。翻空蓮幕垂，倒海瀾牙沸。芝蓋偃重重，蜂房攢比比。冥覽失端倪，幽探具根蒂。覼縷蕃萬變，磅礴渾一氣。質本雲母結，巧疑天孫織。連蜷自相屬，孤絶尤有致。翩如鴻矯翼，兀如象引鼻。軒軒皺欲飜，濟濟愁將墜。露者難方物，隱者杳思議。紺碧土花蒙，黝黑雨溜漬。安得九潢水，盡濯骨理出。天地鬱靈譎，鬼神弄奇恣。不知造化初，幾許費鑪錘。菱溪及雪浪，細瑣煩載記。如此鉅麗觀，宇宙可得二。耳目誠有限，幽探豈終閟。誰能發湮潛，慨焉增遠思。

西川行送吴右襄

短衣長劍曼胡纓，吴子别我西川行。將鬚張目爲君語，鬚磔如錐目如炬。國家無事百二年，兵坐餉官糜俸錢。小醜不殄誰之恥，忍教數歲分戎旃。天子夜坐蓬萊宫，大將軍跨玉花驄。鑿門推轂六師出，飄飄十丈旌旗紅。勢挾奔霆掣飛電，爬剾巢窟清駹邛。轉輸供億需賢宰，詔簡才俊從元戎。吏部堂前撾大鼓，左號右召來趨風。吴子嶄然上堂立，軀幹短小神明充。長揖尚書奮欲往，逡巡餘子無能同。朝排閶闔謁上帝，夕跨天馬騰長空。蜀道綿綿六千里，金牛一綫秦中起。刀州劍閣斜界天，子規啼處山花然。熊咆虎嘷白晝暝，黄雲黯淡飛狼烟。杖策從軍輸壯志，側身西望心悁悁。丈夫名應勒竹帛，酒酣起舞雙龍泉。萬里鵬圖自此始，吴子吴子其行矣。

由隘口入歸宗寺，歷開先觀瀑布，過三峽至栖賢禪院

一綫入隘口，萬木聲刁刁。烟深不辨醉石谷，流水已過柴桑橋。柴桑先生不可作，至今遺跡留山椒。又聞右軍宅，布施爲僧寮。歸宗寺本右軍宅。墨池終古灩灩向人碧，無人蘸灑池上蕉。夜半山風來，虎豹紛鳴嘷。空林落葉颯如疾雨之驟至，又如長江萬里滚滚生秋潮。月彩沉山扉，曙色明林

皋。亭亭香鑪峰，烟靄凌空霄。開先初地行未到，已看雙劍争岧嶤。步上讀書臺，目眩神魂摇。瀑布挂天七萬八千四百尺，銀河亂落明珠跳。逡巡却立不敢逼，寒氣颯颯吹鬢毛。坐我漱玉亭，我懷南唐朝。萬金之堂易彼萬乘國，唐中主璟，使子煜守金陵，以萬金買山作堂，與了山道人論禪其中，開先其故地也。對此令我名心消。亂石迷荒蹊，紅葉紛紛凋。稍尋入林蹤，似聞出谷樵。仄徑蟠修蛇，懸崖墜生猱。雷霆砯訇三峽鬭，九十九水匯此迴塘坳。泝流上層梯，鳥道摩秋毫。回首宫亭湖，波光動林梢。松林趺坐聳肩息，時有松鼠跳躑銜人袍。雲壑洞杳冥，鐘梵聲寥寥。但見五老峰，拱立相招邀。栖賢仰前躅，唐李渤讀書地。喟焉發長謡。名山奇傑拔出五岳外，似是造物創闢幽人巢。二蘇二李逝不返，誰與山色分清標。歎予塵緣未能脱，暫爾拄杖來游遨。使節淹留王程促，不得跳踉上下窮周遭。白鶴觀前古松夕，白鹿洞外蒼烟高。瞥然一擲便如隔世宙，武陵豈復迴漁舠。明朝倚棹九江水，悵望東逝流滔滔。

古槎行，爲梁階平前輩作

横階十尺烟光青，枯槎溜雨歃中庭。奇質疑遭龍火劫，遺珠黯淡蟠雷霆。膚理庚庚繡石髮，古斑似結丹砂英。蛇穿螬齧螻蟻穴，時有光怪騰宵冥。當年移植西湖種，留烟宿月延風清。遞經門闌换主客，誰記歲月分衰榮。斷節半銜癡瘿長，盤凹或寄華茗生。主人愛護不忍斫，環以翠篠森亭亭。時來旋繞據其腹，聳肩袖手吟咿嚶。摩挲幾回增慨息，含毫渺慮悲蘭成。古音琅琅響清絶，恍奏長笛開林坰。我生閲世本百感，况觸孤調傳商情。哦詩夜半蟲語歇，空堂淅淅來秋聲。

荆門行 自麗陽驛入山作

長驅直走三千里，左右睥睨山光青。雨脚不得踏山石，使我詩句無精靈。朝辭南陽暮入楚，一葉徑渡滄浪清。鹿門峴首落眼角，驛官促騎無消停。麗陽夜宿南郡境，唤起殘夢披晨星。暗中肩輿乍軒輊，班竹地名十里天初明。重岡疊阜似波涌，一波未盡一波生。兀然截斷大羅界，足所未到神已驚。後騎銜尾緣蟻上，前騶矯首穿雲行。謂應過此勢極盡，但愁直下如摧崩。豈知盤盤到峰頂，丹崖翠巘紛前横。回頭却顧所來路，羣山化作蒼蕪平。虬松大櫟三十里，馬蹄亂蹴浮烟輕。當陽長坂尾百折，斷處忽現荆門城。城中形勢覽幾徧，腰腹要害非襄荆。荆門於中又筦鑰，江漢外抱山中屏。虎牙雄關三百雉，削摩銅壁懸金扃。古來滔滔百戰地，感慨不到黄髮氓。桑麻秔稌徧沃野，水塍聞踏田車聲。

入滇歌

娥娜坡梟雙髻鬟，石虬尾掉江滄烟。江滄，坡名。一聲長嘯萬山頂，此身真落天南端。玉虚九闕呼吸接，天風泠泠吹晝寒。回首下視雲漫漫，海色滅盡黔中山。鷹崖狼箐稍倔强，蟻蛭破碎中巑岏。青絲轡頭黄金纏，玉蹄不惜石子彈。遠山離立如静女，翠螺窈窕剛齊肩。北溟客到南溟天，六月正御扶摇旋。平生壯游差一快，浩歌抵當逍遥篇。我聞四極入度九萬里，日月不到無窮邊。此於天地萬萬一，安得侈語周人寰。夏蟲春秋朝菌朔，委蜕欲往從羣仙。浮丘拍手洪厓笑，揮斥六合驂龍鸞。
不然弄筆老牖下，俯仰斗室何其寬。

過雄縣懷邊徵君

不受聲名累，翛然迥出羣。青雲滿知己，白髮老徵君。貧病還如昔，音書久不聞。星軺過易水，
小立日斜曛。

過正定

涿鹿風雲氣，常山虎豹形。邦畿拱千里，鎖鑰壯重扃。地迥迥沙麓，天青入井陘。滹沱仍古渡，
烟草没蔓亭。

雨夜

涼氣入庭竹，瀟瀟聲作秋。應知今夜雨，頓長百泉流。淇水經前渡，蘇門憶昔游。十年彈指事，
伏枕夢悠悠。

孱陵道中

石逕鎮逶迤，前林换驛時。斷雲將雨重，歸翮逆風遲。地長萊公竹，山留屈子祠。炎荒行漸近，
愁聽鷓鴣悲。

蠻鄉

路八五溪斜，蠻鄉客鬢華。雲光深二酉，雨氣混三巴。静夜啼魂鳥，空山落夢花。滇南更何在，惆悵驛亭賒。

鎮遠樓居

雲流華閣出，虹落石梁横。水陸瞻雙表，溪山滿一城。奔瀧下小艇，絶壁嵌高甍。竟夕憑欄坐，微凉拂袂生。

殊方

病骨怯殘暑，勞人愁晚程。飯憎香稻膩，飲避毒泉清。蠻女羞逢客，山花强作名。殊方易感激，猿鳥好停聲。

尋古中盤

仄逕析秋毫，攀緣不憚勞。往來憑短杖，健捷似生猱。幡影中盤古，鈴聲一塔高。天風吹謖謖，萬壑走松濤。

别盤山

青溝住獨久，珍重别髯髡。世安。石訂重來約，山留昨夜魂。東西分澗水，次第下烟村。回首從前路，天城近石門。

送高元石歸蜀

達者意自釋，所悲歸路遥。凄凄風雪夜，猶過盧溝橋。此去十年別，重來雙鬢凋。郵亭無柳色，何以贈長條。

送周覲光

久客傷離別，况當儔侶稀。艱難嗟我在，風雪悵君歸。汴水三冬涸，吴山一髮微。明年春燕北，翹首暮雲飛。

淇縣

知近百泉源，溝塍灖灖喧。水雲生別渚，山雨下遥村。曲簿紅花圃，疏籬緑竹園。他年卜栖隱，長嘯傍蘇門。

新野

策馬平蕪路，風吹衣葛輕。澮烟林水驛，遠樹棘陽城。隴畝生秋色，山河入晚晴。明朝分豫楚，翹首漢江横。

江行

其一

遵陸亦云倦，舍策隨孤舟。灔灔水容夕，晶晶雲光秋。風物感蕭節，江山含遠愁。騷人去已久，誰與搴芳洲。

其二

殘月猶在水，揚舲乘好風。漁榔鳴別渚，霜氣滿秋篷。樹壓垂垂橘，江翻葉葉楓。明霞弄晚色，遥接洞庭紅。

其三

繫纜垂楊岸，奚奴問酒家。遠山秋爇莽，古堠夜鳴笳。兔影窺魚篦，螺光散鷺沙。倚舷看北斗，擬是泛星槎。

其四

林表白如綫，濛濛失遠村。灘聲喧水碓，風色拜江豚。岸引歸帆影，山留落照痕。亂鴉鳴不歇，應有楚吟魂。

題張氏山居

會心豈在遠，得意無能名。一徑古松色，半崖秋水聲。閒雲將鳥意，呦鹿雜人行。最識幽居好，馬蹄塵又生。

沅州

辰州百折入沅州，迢遞蠻荒迥欲愁。古洞雲霞迷獨速，亂山風雨叫鵂鶹。怯人笑頰花苗出，刺眼鍼芒燕麥收。何處丹砂覓鴟井，龍標城下暮猿秋。

蠻山

蠻山萬疊鬱嵯峨，欲霧歕雲瘴癘多。獰石當衝蹲虎豹，秋江束峽吼黿鼉。誰家曉吹迎郎竹，地多竹郎祠。有鬼宵吟帶女蘿。羈跡炎荒歎殊俗，青燈白酒送高歌。

贈董清平燮庵

栖遲鎖院論文日，彈指流光已十年。異地相逢嗟共老，故人雖在散如烟。華風久格蠻夷俗，靈雨新霑芋栗田。莫歎官貧公禄薄，與君疇昔酌清泉。

過宿江

石樓回首樹冥冥，傳吏停橈待使星。曉夢尚淹吴月白，夕鞭遥指楚山青。板橋桑落新洲路，茆屋楓香古驛亭。明發迎潮到江渚，不知何處覓方馨。

周挹源輓詩

解得羚羊香象法，謂君真可與言詩。隻雞絮酒更何日，秋草斜陽又一時。風攪繐幃寒漠漠，雲黏楸影黑離離。却看同社人俱在，痛哭荒原知不知。

趙州道中

緑蕪斜徑帶裙腰，麥隴烟深雊雉驕。山色浴藍初過雨，柳陰披幄乍聞蜩。欲尋古壁看吴畫，却趁朝餐到石橋。東去故園三百里，十年鴻蹟未應消。

盧生祠

一逕迴廊入古祠，柳塘深處曉相宜。疏簾清簟應無夢，滿院荷香過雨時。

張慶長

慶長，字穀詒，號壽山，南皮人，昕曾孫。乾隆十六年進士，官廣東南海縣知縣。

游飛來寺

禺峽峰迴南北分，靈飛佛屋總氤氲。神仙竈冷留丹術，帝子臺荒隱赤文。幽洞藏春猿嘯月，懸崖拖練鶴盤雲。小停舟楫閒尋討，樹影蒼茫日易曛。

王永芳

永芳，號桂圃，寶坻人。乾隆十七年進士，歷官陝西鄜州知州。

初夏偶成

休將無口歎匏瓜，縶足長安轉自嗟。漫卷珠簾招乳燕，懶添瓶水换新花。欹殘客枕眠難穩，典盡徵袍酒不賒。欲遣愁懷何處所，西山絶頂望朝霞。

國朝畿輔詩傳卷三十九

翁方綱

方綱，字正三，號覃溪，大興人。乾隆十七年進士，官内閣學士，左遷鴻臚寺卿。有《復初齋詩集》七十卷。

陸廷樞《序》：自漁洋先生取嚴滄浪以禪喻詩，謂詩有别才，非關學也，於是格調流於空疏，神韻流於寥闃矣。吾友覃溪，蓋純乎以學爲詩者歟！自諸經傳疏，以及史傳之考訂，金石文字之爬梳，皆貫徹洋溢於其詩。雖所服膺在少陵，瓣香在東坡，而初不以一家執也。

《蒲褐山房詩話》：覃溪年甫及弱冠，已入詞垣。而精心積學，宏覽多聞，所著《兩漢金石記》，剖析毫芒，參以《説文正義》，幾欲駕洪文惠而上之。近年研精經術，嘉慶己未，予入京師見其方考《禹貢》《顧命》兩篇諸儒同異，相與辨難，齗齗竟日。詩宗江西派，出入山谷、誠齋間，雖嘗仿趙秋谷《聲調譜》取唐宋大家古詩，審其音節刊示學者，然自作亦不能盡合也。書法初法顔平原，繼學歐陽率更，隸法《史晨》《韓敕》諸碑，生平雙鈎摹勒舊碑數十家，是以北方求書碑版者畢歸之。

《詩人徵略》：先生年十二，補順天府學生。丁卯，年十五，中式舉人。壬申，中式進士，改庶吉士。甲戌，散館授編修。己卯，奉命典試江西。壬午，奉命典試湖北。甲申，奉命視學粵東。辛卯，役竣，凡三任八年。己亥，奉命典試江南。辛丑，擢國子監司業，旋擢司經局洗馬。癸卯，奉命充順天鄉試副考官。甲辰，遷少詹事。丙午，奉命視學江西。庚戌十月，上御乾清門，先生以學士承旨。辛亥，奉命視學山東。嘉慶元年丙辰，賜千叟宴。己未，授鴻臚寺卿。甲子，重赴泮林。丁卯，奉旨賜三品銜，重預鹿鳴宴。甲戌，賜加二品銜，重預恩榮宴。戊寅，卒，年八十六。先生精心汲古，宏覽多聞，於金石譜録、書畫碑版之學尤能剖析毫芒，如肉貫弗。生平論詩，謂漁洋論『神韻』二字固爲超妙，但其弊恐流爲空調，故特拈『肌理』二字，蓋欲以實救虛也。《復初齋集》中詩幾於言言徵實，使閲者如入寶山，心揺目眩，蓋必有先生之學，然後有先生之詩，世有空疏白腹之人，於先生之學未曾窺及涯涘，而輕詆先生之詩，是則妄矣。

《紅豆樹館詩話》：乾隆中畿輔前輩以宏奬風流爲己任，首推朱文正、紀文達兩相國，而覃溪先生鼎峙其間，幾欲狎主齊盟，互執牛耳。通籍以後，屢持文柄，英才碩彦識拔無遺，厥後多以文名。馮編修敏昌、吴刺史嵩梁其尤著也。《復初齋詩集》大概體分兩種。金石碑版之作，偏旁點畫剖析入微，折衷至當。品題書畫之作，宗法時代，辨訂精嚴，瓣香在蘇、黄二家間，取元裕之、虞道園，徵文考典幾於無一字無來歷，而雄傑之氣、峭拔之筆相輔以行，擺脱町畦，別開奥窔，舉神韻、風格、性靈諸説皆不足以囿之，匪獨爲畿輔詩人一大宗，實近日文章家所未有也。

生平嗜古成癖，使節所莅，殘幢斷碣，必多方物色摹搨以歸，鑒藏之盛，甲於北方。正書法虞永興、歐陽率更，《化度》一碑，尤所得力。行書得《蘭亭》神韻。晚年以蘇、米之法行之，八十餘猶日作蠅頭書，以自課蘇齋儲書數萬卷，丹黄幾徧，蓋先生天賦奇稟，神明不衰，殫心研究，老而彌篤，誠儒林文苑中一代偉人矣。全詩初刻六十六卷，歿後李蘭卿觀察續刻四卷，遂成完帙。蔣礪堂夫子題云：『師昔重宴瓊林年，復初齋稿初雕鐫。弟子敢議經笥邊，芸臺所刻居吾前。鴻篇粲備細不捐，六十六卷裒然全。斯文照世神在天，歲月屢易陬訾躔。李君拾得珍珠船，續纂四帙齊末巔。手爲校録心周旋，一字不使訛旁偏。八音始覺完編縣，開卷振觸感桑田。吾師晚歲娱林泉，門庭問字車蟬聯。好古徵信追彭籛，石墨萬軸堆几筵。得意輒聳雙吟肩，豈特鎔鑄固與遷。鄭箋馬疏尤精研，羣經解義遲成編。雄文直接昌黎傳，胸羅星宿筆似椽。下視湜籍何屯邅，湖海詩人空愛憐。二者剞劂猶遷延，我官翰林撤金蓮。校讐丙夜青藜然，師每借書如眼穿。墨痕寸牘雲霞鮮，至今什襲方虔虔。嶺南重鎮慚垂鞭，壽我五十郵筒專。金堅石介心纏綿，勉以實政詩兩篇。是陶是杜離言筌。十年過眼如雲烟，展卷讀詩紛涕漣。蘭亭考異窮勾弦，化度碑字供檀旃。瓣香所奉敢弗蠲，海之一勺山一拳。竭來詩刻全功竣，恍聽絲竹偕彭宣。遥拜詩境陳豆籩，神兮仿佛下八埏。默鑒蔣阮懷謫仙，相公作詩夙夢圓。翰墨共結千秋緣。』案：此詩與曹儷笙相國同作，故結句云云。

紀連州山水六百四十字

南北千石巖，東西兩雲谷。百里相聯綿，三峽互起伏。初不知是峽，水轉山漸束。涯湟迆迆來，一綫如緣督。中徑陽山縣，篁箐夾猺族。石尖皆插空，十百相攢矗。密到無可容，忽焉浪倒蹴。展作壁一面，細碎文錦蹙。雲與水織成，變彩難定目。亦復無定向，凹凸屢迴復。不知誰鐫鑿，有洞在其腹。洞口皆横雲，洞額乃古木。松杉與茶子，榕橘楓柏槲。千歲之黄猿，叫嘯臂牽屬。接葉擲飛石，洞中響碌碌。一聲長數尺，驚出白蝙蝠。又聞叩水聲，坎坎如擣粟。是石所吞吐，牝牡自相觸。縈迴應答中，滴瀝出葩縟。何年白筍芽，乳穴穉猶蓄。倒披叢葳蕤，片片雜綺縠。又非雲非水，萬花各成簇。剖破青蓮蓬，却吐芝蘭菊。平鋪蒼鱗甲，試剥檜樅竹。其膚所分脉，表裏間單複。空青又虛白，盡入黝丹緑。午日下照之，豈復識巖麓。三素更九霞，千光聚一矚。荒幻萬象來，悉數難更僕。蜕骨撑蛟虬，皴皮挂蛇蝮。直垂牛尾掉，横出鷹觜啄。戢戢魚騈乙，閃閃龜縮六。古佛披袈裟，老漁曬罜麗。編縣箕與簸，偃仰航復舳。最奇一卧仙，坦腹如睡熟。攀援上其背，鐫字細堪録。蓋記開峽事，嘉靖歲江牧。此峽疏鑿屢，嘉泰有前躅。記劖絶壁上，憶昨剔晴旭。瀑流太喧豗，苔蝕不可讀。瀑之所發源，諸峽一洄洑。或結爲鍾乳，分綴於巖澳。爲厂爲堂密，玲瓏巧裝築。然後以水簾，分垂各成幅。漸上漸瑽琤，一一笙琴筑。直到龍涎峽，一瀉珠萬斛。是皆自九陂，二十里奔逐。無峰無飛泉，又妙能斷續。雖衹兩壁對，知復幾千曲。及乎巾山脚，已跨州城陸。此處一迴望，萬緑在我掬。峰峰飛舞來，豈止水争瀑。始知韓公記，燕喜非虛卜。渾然天成處，著此三間屋。其泉曰天澤，繞下石橋足。源上市山頂，濂溪澤猶沐。『廉泉之源』四字，周子題。雙硐禽邕邕，雙柏風謖謖。八窗自開闔，空翠滿春服。俄頃雲四合，松篁叶塤柷。四山草木氣，來助新霢霂。哇咬枅臼作，誰觸誰斤斸。鍾美而滌惡，誰日陪靈淑。我坐北山寺，寺鐘飯又粥。飯罷但弄泉，跳盆看珠玉。

清遠峽口阻漲泊舟三日

雨久農未妨，江村鼓簫盛。晚晴江更白，鑄出團團鏡。衆山影倒來，山山挂泉迸。不雨而水增，所以江力勁。山復淡夕烟，徐合江光暝。風涼遠岸笛，月上昏林磬。此時波不興，下上一緑浄。船人歌亦起，静與漁榔應。月落水已殺，露珠滿榕逕。

十月十五日游惠州西湖

堤盡湖又起，舍車乃就舟。背指漱玉灘，前問點翠洲。青黄夾老葑，横直蒼雲秋。葭葦笑語聲，銍艾婦子謀。聽到第三橋，漁網紛未收。艓子小於葉，點破碧玉流。網舉果得魚，盆貯來船頭。何人看此景，遠凭烟際樓。

五藍驛雨

一夕枕簟凉，海氣颯而入。四窗如浮動，萬竅乃呼吸。陽江上端江，迴瀾勢所及。萬里之飛流，瞬息海皆立。雲屯西峽重，雷殷南山急。日出草木香，前硐襟袂挹。

述庵廷尉招同諸公集陶然亭分賦

旗亭畫壁詩，偶出騷人託。英靈間氣集，又非一時作。公録湖海什，聊仿真率約。筵雖萃簪紳，體不拘臺閣。秋聲入蒲褐，拈出當郊郭。城陰葭菼間，山翠衣襟落。夕陽烟濛濛，飛鳥去寥廓。觴忽望遠停，窗爲懷人拓。同聲感於喬，在陰和爾鶴。曰佩湘皋蘭，誰喻檀園蘀。琴理了無因，畫稿從何著。坐中有彈琴者，有作畫者。試續《西園記》，還訂重陽酌。

閔正齋奉饌圖名貞，湖北廣濟人，工寫真

孝哉閔子行，肖哉閔子圖。請陳圖所肖，爲君筆重濡。君昔失怙恃，形貌無人摹。日夜以哭泣，兒啼聲呱呱。時時向太空，繪影俄有無。自顧轉自驚，何以有髮膚。乾坤浩茫茫，叫絶淚眼枯。忽逢村間叟，仿佛蒼眉鬚。拜揖延至家，諦視信不殊。款之以酒食，冀得記錙銖。翌日貌諸紙，所記嗟復虛。屢貌屢不似，寤寐以唏嘘。一旦竟得之，此腕非操觚。痛哭置筆拜，此果吾父乎。異哉又一嫗，亦宛遇之塗。天爲孝子繪，巧使相逢諸。依依雙遺像，一幅挂於廬。從此能貌人，無弗心手如。嗚呼精誠感，何必筵降巫。皤皤二老人，日日真倚閭。三醴視漿醯，八珍沃淳母。飯用黍粱穄，芼之葱芥葅。春秋霜復露，晨昏盤與盂。呼兒侍佐餕，唤婦出中厨。所以别摹此，一堂儼怡愉。兒後孫隨母，子傍婦獻姑。婦傍又兒妾，相亞青羅襦。妾也昔年病，病中絶復蘇。云見二人來，念兒及兒孥。二人今未亡，謦欬此庭除。食息相與偕，温凊相與俱。

昊天相與永，愛日相與娱。人生獨何事，富貴與名譽。金紫到卿相，神仙到華胥。囊致萬金産，胸積萬卷書。不如茆屋下，手掖一板輿。不如菽水間，手摘一新蔬。徵詩逾千首，讚佛跪雙趺。不如寫先像，宛宛如當初。人雖抱此心，誰有此手歟。君乃有此手，而我空嗟吁。嗟吁不自解，愧彼反哺烏。

兩峰爲孔雩谷畫梅

羅生本詩流，胸次無宿物。筆頭太古春，得墨天機活。早事金先生，擫押秘鐙撥。騎驢長安道，凛冽氣難奪。丈夫玉立姿，詎肯事干謁。饑寒與妻子，跌宕能擺脱。雨雪空山夢，時時出仿佛。珠宫卷烟霧，玉笛吹冰鐵。鞭弭蛟虬螭，旍幢仙鬼佛。都化作梅花，一片神與骨。往瞻東岳柏，得氣逾挺拔。那受衆目憐，森然羣芳掇。結交洙泗林，握手肝腸熱。金絲詩禮堂，可以聲聞達。是乃梅性情，見我誼披豁。七年重北來，孔令盟共切。更訂邗江諾，久要誓饑渴。聊借窗上影，寫此城南别。酒酣神飛動，長嘯激寥闊。他日江渚舟，還照蘇齋月。

滕縣至韓莊道中

曉日壓雪氣，蒸蒸若浮烟。一縷昨夕雲，黏著寒樹顛。高低畦水聲，氈馱相後先。百里積雪光，晶晶浮遠天。宿麥萬頃緑，劃破瓊瑶田。沙深帶沮洳，蓄暖作漪漣。迢遞微山湖，盧舍菰蒲連。空濛合青徐，直際淮海邊。

出南康府城西門望廬山雲氣

門開星灣北，郡抱沙洲面。旬日風四霾，晨容豁一變。融融霽氣中，野曠山葱蒨。我與匡廬君，始以真相見。兜羅骨半腰，玉簾垂一綫。濛濛嘘淡白，吞吐青瑶片。大哉膚寸澤，端可六合徧。顧以晴翠光，洗我連宵倦。衡雲禱無私，海市祈敢炫。半日竹輿上，泠風有餘善。

發南昌述懷

其一

草廬及道園，文章皆理學。夫豈才筆騁，務與歐曾角。半山急用世，成就或醇駁。當其始學時，本亦勤切琢。士方茅屋居，逞逞見甚卓。履之乃知艱，境苦不自覺。正要翻覆看，方信志行確。平易初何害，質厚乃完璞。近人學三魏，格調襲煩數。端從肄經始，此事須商搉。

其二

閱世三十年，方知學爲福。謝生三爲郡，始羨一窗讀。啓昆。傅生神明宰，作霖。喻生循良牧。寶忠。各抱一經歸，貧不具饘粥。楊生方楚游，宦歸賣茆屋。書來約秋杪，晤我東湖澳。宗岱。理裝不及待，翦燭何時卜。二三門下士，青鬢半已禿。安得不慨思，燈火親敝篋。顧語新英俊，鑒此年晷速。

其三

章門静如鏡，昔迴粤海舟。十八年前水，復繞衣襟流。昨非雖屢悟，昔遁何從收。韋弦誡已佩，褊急疾未瘳。知過弗能改，譽言日交投。念此汗浹背，顧影中夜羞。日對匡君語，尚未除驕浮。此去讀何書，始克寡悔尤。惠而能好我，勗以加勤修。歸當勒五序，置諸石墨樓。諸生贈文五首。

太白浣筆泉

太白浣筆時，已非今日水。今我浣筆來，又非當時李。此泉豈異觀，泠然一泓耳。人自生分别，泉寧識所以。吾觀太白才，未易升斗擬。當其濡筆時，雲霞生十指。寸管力萬鈞，海涌羣峰峙。測之涓者流，僅此尺與咫。恐有星宿光，直徹虚無底。融結復上蒸，墨花交筆髓。千載凝不散，至今猶未已。後來李洞輩，山東説才子。峨嵋天半雪，格調徒爲爾。近日託仙才，中條有狂士。亦及石帆亭，得聞孱提旨。未知迦葉拈，勺水喻奚似。今古文字香，須人爲料理。太白筆何在，即此泉水是。長嘯扣石欄，此才當出矣。水風吹衣急，一片溪雲起。

象星以和吴淵穎《題錢舜舉張麗華侍女汲井圖》詩見示，因賦此

西風故宫吹井槐，霅川老翁生遠哀。心在臺城轆轤上，貌得臨春結綺開。宫妝那仿周文矩，斜挽曉鬟雲一縷。想像湖邊雞始鳴，南埭空凉夜來雨。

九曜石歌

九曜亭邊九曜石，南漢劉龑故苑之遺蹟。愛蓮種蓮事俱往，千載仙湖水猶碧。前秋訪石因登亭，

周遭顧盼疑列星。五日輒乘使車去，未得剜苔剔薜恣留停。古色摩挲入夢寐，巾箱仿佛圖真形。一石圓頂如建瓴，危根下削漱青泠。一石四達如疏櫺，旁有直幹撑玲娖。樹與石抱石轉青，往往樹皆過百齡。不獨昔日太湖靈壁浮海至，彭沙激浪增瓏玲。崩雲散雪那遽一一數，但覺嵌崟硉兀勢欲凌滄溟。昨歸經冬水初退，坐看家僮洗苹塊。雨溜磨崖字尚存，泥淤仙掌痕還在。盧程許刻次第尋，陳九仙書竟晦昧。不知米家詩句刻何處，想在老榕鉅根内。文藻同時有傳否，亭沼何心歎興廢。九曜石今日誰能識，爲九一石獨合三石成此語。聞又百年後，藥洲兩字亦是元章題，斜日蒼烟但翹首。

石鐘巖

東洞臨江數十尺，西洞纔及江之滣。大鯉峽石勢多異，洞口洞脅皆水雲。洞額方廣類有字，腐草所積成荆榛。束火時時見，散石兩兩奔。逸加麏麚噌吰鏜鞳復何有，老人笑欬疑或聞。陰陰深黑不敢照，白日飛鼠長於人。二碑紀游詩始闢，崔劉韓張未問津。石田丹竈却安在，我欲鑱鑿毋蕪湮。

西新橋

公昔夜登石樓峰，鐵橋石柱撑青空。杖藜歸來鰐湖上，奇思却夢銘新宮。雕珉盤礎架祥霓入，屹然石磉如神工。栖禪院僧握手笑，茇藜坐見豐湖豐。裏湖外湖互映帶，城市梵刹相西東。灘日漱玉洲點翠，大小島嶼青濛濛。烟中雨後倚欄立，不虚明聖湖名同。在杭在潁與在惠，等此十頃玻璃風。槎溪榕泉匪人鑿，神池本與羅浮通。我疑高秋月明夕，堤邊真有公扶筇。

藴山以近詩寄惠州舟中，點定漫書紙尾

作詩辟如作畫然，得意乃在筆墨先。龍睛一點却飛去，金針欲度何由緣。道子之筆項容墨，尚聞洪谷譏其專。象外雖云得摩詰，設色何必非龍眠。吾觀營鄴華原輩，胸中本有全山川。層巒疊嶂架樓閣，野橋細路分水泉。天然遠近與向背，依約脉絡相蟬聯。然後淡濃視意到，變化開闔非言詮。此須多識多閲歷，目存心鑒日復年。位置乃能一一合，孰爲粉墨黄朱鉛。洎乎神來氣來候，但見一片成雲烟。向來所取盡糟粕，或進於道通於禪。裹糧方能辨遠適，求魚且莫思忘筌。不到解衣盤礴贏，敢希神妙秋毫巔。謝生新詩録寄我，正值惠州初放船。短篷晴日爲點定，羅浮日日横几前。偶因即目悟妙理，再書紙尾詞牽連。生如問我何處得，得自遠麓空江邊。

光孝寺貫休畫羅漢，予前年已有詩《上元前一日，潮州試院與諸君分賦粤中古蹟》，拈得此題，復作一篇

貫休畫如懷素字，嘗聞縱筆龍華寺。鉅石枯松水墨圖，殿内宣傳院中賜。歐陽學士炯曾作歌，應天三絶珍無過。流傳一十有六幅，算沙閲劫如恒河，現身寫就西山院。雲堂雲深不可見，我昔因讀《朱十詩》。訶子林中覩真面，古綃既白更轉黑。我見去朱年又百，伏虎一幅挂其旁。似爲古綃增古光，綃端寒意初蒼茫。貝葉颯颯吹禪牀，平檐垂雲當几研。照見梵書細著行，侍者半露神清揚。松根巖縫那可方，鼻垂不見案象白。臂展果有崖猨蒼，冥搜本以無意得。伏犀瘦鶴虚無鄉，覺來仍

用篆隸法。毫端窸窣手已忘，月圓風落電復轉。帶蔓縈雲自舒卷，十六不存此僅存。敗壁烟煤黝蒼蘚，我見此畫已四秋。廣州寺夢來潮州，仿作羣鴻戲海勢。草書曠蕩氣更遒，參寥子評匪詩句。香罏峰下題何處，渡水應追摩詰前。白描漫向龍眠悟，我家城南南更東。明因古寺鉅軸同，紫柏贊語空秋風。他時扣扉問老宿，夜深可有光熊熊。

晨起同藿石宮詹辛楣學士、魚山孝廉憫忠寺海棠花下作

春禽聒破僧房眠，四三客占游蜂先。日出未出雨未雨，轆轤掣響山門泉。日氣尚輕華氣重，薰蒸故在陰凉前。此時院落静如掃，花與我輩相周旋。豈惟嬋娟却粗俗，争比翠袖與紫綿。千跗萬萼疊照曜，星梭霞佩相聯翩。濃雲捲盡竟夕霧，净影襯出微藍天。豐肌明瑩自顧盼，肯假懶困成韶妍。空光動摇非妥側，垂絲濃淡忽接連。密疏高下與向背，一院簌簌濛濛烟。齋厨不用護鈴索，穿出梵放清而圓。訪碑問竹來太熟，及取未起栖鴉邊。新陽漸暖向南郭，佳句誰補從西川。花風掠轉花雨作，明日滿地飛榆錢。

以廣東石刻數種贈竹君學使，蓋欲易其安徽諸石刻也，詩以代柬

十年不得聯牀話，一笑先索償詩債。春明對巷憶扳游，古寺東西聽梵唄。眼明興到蹟輒追，子得頗多吾已隘。後先持節出國門，我則嶺東子江介。校文之暇每舟車，此物投人吐光怪。山川須借文字氣，洗剔不關袍笏拜。虚名好古最累人，掊碑顧絳因興喟。而我巾箱貯翠墨，不問片紙文成壞。絶壁時聞海颶來，捫蘿屨冒秋陽曬。羅浮巖麓經十度，歸櫂潯陽泞九派。爾時子正擲黄海，九點池陽可一芥。象之之目陳思編，嶺南尚遜江南界。梅花亭子記最豪，楚金扁字卷如蠆。玉堂典册要子歸，手裏羸糧起我憊。花辰何以補契闊，珠琲旋將出狡獪。移我袖中東海石，酌子天漿北斗瀣。三十六峰四百峰，得我二人真一快。新禽響借松風轉，活泉褉又蘭舟屆。更聞郭香所察碑，新入琳琅録金薤。明朝步屧過東家，何用盡捻書籍賣。

書萬季野《明史列傳》手稿殘本後

紀傳四百六十卷，淮陰劉家録其半。史表史志用力殊，班昭劉昭孰一貫。徒令横雲題作集，體例依然無論贊。當年矻矻搜廢墜，想披實録爲三歎。舊家文獻浩誰徵，平日稗官紛不算。千秋不少野史亭，幾個無欺青竹汗。貯瓢班敘自奇古，索米丁儀非點竄。萬《表》《傳》與王氏刻本不同。不知初稿經幾削，今者烟煤况焦爨。依稀黜陟紀九邊，零落章奏争三案。傳聞更有明通鑑，恨不同兹勤手盥。石經考存石鼓亡，彼書録者徒供玩。香野有《書學彙編》二十四卷。楷勢略似梨洲老，挑燈怳在華亭館。如此手腕繼南雷，不得翱翔上東觀。吾輩汗顔何以報，日日虚縻大官粲。

宋高宗題院畫紈扇芳草西池路，紫荆三四家。憶曾騎款段，隨意入桃花。『德壽』二字印

粉雲滴翠烟濛濛，樓臺渾在粉翠中。柳絲緑重不受水，横坡一片桃花風。苑牆宫樹遞隱見，畫欄文石交玲瓏。秩千半倚濃靄出，管弦側想飄春空。疏櫳侍兒渺遥睇，騎馬少年隨短僮。村家淡得

點綴意，午光襯出天天紅。乾淳時節二三月，翠寒堂啓德壽宫。園前好手各新意，忘憂蘐草期何窮。邊奏不來春讌罷，江南情思馳匆匆。不獨款段理游轡，兼憶泥馬奔風騣。白團金絲八法備，儻與題寫七月同。潞王小印亦杭事，定窑古鼎非贋充。見姜紹書《韻石齋筆談》。迴環撫絹三歎息，又六百轉春光融。何必西湖日懷古，鶯堤柳浪支烟篷。

徐藼林以成都杜像石刻軸見贈

徐生憐我夢寐勞，苦執句字搜脂膏。浣花溪邊一幅影，使我神想三頰毫。何字度摹歲元默，草堂院竹青周遭。草堂石古寺亦古，舊弗種竹聞種桃。曲池幽桂側掩映，麻鞵布韈來游遨。或云藍本戴笠像，鷗波亭長觚昔操。鷗波寫真仿誰自，秦州手勒真吾曹。即兹墨本寄天壤，何地可以浮之醪。前千百年有雅頌，後千萬古餘風騷。先生不死不在貌，三山根極連六鰲。河源一脉溯莽莽，江塹萬里來滔滔。焚香小閣淡無物，凉空露下星辰高。

鉅然茂林疊嶂圖有米元暉題字「悦生」「魏國」諸印

御府百三十六圖，茂林疊嶂居其一。今時禿鉅筆最稀，夜月光猶墨如漆。絹端題字認小米，長江卷自元符日。西湖一曲賜奇勛，蟋蟀堂前鑒裁密。悦生别録目不全，魏國封名史則佚。金題玉躞閲南宋，百餘年間電光疾。落我秋窗論世眼，料量筆虚與筆實。南唐人物又一時，玉堂院壁天下奇。想見衆史爲閣筆，獨與造物參合離。董源尺寸可千里，時惟鉅也能師之。山巒重疊自關鎖，烟樹隱見相參差。蓋以雲氣爲頓挫，而於石脉連根支。渾淪不見起與訖，太陰作雨湘娥悲。燈前簾外夢惝怳，錦囊欲卷猶然疑。

登攝山最高峰頂作歌

攝山山勢趨正東，三面接山山不同。連延平迤控鍾阜，落星畫石排蘢嵸。其俯亭閣其仰石，詩峰諸寺皆嵌空。中峰直上衺挈領，紫閣一綫雲蘯胸。穿雲不知在雲上，四垂但見烟濛濛。南則縈青北繚白，白光忽與層青通。萬山巉巉若拱揖，大江滾滾來朝宗。瓜洲兩崖夾鏡小，金焦一點微藍濃。大艑如粒渺東去，有人仰望支烟篷。百卅丈頂巇蓋杪，四三游客僧窗中。一株鴨脚十丈立，如薺平地誰攜笻。我亦層層瞰來路，泉抱雲石雲交松。齊梁棟宇唐宋蹟，斷靄攝入斜陽紅。極空無雲目萬里，鏡天一碧江青銅。十日登可補九日，謝郎句恰陪謝公。霜高助我奇響發，洲尾浩浩來天風。

雲片石

德雲庵過白雲庵，遥見蓬蓬雲滿院。度橋小憩橋西亭，我與白雲初對面。一西一東從何來，滾滾濛濛翳深殿。忽然結作萬厂户，羅列撑空諸怪變。縱横掀舞掉尾脊，觀者循廊目爲眩。我從峰頂得脉來，雲葉雲根初一綫。瓔珞華交妙鬘旋，芙蓉蒂接兜羅罥。洎來中央四合抱，飄如衣袂飛如練。茫乎浩乎大雲海，蛟鼉贔屭來酣戰。葤者下垂圜上升，墮掣流星圓畫電。攝之静坐凛仍逼，氣欲蒸空青可鍊。道人莫漫拈幻形，但執天花石巖片。

天開巖

西嶺不識朝暾升，地險石鉅排層層。中開一徑豁石壁，危梯如削不可登。何年鉅靈以手擘，巖谷呼舞相然膺。尚餘石縫作開合，右脇一掩千崚嶒。石花噴緑苔蘚漬，半巖松氣青相承。始知初日照檐際，萬峰直下皆欄凭。赤文緑字儻可蹟，架厂鑿户初誰勝。傳聞岌業三大字，開巖近日釋惠能。又聞南唐二徐筆，蜾篆遺法光金繩。捫蘿四顧渺何在，千佛之題蝕否曾。巖深去急覓未偏，禹碑摹本空嗟稱。俗儒信耳不信目，此習亦到巖間僧。二楊釋文太揞拄，嗟此何足相蟲冰。出巖謖謖風掠耳，露濕襟袷寒凌兢。

受翠樓

紫閣峰轉太古堂，曲房直檻交迴廊。樓背之峰峰背樹，十步五步皆磵岡。宋齊已來之黛緑，真色不受秋空霜。修眉娉顔與列髻，凸凹濃淡排青蒼。今晨雲霞昨烟雨，石竇炯炯穿初陽。中峰左右屹兩股，萬松萬壑森相當。迴環到此大結束，臨高臺以層軒張。拍肩挹袖絢掩映，遠深近淺收丹黄。漸空漸俯忽無際，奇哉疊複不可詳。江東諸山出檻外，緑繞京口兼維揚。陰晴明滅極萬變，嵐烟江靄同一光。千里面規半掩勢，六扇窗甫寸目償。造化增損巧結構，嗟此位置誰料量。更上有亭反遜此，其視平碧惟松篁。乘除可悟消納法，頓挫起伏皆文章。蕩胸之雲一抒瀉，迴輿忽又攓滿囊。翠從何來不可記，旭照雲海仍茫茫。

【校】

千里面規，面字原作『而』，據《復初齋詩集》卷二〇、《湖海詩傳》卷一五改。

未谷得宋鑄銅章曰山谷詩孫以贈仲則，諸公同賦

涪翁二十七世孫，祖居分寧孫武進。百不一能已不俗，况復能詩能鑄印。詩非雙井乃太白，印出六書師許慎。六書益友冬卉子，一札囊封昨頻訊。祇須黄子詩先就，不患瑶華筆難潤。紫微玉父支派系，善權如可餘分閏。淳祐袁州太守賢，咸淳紹谷家風振。葉水心志《黄子耕墓》云：『子耕詩非子耕所能，是魯直遺墨散落收拾未盡爾。』林膚齋跋《黄紹谷集》云：紹谷爲涪翁直下孫，决無忝於翁也。敢問黄子奚所安，勿俾此印名空徇。豫章千年拔地起，任史三注登峰峻。松風夢斷笙鶴來，石牛洞響雷霆震。我拜先生小像前，蒼茫萬古來馳信。後來江左秀此人，眼光針芥非虚認。孤寒何忌貧何病，梧桐百尺岡千仞。不獨元暉繼阿章，古刻摩挲追寶晉。

石鼓歌

平生慨想韓蘇篇，上台北斗光中天。不知韓公何所歎，尚想少陵與謫仙。賤子髫齡早釋褐，摩挲此已三十年。熊熊但訝星墮地，歷歷敢詡胸捫躔。岐揚之搜炳經傳，韓歌何以稱周宣。其字兼該二篆體，其文儼並二雅編。王内史書師最早，馬定國評語不傳。異哉或疑周即魏，昨秋我辨萬與全。近日萬季野、全謝山皆祖馬定國後周之説，竊嘗作文正之。前韓洽後顧絳各逞臆，反以古説爲拘牽。後代儒生敢侮聖，何傷日月輪高縣。朱十作考不識字，誤信楊薛諸家箋。滋陽牛氏作圖釋，又執拓本訛相沿。安得衆説出一貫，西廊向曉聽誦弦。因進諸生爲講解，十鼓向背東西偏。丁鼓獨方餘橢異，初非一例如鼓圓。已鼓作日字完好，庚辛二鼓排倒顛。圍六七尺高二尺，參差闊狹非齊肩。深山大野氣磊落，渾金璞玉殊瑂鐫。河圖洛書聖人則，龜文馬背奇毛旋。鳳凰一羽麟一角，珠貝眩晃龍蜿蜒。古奇文字大小篆，凡將倉頡相後先。今也一依許慎旨，僅留什百於九千。竊因許書考同異，壬鼓雽字殊不然。三十年中數字泐，恆山已歎歲月遷。後來剥蝕復何似，幸賴遮護深堂筵。吾嘗手摹舊墨本，角隮詳審斷與連。甲鼓角字下畫兩開丙鼓，隮字下從片女。其餘補正悉依石，非復著録矜從前。直以横從準量鼎，更莫傳會援斤權。方今聖人考文字，西清鑑古羅丹鉛。周器琳琅出内府，殿庭寶氣陳豆籩。夫子從周乃素志，古光階戺想接聯。敬濡縑繒度款識，精神萬古來篆烟。一空籀史金石史，不要鐵網珍珠船。元氣淋漓在天地，筆勢融結從山川。古今第一寶刻在，天下第一宫牆邊。循廊再拜三歎息，槐影緑動苔花甎。

范鉅卿碑

五年前見范碑額，十篆雙行欣創獲。苦搜漢史覺碑浮，但執洪家品文格。碑立青龍歲乙卯，伯喈元常時已隔。誰念山陽與汝南，獨行名垂節不易。題曰廬江范府君，宜僅揄揚在官蹟。管飽遐蹤歷荆漢，精誠空想堅金石。今睹兹碑乃識之，全攝精神在筆畫。漢京分隸篆之變，分布陰陽轉波磔。

其間骨肉與性情，風會推移匪朝夕。東京士人崇氣節，二百年來熱腸積。死友千秋爲泣下，何况當時薛與翟。作書不記是何人，筆勢飛騰動心魄。前規百變極方圓，獨出冠時無衛索。嗚呼鉅卿託此碑，何減垂纓夢元伯。杜陵慷慨嗣真作，不獨諭詩緬先澤。紛紛評駁趙洪婁，漫假熹平石經釋。桂四黄九今之俊，到眼古歡交莫逆。寄我寒冬欲雪時，瓦盆梅花映窗白。君無忽此殘泐本，輪困肝膽今猶昔。虎賁誰曰非中郎，點畫對之猶拱璧。吾意故在率更書，一家三公誰考核。任城城隅剔草萊，恐有虹光破空碧。

青玉峽

青玉峽口雙厓開，層青倒捲作怒雷。馬尾東來勢一掉，蹴起萬壑聲喧豗。我初觀瀑十里外，銀潢遠瀉高崔嵬。到寺亭午霽色出，珠簾正挂蓮花臺。雲根却踏鉅鼇背，日影磨蕩神龍頦。仰望珠簾不可見，中盎一碧如平杯。高峰轉東又轉北，不知拗折從何來。到此萬馬躍一鼓，飛花歕雪成千堆。大石礧硍剨萬古，淋漓元氣非莓苔。手捫星辰不敢逼，庚辰眼眩杓衡魁。隔溪嘯答響山籟，長風襟袖凌九垓。穿雲剔篆不能去，麁沙細礫皆瓊瑰。漱玉亭子大如斗，想像坡老真仙才。安得急雨看龍鬭，狂呼瀲灩千金罍。

羅兩峰游岱圖

羅君碧眼方兩瞳，趺坐意已乘虛冲。常時十指出雲霧，鍊氣浩蕩逢青童。今者披圖忽一笑，廬間呼吸天門通。吾嘗再陟子三陟，實以襟貯非繪功。聶君之書壬辰作，馬第伯記紐磨胸。至今仿佛劉志注，遥參亭下人倚筇。泰安聶紋撰《泰山道里記》。子時正得聶君共，真形圖衛巾箱從。石矼層青夾碉氣，筍輿直上憑罡風。萬松翼護鸞鶴立，諸瀑突瀉蛟虬衝。前濤後響人語接，千盤一穴天咫容。精神飛出天地間，角根直挈陬維宫。鳥蹟之書玉真詠，子往索之儻有蹤。秦牒唐碑何足紀，萬峰皺疊雲戎戎。東瞰榑桑大海緑，紫金浮動烟空濛。子能攝之領其要，歸來沐浴神丹紅。且應後園晛杜甫，那復密雪追王蒙。尺縑使我聳起立，七柏使院飛嵐濃。暑夕支窗北樓望，何意展卷城南同。子入於機冲莫勝，畫理孰與禪觀空。蘇齋何處著此卷，祇有偃蓋屏風松。

題蘭泉廷尉三泖漁莊圖

其一

黄浦三江匯，機山二陸居。扣門新醡酒，繫柳滿船書。鐵笛繩牀外，籃輿筍屐初。月明伊軋響，風定夜潭漁。

其二

孤塔如人立，灣環别一莊。溪流屢迴轉，帆影去微茫。滬瀆葭蘆合，佘山筍藕香。烟晴簾半卷，極緑際東洋。

其三

幅幅有深想，毫端不盡傳。石摹《虞集記》，虞文靖有《泖涇黄氏樂全堂記》。齋續鄭家箋君有鄭學齋。悵望三千里，沉吟二十年。祇應鄰榻對，茶熟越甌圓。

題黄仲則江上愁心圖

秋水娟娟隔，美人誰目成。蘼蕪香自結，杜若碧無情。弭棹儋延竚，乘雲翩上征。玉簫何處起，天闊亂山横。

其二

阻風眠飯話，心事有誰知。廿載詩狂後，三更酒渴時。讀書今得路，奉母喜伸眉。莫信騷人輩，烟江疊嶂詞。

送縠人假歸杭州

湖上論耆宿，江船感玉琴。柴門新雨足，老屋落花深。日下羣相待，天涯證此心。秦雲將薊樹，好在寫知音。縠人將以秋初入關。

宛西道中

天近緑雲層，高低寫稻塍。水痕依蟹舍，山影在漁罾。鳥破昏烟澹，鱗鋪淨練澄。誰知方罫幔，金碧切觚稜。

土城

雙阜接烟村，人傳古薊門。遠山青合氣，斜月淡無痕。徑轉如城角，泉清出樹根。初凉林麓外，遺蹟叩金元。

瑞州水口寄范邁亭邁亭時宰瑞之上高

廿載支篷處，西南碧一灣。水如前度夢，花似故人顔。得月澄霞外，生春澹靄間。吴船誰續録，初見瑞州山。

送林藴齋

誰料今分手，來當古信州。江船陰易夕，霜樹澹餘秋。半載懷難罄，千峰挽不留。盈盈襟帶水，直注浙東流。

和玉亭千相寺

松氣攝羣動，階循無盡梯。雲垂榆塞闊，山壓薊門低。石榻摇逾静，齋扉扣不迷。玲瓏千狀啓，元是一端倪。

上春十日舟發韶州雜詠

其一

徐會稽碑蹟竟湮，朅來祠下擷溪蘋。拜公風度今三度，此嶺南人第一人。舊宅烟蕪空漠漠，世家子姓尚侁侁。何人臨得吴生筆，絹色衣紋欲奪真。張文獻宅在平圃，今年謁祠又見像一軸，與去年所見吴道子畫題字位置盡同。

其二

西巖石室季疵題，網户樵童去尚迷。兩字從空下珠斗，昨宵深磵吐虹霓。良常信有山卿語，勾漏誰尋葛令栖。一記羽皇無處覓，寸瀾碧又漲春谿。泐溪石室有陸羽『樞室』二大字。

送錢雨時之安慶郡丞任

羡君報最因歸覲，憶我趨庭共學詩。廿載門牆無寸補，一樽江海幾分岐。童游爛漫情誰記，老筆淋漓畫莫遲。令姪擇石將作畫贈行。又到西街新月上，小亭接葉夕凉詩。

示益齋蘭佩受禹，兼懷方軒

爾隨計吏太匆匆，却話同游似夢中。春社雞豚桑葉雨，夕陽籬柵菜花風。苦思尚抱臨文病，篝火都添課子功。二十年前滹溪水，又看雩詠到兒童。

題趙璞庵光禄授詩圖

其一

開函清淚灑霜空，一代才名孰比雄。瘦骨崚嶒皆浩氣，暮雲慘淡起長虹。不徒國史存文苑，遂有祠碑説慰忠。成都建慰忠祠，王述庵爲撰碑。六義從何著箋疏，九泉耿耿此孤哀。乞畫淋漓自寫哀，儼同十嶝一時開。香横鄧尉林端雪，怒起龍湫地底雷。塞堠館垣晴倚眺，泉秋笛夜月徘徊。燈前重説平生夢，真見先生策杖來。

其二

河内陽平派别難，底從家數判毛韓。烏臺況有申培學，鯉對偏思丙舍安。萬木深圍嘉植蔭，半江飛過翠濤寒。何因十載先成畫，綸掖簪毫正拜官。

其三

有子飛騰上禁林，蓼莪廢後義尤深。建安能者名同噪，杜甫家兒事克任。巴徼剩來殘柎稿，春明話到舊苔岑。丈夫如此垂天地，凄絶江湖萬古心。

送王述庵大理假歸青浦

其一

廿載馳驅答報心，得承慈竹覆春陰。却從愛日鄉園景，細話君恩泖海深。花發宜男添茁畹，帖題丙舍仿來禽。江雲磵露霑霈重，夜夜聽鐘夢禁林。

其二

論詩湖海見天真，鄭學箴規憶故人。每共寄園尋昔夢，敢援王翰願爲鄰。山崖金石應新訪，蒲褐香燈證夙因。稧事來年增卷軸，僧廊相待落花辰。

淮上寄内

昔年曾和長卿詩，正是淮南落葉時。驛舍宛然尋舊夢，候蟲似與話前期。城陰漠漠人來少，水氣昏昏雁去遲。海岱迴看又千里，暮雲簾閣雨如絲。

金臺書院作

依然窗草緑經春，三十年來少故人。日月光瞻天咫尺，枌榆材漸樹輪囷。舊聞首善傳青史，賤子髫齡本赤貧。猶有淚痕碑側在，幾回題字拭梅陳。堂楹有陳公守創、梅公瑴成題句。

送邵二雲典試廣西

感舊炎洲十載心，美人蘭茝佇盈襟。西江渡口應相訊，南磵題名不可尋。風急三湘泉漱玉，秋高八樹粟抽金。四愁誰識張平子，惆悵琅玕滿桂林。

星橋至都棕亭南返，同人集魚門寓齋

吴門三載夢歸橈，苑路新秋蝶粉飄。游蹟還能談北郭，詩名豈止接東橋。薇垣露翠初深裛，芸館鐙紅記共挑。又到懷人殘醉處，午陰欄角雨瀟瀟。

同竹坪、錫麓、曉屏三司成陶然亭，作和初白韻

佳辰偏少客來游，斜日澄潭澹不流。背郭村家如罨畫，出林峰意欲矜秋。催詩酒緑萸盈把，屈指鐙紅菊插頭。多費江南烟雨夢，蘆花聲裏棹扁舟。

闈中聞魚門編修請假南歸，賦此爲餞

菊黄秘閣曝書辰，料爾歸帆氣味真。握手離觴翻磊落，撚鬚對燭更精神。淮南桂樹經秋雨，江上梅花憶故人。今夜重簾新月影，同文唱和記前春。

潞河晚渡

潞河新樹點微霜，渺渺孤帆帶夕陽。馬足經秋知水性，客懷兩月檢詩囊。城陰縷霧横分白，沙際圓蟾淡吐黄。三十七年前夢在，露珠氣正感文昌。憶丁卯秋試禱城東文昌閣事也。

典京兆試役竣告祭先墓有述

其一

得栽嘉樹敬維桑，拜告松楸淚滿觴。尚愧瀧岡能勒表，敢誇晝錦遂名堂。盟心月旦猶難信，苦志風檐豈易償。一寸春暉荄已動，暄陽草木積文章。

其二

龐公上塚緒誰傳，誓墓羲之絶可憐。行役每逢歸必告，宦貧依舊祭無田。門牆庇蔭餘千士，江廣追惟又十年。稽首先靈虔禱乞，願從燈火事青編。

邁亭席上再疊前韻，送莘田歸杭州

詩卷何須蜀道名，臨安雨霽葉舟輕。人歸雁後心逾遠，夢與鷗閒境不爭。山翠染將螺子色，湖光點出美人晴。南池故事憑君續，讀杜神來酹一觥。君在梓州曾泐杜詩於祠壁，故用君家椒園先生葺南池杜祠事爲比。

欲游青原，阻雨不果

識得源頭更勿疑，區區辨證太多癡。山川笑我尋前夢，風雨催人訂後期。待洗荒蕪文字習，重拈真味石泉知。隔年淡月僧窗在，江上梅花破臘時。

江行晚景

其一

竹港灣纔遠，沙洲尾忽横。水烟冉冉上，幾點鷺鷥明。

其二

微凉千磵合，返照一江紋。近浦初吹浪，前山欲起雲。

其三

浦浦杉榕蔭，船船竹葦叢。牛歸斷霞外，笛起緑雲中。

高静思梧月圖

其一

滿地碧雲皆水影，客來何處認新秋。忽從積雨濛濛外，澹倚微黄月一鈎。

其二

嶺東握手已三年，日煮茅茶想惠泉。又到石欄吹緑换，落花如毳竹如烟。

題錢寶叔畫扇

臨江草屋如縣磬，洗研焚香故友來。門外漁舟穿樹影，好風一道白蘋開。

瘦銅風雨對牀圖

促膝分攤萬卷書，酒醒葉墮打窗初。世間第一難忘處，難得先人有敝廬。

惲南田豆花小幀

誰如老圃閲秋深，露滴青蟲濕滿襟。一段晚凉摹不得，隔籬人語月微陰。

國朝畿輔詩傳卷四十

張模

模，字元禮，號晴溪，宛平人，冲之子。乾隆十七年進士，歷官吏部稽勳司郎中。有《貫經堂詩鈔》。

翁方綱《鐵琴歌爲張晴溪作》：『張兄徵我賦鐵琴，徧檢巾箱無故實。或云檇李項墨林，曾得鐵琴聲中律。天籟之字於腹鐫，遂以閣名名四溢。蕉窗九録所不詳，琴史欲補憑誰述。前年風雪長安街，凍鐵一條光似漆。弦軫久無人弗顧，君獨收之賞其質。此鐵剛豈繞指柔，一片輕清可横膝。試彈不作錚錚聲，指外蒼堅餘密栗。故從焦尾一氣論，同是精真百鍊出。吾聞老鐵稱鐵體，篋既有之琴可匹。署楣應作鐵琴齋，門限無煩永師筆。此琴故實起君家，何用孫登討遺佚。』

蔣士銓《鐵琴引爲張晴溪作》：『嶧陽老桐化爲鐵，郭諒雷霄鑪鞴别。龍池鳳額初鑄成，梟掌人肩皆妙絶。當年躍冶尾不焦，火力盡時金氣銷。軫暉岳柱一附綴，搏拊有人心手調。琴名天籟誰氏作，項家因以顔其閣。中有蘇門鸞鳳聲，此語傳聞疑未確。清河藏弆亦有年，酒酣出示真灑然。

鐵板銅琶已迴避，請君試著朱絲弦。吁嗟乎！形模似出稽生鍛，一錯何須六州換。廣陵散久絶人間，井上蕤賓發三歎。』

《紅豆樹館詩話》：晴溪先生主講天津問津書院，教士讀書務爲根柢之學，生平精鑒古商周彝器，偏傍款識均能辨晰，書法南宫，嘗摹刻《貫經堂米帖》行世，亦來禽戲鴻之亞也。詩琅然清圓，不失雅音。

七星巖

大湘小湘束嵚岑，江水直下羚羊深。烟螺湧出瀝湖岸，奇特奚止高千尋。離離巖洞數叶斗，錚錚鐘鼓潛通音。巖下有鐘鼓洞。有時天光啓户牖，盡日嵐氣蒸晴陰。晝眠蒼鼠松子落，暗掠白蝠藤枝森。斲成文石大士像，天然華鬘重璆琳。洞中有石觀音像。莊嚴不出楊惠塑，神妙來假吴主臨。一重一掩窮遠目，再接再厲蠲塵襟。端州雄俊控五嶺，是山彈壓衆壑欽。祇今時平海波靖，農服其耒士鳴琴。使者採風聊呈此，攬勝非敢耽山林。要令中和述聖化，梯航萬里來獻琛。佛香滿炷發深願，歡喜似和迦陵禽。硬黄更搨景福子，洞門鐫李邕大書『景福』二字。純嘏永錫愚臣心。

王仲光昆季招游盤山，歸途漫成

其一

投晚山前宿，凌晨上翠微。花香時入袖，雲氣自沾衣。緑樹千重合，清泉一道飛。采來薇蕨美，曉露未全晞。

其二

挂月峰前坐，清光欲上時。眼中空法界，身外現琉璃。樵火穿林出，鐘聲度澗遲。不來方丈宿，此景復誰知。

其三

扶杖度甘澗，萬松青若何。佛幢寒白日，盤磴引青蘿。懸石疑峰墮，深林畏虎過。夕陽明繡嶺，前路野花多。

其四

歸路頻回首，晴嵐萬疊賒。有山皆露骨，無水不流花。漸遠孫登嘯，難回博望槎。秋來紅葉好，重此問烟霞。

臨湘道中

凌晨登古驛，環抱萬山中。竹影碎殘月，松花落曉風。奇峰平地拔，碧澗小橋通。今日臨湘道，雲鬟迥不同。

初至廣州

八月羊城路，天炎尚著紗。已過丹荔子，猶見素心花。秀嶺連樓起，珠江抱郡斜。此行殊不惡，貫月許乘槎。

留別秦西巖觀察同年

七年方一見，鬢髮漸蒼然。歲月如流水，知交半各天。關山京國夢，風月五湖烟。回首東南隔，重期後會年。

改官工部，董曲江同年以詩見慰，奉答原韻

由來骨格是粗官，同舞霓裳了舊緣。執戟乍趨丹陛下，揮毫争羡御罏邊。左家謾擬三都賦，陶令歸耕二頃田。一枕松風塵夢醒，鞭笞鸞鳳讓諸仙。

揚州晤蔣春農、張松枰兩同年并唐再可明府

誰道相逢盡白頭，抽簪舊侣半揚州。挑鐙難得今宵會，彈指曾經十數秋。老去情懷頻眷戀，歸途風雨畏勾留。買山果有田園在，不作南來第二游。

于豹文

豹文，字虹亭，天津人。乾隆十七年進士。有《南岡詩草》。

《津門詩鈔》：先生短身貌陋，天才警敏，借人書一覽即歸之，終身成誦。壬申會闈，主試者獲公卷，如得拱璧，登上選，後病膝没，里人惜之。

于鉅樹《序》：兄之詩，慷慨鬱陶，蒼凉蕭槭，一歸於情性之正。

古悲歌

人言鄉井好，而我謂不然。結髮事遠徵，萬里共一天。伏波拔大羅，都護勒燕然。丈夫騁長步，寧爲妻子牽。所嗟乏貴托，衛霍多攀緣。封侯困百戰，幕府誰見憐。坐令飛將軍，俯首廝養前。何如歸南山，射獵秋草邊。功名勿復道，吾年今已全。

雜感

其一

羲和無停御，長繩安可繫。冉冉百年中，修短隨所際。爾精苟内摇，金石有時敝。達觀幸及壯，不朽用自勵。

其二

庭前有桃李，艷冶發春姿。争妍欣所託，顧盼生光輝。下士多後悟，哲人重先知。外榮中已枯，坐怨秋風吹。

其三

徵鴻來古塞，飛飛渡江潯。我有一書札，因之寄遠音。窈窕二妃駕，日夕湘中深。下女不可貽，雲陰愁暮心。

其四

大梁有死友，古誼敦監門。一朝握兵符，睥睨無兩尊。傷哉泜水上，刎頸聲自吞。張陳尚復爾，孫龐安足論。

其五

新霜有歸雁，飛飛凌大河。非不戀沙磧，秋風卷蓬科。避寒心獨苦，謀食意無他。稻粱知正好，雲羅當奈何。

其六

東海有貧士，終歲一掣衣。遺榮諧夙好，行歌無是非。盛服人所指，不稱況貽譏。迴視里中兒，裘馬何輕肥。

拜月曲

簾幙微寒春料峭，銀釭斜背迷清照。麝蘭半掩月昏黃，曲檻迴廊魂悄悄。深閨寂寞夜何長，姮娥泣露鳴風篁。妾啼妾怨應相惜，裙帶微飄入洞房。

湧泉寺廢井歌

銅瓶半墜凋青蒲，土花漠漠寒泉枯。黯慘遥連白玉砌，風箏無語檐牙孤。老僧向我淚沾臆，苦憶前朝神瀵出。一時金帛積如山，道元妙手張顛筆。轉眼於今三百年，鴿王座暗琉璃失。安得大雄疏地脉，銀派珠源重可識。我聞但一笑，休嗟神力遐。瓦棺留遺蹟，曾吐青蓮花。伊昔有異僧，咒鉢芬奇葩。如何擲梵夾，堆案空法華。况復化入無定止，琳宫瓊户猶駢指。如潮如汐非舊觀，即色即空何自始。再造還須象數功，一勺曹溪亦爾耳。我欲從君更下石，禪鐙夜静波瀾死。

感懷

四十年來事，凄然暮雨中。飛騰慚去鳥，蕭瑟近衰翁。敢謂詩書誤，羞云篆刻工。寥寥千載上，此意竟誰同。

歸人

歸人渺何處，落日五湖東。舊宅臨秋水，頹垣隱竹叢。閒雲心自遠，倦鳥意還同。生計依場圃，空餘半畝宫。

北窗

一徑入花塢，當窗午氣薰。林深微漏日，溪暑欲蒸雲。劇飲非吾事，攤書多異聞。苔痕與草色，高卧更誰分。

憶遠

臨歧曾握手，一去竟忘歸。白社誰前侶，青山空落暉。艱難逢旅食，辛苦著征衣。猿鶴休輕怨，相期定不違。

雨後葺舍

風雨欺貧窶，蕭蕭衹敝廬。苔侵曾不改，茅卷更何如。痛哭傷鄰婦，羈栖愧老漁。殷勤圬者意，未忍獨安居。

閉門

閉門不羡鶴書頻，魚鳥閒同萬物春。小草曾嗤謝安石，大招無奈楚靈均。江湖廊廟誰高下，白髪黄金有故新。却笑折腰彭澤宰，歸來始號葛天民。

偶成

迷陽却曲欲何之，樗散惟應大木宜。不怨騷人傷左轉，也知莊叟羡支離。黄塵碧海須臾事，布韤青鞋指顧期。南燭可能常駐景，争教霜鬢一絲絲。

小園漫興

賦憶蘭成百感生，曩來蹤蹟總營營。晚菘早韭尋常味，椎髻蓬頭自在行。素業河邊惟半畝，故人天上有雙旌。閉門幸謝塵中客，二仲頻來犬不驚。

有懷

隴坂迢遥隔暮烟，邇來消息轉凄然。一行作吏逢笳吹，萬里籌邊過酒泉。可是鉛刀無一割，不容馬腹競長鞭。歸來莫負山靈約，松菊依然似往年。

古意

海燕飛飛傍玉樓，檀槽無語按凉州。風塵遠道征夫淚，楊柳三春少婦愁。門掩葳蕤還白晝，夢驚屈戍總清秋。金微一去空回首，争似黄河入塞流。

春宫怨

春至啼鶯滿，羊車幾日過。青青芳草色，偏傍玉階多。

王鴻典

鴻典，字慎齋，雄縣人。乾隆十七年舉人，官湖北鍾祥縣知縣。有《抱經堂集》。

趙州

驛樹葱蘢野水渾，巋然城闕壓荒村。埋沙卒盡長平劫，吞炭人懷國士恩。郭邑瑞符原可信，石橋仙蹟不堪論。可憐車馬紛紜過，誰向平原酹一尊。

李湜

湜，字懷芳，天津人。乾隆十七年舉人，官河南閿鄉縣知縣。有《海天書屋詩草》。

雨花堂盆菊

坐對黃花瘦，新添白髮稠。故園三徑廢，老圃一枝秋。有骨存吾傲，無言淡所求。喜君偕吏隱，吟賞酒頻篘。

王繼燿

繼燿，字鸞坡，號澹山，大興人。乾隆十七年舉人，官贊皇縣訓導。有《不自收拾集》二卷。

達椿《序》：先生少負不羈之才，博極羣書，歷游齊豫江淮，涉湖湘，走黔中，凡數千里。性嚴正，高氣重義，讀書無間寒暑。詩根柢三唐，出入宋元諸大家，以神韻勝，不以刻畫爲工。

送鄭方千歸里

其一

無計能留汝，秋風送棹歸。黄花新別酒，襆被舊征衣。指顧分南北，行藏孰是非。三年楊子渡，曉夢又依依。

其二

問訊江東家，寒雲更幾村。原田無舊主，篁竹有新孫。晚步開榛莽，春游奠酒尊。百年人子事，含愧託諸昆。

聞砧

響徹西風急，深閨不轉心。漸微知力輭，斜月挂霜林。

失題

狂笑楊花猶點硯，腐嘲螢火尚窺書。那知老去無心甚，日看閒雲過綺疏。

王潤

潤，字清源，號鑑堂，大興人。乾隆十八年舉人，官湖南茶陵州知州。

將至新舖

孤徵日欲暮，野色滿晴空。古道行人少，亂山殘葉紅。投林飛倦鳥，驅犢認歸童。晚景凄其意，憑高一望中。

舟泊青浪灘

十載馳驅地，於今感舊游。亂山深嵌屋，寒水滯行舟。霜鬢逢蕭索，萍蹤任去留。計程應不遠，明發指乾州。

紀淑曾

淑曾，字衣孟，號秋槎，文安人，晉子。乾隆十八年舉人，歷官湖南鹽法道。有《漢臯集》。

紀佩《先府君行述》：府君乾隆癸酉，舉賢書，循例謁選筮仕湖北知縣，授篆長陽。山陬小邑，人文固陋，爲創立書院，延師講習。己丑，移天門縣，時征緬甸兵過境，需用舟車，捐俸給價，不以累民。有營兵乘舟，毆舟子斃，竄匿戎伍中莫獲。府君曰：『殺人者死，律難宥。』録案，申諸軍府，詰得其人，置之法。天門獄訟繁多，積牘纍年。下車三月，剖斷無留訟。隨州匪民聚衆思不逞，總督吴公達善檄，調府君往攝州篆，未匝月，匪民聞風解散。擢沔陽。州城外有鄉曰大木林，地形窪下，際霖潦水漲，田廬漂没，於上游築堤防御，爲鄉永賴。逆賊嚴金龍案起，株連脅從多人，府君奉委鞫勘，所活千餘人。丙申，授漢陽府知府，所部黄陂縣有江西木商以毆斃人，縣問成獄，咨解到郡，府君核非真犯，密訪月餘，匪人果得，而商冤獲雪。戊戌，題任湖南辰沅永靖巡道，改授鹽法長寶道。時府君方護篆湖北鹽道，前任相沿鹽課，積虧四十萬兩有奇。府君設法籌補，將各陋規停止，積其存羸以償虧項。攝臬司，審慎庶獄，片楮隻字皆親寓目，每當秋讞，權其情實、緩决，無輕出入。

攝藩篆，革除一切繁費，禁杜苞苴。歲癸卯，情殷終養，遂於是年夏奉大母北歸。己酉，卒。

王昶《序》：秋槎太守與余爲同年友，《漢臯集》詩如披蘭臺之風，發明耳目，而寧體便人也。秋槎政事之餘，襟懷蕭曠，江山助之，世有采楚風者，必以是爲冠。

《紅豆樹館詩話》：秋槎觀察湖南，王蓬心太守時爲永州司馬，時相酬倡。《漢臯集》清遠蘊藉，獨標靈響，蓋得瀟湘雲水之氣爲多。

雜詩

其一

松柏自孤直，桃李有本根。發榮不自知，零落怨春喧。春華苦易歇，百年如朝昏。豪傑一節奇，河岳萬古存。此意歸吾黨，慷慨發高論。少賤心民物，晚貴憂子孫。誰與挽頹波，日夕江東奔。

其二

凡馬愧騏驥，龍種難爲友。惠養及駘駑，彌慚主恩厚。十日行千里，緩轡等馳走。縮地既虚誕，凌風亦烏有。塵沙古道昏，駿骨慨速朽。

涉園雅集，分韻得以字

雙槳撥寒烟，攜家渡江水。鄂渚得芳鄰，官閣晴嵐裏。涉園風日佳，緑萼破寒蕊。遂枉謝公屐，招邀二三子。文酒多故知，詼諧皆妙理。當窗松月入，繞屋竹烟起。所見非故山，却令顔色喜。豈矜達士懷，心蹟澹如此。相期扶雅輪，茲游良有以。

渡黄河登廣武山

挂帆風力滿，捩舵問重岡。峰影界天碧，河流簸日黄。濟川才恐拙，陟岵意難忘。獨有歸飛鳥，高高正北翔。

天池口

路問何年鑿，舟從此地回。浪傳三峽險，疑是五丁開。日色惟看午，山光不染苔。野人相愛甚，爭擁使君來。

雨夜同牧原

急風催暝色，和雨到庭柯。寒近窗前蚤，愁如葉下多。田園催晚節，江水漲微波。相慰渾忘寐，孤鐙耿薜蘿。

寄軒雜詠

其一

去年三月半，相送暮江亭。離思隨芳草，春波滿綠汀。鬢從今日白，門對數峰青。南北迢迢路，關心兩葉萍。

其二

曉起望洲渚，軒楹霽色來。江心村落見，山脊郡城開。暇日親書卷，留人坐石苔。此間容嘯詠，真似隱蓬萊。

集洪學使雙桐書屋

其一

春烟淡無蹟，孤幹覺青來。小閣寒雲閉，清尊静夜開。江山能助客，放浪亦須才。衡宇嵐光接，乘閒日幾回。

其二

沉沉更漏水，戀戀酒杯寬。鐙影亂春雨，梅花遲夜寒。登龍心早折，歌郢和應難。忽憶清吟侣，謂顧牧原。輕帆挂遠巒。

庚子秋姚雪門學使將赴都門，贈别

其一

帆影破湘烟，春深古驛前。西窗話遥夜，南國喜凉天。交意淡如此，客心愁黯然。江頭花月夕，强半是離筵。

其二

八月猶餘熱，清尊昨日開。江聲兼雨至，岳色隔城來。虛館穿花樹，生香落酒杯。阿誰歌水調，惆悵鬢毛催。

即目

林邊新雨霽，匝地緑陰稠。一徑破空翠，孤村抱亂流。雞聲槐巷午，蟬噪柳塘秋。風物明人眼，争如戀故丘。

彝陵懷古

峽州山半赭，峽水恨難平。土帶秦時色，江流漢代聲。西南留險阸，天地兆兵争。幸際重熙日，登臨感亦生。

石洞

古洞惟雲住，和雲坐石茵。崖崩深似厦，松老卧如人。采藥峰相待，編籬竹可因。更憐秋色冷，楓柏變山春。

宿聽詩閣

白日荒荒夕，凉飈故故侵。宫輕離别恨，老重死生心。孤樹得秋氣，遠鴻沉夜音，吟魂如病葉，終夜攬空林。

巴山峽泛舟

峽舟清曉望濛濛，於役如教攬勝同。竹壓波心雙槳緑，日升峰缺一帆紅。雲間雞唱真仙界，崖腹蛇盤信鬼工。愛此一官山水窟，買山無具賴天公。

得兒女途次書

鐙下開緘思不禁，庭烟羃羃漏沉沉。早添霜雪中年鬢，細數關河五夜心。書到正逢深院雨，詩成猶認緑窗吟。官齋兀坐憐孤影，肺病何堪百感侵。

再送牧原

大别山前春水長，伯牙臺畔早梅香。君今買棹去沙渚，我亦迴車思故鄉。江上離筵驚草草，夢中白日過堂堂。鹿門烟樹春明月，小立東風淚幾行。

黄陂道中

憶昔徵鞍繞翠岑，黄塵影裏歲年深。衹今白髮增新感，忽對青山續舊吟。久客鄉情生野圃，夕陽人語出空林。何期村酒圍鑪夜，蓬蓽同諧物外心。

送春限三字

何曾斗酒擘雙柑，已見繁英點碧潭。鏡裏有霜驚半百，花前如夢過重三。夕陽詩思空庭得，芳草愁心久客諳。猶憶隔江烟樹好，清和天氣板橋南。

和顧牧原舟中見寄原韻

其一

青山白浪晚峥嶸，愁指寒雲是去程。天上星辰勞北望，舟中兒女倦西征。夕陽郞口帆初卸，野岸椒盤歲又更。獨對庭梅思折贈，夜窗風雪暗孤檠。

其二

相思三月託雙鱗，相見還如鷗鳥親。回日鶯花爭勸客，去時魑魅喜窺人。灘聲帶雨來孤枕，草色和烟動遠津。攜手南樓重洗盞，喜君歸及餞餘春。

其三

一年聚散每多歧，皓首江湖詎可期。難得忘形到爾汝，不知涉世有猜疑。興闌欲就林烟宿，病減先於夜雨知。盡日憑欄人寂寂，藥罏茶竈詠新詩。

其四

晴川西望渺春波，却喜移家野興多。近市山亭開甕酒，種花門巷繞梁歌。凍雲回首江頭別，芳歲鶩心客裏過。漫擬忘機去沙渚，竹烟深處鳥聲和。

送永餘庵入都，即用留別原韻

其一

送客江樓戀夕曛，鄉心離思兩殷殷。花飛南國過三月，家在西山近五雲。匹馬蘆溝天共遠，片帆夏口水中分。爲誰小泊沙頭棹，一曲清歌酒半醺。

其二

興酣王宰留真蹟，王蓬心作江樓送別圖。粉本江山妙入神。萬頃鷗波烟際舫，一欄花韻酒邊人。斷雲村落含殘雨，淺夏樓臺似晚春。著我圖中同載去，相思不用託文鱗。

九日環翠亭贈王蓬心司馬

臥聞凉雨滴空階，霽後園林到處佳。紅葉數重隨屐轉，黄花三度與君偕。暫從鐙火虚窗下，寫出江湖倦客懷。蓬心爲予寫蘇橋卜築圖。他日相尋向沙渚，菰蒲千頃一茅齋。

冬杪灃州旅舍書事，兼寄荆州永藴山、漢陽顧牧原，時兩使君亦有襄鄖之役

客程高與白雲齊，永夜猿聲雜曙雞。舊夢湖山樊口北，殘年風雪洞庭西。荒烟古戍稀人語，亂石新冰怯馬蹄。惆悵相思不相見，封書空自隔江題。

季春慶兩峰廉使調任武昌贈别

其一

官柳烟濃又可攀，故人容易阻江關。湖天漠漠雲輕散，塵海茫茫夢未閒。華髪青尊春岸舫，緑風紅旆夕陽山。天涯老病偏留滯，歲歲清湘照别顔。

其二

池光如鏡草如茵，曲榭修廊酒數巡。異地但同千里月，小山空貯一闌春。栽花還自乘新雨，看竹偏教憶主人。江漢風流歸使節，更因旌蓋想前塵。

九日岳麓登高，薄暮渡江即事

嶺雲汀樹總宜秋，九日新晴作勝游。亭倚山腰低萬壑，帆隨洲影翦雙流。澄江亂下漁人網，飛蓋遥迎水驛樓。詩境蒼凉殘醉裏，菊花天氣木蘭舟。

寄軒即事用王少林韻

江上人家柳罨汀，寒山繞郭暮烟青。闌前一片瀟湘色，落日秋心滿洞庭。

多士宗

士宗，字小山，阜城人。乾隆十八年拔貢生。

紀昀《宿阜城懷多小山詩》：『竟負登堂約，懷人一愴情。此邦稱沃土，之子獨高名。病葉飄難定，寒禽噤不鳴。蹉跎侶陳阮，惆悵玉溪生。

零陵曉發

捨舟候明發，不共鳧鷖夢。行行曉色中，山疊風林送。頻訝崖欲坼，數避泉初涌。落葉驚鳥飛，古水老蛟動。豈無封狼儔，戒我徒旅衆。日上烟景伏，頓覺天宇空。升高望孱顔，江山幾錯綜。夙懷名岳游，不作窮途痛。何人謝趦趄，吾道本豪縱。靈仙如可企，應試雲中鳳。

江皋晚望

綠漲蒼山根，江郭晚烟紫。風帆渺雲樹，一抹斜陽裹。幽人藉碧苔，晞髮臨秋水。颯然柳陰濃，坐看白雲起。

留別李潤蒼

性僻難諧俗，交貧易見真。汪倫猶送我，王粲自依人。幾作牆東客，還憐硯北身。前期各珍重，莫漫悵無鄰。

寫意

瘦影一筇隨，猶誇矍鑠時。長貧破堅陣，寡欲勝良醫。懷古頻搔首，行吟幾斷髭。旁人嗤落魄，得意寸心知。

江村晚泊

修竹連江色，人家翠靄間。林疏斜漏月，霧重遠沉山。長鋏三年客，扁舟萬里還。波聲送離思，一枕急潺湲。

張湘

湘，字楚山，號礎珊，天津人。乾隆十九年進士，官江西餘干縣知縣，改教授。有《大雅堂詩集》。

《津門詩鈔》：公少負雋姿，有文名，書法最工。

題唐虎臣山居買卜圖

毗陵唐子天下才，讀書萬卷天人該。獨棹一楫横江來，壯心欲上黄金臺。秋風蕭瑟芙蓉老，功名偃蹇同秋草。不如歸去舊湖山，結葦編茅屋數椽。蔭以修竹環流泉，聊寄嘯傲於其間。也同君平學下簾，得錢買酒恣一酣。泉水解燥吻，竹風吹醉顔，灑然骨節鳴珊珊。吁嗟乎！山居之樂樂如此，人生何必更羡蓬壺仙。

銅硯歌有序

易州農人，耕田獲古錢盈釜，石硯一，背飾以銅，石佳而製古，不知何代物也。友人吴念湖進士購得之，余爲作是歌。

錬銅裹硯古無聞，龍尾鳳味名紛紛。兹石埋藏幾千春，一朝拂拭標清新。中有五銖同見瘞，蒼茫不解當年意。文貝都作蝴蝶飛，土花半蝕蟾蜍輝。野人相顧識不得，延陵公子攜持歸。歸來傳玩歎希有，試取松烟蕩磨久。霜毫濡染墨淋漓，夜夜虹光寒射斗。錦襲玉裝傳不朽，我聞叩門乞一見。端溪雪浪鋪寒練，九原古氣鬱氤氲。紫石青銅相吐吞，有如蚌珠璞玉分胚渾。石之潤兮栗而温，光陸離兮燦星辰。摩挲令我驚心魂，先生寶之壽子孫。

早行張灣道中

羸騎凌晨發，遥山吐月新。平沙寒似雪，遠塔立如人。薄俸悲游子，高堂念老親。蕭條從此别，萬里一孤臣。

將赴新城學舍，高琅村、吴念湖兩進士同社諸子醵飲賦詩，爲余作餞，即席得句

莫唱驪歌折柳枝，此中心緒倩誰知。情關舊雨添愁恨，人到中年惜别離。總爲饑驅甘作客，敢辭薄俸患爲師。一竿遲我西沽上，他日重來理釣絲。

題思源莊

其一

重築金吾舊日莊，紅菱白芡獲山堂。丁寧河上銜泥燕，還向烏衣覓畫梁。

其二

暮捲珠簾暑氣收，臨河亭子坐來幽。照人一片空明水，風滿垂楊月滿樓。

戈源

源，字仙舟，獻縣人，濤弟。乾隆十九年進士，官至太僕寺卿。

紀昀《傳》：公少奇慧，年十六舉於鄉。越歲，甲戌成進士，在户部屢居異等，改御史，轉給事中，多所建白。擢太僕寺少卿，督學山西。致仕，卒，年六十三。公有經世志，督理街道，不動聲色，能使豪强侵占無所容，而胥吏不能舞弊取一錢。官學使，卷必親閲，逐句評駁如塾師。每莅一官，必舉其職，不喜聲氣攀援，與物寡合。予與公同年，乃撮其大端作爲此傳。

李燧《晉游日記》：葛處士培初，沁州人，年七十隱於詩。仙舟學使物色之，甲寅冬，應童子試，領冠軍。

和李青墅贈葛培初韻

憶曾叱馭訪衡門，茗碗香烟笑語温。士氣故從吾輩作，詩名原并使臣尊。相知敢詡傳心法，晚遇翻愁惹淚痕。好記青霄蜚羽日，望雲有客詠騰騫。

竇堡

廢壘猶傳建德名，當時虎踞亦縱横。祇緣天際飛龍出，遂罷中原逐鹿争。據土漫云同魏鄭，論功原恥并韓彭。蒼茫河朔稱雄地，極目烟墟蔓草生。

查善長

善長，字樹初，號鐵雲，天津人，爲仁子。乾隆十九年進士，官刑科給事中。

雨晴登環水樓即景

夜雨酣如夢，愔愔到五更。曉來登水閣，凉意滿秋城。茶葉同人瘦，葦花生遠情。癡雲飛不動，角角學山行。

青縣道上

閲盡高低路，霜痕復草痕。寒烟平似水，叢樹遠疑村。野店無多席，荒庵總閉門。殘陽衰柳外，指點戍樓存。